Daphne du Maurier

Das Geheimnis des Falken

Daphne du Maurier

Das Geheimnis des Falken

Roman

Bechtermünz Verlag

Die Handlung dieses Romans ist frei erfunden. Zwar lehnt sich die Ortsbeschreibung an die Topographie einer tatsächlich existierenden italienischen Stadt an, doch die geschilderten Ereignisse und Personen, die Einwohner der Stadt wie auch die einzelnen Universitätsmitglieder sind rein fiktiv.

Lizenzausgabe mit Genehmigung des
Scherz Verlag, Bern und München, für
Weltbild Verlag GmbH, Augsburg 1998
Titel des Originals: The Flight of the Falcon

Einzig berechtigte Übersetzung aus dem Englischen
von Dr. Ingeborg Brandt
Umschlaggestaltung: DYADEsign, Düsseldorf
Umschlagmotive: IFA-Bilderteam GmbH, Taufkirchen, und
Bilderberg Archiv der Fotografen GmbH, Hamburg
Gesamtherstellung: Presse-Druck Augsburg
Printed in Germany
ISBN 3-8289-0109-3

1

Wir hatten den Termin nicht eingehalten. Die Agentur «Sonnenreisen» versprach ihren Gästen auf dem vorgedruckten Fahrplan, daß der Autobus gegen 16 Uhr vor dem Hotel Splendido in Rom eintreffen würde. Ein Blick auf die Uhr belehrte mich darüber, daß es drei Minuten vor sechs war. Lächelnd drehte ich mich um zu meiner Ladung, den Touristen.

«Willkommen in Rom, Ladies and Gentlemen», sagte ich. «Willkommen in der Stadt der Päpste, der Cäsaren und der brennenden Christenmenschen, und der Filmstars natürlich.»

Eine Welle des Gelächters lohnte meine Mühe. In der letzten Reihe brachte jemand ein Hoch auf mich aus. Sie mochten diese Art von Randbemerkungen.

Ich kletterte von meinem Hochsitz hinab, stieß die Tür weit auf, sah Portiers und Pagen durch die Drehtüren des Hotels auf uns zustürzen und beobachtete, wie meine Herde ausstieg. Fünfzig, alles in allem. Ihre Häupter zu zählen, erübrigte sich. Wir hatten zwischen Assisi und Rom nicht gehalten. Ich ging voran zum Empfangspult.

«‹Sonnenreisen›. Anglo-amerikanische Freundschaftsliga», stellte ich vor und schüttelte dem Empfangschef die Hand. Wir waren alte Bekannte, denn ich befuhr diese Route bereits seit zwei Jahren.

Es war alles in Ordnung. Wir pflegten natürlich en bloc zu bestellen, und da es noch früh im Jahr war, hatte die Direktion meine ganze Mannschaft im zweiten Stock logiert. Das freute sie sicher. Der zweite Stock wirkt respektabel. Später würden wir froh sein können, wenn wir im fünften unterkriechen konnten, mit Blick auf den Hof.

Der Empfangschef sah zu, wie meine Gesellschaft die Halle zu füllen begann. «Was haben Sie uns denn diesmal mitgebracht?» erkundigte er sich, «die Heilige Allianz?»

«Fragen Sie mich nicht», erwiderte ich achselzuckend. «Sie sind am Dienstag in Genua angekommen und haben dort Verstärkung erhalten. ‹Beef-Esser› und ‹Barbaren›. Lassen Sie im Restaurant servieren, wie gehabt! Es sind 50.»

«Wir haben schon gedeckt», sagte er, «und auch der Sonderbus ist angefordert, für 9 Uhr. Wünsche viel Vergnügen.»

Im Touristengeschäft haben wir für unsere Kunden gewisse Schlüsselnamen. Die Engländer rangieren unter «Beef-Esser», die Amerikaner als «Barbaren». Das mag nicht sehr schmeichelhaft sein, aber es ist angemessen. Schließlich liefen diese Leute – nichts für ungut – noch wild auf Weiden und Prärien herum, als wir von Rom aus bereits die Welt regierten.

Ich machte mich daran, die beiden Wortführer meiner angloamerikanischen Truppe zu begrüßen.

«Es ist alles in bester Ordnung», sagte ich. «Wir sind durchwegs im zweiten Stock logiert, und jedes Zimmer hat ein Telefon. Wenn Fragen sind, rufen Sie bitte durch zum Empfang. Sie werden dann mit mir verbunden. Zum Abendessen treffen wir uns um 7 Uhr 30, hier in der Halle. Und jetzt wird Ihnen der Empfangschef Ihre Zimmer zeigen. O. K.?»

Theoretisch war dies der Augenblick, wo ich mich für eine Stunde und zwanzig Minuten zurückzuziehen pflegte, eine Dusche nahm und mich entspannte. Aber in der Praxis kam es selten zu einer solchen Atempause. Auch heute nicht. Mein Telefon summte schon, als ich das Jackett kaum ausgezogen hatte.

«Mister Fabbio?»

«Am Apparat.»

«Hier spricht Mrs. Taylor. Große Katastrophe! Ich habe sämtliche Päckchen mit meinen Florentiner Einkäufen in unserem Hotel in Perugia liegen lassen.»

Ich hätte es wissen müssen. Sie hatte in Genua einen Mantel, in Siena ein Paar Überschuhe vergessen und darauf bestanden, daß die Sachen, die sie südlich von Rom nach menschlichem Ermessen niemals brauchen würde, telefonisch nach Neapel dirigiert wurden.

«Das tut mir leid, Mrs. Taylor. Was enthielten die Päckchen denn?»

«In der Hauptsache zerbrechliche Gegenstände. Auch zwei Gemälde, eine Statuette, Michelangelos David, dann Zigarettenetuis ...»

«Machen Sie sich keine Gedanken, Mrs. Taylor. Ich werde mich um die Sachen kümmern. Zunächst einmal rufe ich in Perugia an und sorge dafür, daß man die Päckchen an unser Büro in Genua schickt und daß sie dort bis zu Ihrer Rückkehr aufbewahrt werden.»

Sie ließ es aber dabei nicht bewenden. Die Stimme im Apparat plätscherte weiter. Sie wisse genau, wo sie die Sachen habe liegen lassen. In der Damengarderobe stand ein Stuhl, vom Eingang gesehen, linker Hand. Möglicherweise hatte jemand anderer die Päckchen an sich genommen und, wenn ja ...

«Ich werde das sofort in Perugia klären lassen, Mrs. Taylor, auf der Stelle!»

Es hing davon ab, wieviel sie im Empfang zu tun hatten, ob es praktischer war, die Angelegenheit durchs Hotel recherchieren zu lassen, oder mich selbst an die Strippe zu hängen. Besser, ich nahm sie selbst in die Hand. Im Endeffekt würde ich Zeit dabei sparen.

Was Mrs. Taylor betraf, so hatte ich sie als schusselige Person im gleichen Augenblick eingestuft, als sie zu uns stieß. Sie schleppte einen halben Haushalt mit sich herum. Brillen, Kopftücher, Ansichtskarten rutschten ununterbrochen aus ihrer Mammuthandtasche. Eine typisch englische Eigentümlichkeit, eine Kollektivschwäche.

Abgesehen davon hatte man mit den «Beef-Essern» wenig Ärger, obwohl sie in ihrer Sucht nach Sonne sehr viel leichter zu einem Sonnenbrand kommen als andere Nationalitäten. Mit nackten Armen, nackten Beinen, in Shorts und Baumwollröcken lassen sie sich schon am ersten Reisetag puterrot rösten, und an mir ist es dann natürlich, sie zur nächsten Drogerie zu schleppen, um Salben und Tinkturen einzukaufen.

Das Telefon summte schon wieder. Es handelte sich nicht etwa um meine Anmeldung nach Perugia. Einer der «Barbaren» war am Apparat. Wieder eine Dame. Wie sollte es anders sein! Die Ehemänner stören mich fast nie.

«Mr. Fabbio?»

«Bitte sehr!»

«Dreimal dürfen Sie raten! Es ist ein Junge!»

Ich dachte blitzschnell nach. Die «Barbaren» pflegen einem ihre Lebensgeschichte schon in Genua, am ersten Abend zu servieren. Wer von ihnen erwartete doch gleich das erste Enkelkind, fern in Denver, Colorado? Ach richtig, Mrs. Hiram Bloom.

«Herzlichen Glückwunsch, Mrs. Bloom! Das muß natürlich groß gefeiert werden.»

«Natürlich! Ach, ich bin so aufgeregt, daß ich gar nicht weiß, wohin!»

Ihre Entzückensschreie sprengten mir fast das Trommelfell.

«Also, ich möchte nur Sie dabei haben und ein, zwei von den anderen. Auf einen Drink an der Bar, mit Mr. Bloom und mir, kurz vor dem Essen, damit wir anstoßen können auf den kleinen Kerl. Wollen wir sagen sieben-fünfzehn?»

Das verkürzte meine Freizeit um eine halbe Stunde, und das Gespräch mit Perugia war auch noch nicht durch. Aber da war gar nichts zu machen. Erst kam der Dienst am Kunden!

«Sehr liebenswürdig, Mrs. Bloom. Ich werde es nicht vergessen. Und Ihre Frau Schwiegertochter? Sie ist hoffentlich wohlauf?»

«Es geht ihr fabelhaft. Ganz großartig!»

Ich legte auf, bevor sie dazu kam, das Telegramm im Wortlaut zu verlesen. So würde ich immerhin noch Zeit zum Rasieren haben und mit etwas Glück sogar für meine Dusche. Mit Einladungen seitens der Klienten muß man sehr vorsichtig sein. Eine Geburtstags- oder eine Hochzeitsfeier geht in Ordnung, und die Ankunft eines Enkelkindes auch. Aber damit ist auch ziemlich Schluß, oder es gibt böses Blut.

Diejenigen, die es sich nicht leisten können, unsereinen freizuhalten, bilden sich prompt ein, die andern, die können, würden daraufhin bevorzugt behandelt. Die Gruppe spaltet sich auf, zerfällt in Parteien, und damit ist die Reise halbwegs schon im Eimer. Im übrigen hat ein Reiseleiter die Alkoholzufuhr ohnehin in engen Grenzen zu halten. Was auch geschieht, er braucht einen klaren Kopf, und der Fahrer desgleichen.

Tropfend vom Duschbad, telefonierte ich mit Perugia und hangelte mich anschließend gerade in ein frisches Hemd, als der Teufelsapparat zum vierten Mal Laut gab.

«Mr. Fabbio?»

«Am Apparat.»

«Ich mache mir schreckliche Sorgen um meinen Mann. Er hat Schmerzen, direkt unter dem Herzen. Ich fürchte, wir müssen einen Arzt zu Rate ziehen.»

Ich bin sehr stolz darauf, daß ich nach fünf Tagen die Stimme jedes einzelnen erkennen kann. Auf dieser Reise war das überdies eine Kleinigkeit, angesichts der scharfen Trennung der englischen und der amerikanischen Gruppe. Außerdem hatte die Saison eben erst eingesetzt, so daß sich die Skala der Akzente noch in Grenzen hielt. Im Hochsommer konnten das Genäsel der Mittelwestler oder die breiten Vokale der nördlichen Midlands jeden Sprachexperten aus der Fassung bringen. Die Stimme, die jetzt sprach, gehörte der kleinen Mrs. Morton, die mit einem fetten Mann behaftet war und einer hübschen Tochter, die sie niemals aus den Augen ließ.

«Wie ist Ihre Zimmernummer, Mrs. Morton?»

«203.»

«Ich komme sofort hinüber.»

Ich habe einmal erlebt, daß mir ein Reiseteilnehmer unter den Händen wegstarb, was die ganze Fahrt zum Scheitern brachte. Es passierte gleich am ersten Tag, mitten im Omnibus, und erschien natürlich jedermann als ein böses Omen. Die halbe Gruppe wünschte umzubuchen oder kurzweg aufzugeben oder zumindest diese spezielle Reise abzubrechen.

Wenn ernsthaft Krankheit im Anzug ist, das habe ich gelernt, muß man den Betreffenden umgehend ins Hospital schaffen, um Schlimmeres zu verhüten. So war ich in fünf Minuten fertig und klopfte an die Tür des Zimmers 203. Die Tochter machte auf.

«Ich glaube nicht, daß es gefährlich ist», flüsterte sie mir zu.

Mr. Morton lag auf einem der beiden Betten, von Kissen und Polstern gestützt. Seine Frau saß auf dem anderen Bett und beäugte ihn besorgt. Er hatte die Hand aufs Herz gelegt und sah elend aus.

Plötzlich fiel es mir wieder ein: Ich hatte ihn beim Mittagessen eine Riesenportion Spaghetti verspeisen sehen, die er mit Palombaccia al tartufo krönte. Ein Kellner hatte mir einmal erzählt, daß Täubchen auf Nudeln die Leber eines Menschen für immer ruinieren könnten. Ich fühlte Mr. Morton den Puls, behorchte sein Herz, klopfte seine Kissen glatt – derlei Gesten wirken vertrauenerweckend – und wandte mich dann an seine angsterfüllte Frau.

«Kein Grund zu ernster Besorgnis», sagte ich. «Das habe ich schon Dutzende von Malen erlebt. Die kräftige Luft von Perugia und Assisi ist für Menschen mit etwas Übergewicht nicht immer das Gegebene. Dann die Hitze im Bus und das stundenlange Sitzen. Das kann in der Herzgegend etwas auslösen, was wir einen ‹sfiato› nennen, eine Art Stockung. Die Sache ist nicht gefährlich und wird schnell abklingen. Einen Arzt brauchen wir nicht zu alarmieren.»

Einem Kunden darf man nie erzählen, daß er sich wie ein Schwein überfressen hat. Er würde sich lieber eine latente Thrombose nachsagen lassen als simple Gefräßigkeit.

«Ich empfehle Mineralwasser, zwei Tabletten, wie ich sie für den Notfall immer bei mir führe (es handelte sich um ganz gewöhnliche Abführtabletten), und absolute Ruhe. Kein Abendessen. Morgen wird Mr. Morton wieder völlig in Ordnung sein.»

Ich verbeugte mich lächelnd. Mrs. Morton nahm die Tabletten und goß ihrem Eheherrn ein Glas Mineralwasser ein. (Angelsachsen trinken niemals Leitungswasser. Sie leben in der Überzeugung, daß sie daraufhin sofort vom Typhus befallen würden.)

«Wie schade», sagte sie. «Nun müssen wir auf die Abendrundfahrt verzichten. Ich möchte meinen Mann schließlich nicht allein lassen, und Sally darf ohne mich nicht mit.»

Die Tochter – sie konnte nicht älter als siebzehn sein und wirkte sehr neugierig und erwartungsvoll – sank in sich zusammen wie eine Treibhauspflanze, die plötzlich von einem rauhen Luftzug getroffen wird. Seit zwei Tagen hatte sie nun schon lächelnde Blicke und kleine Bemerkungen mit einem der jungen «Barbaren» getauscht, und ich vermutete, daß das Programm des heutigen Abends, «Rom bei Nacht», in ihrer Vorstellung die Erfüllung eines nicht ganz unmöglichen Traumes bedeutet hatte.

«Ich werde dafür sorgen, daß Miß Morton nichts Böses geschieht», versprach ich den Eltern, «und keinesfalls wird die Gruppe sich in Grüppchen aufsplittern. Außerdem – das Programm ‹Rom bei Nacht› ist geradezu eine Art Kolleg, es ist Bildungspflicht. Die Monumente sind angestrahlt. Man wird vom Bus aus alles sehen können.»

Es würde ein Kinderspiel sein, die beiden auf die hintere Bank zu manövrieren, zusammen mit ein paar anderen Pärchen, die sich bereits auf ähnlicher Basis gefunden hatten. Ob sie dann aus dem Fenster sahen oder nicht, war ihre Sache. Hauptsache, man hielt seine Schutzbefohlenen bei guter Laune. Ich überließ die drei Insassen des befriedeten Zimmers 203 ihrem Schicksal und kletterte die Treppen hinunter, um die Vorbereitungen zu überprüfen, die man im Restaurant für unser Abendessen getroffen hatte.

Ich besprach mich kurz mit dem Ober und versicherte, daß meine Gesellschaft pünktlich sieben Uhr dreißig zur Stelle sein würde.

Dann warf ich einen Blick auf die Speisekarte. Wir bekamen selbstverständlich das Menu. Eine Wahl à la carte gab es nicht. Ließe man sie à la carte essen, würde das die Pauschalpreise über den Haufen werfen. Getränke natürlich wurden ohnehin extra bezahlt. Die beglich ein jeder direkt aus eigener Tasche, und ich hütete mich, den Finanzier zu spielen, nachdem ich auf meiner ersten Reise böse hereingefallen war. Ich bekam mein Geld nie wieder zu Gesicht, noch vermochte ich im Zentralbüro der «Sonnenreisen» eine Vergütung herauszuschlagen.

Ein letzter Blick auf die Uhr, und dann auf zum festlichen Umtrunk in der Hotelbar!

Es war nur eine Handvoll von Leuten versammelt, um das Bloom-Baby hochleben zu lassen. Mrs. Bloom segelte auf mich zu, eine Fregatte in voller Fahrt: «Da sind Sie ja, Mr. Fabbio! Wie ist es mit einem Gläschen Champagner?»

«Ein halbes, wenn ich bitten darf, Mrs. Bloom. Nur einen Schluck, um Ihrem Enkelkind ein langes Leben zu wünschen.»

Die Glückseligkeit der Mrs. Bloom hatte etwas Rührendes. Ihre ganze Person strahlte Gebefreudigkeit aus. Sie hakte mich unter und schleppte mich zu ihrem Grüppchen. Wie nett sie doch waren, du meine Güte, wie nett... In ihrem drängenden Eifer, in ihrer alles umschlingenden Freundlichkeit hungern die «Barbaren» nach Liebe. Ich zuckte schon zurück, dem Ersticken nahe, ließ mich dann aber, reuevoll, überfluten von der Welle der Wärme.

«Es tut mir leid, die Party sprengen zu müssen, Mrs. Bloom. Aber es ist sieben Uhr dreißig.»

«Ihr Wort ist uns Befehl, Mr. Fabbio. Sie sind der Boß.»

In der Hotelhalle mischten die Nationen sich wieder, und meine fünfzigköpfige Herde zog ihres Weges, lauter oder leiser schwatzend, zum Restaurant und durch dasselbe hindurch, ich selbst als Hütejunge hinterdrein.

Ein Wort in Mrs. Taylors Ohr: «Alles in Ordnung mit den Päckchen in Perugia. Sie sind sichergestellt.» Ein beruhigendes Kopfnicken in Richtung der Morton-Tochter, die neben ihrem überseeischen Verehrer Platz gefunden hatte, während die Mutter wohlverwahrt im Zimmer saß und, vom Etagenkellner bedient, ihr Dinner vom Tablett aß.

Dann zog ich mich an meinen eigenen kleinen Tisch zurück. Ein Reiseleiter tafelt nicht mit seinen Kunden. Das geht nicht an. Er muß immer auf ein Minimum von Distanz bedacht sein. Ein Schritt vom Weg der strikten Etikette, und schon hat der Kunde das Kommando.

Ein einsamer männlicher «Barbar», mittelalterlich, mit schwimmendem Blick, hatte sich an die Ecke eines der beiden langen Tische gesetzt. Von dort aus konnte er mich im Auge behalten. Ich hatte ihn längst eingestuft. Die Sorte kannte ich. Der Reiseleiter würde ihn nicht ermutigen, aber in Neapel konnten wir Schwierigkeiten mit ihm bekommen.

Während ich aß – und der Kellner brachte mir, was immer ich wollte, nebst einer halben Gratisflasche Wein –, rechnete ich über den Reisetag ab. Das tat ich immer. Ich stellte mich taub gegen Stimmengewirr und Tellergeklapper. Wenn man nämlich nicht genau aufs Datum abrechnet, kommt man nicht klar, und dann ist im Hauptbüro später der Teufel los. Der Kellner beugte sich zu mir herab. «Der Autobus wartet», sagte er. Es war inzwischen zehn Minuten vor neun. Zeit, daß Mäntel, Hüte und Schals geholt wurden. «Rome by Night» lief nach einem äußerst knappen Zeitplan, oder richtiger der Sonderbus, den das «Sonnenreisen»-Büro für diesen Zweck organisierte. Als ich die Köpfe meiner Lieben gezählt hatte, während sie eine Minute nach neun in den Pullman kletterten, stellte ich fest, daß wir nur 46 waren. Zwei fehlten. Ich fragte beim Fahrer nach.

«Zwei der Damen waren vor den anderen hier», sagte er mir, «sie sind zusammen die Straße hinuntergegangen.»

Ich blickte zur Via Veneto hinüber. Das Hotel Splendido liegt nur eine Straße von ihr entfernt, in einer leidlich ruhigen Ecke. Vom Trottoir aus kann man die strahlenden Lichter, die farbenbunten Schaufenster und den Autostrom zur Porta Pinciana sehen. All dies bedeutet für die meisten Damen eine weit größere Verlockung als das Kolosseum, das es zu besichtigen galt. «Nein», sagte der Fahrer, «sie sind in die andere Richtung gegangen.» Während er nach links wies, bogen bereits zwei eilige Gestalten um den Häuserblock herum. Ich hätte es ahnen müssen: die beiden pensionierten Lehrerinnen aus Süd-London, immer wißbegierig, immer kritisch, immer auf Reformationen bedacht. Sie waren es, die mir befohlen hatten, den Bus auf dem Weg nach Siena zu stoppen, weil ein Mann, wie sie behaupteten, seinen Ochsen mißhandelte. Und dasselbe Zweigespann war schuld daran, daß wir in Florenz eine halbe Stunde verloren, weil die Damen eine streunende Katze entdeckt hatten und darauf bestanden, sie heimzubringen. Eine Mutter, die in Perugia ihr Kind schalt, wurde ihrerseits von den Lehrerinnen ausgezankt.

Gestikulierend und aufgebracht stürzten sie jetzt auf mich zu. «Mr. Fabbio ... Hier muß etwas geschehen. Gleich um die Ecke hockt eine arme alte Frau zusammengekauert im Kirchenportal.»

Ich beherrschte mich nur mühsam. Die Kirchen von Rom geben allen Bettlern, allen Verkommenen, allen Betrunkenen Obdach, die sich auf ihren Stufen herumsielen wollen, bis die Polizei sie vertreibt.

«Bitte, regen Sie sich nicht auf, meine Damen. Dergleichen ist hier gang und gäbe. Die Polizei wird sich schon um sie kümmern. Bitte, beeilen Sie sich. Der Bus wartet ...»

«Aber es ist doch ein Skandal. Bei uns in England... Da, Mr. Fabbio, sehen Sie, da!»

Gehorsam gab ich dem Fahrer einen sanften Rippenstoß, und kollegial verlangsamte er das Tempo. Die Passagiere rechts im Bus starrten gleich mir aus dem Fenster. Im Schein der Straßenlampe wirkte die Figur wie ein Relief. In meinem Leben gab es – wie in jedem Leben – Augenblicke, in denen das Gedächtnis «Klick» macht, in denen man etwas empfindet, was die Franzosen als «déjà vu», als «schon einmal erlebt», bezeichnen. Irgendwo, irgendwie – Gott weiß, wann – hatte ich diesen gebeugten Rücken gesehen, die ausgebreiteten Röcke, die verschränkten Arme, diesen Kopf, der begraben war unter schweren Tüchern. Doch nicht in Rom. Meine Vision zielte anderswohin. Meine Erinnerung ging in meine Kindheit zurück, war verwischt von vielen wechselnden Ereignissen, von all den langen Jahren.

Mitternacht war vorüber, als wir wieder am Splendido vorfuhren. Meine Schützlinge kletterten gähnend, sich räkelnd und offenbar befriedigt, einer nach dem andern aus dem Bus und passierten in flotter Folge die Drehtür des Hotels. Sie brachten in diesem Augenblick nicht mehr an Eigenleben auf als Fertigwaren, die vom Fließband rollen.

Ich war todmüde und sehnte mich nach meinem Bett. Anweisungen für den nächsten Morgen, letzte Mitteilungen, vielen Dank, gute Nacht allerseits, eine Kußhand von der kleinen Miß Morton, die mir einen erfolgreichen Abend Seite an Seite mit ihrem Verehrer im Hintergrund des Busses verdankte. Und dann war es vorbei. Sieben Stunden Vergessen. Der Reiseleiter durfte abtreten. Als sich die Lifttür, wie ich meinte, hinter dem letzten geschlossen hatte, seufzte ich auf und steckte mir eine Zigarette an. Dies war für mich der schönste Augenblick des Tages. Aber genau in diesem Augenblick trat hinter einer Säule, wo er sich unbeobachtet geglaubt haben mußte, der einsame, mittelalterliche Amerikaner hervor. Wie es alle seine Landsleute in unbewußter Erinnerung an ihre farbigen Brüder tun, wiegte er sich beim Gehen in den Hüften.

«Wie wär's mit einem Schlaftrunk oben in meinem Zimmer?» sagte er.

«Bedaure», erwiderte ich kurz angebunden. «Das verstößt gegen die Vorschrift.»

«Ach was, kümmern Sie sich nicht darum», sagte er. «Es ist doch längst Dienstschluß.»

Er näherte sich mir und schob, mit einem halben Blick nach rückwärts spähend, einen Schein in meine Hand. «Zimmer 244», flüsterte er und verschwand.

Ich setzte die Drehtür in Bewegung und ging auf die Straße. Dergleichen war mir schon öfter passiert und würde wieder passieren. Ich mußte die Abfuhr meinerseits und die daraus resultierende Feindseligkeit seinerseits hinfort einkalkulieren auf unserer Tour. Die Haltung, die ich meinen Arbeitgebern in Genua schuldete, schloß entsprechende Beschwerden aus. Aber andererseits wurde ich von der Agentur «Sonnenreisen» nicht dafür bezahlt, daß ich für die Gelüste oder die Einsamkeitsgefühle gewisser Kunden aufkam.

Ich ging bis zum Ende des Häuserblocks und blieb dort einen Augenblick stehen, die kalte Abendluft in mich hineinsaugend. Ein oder zwei Autos kamen des Weges und glitten vorbei. In meinem Rücken, für mich unsichtbar, brauste noch der Verkehr der Via Veneto. Ich schickte einen Blick hinüber zur Kirche. Die Gestalt hockte noch auf der Treppe. Sie rührte sich nicht. Ich betrachtete den Geldschein in meiner Hand. Es war ein Zehntausend-Lire-Schein. Ein Hinweis, wie ich vermutete, auf künftiges Entgegenkommen, das ich zu gewärtigen hatte. Das Geld konnte ich gebrauchen, das Entgegenkommen nicht.

Ich überquerte die Straße und beugte mich zu der schlafenden Frau hinab. Ein flüchtiger Geruch von schalem Wein und alten Kleidern stieg mir in die Nase. Ich tastete nach der Hand unter den Tüchern und schob den Geldschein hinein. Plötzlich bewegte sie sich, hob den Kopf. Sie hatte ein Adlergesicht, kühne Züge und Augen, die einmal sehr groß gewesen sein mußten, aber nun tief eingesunken waren. Das wirre graue Haar fiel in Strähnen auf ihre Schultern. Sie war offenbar von weit hergekommen, denn sie hatte zwei Proviantkörbe mit Brot und Wein neben sich und noch ein zusätzliches warmes Tuch. Wieder überfiel mich jenes Gefühl des Wiedererkennens, spürte ich eine Verbindung mit der Vergangenheit, für die ich keine Erklärung wußte. Selbst die Hand, die trotz der Kälte Wärme ausstrahlte und die meine dankbar umklammerte, löste eine ungewollte, doch spontane Reaktion in mir aus. Die Frau sah mich aus großen Augen an, und ihre Lippen bewegten sich.

Ich wandte mich ab. Ich lief, ich stürzte, glaube ich, zurück ins Splendido. Wenn sie nach mir rief – und ich hätte schwören können, daß sie rief –, so wollte ich es nicht hören. Sie hatte die zehntausend Lire und würde sich am Morgen Unterkunft und Essen beschaffen können. Sie ging mich nichts an, und ich ging sie nichts an. Die Gestalt in den wallenden Kleidern, die wie Trauerkleider wirkten, war eine Ausgeburt meiner Phantasie und hatte nichts zu schaffen mit einem betrunkenen Bauernweib.

Ich mußte schlafen, um jeden Preis. Ich mußte munter sein am nächsten Morgen, für den Besuch von Petersdom und Vatikan, der Sixtinischen Kapelle, der Engelsburg...

Ein Fremdenführer, ein Reiseleiter hat keine Zeit. Überhaupt keine Zeit.

2

Ich wachte abrupt auf. Hatte da nicht jemand Beo gerufen? Ich drehte das Licht an, stieg aus dem Bett, trank ein Glas Wasser und schaute auf die Uhr. Es war zwei Uhr morgens. Ich fiel zurück auf meine Kissen, aber der Traum ließ mich nicht los.

Das unpersönliche nackte Hotelzimmer, meine Kleider über dem Stuhl, das Abrechnungsbuch und der Plan unserer Reiseroute neben mir auf dem Nachttisch gehörten in eine improvisierte Existenz, in eine völlig andere Welt als jene, in die ich, aus Versehen, hineingestolpert war. Beo... Il Beato, der Glückliche, der Gesegnete. Ein Kindername, den meine Eltern mir gegeben hatten, und Marta. Zweifelsohne, weil ich ein Spätling war, ein Nachzügler, weil acht Jahre zwischen mir und meinem älteren Bruder Aldo lagen. Beo... Beo... Der Schrei hallte in meinen Ohren wider wie eben im Traum, und ich konnte das Gefühl von Bedrückung und Furcht nicht loswerden, das mich erfüllte. In meinem Schlaf war ich ein Reisender in die Vergangenheit gewesen und kein Touristenführer.

Hand in Hand hatte ich mit Aldo in der Seitenkapelle der Kirche San Cipriano in Ruffano gestanden und das Altarbild über mir angestarrt. Das Bild stellte die Auferweckung des Lazarus dar. Aus dem klaffenden Grab stieg die Gestalt des Toten heraus, furchterregend noch eingehüllt in sein Leichentuch, bis auf das Gesicht, von dem die Bandagen irgendwie abgefallen waren und aufgerissene, jählings neu erwachte Augen sehen ließen, aus denen Lazarus voller Entsetzen auf seinen Herrn blickte. Christus, im Profil gezeigt, winkte ihm mit erhobenem Finger. Vor dem Grab lag, umflutet von ihren ausgebreiteten Kleidern, eine Frau in verzweifeltem Flehen, vermutlich war es Maria von Bethanien, die oft verwechselt wird mit Maria Magdalena.

Aber in meinen Kinderaugen nahm sie sich eher wie Marta aus. Wie Marta, die Amme, die mich jeden Tag fütterte und anzog, die mich auf ihren Knien reiten ließ und mich Beo nannte. Dieses Altarbild verfolgte mich bis in meine Träume, und Aldo wußte das. An Sonn- und Festtagen, wenn wir unsere Eltern und Marta zur Kirche begleiteten, wobei sie nach ihrer Gewohnheit nicht im Dom, sondern in der Pfarrkirche San Cipriano ihren Gottesdienst hielten, ergab es sich, daß wir links im Schiff standen, ganz dicht an der Kapelle. Und meine Eltern, die wie alle Eltern keine Ahnung hatten von den Ängsten ihres Kindes, achteten nie auf meinen Bruder, der meine Hand umklammerte und mich immer näher an die weit offenen Türen der Kapelle heranzerrte, so daß ich wie unter einem Zwang den Kopf heben und schauen mußte.

«Wenn wir nach Hause kommen», flüsterte Aldo, «verkleide ich dich als Lazarus, und ich werde Christus sein und dich rufen.»

Dies war das schlimmste, noch angsterregender als das Altarbild selbst. Denn dann pflegte Aldo in dem Schrank herumzuwühlen, in dem Marta die schmutzige Wäsche aufbewahrte, und Vaters zerknülltes Nachthemd herauszuholen. Das zog er mir über den Kopf, wickelte mich ganz darin ein und bandagierte schließlich meinen Kopf mit meines Vaters abgelegter Bauchbinde.

Empfindsam, wie ich war, sah ich in dieser Prozedur eine Art Erniedrigung, und bei dem Gedanken, in die schmutzige Wäsche eines Erwachsenen gehüllt zu werden, wurde mir schlecht in meinem kleinen Magen, aber zum Rebellieren war keine Zeit. Ich wurde in den Wandschrank oberhalb der Treppe gestoßen, und die Tür fiel zu. Der Schrank war geräumig, und auf den glatten Borten lag frisch die saubere Wäsche und duftete süß nach Lavendel. Hier war ich in Sicherheit, doch nicht für lange. Die Klinke des Schrankes drehte sich, die Tür ging leise auf, und Aldo rief: «Lazarus, komm heraus!» Meine Angst war so groß, und mein Geist gehorchte seinen Befehlen so automatisch, daß ich nicht wagte, mich zu sträuben.

Ich kam heraus, und das Schreckliche war, daß ich nicht wußte, ob ich Gott oder dem Teufel begegnen würde, denn nach Aldos genialer These waren die beiden eins und auf irgendeine Weise, über die er sich nie näher verbreitete, austauschbar.

So trat mein Bruder zeitweilig als Christus auf, mit einem Handtuch drapiert und mit einem Spazierstock versehen, der den Hirtenstab abgab, und er hielt seine Rolle als Erlöser auch durch, indem er mich mit Süßigkeiten fütterte, seine Arme um mich schlang, sich brüderlich und liebreich aufführte. Bei anderen Gelegenheiten aber trug er das schwarze Hemd der faschistischen Jugendbewegung, der er angehörte. Dann stellte er, mit einer Kuchengabel ausgerüstet, den Teufel vor und bedrohte mich mit seiner Waffe, die er vorher auf dem Herd erhitzt hatte.

Ich konnte nie verstehen, wieso Lazarus, der arme Mann, der eben erst von den Toten auferstanden war, sich den Haß des Teufels zugezogen hatte und warum Christus, sein Freund, ihn so schnöde im Stich ließ. Aber Aldo, um eine Antwort nie verlegen, setzte mir auseinander, daß der Kampf zwischen Gott und Teufel ewig währe, daß sie um Seelen spielten, so wie die Menschen auf Erden und in den Cafés von Ruffano miteinander würfelten. Es war keine sehr tröstliche Philosophie.

Während ich wieder in meinem Hotelbett lag und eine Zigarette rauchte, fragte ich mich, was mich so plötzlich in diesen Alptraum zurückgestoßen hatte, in eine Welt, in der Aldo mein König war. Es mußte wohl an dem Champagnertoast auf die Gesundheit des frischgeborenen kleinen «Barbaren» liegen, dessen Existenz ich unbewußt mit der meinigen vermischte, der des schüchternen Beato von einst. Und daran, daß beim Anblick der Frau auf den Kirchenstufen die Vision des Bildes in der Kapelle zu San Cipriano mit unverminderter Gewalt über mich hereingebrochen war, das Bild jener Maria, die beide liebte, Christus und Lazarus, und sich vor dem offenen Grab flehend auf die Knie warf.

Wie immer die Erklärung sein mochte, behaglich war mir nicht zumute. Nach einer Weile schlief ich wieder ein, was mich aber nur neuen Qualen aussetzte. Diesmal verschmolz das Altarbild mit einem anderen Gemälde, das im Palazzo Ducale, im Herzogsschloß hing, wo mein Vater den Posten des Museumsdirektors innehatte, ein hochgeachtetes Amt. Das Porträt war im Schlafzimmer des Herzogs ausgestellt. Es galt allen Kunstliebhabern als ein Meisterwerk und einzig in seiner Art. Ein Schüler Piero della Francescas hatte es zu Beginn des 15. Jahrhunderts gemalt. Es stellte Christi Versuchung dar und zeigte den Herrn hoch oben auf der Zinne des Tempels. Der Künstler hatte den Tempel absichtlich so gemalt, daß er einem der Zwillingstürme des Schlosses ähnelte, die das hervorstechendste Element der gesamten Fassade waren und sich in Schönheit über die Stadt Ruffano erhoben.

Außerdem hatte der beherzte Künstler die Züge Christi, der aus dem Gemälde heraus über die Hügel schaute, nach dem Bilde Claudios, des wilden Herzogs, gestaltet, den man den Falken nannte und der sich in einem Augenblick des Wahnsinns von der Höhe des Turmes geworfen hatte, weil er glaubte, so ging die Legende, er sei Gottes Sohn.

Dieses Bild hatte jahrhundertelang in den staubigen Kellern des Palastes gelegen, bis es kurz nach der Ära des Risorgimento, als man das Gebäude weitgehend restaurierte, wiederentdeckt wurde. Seither schmückte oder, wie einige empörte Ruffano-Bürger flüsterten, verschandelte es das herzogliche Gemach. Wie von dem Altarbild in San Cipriano fühlte ich mich auch von diesem Gemälde gleichzeitig bezaubert und abgestoßen, was meinem Bruder Aldo wohl bewußt war. Er pflegte mich zu zwingen, ohne Wissen unseres Vaters die gefährlich gewundene Turmtreppe mit ihm hinaufzuklimmen. Dann stieß er die uralte Tür auf, die zur Spitze des Turmes führte, und hob mich in einer scheinbar übermenschlichen Kraftanstrengung auf die Balustrade, die um den Aufsatz herumlief.

«Hier war es. Hier hat der Falke gestanden», sagte er. «Hier hat ihn der Teufel versucht. Bist du Gottes Sohn, so laß dich von hinnen hinunter; denn es steht geschrieben: Er wird befehlen seinen Engeln von dir, daß sie dich bewahren und auf Händen tragen, auf daß du nicht etwa deinen Fuß an einen Stein stoßest.»

Tief unter uns lag die Stadt Ruffano. Fern auf der Piazza di Mercato wimmelten die Menschen und die Fahrzeuge und jagten ihren Geschäften nach wie Ameisen, die über eine staubige Fläche hasten. Ich klammerte mich zitternd an die Balustrade. Wie alt ich damals eigentlich war, weiß ich nicht mehr. Sechs oder sieben vielleicht.

«Soll ich dir erzählen, was der Falke tat?» fragte Aldo.

«Nein», flehte ich, «nein . . .»

«Er breitete seine Arme aus», sagte Aldo, «und er flog. Seine Arme waren zu Flügeln geworden. Er hatte sich in einen Vogel verwandelt. Er schwebte hinweg über die Dächer der Stadt, die sein Eigen war, und staunend schaute das Volk zu ihm auf.»

«Es ist nicht wahr», schrie ich, «er konnte nicht fliegen. Er war ein Mensch und fiel. Er fiel hinab und starb. Vater hat es mir gesagt.»

«Er war ein Falke», beharrte Aldo, «er war ein Falke, und er flog.»

Als ich diesmal erwachte, fühlte ich mein Herz hämmern, und ich war gebadet in Schweiß. Der Alptraum war zu beklemmend, als daß ich mich ihm ein drittes Mal ausgesetzt hätte. Ich knipste das Licht an, setzte mich auf, nahm mein Notizbuch zur Hand und prüfte die Konten nach. Benommen vor Erschöpfung, dämmerte ich schließlich doch wieder ein und schlief durch, ohne zu träumen, bis mir ein Klopfen um sieben Uhr früh anzeigte, daß der Kellner mit Kaffee und Brötchen vor der Tür stand.

Die Routine des Tages setzte ein, und die Nacht mit all ihrem Grauen schien weltenfern. Das Telefon begann, wie üblich, zu läuten, und nach zehn Minuten oder so war ich völlig in Anspruch genommen von all dem technischen Kleinkram, den ich im Hinblick auf die nächsten Stunden abzuwickeln hatte. Dann hastete ich hinunter zum Bus, und während sich unsere Kunden im Wagen verteilten, munter und begierig auf das «Rom bei Tag», das sich ihnen, zu ihrem Spaßvergnügen, nun darbieten würde, stellte ich fest, daß mich der einsame Amerikaner, mein Verehrer von gestern abend, wie Luft behandelte.

Der Bus bog links ein und passierte die Kirche, die sich für mich auf so furchterregende Weise mit San Cipriano verschmolzen und einen Traum in einen Alptraum verwandelt hatte. Die Treppe war leer, die Frau vom Land verschwunden.

Sie mochte sich, ich hoffte es, eben jetzt gütlich tun und ihre Lebensgeister mittels meiner zehntausend Lire neu entfachen. Die pensionierten Lehrerinnen hatten ihre Existenz vergessen. Sie blätterten bereits in einem Führer herum und schrieben ihren Nachbarn vor, welche Schätze der Villa Borghese – unser erstes Ziel – man keinesfalls links liegen lassen dürfe. Ich war nicht überrascht, als ich sie rund zwanzig Minuten darauf an den konventionellen Statuen vorbeieilen sah, um aus gierigen Augen den ruhenden Hermaphroditen zu bestaunen.

Weiter, immer weiter – der Friede des Pincio lag bereits hinter uns – und hinunter zur Piazza del Popolo, und über den Tiber zur Engelsburg und von dort zu St. Peter und zum Vatikan. Ich begleitete meine Schäfchen zu jeder Sehenswürdigkeit, stapfte mit ihnen auf die Bastionen der Engelsburg, schlurfte durch das Schiff des Petersdoms, stand unter hundert Konkurrenzgruppen in der Sixtinischen Kapelle, Schulter an Schulter, mit verrenktem Genick. Dann endlich war es, dem Himmel sei Dank, Zeit zum Lunch. In dem Restaurant nahe dem Petersdom, wo die «Sonnenreisen» das Essen, wie üblich, pauschal bestellt hatten, gab es weder Raum noch Zeit, um sich ein wenig zu erholen. Mrs. Taylor hatte bereits ihren Schirm verloren. Er sei in der Vatikan-Garderobe stehen geblieben, mutmaßte sie. Ob ich mich wohl bitte möglichst bald darum kümmern würde?

Mr. Morton machte sich, unbekümmert um seine Pseudo-Herzattacke von der letzten Nacht, über die Spezialität des Restaurants, Saltimbocca alla Romana, Kalbsschnitzel mit Schinken auf römische Art, her. Er würde sich gratulieren können, wenn er das lebend überstand.

Wir sollten um vierzehn Uhr aufbrechen nach den Caracalla-Thermen, dann denselben Weg zurück zum Forum fahren und einen langen Nachmittag zwischen den Ruinen verbringen. Hier pflegte ich meine Gefolgschaft ihrer Eigeninitiative zu überlassen. An diesem Nachmittag jedoch kam alles ganz anders. Ich hatte den verlorenen Schirm sichergestellt und überquerte gerade die Via della Conciliazione, um meine Herde wieder zu versammeln, als ich sah, daß mir eine Handvoll Touristen zuvorgekommen war und sich um den Fahrer drängte, der aus einer aufgeschlagenen Zeitung vorlas. Dies war sonderbar, denn keinerlei Krise bedrohte den Weltfrieden.

Es handelte sich um die Frühausgabe eines römischen Blattes. Beppo, der Fahrer, winkte mir zu. Er genoß seine Rolle als Dolmetscher. Aber seine Zuhörer schienen bestürzt. Die beiden Lehrerinnen waren als Vorhut mit von der Partie, was mich mit bösen Ahnungen erfüllte.

«Was gibt es denn für Sensationen?» fragte ich.

«Mord bei der Via Sicilia», sagte Beppo, «so etwa vierzig Meter vom Hotel Splendido entfernt. Die Damen hier behaupten, sie hätten das Opfer noch lebend gesehen.» Die Stimmkräftigere der Lehrerinnen wandte sich mir empört zu.

«Es handelt sich um jenes arme Weib», erklärte sie, «es muß dieselbe Frau sein. Der Fahrer sagt, daß man sie erstochen auf den Kirchenstufen fand, um fünf Uhr in der Frühe. Wir hätten sie davor bewahren können. Es ist zu schrecklich, um es in Worten auszudrücken.»

Ich war so entsetzt, daß es mir die Sprache verschlug. Mein ganzer Schneid verließ mich. Ich riß Beppo die Zeitung aus der Hand, um selbst zu lesen. Die Meldung war nur kurz: «Die Leiche einer Frau wurde um fünf Uhr morgens auf den Stufen der Kirche Santa Felicità gefunden. Sie war erdolcht worden.

Offenbar handelte es sich um eine Landstreicherin. Sie hatte getrunken. Es fanden sich nur einige wenige Münzen in ihrem Besitz, so daß kein Motiv für den Mord gegeben scheint. Wer die Frau gesehen oder in der näheren Umgebung während der Dämmerung irgend etwas Auffälliges bemerkt haben sollte, wird gebeten, zur Polizei zu kommen und auszusagen.»

Ich gab Beppo die Zeitung zurück. Die Gruppe wartete gespannt, wie ich reagieren würde.

«Die Sache ist sehr bedauerlich», erklärte ich, «aber, wie ich fürchte, nicht einmal so außergewöhnlich. Gewaltverbrechen passieren in jeder großen Stadt. Man kann nur hoffen, daß der Mörder bald überführt wird.»

«Aber wir haben sie doch gesehen», lamentierte lauthals die eine der beiden Lehrerinnen. «Hilda und ich versuchten sie anzusprechen, kurz vor neun Uhr. Damals war sie noch nicht tot. Sie schlief und atmete mühsam. Sie haben sie vom Bus aus ja auch gesehen. Jeder hat sie gesehen. Damals bat ich Sie, etwas zu unternehmen.»

Beppo suchte meinen Blick und zuckte die Achseln. Unauffällig begab er sich zum Bus und kletterte auf seinen Sitz. Mit dieser Geschichte hatte ich mich auseinanderzusetzen, nicht er.

«Signora», sagte ich, «ich möchte nicht, daß Sie mich für kaltherzig halten. Aber für uns ist dieser Vorfall erledigt. Wir hätten für die Frau praktisch nichts tun können. Und jetzt können wir schon gar nichts mehr tun. Die Polizei hat sich der Sache angenommen. Also! Im übrigen haben wir schon Verspätung.»

Inzwischen war innerhalb der Gruppe eine erregte Diskussion in Gang gekommen, und nun stieß auch der Rest zu uns und wollte wissen, was los war. Sogar Passanten blieben stehen und schauten neugierig. «Bitte den Bus zu besteigen», sagte ich energisch, «auf die Plätze! Das gilt für alle. Wir blockieren den Verkehr.»

Als wir saßen, brach die Hölle los. Mr. Hiram Bloom, Sprecher der «Barbaren», war zu der Ansicht gelangt, daß er die Angelegenheit dem amerikanischen Konsul besser nicht unterbreiten sollte. Andernfalls könnte man unterstellen, daß die «Liga anglo-amerikanischer Freundschaft» die Tüchtigkeit der römischen Stadtverwaltung in Zweifel ziehe.

Mr. Morton, der gewöhnlich zu mir hielt und überhaupt ein Mann des Friedens war, begann die Nachwirkungen der Saltimbocca zu spüren und schwieg sich aus.

«Wohin also?» fragte Beppo flüsternd, «zur Präfektur oder zu den Caracalla-Thermen?»

Beppo hatte es gut. Für mich sah das anders aus. «Kein Motiv», schrieben die Zeitungen und ahnten nicht, was sich wirklich zugetragen hatte. Die Frau war nicht wegen der paar Münzen in ihrer Tasche ermordet worden, sondern wegen der zehntausend Lire, die ich ihr zugesteckt hatte. So einfach war der Tatbestand.

Irgendein strolchender Vagabund, der selber mit leerem Magen herumlief, war in den frühen Morgenstunden über sie gestolpert, hatte den Geldschein kassiert und ihr für immer den Mund gestopft. Unsere Kleinverbrecher haben wenig Achtung vor dem Leben eines Menschen. Wer würde schon eine Träne weinen um eine Landstreicherin, die obendrein dem Trunk verfallen war. Barmherziger vielleicht, ihr aus diesem Leben wegzuhelfen. Die Hand auf ihren Mund gepreßt, ein schneller Stoß, und nichts wie weg.

«Ich bestehe darauf», verkündete eine der Lehrerinnen, Hysterie in der Stimme, «bei der Polizei Aussage zu machen. Es ist meine Pflicht, dort mitzuteilen, was ich weiß. Und wenn Mr. Fabbio sich weigert, mich zu begleiten, gehe ich eben allein.»

Mr. Bloom tippte mir auf die Schulter. «Was soll es schließlich schaden», sagte er mit gedämpfter Stimme. «Könnte irgendein Nachteil für die Reisegesellschaft daraus erwachsen, oder handelt es sich nicht nur um eine reine Routineaussage, die Sie um der beiden Damen willen machen, und dann Schluß damit?»

«Ich weiß nicht recht», antwortete ich. «Wer weiß schon, was der Polizei einfällt, wenn sie einmal angefangen hat, einen auszufragen?»

Ich bat Beppo weiterzufahren. Zankende Stimmen wurden in meinem Rücken laut und ebbten wieder ab. Gleichgültig floß der Verkehr auf beiden Seiten vorbei. An mir war es zu entscheiden, im Guten oder im Bösen. Ein falscher Schachzug, und meine Herde würde sich in Parteien spalten, hinter dem Rücken klatschen. Jener Geist des Unbehagens und der Erbitterung, der für eine Gemeinschaftsreise so verderblich ist, würde aufkommen und um sich greifen. Ich zog meinen Block vor und reichte Mr. Hiram Bloom ein Bündel Notizen.

«Wenn Sie so freundlich wären», sagte ich, «die Gesellschaft in ihre Obhut zu nehmen, bei den Caracalla-Thermen und auch auf dem Forum Romanum. Hier wie dort stehen englischsprechende Fremdenführer zur Verfügung, und falls es irgendwelche Schwierigkeiten geben sollte, kann Beppo den Dolmetscher machen. Um sechzehn Uhr dreißig erwartet man Sie in den englischen Tea-rooms an der Piazza di Spagna. Dort treffen wir uns.»

Die eine Lehrerin beugte sich vor.

«Was wollen Sie tun?» fragte sie.

«Sie und Ihre Freundin zur Polizei bringen», teilte ich ihr mit. Nun war es soweit. Jetzt gab es für mich kein Zurück mehr.

Ich bat Beppo, uns am ersten Taxistand abzusetzen, wo er Platz fand und halten konnte. Dies tat er. Die beiden Samariterinnen und ich sahen dem Bus nach, als er in Richtung Caracalla-Thermen davonfuhr. Selten hatte ich einen Bus mit größerem Bedauern abfahren sehen.

Auf dem Wege zur Polizeipräfektur waren meine Begleiterinnen merkwürdig still. Sie hatten wohl nicht gedacht, daß ich so schnell auf ihren Vorschlag eingehen würde.

«Glauben Sie, daß der Polizeioffizier englisch spricht?» erkundigte sich die Aufgeregtere der beiden.

«Ich möchte es bezweifeln, Signora», erwiderte ich. «Würden Sie voraussetzen, daß Ihre Polizeioffiziere italienisch sprechen?»

Daraufhin tauschten die Damen Blicke aus, die Bände sprachen, ich spürte die Feindseligkeit, die sie auf ihren Sitzen förmlich gefrieren ließ, und auch ihr tiefes Mißtrauen aller römischen Rechtsprechung gegenüber.

Polizeibehörden, gleich in welcher Stadt sie sitzen, sind immer unsympathisch, und mir mißfiel meine Mission gründlich, weit mehr als den Damen, die offenbar ein Reiseabenteuer darin sahen. In mir erweckt der Anblick einer Uniform, jeder Uniform, den Wunsch, davonzulaufen.

Der schwere Schritt, das scharfe Kommando, der kalte, forschende Blick zeitigen unangenehme Assoziationen. Sie erinnern mich an meine Jugend.

An unserem Bestimmungsort stiegen wir aus, und ich bat den Taxifahrer zu warten. Zugleich wies ich ihn darauf hin – und ich sprach besonders deutlich, so daß meine Begleiterinnen mich verstehen konnten –, daß wir möglicherweise stundenlang zu tun haben würden.

Unsere Schritte klangen hohl, als wir den Hof überquerten und auf die Präfektur zugingen. Von der Auskunft wurden wir in ein Wartezimmer dirigiert und vom Wartezimmer in ein Büro, wo ein Offizier uns Namen und Adressen abfragte und sich nach der Art unseres Anliegens erkundigte.

Als ich ihm auseinandersetzte, daß die beiden Engländerinnen über die Frau auszusagen wünschten, die man ermordet auf den Stufen von Santa Felicità gefunden hatte, schaute er überrascht auf, setzte sodann eine Klingel in Bewegung und bellte dem Mann, der daraufhin eintrat, einen Befehl entgegen. Die Atmosphäre war klamm.

Kurz darauf betraten zwei weitere Polizeioffiziere den Raum. Notizblöcke wurden in Anschlag gebracht, und die drei fixierten die Lehrerinnen, die mittlerweile sehr kleinlaut wirkten. Ich erklärte dem Offizier hinter dem Schreibtisch, keine der beiden spreche italienisch. Es handle sich um englische Touristinnen, und ich leite die Tour im Auftrag der Agentur «Sonnenreisen».

«Falls Sie über irgendwelche Informationen zu dem Mord verfügen, der letzte Nacht stattgefunden hat, teilen Sie uns mit, was Sie wissen. Unsere Zeit ist bemessen», sagte der Mann kurz.

Die Ältere der beiden Engländerinnen begann zu reden, indem sie zwischen die einzelnen Sätze Pausen einschob, damit ich dolmetschen konnte. Ich nahm es auf meine Kappe, gewisse Einzelheiten ihres ziemlich wirren Berichts zu unterschlagen. Die Anmerkung zum Beispiel, sie und ihre Freundin betrachteten es als eine Schande, daß es in unseren modernen Zeiten in Rom kein Hospital oder Asyl gäbe für eine verhungernde Frau, konnte die Polizei meiner Meinung nach kaum interessieren.

«Haben Sie die Frau tatsächlich angefaßt?» fragte der Offizier. Ich dolmetschte.

«Ja», antwortete die Lehrerin. «Ich habe sie an der Schulter berührt und zu ihr gesprochen. Daraufhin stöhnte sie. Ich sah sofort, daß sie sehr krank sein mußte, und meine Freundin sah es auch. So liefen wir zum Bus zurück und baten Mr. Fabbio, etwas zu unternehmen. Er sagte, das sei nicht unsere Sache, und wir hielten den Autobus nur unnötig auf.»

Der Polizeioffizier warf mir einen fragenden Blick zu. Ich sagte, daß die Darstellung zutreffe, und es sei kurz nach neun gewesen.

«Sie sind ganz sicher, daß die Frau nicht schon erstochen worden war, bevor Sie sich über sie beugten?» fragte der Offizier durch meine Dolmetscherei hindurch.

«Aber nein, das war sie nicht», erwiderte die Lehrerin entgeistert, «es war kein Blut zu sehen oder sonst irgend etwas Schreckliches. Sie kauerte einfach da und schlief ganz fest.»

«Und als Sie von ihrer Tour durch ‹Rom bei Nacht› zurückkamen, haben Sie nicht gesehen, ob die Frau noch dort war?»

«Leider nein. Der Bus fuhr einen anderen Weg, und wir waren alle sehr müde.»

«Das Thema wurde also nicht weiter erörtert?»

«Nein, das heißt doch, als wir uns auszogen, sprachen meine Freundin und ich noch einmal davon. Wir sagten, wie unglaublich es sei, daß Mr. Fabbio nicht einen Krankenwagen gerufen oder die Polizei alarmiert habe.»

Wieder schaute der Offizier zu mir herüber, und ich meinte, Sympathie in seinem Blick zu lesen. «Würden Sie den beiden Damen bitte danken, daß sie gekommen sind», sagte er. «Ihre Aussage ist für uns von Nutzen. Für unser Protokoll muß ich Sie leider noch bitten, die Kleider der Ermordeten zu identifizieren, wenn Sie so freundlich sein wollen.»

Das hatte ich nicht erwartet, und meine Schützlinge auch nicht. Sie wurden blaß.

«Ist das wirklich notwendig?» stammelte die Jüngere der beiden.

«Es sieht so aus», sagte ich.

Wir folgten dem einen der Offiziere, der uns einen Korridor hinunter zu einem kleinen Zimmer führte.

Ein weißgekleideter Aufseher kam zum Vorschein und begab sich, nach kurzer Erklärung, in einen besonderen Raum im Hintergrund. Als er mit einem Kleiderbündel und zwei Körben zurückkehrte, wurden meine Damen noch um eine Schattierung bleicher.

«Ja», sagte die Ältere rasch und wandte den Kopf ab, «ja, ich bin sicher, daß das ihre Sachen waren. Wie entsetzlich ...»

Der weißgekleidete Wärter, übereifrig in seiner Eigenschaft als Leichenhüter, fragte, ob die Damen die Tote sehen wollten.

«Nein», sagte ich, «man hat sie nicht darum ersucht. Die Kleider genügen für die Identifizierung. Falls es die Nachforschungen jedoch irgendwie fördern könnte, wäre ich bereit, an ihrer Stelle zu gehen.»

Der Polizist, der uns begleitet hatte, zuckte die Schultern: Das war meine Sache. Keine der beiden Lehrerinnen verstand, was geredet wurde. Ich ging mit dem Wärter ins Totenzimmer. Getrieben von einer schmerzlichen Faszination, doch voller Unbehagen, näherte ich mich der Holzbahre, auf der die Leiche lag. Der Aufseher zog die Decke zurück, so daß ich das Gesicht sehen konnte. Es wirkte edel in der Ruhe des Todes und jünger, als es mir letzte Nacht erschienen war.

Ich wandte mich ab. «Danke», sagte ich zu dem Wärter.

Als wir in das Büro zurückkamen, wo man uns befragt hatte, teilte ich dem diensthabenden Offizier mit, daß die Damen die Kleider wiedererkannt hätten. Er dankte ihnen noch einmal.

«Ich nehme nicht an», sagte ich, «daß Sie die Damen noch brauchen, um zusätzliche Fragen zu stellen. Wir fahren morgen weiter nach Neapel.»

Mit ernstem Gesicht nahm der Offizier diese Tatsache in seinen Bericht auf.

«Es ist nicht zu befürchten», sagte er, «daß Sie noch einmal vorsprechen müssen. Wir haben die Namen und die Adressen.

Ich wünsche den Damen und Ihnen selbst eine angenehme Weiterreise.»

Ich hätte schwören können, daß er, nachdem er sich vor den Lehrerinnen verbeugt hatte, mit den Augen zwinkerte. Und das Zwinkern galt nicht den Engländerinnen, sondern mir.

«Gibt es irgendwelche Anhaltspunkte, was die Identität des Opfers betrifft?» fragte ich.

Er hob die Achseln. «Von der Sorte gibt es Hunderte, wissen Sie. Sie kommen in die Stadt gewandert und sind kaum unter Kontrolle zu halten. Auch der Mörder ist wahrscheinlich ein Landstreicher, der sich für irgend etwas rächen wollte, oder aber ein Gelegenheitsverbrecher, der es ums Geld getan hat. Wir werden ihn schon erwischen.»

Damit waren wir entlassen und gingen über den Hof zu unserem Taxi zurück. Ich half den Damen hinein. «Zu den englischen Tea-rooms», sagte ich dem Fahrer.

Ich warf einen Blick auf die Uhr. Ich hatte richtig geschätzt. Meine Schutzbefohlenen konnten in Ruhe eine Tasse Tee trinken, ehe die übrigen kamen. Als wir angelangt waren, bezahlte ich das Taxi und eskortierte das Paar in die Englischen Teestuben, wo ich sie an einem Ecktisch unterbrachte.

«So, meine Damen», sagte ich, «jetzt können Sie sich erholen.»

Aber mein mechanisches Lächeln wurde nicht erwidert. Sie gönnten mir nur ein steifes Kopfnicken und vertieften sich in die Karte.

Ich verließ das Lokal und ging die Via Condotti hinunter zu einer Café-Bar. Ich hatte die stolzen, durch den Tod noch schärfer herausmodellierten Züge der Frau, die ermordet worden war, ständig vor Augen. Ermordet, weil ich ihr zehntausend Lire in die Hand gedrückt hatte!

Jetzt war ich sicher, daß ich mich nicht getäuscht hatte. In ihrem Blick hatte Erkennen gelegen, und sie hatte «Beo» gerufen, als ich über die Straße lief. Ich hatte sie mehr als zwanzig Jahre nicht gesehen. Aber es war Marta.

3

Ich hätte sprechen sollen, während die Polizeioffiziere die englischen Lehrerinnen verhörten.

Die Gelegenheit wäre da gewesen, als sie fragten, ob wir die Frau bei der Rückkehr von unserer Tour durch «Rom bei Nacht» noch auf den Kirchenstufen gesehen hätten. Diesen Augenblick hätte ich wahrnehmen und sagen müssen: «Ja, jawohl. Ich ging die Straße hinunter, und sie war dort, und ich überquerte die Straße und steckte ihr einen Zehntausend-Lire-Schein in die Hand.»

Ich konnte mir den überraschten Blick des Polizeioffiziers vorstellen.

«Einen Zehntausend-Lire-Schein?»

«Ja.»

«Um welche Zeit war das?»

«Kurz nach Mitternacht.»

«Hat irgend jemand von der Gruppe Sie gesehen?»

«Nein.»

«War das Geld Ihr Privateigentum, oder gehörte es zum Barfonds der ‹Sonnenreisen›?»

«Ich hatte es gerade geschenkt bekommen. Ein Zeichen der Anerkennung.»

«Sie meinen ein Trinkgeld?»

«Ja.»

«Von einem Ihrer Reisenden?»

«Ja. Aber wenn Sie ihn fragen, wird er es abstreiten.»

Dann würde der Polizeioffizier die beiden Engländerinnen ersucht haben, uns allein zu lassen. Das Verhör wäre, in schärferer Form, weitergegangen. Erstens konnte ich keinen Zeugen dafür beibringen, daß der einsame Amerikaner mir das Geld geschenkt und mich in sein Zimmer heraufgebeten hatte. Überdies aber gab es kein plausibles Motiv dafür, daß ich das Geld weggegeben hatte. Nichts war plausibel!

Ich bezahlte meinen Drink und ging wieder hinaus auf die Straße. Es hatte angefangen zu regnen. Schirme schossen rechts und links wie die Pilze empor, und Mädchen mit bespritzten Beinen liefen mir in die Arme. Touristen standen, vom Regen überrascht, zusammengerottet in Toreinfahrten, und der Verkehr strömte gleichgültig vorbei. Meine Lehrerinnen waren in den Englischen Teestuben gut aufgehoben, und sicherlich hatte Mr. Hiram Bloom angesichts des schlechten Wetters, das schon den ganzen Nachmittag gedroht hatte, seine Gefolgschaft vom Forum, das keinen Schutz bot, zurück zu Beppo und in den wartenden Bus gescheucht.

Ich schlug meinen Mantelkragen hoch, zog mir den Hut ins Gesicht und trabte meines Weges, durch die Seitenstraßen der Via del Tritone in Richtung auf das römische Büro der «Sonnenreisen». Es war fast vier Uhr, und mit ein wenig Glück würde ich meinen Kollegen Giovanni an seinem Platz finden, obwohl er die Mittagspause kräftig auszudehnen liebte.

Ich hatte Glück. Er saß auf seinem Platz hinten in der Ecke und redete wie üblich das Telefon in Grund und Boden.

Als er mich sah, grüßte er mit der Hand und zeigte auf einen Stuhl. Das Büro war relativ leer, abgesehen von einer Handvoll Touristen, die sich geduldig vor dem Mittelschalter drängten und Reisetermine oder Hotelbestellungen geändert haben wollten. Der übliche Routinekram.

Giovanni legte auf, schüttelte mir die Hand und lächelte. «Sollten Sie nicht schon in Neapel sein?» fragte er, «aber nein, was rede ich – Neapel ist ja erst morgen fällig. Ein Glück für Sie und Ihren kleinen Trupp. Rom wird von Tag zu Tag unmöglicher. Gute Reise gehabt?»

«So, so. Ich kann nicht klagen. ‹Barbaren› und ‹Beef-Esser›, alle sehr umgänglich.»

«Hübsche Mädchen?»

«Nichts, um den Blutdruck in die Höhe zu treiben. Außerdem hat unsereins keine Zeit. Sie sollten mal den Reiseleiter spielen!»

Er lachte kopfschüttelnd: «Na schön, was kann ich für Sie tun?»

«Giovanni... Ich brauche Ihre Hilfe. Ich habe Schwierigkeiten.»

Er sah mich teilnehmend an.

«Ich wollte Sie bitten», erklärte ich, «einen Vertreter zu beschaffen, der statt meiner die Reise nach Neapel übernimmt.»

Er fuhr auf. «Aber das ist ganz unmöglich! Zumindest im Augenblick. Hier in Rom habe ich niemanden. Im übrigen, das Zentralbüro . . .»

«Das Zentralbüro braucht davon nichts zu wissen. Jedenfalls nicht sofort. Und rufen Sie auf keinen Fall Genua an. Die würden sofort ihr Veto einlegen. Giovanni, im Ernst, Sie könnten zur Not doch jemanden auftreiben. Nehmen Sie einmal an, ich hätte Blinddarmentzündung!»

«Haben Sie Blinddarmentzündung?»

«Nein, aber ich könnte mir eine zulegen, wenn das von Nutzen wäre.»

«Das wäre von keinerlei Nutzen. Armino, ich sage Ihnen, ich kann nichts für Sie tun. Wir haben keine Vertreter hier herumlaufen, die wir bemühen könnten, weil Sie mal eben Ferien machen möchten.»

«Hören Sie zu, Giovanni, ich möchte nicht mal eben Ferien machen. Ich möchte nur auf einer anderen Route arbeiten, in Richtung Norden. Ich möchte einfach tauschen und auch das natürlich nur vorübergehend. Ich muß nach Norden.»

«Sie meinen Mailand?»

«Nein – jede Reise zur Adria hinüber wäre mir recht.»

«Es ist viel zu früh für die Adria. Das wissen Sie doch. Vor Mai fährt kein Mensch an die Adria.»

«Na schön. Aber es muß ja nicht ein Bus mit einer ganzen Reisegesellschaft sein. Ein Privatkunde täte es auch, der vielleicht auf Ravenna aus ist oder auf Venedig.»

«Für Venedig ist es auch zu früh.»

«Giovanni, bitte, Sie wissen doch, daß es für Venedig nie zu früh ist.»

Er begann mit allerlei Papieren zu rascheln, die vor ihm auf dem Pult lagen. «Ich kann nichts versprechen. Vielleicht ergibt sich bis morgen etwas. Die Zeit ist so kurz. Sie müssen morgen um vierzehn Uhr nach Neapel starten, und wenn ich nicht gleich zwei Dinger drehen kann, wird es nicht klappen.»

«Ich weiß, ich weiß. Aber bitte versuchen Sie es!»

«Ich nehme an, es geht um eine Frau?»

«Natürlich, eine Frau.»

«Und die kann nicht warten?»

«Laß uns so verbleiben, daß ich nicht warten kann.»

Er seufzte und griff wieder nach seinem Telefonhörer.

«Wenn es irgend etwas Neues gibt, gebe ich im ‹Splendido› Bescheid, daß Sie zurückrufen möchten. Was man nicht alles für seine Freunde tut...»

Ich verabschiedete mich und ging zu den Englischen Teestuben zurück. Der Regen hatte aufgehört, und die Sonne glitzerte auf jeden einzelnen der Fußgänger hinab, denen da so plötzlich eine Gnadenfrist beschert worden war. Wenn Giovanni den Tausch nicht bewerkstelligen konnte, hatte ich Pech gehabt.

Es war immer noch denkbar, daß ich mich getäuscht hatte, daß die Ermordete gar nicht Marta war. Wenn das zutraf, fand ich mich freigesprochen, obwohl ich in meinen eigenen Augen insoweit mitschuldig blieb, als ich die zehntausend Lire in die Hand der Frau geschoben hatte. Wenn die Tote aber Marta war, konnte ich nicht freigesprochen werden. Der Schrei nach «Beo» machte mich zum Mörder und in jedem Sinn genauso schuldig wie den Verbrecher, wie den Dieb, der zum Messer gegriffen hatte.

Als ich auf die Piazza di Spagna kam, stellte ich fest, daß meine Herde die Teestunde hinter sich gebracht hatte und im Begriff war, in den Autobus zu steigen. Ich schloß mich der Gruppe an. Aus dem geschwollenen Gebaren der Lehrerinnen konnte ich ersehen, daß sie ihre Geschichte an den Mann gebracht hatten. Für eine kurze Weile waren sie, ihrer Meinung nach, die Heldinnen des Tages. Mr. Hiram Bloom tippte mir abermals unauffällig auf die Schulter, nachdem wir im Bus installiert und im Begriff waren abzufahren.

«Ich möchte Ihnen danken», wisperte er, «und zwar in meinem eigenen wie in aller Namen. Nun können wir den Zwischenfall vergessen.» Er schob mir zweitausend Lire in die Hand. Dieses Geld würde ich nicht verschenken.

Im Hotel fand ich keine Nachricht von Giovanni vor, und nach dem Essen, das sich genauso abspielte wie am vergangenen Abend, nur dieses Mal mit Ansprachen, fuhren wir im Sonderbus hinüber nach Trastevere. Das gab meiner kleinen Schar Gelegenheit, für ein Stündchen das Leben und Treiben in den Café-Bars zu beäugen, das ihrer Meinung nach typisch für das Viertel war.

Auch als wir heimkehrten, lag keine Nachricht von Giovanni beim Empfang. Trotzdem schlief ich diesmal, dem Himmel sei Dank, völlig traumlos durch.

Der Vormittag war für Einkäufe vorgesehen. Darauf sollte, vor der Abfahrt um vierzehn Uhr, ein früher Lunch folgen. Um neun Uhr morgens rief Giovanni an. «Armino», sagte er, offenbar in Eile, «ich glaube, ich habe es gedeichselt. Zwei Deutsche mit Volkswagen, die nordwärts reisen wollen. Sie brauchen einen Dolmetscher. Sie sprechen doch Deutsch, nicht wahr?»

«Ja.»

«Dann greifen Sie zu. Es handelt sich um Herrn Turtmann und Frau. Häßlich wie die Sünde alle zwei, und beide mit Karten und Reiseführern unterm Arm. Lange zu fahren ist ihnen egal, solange es nordwärts geht. Fanatische Besichtigungsmenschen.»

«Und was ist mit der Vertretung?»

«Alles in Ordnung. Kennen Sie meinen Schwager?»

«Sie haben doch mehrere ...»

«Dieser hat lange bei American Express gearbeitet. Er weiß Bescheid. Ist ganz wild darauf, nach Neapel zu kommen und Ihre Leute weiter nach Sizilien zu verfrachten. Prima Mann. Auf den können wir uns verlassen.»

Ich zögerte eine Sekunde. Würde Giovannis Schwager die Reise auch ordentlich abwickeln? Verstand er es, mit Touristen umzugehen? Und selbst wenn alles klappte, verlor ich nicht meinen Job, wenn das Zentralbüro in Genua von dem Tausch erfuhr?

«Sagen Sie, Giovanni, sind Sie sicher, daß die Sache funktioniert?»

Er wurde ungeduldig. «Also entweder ja oder nein. Ich tue Ihnen einen Gefallen, oder? Mir ist die ganze Angelegenheit ohnehin egal. Mein Schwager ist auf dem laufenden und wird Sie im ‹Splendido› aufsuchen, so daß Sie ihn anweisen können. Und ich muß Herrn Turtmann Bescheid geben. Er möchte um zehn Uhr dreißig starten.»

Mir blieben knapp anderthalb Stunden, um meinem Vertreter alles zu übergeben, zum Büro zu stürzen und meine neuen Kunden in Empfang zu nehmen. Es würde eine ziemliche Hetze sein.

«Einverstanden, Giovanni», sagte ich und hängte ein. Dann rief ich beim Empfang an und bat, falls jemand von den «Sonnenreisen» vorspräche, den Besucher sofort zu mir hinaufzuschicken. Und daß ich eine Morgenzeitung brauche. Ich trank eine Tasse kalten Kaffee und warf meine paar Habseligkeiten in den Koffer. Dann überprüfte ich die Rechnungen.

Der Page brachte mir die Morgenzeitung. Ich riß sie ungeduldig auf, um festzustellen, ob es irgend etwas Neues über den Mordfall gab. Die Berichterstattung beschränkte sich auf einige wenige Zeilen, die auf der letzten Seite standen. Nach wie vor kein Anhaltspunkt, um wen es sich bei dem Opfer handeln könnte. Die Polizei stelle Nachforschungen über vermißte Personen an. Zwei englische Touristinnen hätten sich gemeldet und behauptet, die Frau auf den Kirchenstufen gesehen zu haben, bevor der Mord geschehen sei. Ein Motiv des Mordes habe man immer noch nicht. Die Polizei setze ihre Nachforschungen fort.

Ich warf die Zeitung in die Ecke und steckte mir eine Zigarette an. Neun Uhr fünfzehn. Zwanzig Minuten mindestens würde ich brauchen, um Giovannis Schwager in sein neues Amt einzuführen . . .

Zwanzig vor zehn klopfte er an meine Tür. Ich erkannte ihn auf der Stelle wieder. Er gab sich sehr eifrig und redete beachtlich viel und geläufig. Aber ich bezweifelte, daß er Tabletten für quengelige angelsächsische Mägen mit sich herumschleppen und Interesse für das Bloomsche Enkelkind aufbringen würde. Spielte auch keine Rolle. Ein Reiseleiter kann nicht alle Qualitäten haben. Wir setzten uns auf mein ungemachtes Bett.

Ich zeigte ihm die Abrechnungen und weihte ihn in Fahrplan und Passagierliste ein, indem ich die Mitreisenden charakterisierte. Zwei oder drei Personen nannte ich mit Namen, die Blooms, die Mortons. Auch erwähnte ich Mrs. Taylors Gewohnheit, Schals zu verlieren, und die Schwäche der Lehrerinnen für streunende Katzen.

«Ach, und noch etwas! Wir haben einen Schwulen an Bord. Einen Amerikaner. Passen Sie in Neapel ja auf ihn auf.»

Giovannis Schwager nickte. Sie wissen eben Bescheid im American Express. «Und damit hätten wir's wohl», sagte ich.

Er fragte, ob ich beabsichtige, mich von irgend jemandem speziell zu verabschieden. Ich zögerte. Sang- und klanglos zu verschwinden, bedeutete den Verzicht auf etwaige Trinkgelder. Aber besser keinen Aufschub riskieren und keine näheren Fragen.

«Nein», sagte ich. «Erzählen Sie ihnen, daß ich ein Telegramm bekommen hätte. Meine Mutter sei erkrankt.»

Wir gingen zusammen hinunter. Ich schickte meinen Nachfolger zum Empfang und ließ ihn seinen Status erklären. Dann drückten wir uns die Hand, und ich wünschte ihm eine gute Reise. Ganz hinten im Schreibzimmer sah ich das Morton-Trio. Ich beließ es dabei. Ich wollte mit ihren Angelegenheiten nichts mehr zu tun haben.

Als ich durch die Drehtür auf die Straße schlüpfte, war mir zumute wie einem Kindermädchen, das seine Schützlinge im Stich gelassen hat. Ein seltsames Gefühl. Ich war nie zuvor mitten in einer Reise ausgestiegen.

Ein Taxi brachte mich zum Büro in der Via del Tritone. Mein erster Blick fiel auf Giovanni, der sein Dienstgesicht aufgesetzt hatte, lauter Lächeln, bezwingende Höflichkeit. Er sprach mit Menschen, in denen ich meine zukünftigen Kunden vermutete. Welcher Nationalität sie angehörten, konnte man unschwer erraten. Sie waren beide im mittleren Alter. Sie waren beide mit Fotoapparaten bewaffnet.

Er war ein großer breitschultriger Kerl, mit goldgeränderter Brille und einer Frisur, so borstig wie eine Klosettbürste. Sie wirkte völlig farblos und hatte ihr Haar unter einen Hut gestopft, der eine Nummer zu klein war. Aus unerfindlichen Gründen trug sie weiße Söckchen, die zu ihrem dunklen Mantel in seltsamem Widerspruch standen.

«Meine Frau und ich fotografieren mit Leidenschaft», verkündete Herr Turtmann, sobald Giovanni uns vorgestellt hatte. «Und zwar fotografieren wir gern aus der Bewegung heraus, durch die Wagenfenster. Man hat uns versichert, daß Sie fahren können.»

«Aber selbstverständlich. Wenn Sie wünschen, daß ich fahre...», sagte ich.

«Ausgezeichnet, dann können wir uns gleich aufmachen. Wir möchten nämlich gern möglichst weit kommen, ehe es dunkel wird. Meine Frau ist nachtblind.»

Giovanni verbeugte sich mit strahlendem Lächeln. Dann zwinkerte er mir zu: «Ich wünsche eine angenehme Reise.»

Wir nahmen ein Taxi bis zu dem Platz, wo sie den Volkswagen geparkt hatten. Das Dach des Wagens war mit Türmen von Gepäck beladen, und auch der halbe Rücksitz war belegt. Deutsche reisen niemals mit leichtem Gepäck. Sie sammeln Besitztümer, wo immer sie sind.

«Setzen Sie sich bitte ans Steuer», sagte Herr Turtmann. «Meine Frau und ich möchten fotografieren, während wir aus Rom herausfahren. Entscheiden Sie bitte, welche Strecke wir nehmen wollen, nur würden wir gern Spoleto passieren. Der Domplatz dort hat zwei Sterne in meinem Führer.»

Ich setzte mich am Steuer zurecht. Herr Turtmann nahm neben mir Platz. Seine Frau vertauschte ihren Hut mit einem Kopftuch und packte sich in den Rücksitz. Sie hatten beide eine Schmalfilmkamera vor den Augen, als wir den Tiber überquerten. Mir klang das Geräusch der sich abspulenden Filme wie Maschinengewehrfeuer in den Ohren, während Herr Turtmann die ganze Zeit befriedigt vor sich hin grunzte.

Wenn das «Schießen» aussetzte, was ab und zu geschah, speisten Turtmann und Frau ausführlich aus Papiertüten und tranken aus einer überdimensionalen Thermosflasche Kaffee dazu. Sie redeten wenig, und ich war froh darüber. Ich brauchte meine ganze Aufmerksamkeit, um die Lastwagen auf der Straße korrekt zu überholen. Außerdem hatten wir rund 260 km zurückzulegen, um den Ort zu erreichen, der mir als Ziel vorschwebte.

Wäre ich mit Amerikanern unterwegs gewesen, hätte ich, lange vor Spoleto, die Namen ihrer Söhne und Töchter gewußt; sie hätten mir ihre Heimatstadt und ihre Reise vom Ausgangshafen bis zur Landung in Europa genau beschrieben.

Sie hätten den Inhalt ihrer Lunchtüten mit mir geteilt und meine Taschen bis zum Bersten und zu meiner Verlegenheit mit Zigaretten vollgestopft. Ganz anders die Deutschen. Sie wollten saubere Arbeit, und ich lieferte sie.

«Was ist mit heute abend?» fragte Herr Turtmann plötzlich, «wo wollen wir übernachten?»

«Wir übernachten in Ruffano», sagte ich.

Er blätterte mit Geraschel in dem Führer herum, der auf seinen Knien lag. «Da sind diverse Bauwerke mit drei Sternen versehen, Gerda», teilte er seiner Frau mit. «Die können wir alle knipsen. Ruffano ist genau das richtige für uns.»

Es war eine Ironie des Schicksals und zugleich höchst sinnreich, daß ich die Stadt, wo ich geboren war, wo ich die ersten elf Jahre meines Lebens verbracht hatte und aus der ich in Gesellschaft eines Deutschen fortgegangen war, zwanzig Jahre danach in Gesellschaft eines anderen Deutschen wieder betreten sollte.

Jetzt, im März, war die Landschaft, die an uns vorüberflog, rötlichgrau getönt. Sie wirkte nackt und abweisend, und der Himmel drohte mit spätem Schnee, wie wir ihn schon in Florenz hatten fallen sehen. Damals, im glühendheißen August des Jahres 44, hatten die Straßen, die von Ruffano aus nach Norden führten, geglitzert von weißem Staub. Die Laster und sonstigen Kraftfahrzeuge der Wehrmacht hatten dem Kommandanten in seinem Mercedes, von dessen Haube ein Wimpel flatterte, willig Platz gemacht.

Manchmal, wenn sie die Bedeutung des Wagens gewahr wurden, rafften sich die übermüdeten Fahrer der Laster zu einem militärischen Gruß auf, den der Kommandant gelegentlich erwiderte. Brachte er den Schwung dazu nicht auf, grüßte ich an seiner Stelle. Das half mir, diese Reise zu bestehen, und es ersparte mir den Anblick der schönen Schlampe, die meine Mutter war und die ihren Eroberer mit Weintrauben fütterte. Ihr häufiges und ziemlich dummes Gelächter, das mit dem seinen verschmolz, beleidigte meine Vorstellung von der Würde erwachsener Menschen.

«Ich sehe gerade ...», sagte Herr Turtmann zu seiner Frau, «im Herzogspalast von Ruffano hängt ein bemerkenswertes

Gemälde, das Christi Versuchung darstellt und bis auf den heutigen Tag als blasphemisch gilt. Ich habe immer gemeint, unsere Leute hätten es abtransportiert und in Sicherheit gebracht.»

Ich erzählte ihm nicht, daß ich dabei war, als mein Vater, der Direktor, und seine Assistenten, das Bild mit größter Sorgfalt verpackt und mit ein paar anderen im Keller des Palastes verstaut hatten, weil sie einen entsprechenden Anschlag befürchteten.

Erst in Spoleto bezeigten meine Auftraggeber Lust auf einen kurzen Imbiß. Nachdem sie eilig ein paar Aufnahmen von der Piazza und der Fassade des Domes fabriziert hatten, rasten wir weiter nach Foligno und durch Foligno hindurch. Die Straße wand und drehte sich zwischen wogenden Hügeln, während weiter vorn die schneebedeckten Höhen vermuten ließen, daß meine Heimatstadt, die etwa 500 Meter hoch lag, noch im Banne des Winters war. Dann fielen die ersten Schneeflokken oder vielmehr fuhren wir, von Süden kommend, in den Schnee hinein. Hier mußte es den ganzen Tag geschneit haben. Der Himmel sah aus wie ein Leichentuch. Die Flüsse, geschwollen vom Wasser der Bergbäche, brüllten neben uns in den Schluchten.

«Ist es nicht gefährlich, weiterzufahren?» fragte Herr Turtmann, der für seine Kamera keine Verwendung mehr sah.

«Ob es gefährlich ist oder nicht, kann ich nicht sagen», erklärte ich ihm. «Aber wir müssen weiterfahren, falls Sie nicht im Wagen übernachten wollen.»

Wieder einmal hörte ich ihn in seinem Führer blättern.

«Wir müssen ja nicht unbedingt nach Ruffano», meinte er. «Vielleicht wäre es besser, rechts abzubiegen und auf die Küste zuzuhalten.»

«Dafür ist es zu spät», erwiderte ich. «Wir fahren nach Ruffano.»

Es war fast sieben Uhr, als ich von ferne meine Heimat sah.

Wenn man sich ihr von Rom aus nähert, taucht die Stadt ganz unvermittelt auf. Auf den Hügeln thronend, die Täler in der Tiefe hochmütig beherrschend. Ich konnte mich nicht erinnern, Ruffano je im Schnee gesehen zu haben. Der Anblick war wunderbar, freilich auch einschüchternd, als sollte der verwegen Reisende gewarnt werden: Eintritt nur auf eigene Gefahr. Doch sonst, wie wenig hatte sich alles verändert, dem Himmel sei Dank . . .

Herr Turtmann und Frau hatten dem treibenden Schnee zum Trotz die Kameras wieder gezückt und hielten sie am offenen Fenster in Anschlag. Ihnen zuliebe, aber auch aus Stolz auf meine Stadt, bog ich in das Tal direkt unterhalb der Stadtmauern ein, um durch das West-Tor, die Porta di Sangue, das Tor des Blutes, einzufahren.

«Und es heißt mit vollem Recht so», pflegte mein Vater zu sagen, «wenn es stimmt, daß Claudio, der erste Herzog, seine Gefangenen auf diesem Weg in den Tod getrieben hat.»

Schnee säumte die ansteigende Straße, Schnee lag dick auf den Dächern, machte die Bäume zu Gespenstern, krönte die Aufsätze der Zwillingstürme des Palazzo, den Dom und den Campanile gegenüber und verwandelte meine Stadt in ein Märchen, in einen Traum. Ich hatte ganz vergessen, daß es soviel Schönheit auf der Welt gab.

«Ich hab's», rief Herr Turtmann aus, als wir das Tor passierten. Die Kameras surrten. Irgendein Herumtreiber, der sich tief in seinen Mantel verkrochen hatte, um sich vor den Flokken zu schützen, machte halt und starrte uns an. Ich fuhr die Via dei Martiri hinauf zum Stadtzentrum, der Piazza Matrice, und bremste. Nichts war verändert, abgesehen von dem Schnee, der die Stadt zum Verstummen gebracht hatte, indem er ihre Bewohner in die Häuser trieb.

Die Gebäude, in eine verschwimmende Farbenskala zwischen Ocker und gebrochenem Rosa gekleidet, rahmten die Piazza gleichmäßig ein. Über den Kolonnaden schauten Fenster aus leeren Augen auf das Kopfsteinpflaster herab. Die Läden waren geschlossen. Ich sah die alten Namen wieder. Die Buchhandlung, die Apotheke, es war alles wie einst. Und beherrschend wie früher, machte sich das schäbige Hotel dei Duchi breit.

In meiner Kindheit hatte es für mich ein Fest bedeutet, dort zu essen. Später war das Haus Hauptquartier des Stadtkommandanten geworden, und man durfte nicht mehr hinein. Da hatten dann die Schildwachen in Habtachtstellung gestanden oder sich die Füße vertreten. Stabswagen und die Motorräder der Meldefahrer waren aufgefahren, wo ich mich jetzt anschickte, Herrn Turtmanns Volkswagen zu parken.

«Sind Sie sicher, daß das Hotel geöffnet ist und daß wir hier Zimmer bekommen?» forschte mein Klient mißtrauisch.

Ich zuckte stumm die Achseln, was nicht sehr höflich war; aber das Wohlbefinden der beiden Herrschaften interessierte mich im Augenblick herzlich wenig, da Gefühle und Erinnerungen, die ich zwanzig Jahre lang unterdrückt hatte, auf mich einstürmten.

Ich stieß die Hoteltür auf und sah mich um, ohne zu wissen, was ich eigentlich suchte. Das Büro des Kommandanten, das Klappern der Schreibmaschinen oder – den ehemaligen Empfangsraum mit den steiflehnigen Stühlen, auf denen mein Vater und seine Freunde früher nach der Messe ihren Cinzano tranken?

Ich denke, ich suchte wohl das letztere, und das fand ich auch, das grüßte mich, wiewohl zu einer Art moderner Touristenbar herausgeputzt, mit Ansichtskartenständern, Zeitschriften auf dem Tisch und einem Fernsehapparat in einer Ecke im Hintergrund.

Es war totenstill. Ich zog eine Glocke, die erschreckend laut losklingelte. Früher pflegten der Besitzer, Signor Longhi, und seine Frau Rosa immer in der Empfangshalle bereitzustehen, um meinen Vater zu begrüßen. Signor Longhi hatte helle Augen, war immer freundlich und hinkte ein bißchen, wenn ich mich recht erinnere. Er war als junger Mann im Ersten Weltkrieg verwundet worden. Rosa, seine Frau, eine lebhafte, rundliche Person, hatte rotes Haar gehabt. Sie und meine Mutter klatschten gern und ausgiebig, und wenn meine Mutter nicht da war, flirtete Signora Longhi, allerdings diskret, mit meinem imposanten Vater.

Diesmal erschien auf mein Alarmzeichen hin nur ein kleines Dienstmädchen, das sehr hektisch war. Wir könnten sicher Zimmer haben, aber erst müsse sie die Padrona fragen. Indessen schallte eine laute Stimme von oben herab. Die Padrona selbst bemühte sich – wegen übermäßiger Körperfülle sehr langsam – die Treppe hinunter und kam schnaufend herbei.

Die Augen schauten aus tiefen Tränensäcken. Die Wangen waren welk, und das Haar verriet in seinem streifigen Kastanienbraun die Farbkünste des Provinzfriseurs. Mit Schrecken erkannte ich in der mittelalterlichen Dame Signora Longhi wieder.

«Sie möchten übernachten?» fragte sie und schaute mich gleichgültig an, während ihr die Zigarette von der Lippe hing.

Ich setzte ihr auseinander, was die Turtmanns und ich selber brauchten, wandte mich enttäuscht ab und begab mich nach draußen in den Schnee, um meine Kunden nebst Gepäck hereinzulotsen. Das aufgeregte Zimmermädchen, offenbar einzig vorhandener Gepäckträger, folgte mir. Natürlich, die Saison hatte noch nicht begonnen, und doch ... irgendwie wirkte der Empfang nicht eben glückverheißend. Die Turtmanns kamen ungerührt herein und bewegten sich treppaufwärts, während die gähnende Wirtin, die Zigarette von der Lippe hängen lassend, ihnen mit den Blicken folgte. Der kleine Junge, dem sie einst Zuckerwerk zuzustecken pflegte, war lange in Vergessenheit geraten.

«Sie haben doch ein Restaurant. Können wir hier essen?» fragte ich.

«Das Restaurant ist im ersten Stock. Es wird gerade serviert», erwiderte sie und trottete schwerfällig, wie sie gekommen war, die Treppe wieder hinauf.

Ich überwachte die Unterbringung der Turtmanns in einem Doppelzimmer im zweiten Stock und ging auf die Suche nach meinem eigenen Quartier. Es war ein kleines Einzelzimmer mit Blick auf die Piazza. Obwohl es immer noch schneite, hakte ich die Läden auf, öffnete das Fenster und sog einen Augenblick die scharfe, kalte Luft in mich hinein.

Ich kam mir vor wie ein Gespenst, das aus dem Jenseits wiederkehrt. Die Häuser dämmerten gleichgültig vor sich hin. Jenseits der gegenüberliegenden Dächer stieß der Campanile von San Cipriano in den Himmel, und plötzlich zeigte die Glocke die Stunde an – mit einem tiefen, vollen Ton, der sofort in den Stimmen der anderen Kirchen sein Echo fand. San Giovanni, San Michele, San Martino, Sant'Agata. Ich kannte sie alle und erkannte sie wieder, zuletzt den hellen Klang von San Donato drüben auf dem Hügel. Um diese Stunde hatte ich, an Martas Knie geschmiegt, immer mein Gebet gesagt.

4

Herr Turtmann und Frau saßen bereits beim Essen. Sie gaben mir nicht zu verstehen, daß ich mich zu ihnen setzen möchte, und so installierte ich mich an einem kleinen Tisch dicht am Wandschirm. Bis auf ein paar Handlungsreisende, die über ihre jeweiligen Produkte diskutierten, war das Restaurant leer. Ein anderes Mädchen, das weniger hektisch wirkte als seine Kollegin von vorhin, betätigte sich als Serviererin. Ab und zu bekam sie Direktiven von der Padrona persönlich, die plötzlich hinter dem Schirm hervorkam, uns beäugte, einen Befehl krächzte und wieder verschwand.

Irgendwann ließ jemand in der Küche einen Stoß Geschirr fallen. Es gab einen klirrenden Krach, auf den eine Tirade der Signora folgte, die volle fünf Minuten dauerte. Die Handlungsreisenden hielten einen Augenblick inne in ihrem endlosen Geschwätz, zuckten die Achseln und nahmen die Unterhaltung wieder auf. Die Turtmanns hoben nicht einmal den Kopf von den Tellern mit der Gemüsesuppe, die man ihnen serviert hatte.

Von dem herben, traubenfarbenen Landwein, der meine Karaffe füllte, nahmen sie keine Notiz. Mich erfüllte jeder Bissen, den ich aß, und jeder Schluck, den ich trank, mit Heimweh nach der Vergangenheit.

Am Mitteltisch, der von langer Gewohnheit her für zwölf Personen gedeckt war, hatte Aldo seinen fünfzehnten Geburtstag gefeiert. Schön wie ein junger Gott, hatte er sein Glas erhoben und meinen Eltern zugetrunken und ihnen gedankt, daß sie ihm die Ehre dieses Festes angetan hatten. Die Gäste hatten applaudiert, und ich, das Kind, der kleine Benjamin, hatte große Augen gemacht. Mein Vater, der eines Tages in einem Alliierten-Gefangenenlager an Lungenentzündung sterben sollte, hatte seinem Ältesten lächelnd zugeprostet. Meine Mutter, strahlend in einem lindfarbenen Kleid, spreizte sich in mütterlichem Stolz und warf Mann und Sohn eine Kußhand zu. Der Kommandant war noch nicht aufgetaucht am Horizont ihres Lebens.

Ich goß den letzten Wein aus der Karaffe in mein Glas, und während ich das tat, kam, wie ein Echo auf meine Gedanken, ein weißhaariges altes Männchen hinter dem Paravent hervorgehumpelt, mit irgendeiner bunten Zeitungsbeilage in der Hand, die er den Turtmanns brachte. Voller Stolz wies er auf die Sehenswürdigkeiten von Ruffano hin. Es war der Besitzer selbst, Signor Longhi, und während er in holprigem Deutsch leise und höflich mit seinen Gästen sprach, kam mir intuitiv die Erkenntnis, daß er es gewesen sein mußte, dem das Geschirr hinuntergefallen war und der den Zorn der Signora erregt hatte. Er ließ die Beilage auf dem Tisch der Turtmanns liegen, machte bei den Handlungsreisenden kurz Station und kam in meine Ecke gehinkt.

«Guten Abend, Signore», sagte er. «Ich hoffe, Sie waren zufrieden?»

Seine linke Hand war von einem nervösen Zittern befallen, was er zu verbergen suchte, indem er die Hand hinter dem Rücken versteckte. Ich vermutete, daß es sich um ein Altersleiden handelte. Den beflissenen, helläugigen Signor Longhi von einst gab es nicht mehr. Ich dankte ihm für die Nachfrage. Er verbeugte sich und humpelte weiter. Sein Blick ging über mich hin, ohne daß eine Spur der Erinnerung darin aufblitzte. Und schließlich konnte ich etwas anderes auch nicht erwarten. Wie sollte irgend jemand auf den Gedanken kommen, daß der unbedeutende Reiseleiter von heute identisch war mit Signor Donatis Jüngstem, mit dem kleinen «Beato», dem die Erwachsenen zärtlich über den Kopf strichen? Wir alle hatten uns verändert.

Die Turtmanns erhoben sich gesättigt von ihrem Tisch, beide hochrot und aufgebläht vom guten Essen. Frau Turtmanns nestähnlicher Haarknoten hatte sich gelockert, eine lose Strähne hing heraus. Die weißen Wollsocken hatte sie für den Abend abgelegt. Sie tänzelte auf hohen Absätzen zur Tür und redete über ihre Schulter hinweg mit ihrem Mann. Ich hörte sie etwas wie «noch zu früh zum Zubettgehen» sagen, worauf er lachte und ihren Arm beklopfte. Mir wurde übel angesichts dieses plötzlichen Ausbruchs von Zärtlichkeit.

Ich trat auf die Piazza hinaus. Schweigen, weiße Stille hüllte mich ein. Im Schnee war eine Fußspur zu sehen, die Spur eines Menschen, erst fest und klar gezeichnet, dann sich verwischend in einer Schneewehe und schließlich ganz verschwunden. Die beißende Kälte drang durch meinen leichten Mantel. Ich hatte mich von den letzten Ausläufern des Winters überraschen lassen, unvorbereitet wie irgendein Tourist.

Ich schaute nach links und schaute nach rechts. In mehr als zwanzig Jahren hatte ich vergessen, daß sich die beiden Hauptstraßen beiderseits der Piazza teilen und dann nahezu senkrecht ihrem Gipfelpunkt zustreben. Ich wandte mich auf gut Glück nach links und ging an dem großen Klotz von San Cipriano vorbei, der mir aus dem Schneetreiben undeutlich entgegenschimmerte. Im gleichen Augenblick aber wußte ich schon, daß ich mich geirrt hatte. Denn die Straße zog sich breit und steil zum Hügel hinauf und würde schließlich auf der nordwestlichen Höhe gegenüber der Statue des Herzogs Carlo münden.

Carlo der Gute, so hatte man ihn genannt, den jüngeren Bruder des wilden Claudio, und er hatte in vierzigjähriger Regierungszeit, von allen geliebt und geachtet, Palast und Stadt neu aufgebaut und Ruffano groß gemacht. Ich ging zurück zur Piazza und wanderte rechts die enge gewundene Straße hinauf, bis diese sich plötzlich zur Piazza Maggiore hin öffnete, und da stand er in aller seiner Herrlichkeit, der Palazzo Ducale, der Palast meiner Kindheit, meiner Träume, und der fallende Schnee streichelte das zarte Rosa seiner Mauern.

Dumme Tränen brannten in meinen Augen. Ich ging weiter, immer noch wie im Traum, und legte die Hand auf die Mauern, die ich kannte. Hier war die Eingangstür zum viereckigen Innenhof, die mein Vater, der Museumsdirektor, benutzte, und

Aldo und ich, die aber für die Masse der Besucher streng verschlossen war. Da waren die Stufen, auf denen ich herumzuhüpfen pflegte, und hier, auf der anderen Seite, erhob sich die mächtige Fassade des Domes, den man im 18. Jahrhundert neu erbaut hatte. An der Fontäne auf der Piazza hatten sich Eiszapfen gebildet und hingen wie Kristalle von den Lippen der Bronzeengel.

Ich pflegte aus der Fontäne zu trinken, im Glauben an eine von Aldos Geschichten, der zufolge ihr klares Wasser alle Reinheit der Welt und große Geheimnisse barg. Aber wenn es solche Geheimnisse gab, so wurde mir keins offenbar.

Ich schaute hinauf zum Dach des Palazzo und sah da oben, über dem Eingang, das große Bronzebild des Falken brüten, der das Wappentier der Malebranche, der Herzogsfamilie war, mit einer Schneehaube auf dem Kopf und mit ausgebreiteten Flügeln.

Dann wandte ich dem Palazzo den Rücken, wanderte vorbei an der Universität, vorbei an der Kirche San Donato und bog dann linker Hand in die Via dei Sogni, die Straße der Träume, ein. Nichts regte sich rundum. Diesmal waren es meine eigenen Fußspuren, die sich einsam im frischen Schnee abzeichneten. Als ich zur hohen Mauer kam, die meines Vaters Haus umschloß, und zum kleinen Garten mit dem einen einzigen Baum, kam der Wind messerscharf über die enge Straße geweht, so daß der Schnee, immer noch federleicht, vor mir her stob.

Wieder beschlich mich das sonderbare Gefühl, daß ich ein Gespenst war, das heimkehrte, ein körperloser Geist aus alter Zeit, und daß Aldo und ich dort in dem dunklen Hause lagen und schliefen.

Wir schliefen in einem Zimmer, bis Aldo ein eigener Raum bewilligt wurde. Aber heute drang nicht der kleinste Lichtschimmer durch die geschlossenen Läden, und ich fragte mich, wer da drinnen wohl wohnen mochte, falls das Haus überhaupt bewohnt war. Irgendwie kam es mir ganz verloren vor, und fast vorwurfsvoll sah es mich an. Die Gartenmauer, die mir früher so hoch erschien, war ganz niedrig geworden.

Ich schlich davon wie eine verängstigte, herrenlose Katze und nahm, vorbei an San Martino, die Abkürzung der San-Martino-Treppe, die steil abfallend zur Piazza Matrice zurückführt.

Auf meinem Erkundungsgang war mir nicht eine Seele begegnet.

Ich schloß die Hoteltür auf, ging in mein Zimmer und legte mich zu Bett. Hundert Bilder jagten durch meinen Kopf, sich kreuzend und abermals kreuzend wie Zufahrtsstraßen zu einer Autobahn. Einige Bilder waren sehr klar, andere wieder verschwommen. Die Gegenwart mischte sich mit der Vergangenheit. Meines Vaters Gesicht verschmolz mit Aldos Zügen. Die Uniformen, die sie getragen hatten, als ich sie zum letzten Mal sah – Aldo, neunzehnjährig mit seinem Fallschirm – waren plötzlich die Uniformen der späteren Liebhaber meiner Mutter, die des deutschen Kommandanten, dann die des amerikanischen Brigadegenerals in Frankfurt, mit dem wir zwei Jahre lang zusammengelebt hatten.

Selbst der Ober im Hotel Splendido, eine Zufallsbekanntschaft, ein Mensch, den ich ein Dutzend Mal gesehen hatte, ohne ihn wirklich zu sehen, tauchte auf und verwandelte sich in den Bankdirektor, den meine Mutter schließlich geheiratet hatte, in Erico Fabbio aus Turin, der mir eine Ausbildung und einen Namen gab.

Viele, viel zu viele Gesichter, zu viele Fremde, die vorübergingen, zu viele Hotelzimmer und Mietswohnungen, von denen mir keine gehörte, keine zu einem Zuhause geworden war. Ein Leben, das einer endlosen und ziellosen Reise glich. Eine Flucht ohne Grund und Sinn . . .

Das Schrillen einer Glocke im Korridor weckte mich auf. Das waren sicher die Turtmanns, die mitten in der Nacht ein Menü mit drei Gängen bestellten. Aber als ich das Licht andrehte, sah ich, daß es schon Morgen war. Genau acht Uhr. Die Turtmanns oder die Handlungsreisenden klingelten nach dem Frühstück.

Ich warf die Läden zurück und stellte fest, daß es aufgehört hatte zu schneien. Die Sonne schien. Unten auf der Piazza Matrice gingen die Leute ihren Geschäften nach. Die Läden hatten schon geöffnet, und die Lehrlinge fegten Schnee. Das vertraute, lang vergessene Bild eines Morgens in Ruffano hatte die gewohnte Gestalt angenommen. Der scharfe, saubere Geruch der Piazza stieg mir in die Nase. Wie gut ich ihn kannte!

Eine Frau schüttelte am Fenster den Staub aus einer Matte. Direkt unter mir stand eine Gruppe von diskutierenden Männern. Ein Hund mit hochgestelltem Schwanz jagte eine heimatlose Katze und kam um ein Haar unter ein ausweichendes Auto. Der Verkehr war lebhafter als früher, oder rührte dieser Eindruck daher, daß früher nur die Militärs motorisiert gewesen waren? Ich konnte mich weder an die Existenz von Verkehrsampeln noch an die von Polizisten erinnern, aber jetzt stand da einer mit ausgestrecktem Arm und dirigierte die Wagen über die Piazza zur Via Vittorio Emanuele und zum herzoglichen Palast hinüber. Und überall wimmelte es von jungen Leuten, die allesamt – auf Vespas oder zu Fuß – nach Süden strebten, rechter Hand den Hügel hinauf.

Verblüfft machte ich mir klar, daß die kleine Universität meiner Kinderzeit sich mächtig ausgebreitet haben mußte und daß der Palazzo, ehemals Ruffanos ganzer Stolz, möglicherweise nicht mehr der Mittelpunkt der Stadt war. Ich zog mich an und ging in den Speisesaal, um zu frühstücken und der hektischen Bedienerin damit einen Weg zu ersparen. Signor Longhi schleppte das Tablett persönlich herbei und stellte den Kaffee mit zitternden Händen auf den Tisch. Die Padrona war nicht zu sehen. Zweifelsohne lag sie noch im Bett.

«Entschuldigen Sie vielmals», sagte der alte Mann, «wir leiden unter Personalmangel, und außerdem muß die Küche umgebaut werden, bevor die Saison beginnt.»

Seitdem ich wach war, hatte ich in der Tat allerlei Geklopfe und Gehämmer wahrgenommen und die Stimmen von Arbeitern, die sich dies und jenes zuriefen; auch den Geruch von Farbe und Mörtel.

«Ist das Hotel schon lange in Ihrem Besitz?» fragte ich.

«O ja», antwortete er mit dem Anflug jenes Eifers, an den ich mich von früher her erinnerte, «seit mehr als dreißig Jahren, abgesehen von einer Unterbrechung während der deutschen Besetzung. Da hatten wir eine Weile eine Kommandantur hier im Hause. Meine Frau und ich gingen damals nach Ancona. In alten Zeiten waren viele berühmte Leute im Hotel dei

Duchi zu Gast, Schriftsteller, Politiker. Ich kann es Ihnen zeigen ...»

Er humpelte zu einem Bücherschrank im Hintergrund des Raumes und zog ein Gästebuch vor, das er zärtlich, wie ein Neugeborenes, im Arm hielt, während er es an meinen Tisch schleppte. An einer bestimmten Stelle schlug sich das Buch nahezu von selber auf.

«Sogar der englische Minister Stanley Baldwin hat uns einmal beehrt», sagte der Alte und deutete auf einen Namenszug. «Leider nur für eine Nacht; er bedauerte sehr, daß er nicht länger bleiben konnte. Und dann Gary Cooper, der amerikanische Filmstar, hier, auf der nächsten Seite. Er sollte einen Film in Ruffano drehen, aber es wurde nichts daraus.»

Stolz blätterte er mir Seite um Seite vor. '36, '37, '38, '39, '40. Die Jahre meiner Kindheit ... Fast hätte ich gefragt: «Und Signor Donati, der Direktor des Palazzo, und seine Frau, Signora Donati, erinnern Sie sich noch an die beiden? Und an Aldo, als er fünfzehn wurde, und an Beo, den kleinen Beato, der so winzig war für sein Alter, daß man ihn für vier hielt, anstatt für sieben? Hier ist er. Er sitzt vor Ihnen. Immer noch klein, immer noch unscheinbar.»

Aber ich unterdrückte den jähen Impuls und trank meinen Kaffee. Signor Longhi fuhr fort, das Gästebuch zu durchblättern, wobei er die Zeiten der Schande überschlug, wie ich bemerkte. Schließlich kam er in die 50er und 60er Jahre. Da gab es keine Minister mehr und keine Filmstars. Da waren die Seiten mit den Namen von Hunderten von Touristen bedeckt, von Durchreisenden aus England und Amerika, aus Deutschland und der Schweiz, die kamen und gingen, der gleiche Typ, den ich auf den «Sonnenreisen» unter meine Fittiche zu nehmen hatte.

Hinter dem Paravent rief eine krächzende Stimme nach dem Signore. Mit Lockenwicklern im Haar kam die Padrona zum Vorschein. «Du denkst wohl, ich passe sogar im Morgenrock noch auf die Arbeiter auf», schrie sie ihn an. «Laß den Herrn mit deinem Getratsche in Frieden und sieh dich um!»

Mein alter Freund bat mich, ihn zu entschuldigen. «Schauen Sie sich das Buch ruhig noch ein wenig an, wenn es Ihnen Spaß macht», sagte er. «Ich würde nur bitten, daß Sie es ins Regal zurückstellen, wenn Sie damit durch sind.» Damit humpelte er davon, um den Befehlen seiner Ehefrau nachzukommen.

Ich spähte beklommen zum Wandschirm hinüber und blätterte dann bis zum Jahr '44 zurück. Da war sie, kühn hingeworfen und mit einem Schnörkel versehen, die Unterschrift des Kommandanten, dazu das Datum, an dem er das Hotel zu seinem Hauptquartier gemacht hatte. Der Rest der Seite war weiß. Die Longhis hatten sich nach Ancona verzogen. Ich schlug das Buch zu und trug es zum Schrank zurück. Dort war der richtige Platz für Andenken aus längst vergangenen Tagen. Ich wußte den Kommandanten lieber hinter Schloß und Riegel mit seinem arroganten Gang und der herrischen Stimme, die schnell, verdächtig schnell in einen kehligen, rührseligen Ton verfallen konnte.

Wäre er nicht gewesen, hätte er nicht seine symbolträchtige Rolle im Leben meiner Mutter gespielt – der besiegte Sieger, die Feder an ihrem Hut –, wären wir vielleicht mit den Longhis nach Ancona gegangen. Es war die Rede davon gewesen, denn mein Vater war ja schon gestorben im Gefangenenlager und Aldo im brennenden Flugzeug abgestürzt. Und dann... Sinnlose Spekulationen! Dann hätte sie sich irgendwo am Meer eben irgendeinen anderen Liebhaber aufgegriffen und wäre mit dem, ihren «Beato» im Schlepptau, in der Welt herumzigeunert.

«Sind Sie fertig?»

Ich wandte mich um. Herr Turtmann und Frau standen in der Tür, in dicken Mänteln, gestiefelt und mit ihrem Fotozubehör behängt.

«Ich stehe zur Verfügung, Herr Turtmann.»

Sie wollten die Rechnung bezahlt und das Gepäck in den Wagen verstaut haben, den Palazzo besichtigen und dann nordwärts fahren, nach Ravenna, nach Ferrara und weiter.

«Ich kann für den Straßenzustand keine Garantie übernehmen», sagte ich, «nicht bei all dem Schnee, der gestern gefallen ist.»

«Die Straßen sind in Ordnung», sagte er, «wir haben den Bericht über unseren Transistor gehört. Im übrigen haben wir hier nichts mehr verloren, sobald wir erst einmal den Palazzo gesehen haben. Wir wollen weiter und lassen es eben drauf ankommen.»

Ich half ihnen beim Verladen des Gepäcks, und dann gab mir Herr Turtmann das Geld für die Rechnung. Signora Longhi hatte sich inzwischen angezogen. Zwischen ihren Lippen hing die unvermeidliche Zigarette. Sie zählte die Scheine, gab das Wechselgeld heraus und gähnte. Wenn meine Mutter nicht 1956 an Unterleibskrebs gestorben wäre, würde sie heute wohl aussehen wie Rosa Longhi. Auch meine Mutter war in die Breite gegangen. Auch ihr Haar war gefärbt gewesen. Und sie pflegte – entweder aus Enttäuschung oder unter dem Einfluß ihrer Krankheit – mit meinem Stiefvater Erico Fabbio in der gleichen keifenden Art zu zanken, wie die Padrona das mit ihrem Mann tat.

«Haben Sie viel Konkurrenz in Ruffano?» fragte ich, während ich Herrn Turtmanns Quittung zusammenfaltete.

«Das Hotel Panoramica», antwortete sie mit einem Achselzucken. «Vor drei Jahren wurde es gebaut, völlig modern. Es liegt drüben auf dem anderen Hügel, dicht an der Piazza Carlo. Wir können es in dieser Bruchbude ohnehin zu nichts mehr bringen. Mein Mann ist alt, und ich bin müde. Wir können gar nicht konkurrieren.» Nach diesem Abgesang schlurfte sie hinter das Empfangspult, während ich zu den Turtmanns hinausging und ein weiteres Stück meiner Kindheit zu den Akten legte.

Meine Klienten knipsten heftig. «Lokalkolorit», bellte Herr Turtmann, «kleine Erinnerung. Wollen wir fahren?»

Wir fuhren die Via Vittorio Emanuele hinauf zum Palazzo. Im Morgenlicht hatte die Traumwelt der vergangenen Nacht Wirklichkeit gewonnen. Eine Reihe weiterer Wagen parkte zwischen Palazzo und Dom. Fußgänger liefen hin und her, Vespas rasten an uns vorbei zur Universität. Ein Mensch kam auf uns zu und wollte Ansichtskarten loswerden. Herr Turtmann scheuchte ihn fort.

«No, no, niente, wir machen das selbst», sagte er und ließ die Kamera surren. Ich ging voraus zum Eingang. Ein uniformierter Museumsdiener schaute aus einer Box. «Zweihundert Lire pro Person, wünschen Sie einen Führer?»

Ich schüttelte den Kopf. «Ich kenne mich hier aus», sagte ich.

Unsere Schritte hallten auf dem steinernen Fußboden. Ich ging voran bis zu dem viereckigen Hof und kam mir wiederum vor wie ein Gespenst, ein Pilger durch die Zeiten. Hier hatte ich immer gerufen – und meine Stimme hatte gehallt im Bogengang: «Aldo? Aldo? Warte auf mich!»

Und dann war wie ein Echo die Antwort gekommen: «Hier bin ich. Komm, folge mir ...»

Und ich folgte seinem Ruf, über die große Treppe hinauf zu der oberen Galerie, wo aus jeder Nische, aus jeder Wölbung der Falke der Malebranche blickte und die Buchstaben CM zu lesen waren, die für beide Herzöge standen: Claudio und Carlo.

Die Turtmanns stapften hinter mir her.

Wir blieben einen Augenblick in der Galerie stehen, damit die beiden verschnaufen konnten, und da war die Bank, die Bank, auf der Marta immer gesessen und gestrickt hatte, während ich vor ihren Augen die Galerie hinauf- und hinunterrannte oder manchmal auch ganz kühn – wenn Aldo nicht da war, um sich meiner zu bemächtigen – die ganze Runde ablief, indem ich ab und zu innehielt, um durch die großen Fenster auf den Innenhof hinunterzuschauen.

«Nun?» sagte Herr Turtmann und fixierte mich. Ich wandte mich ab von der Galerie mit ihrer leeren Bank und bog nach rechts, in den Thronsaal, ein. Mein Gott, dieser Moderdunst, der von alten Zeiten, von alten Fehden sprach, von Herzögen und Herzoginnen, die längst gestorben waren, von Höflingen und Pagen ... Der Geruch der Wölbungen, der ockerfarbenen Wände, der staubigen Wandbehänge.

Die Toten waren bei mir, als ich durch die vertrauten Räume ging. Nicht nur die Gespenster der Geschichte, von denen man mir erzählt hatte – der wilde Herzog Claudio, der Volksliebling Carlo, die allergnädigste Herzogin und ihr Gefolge hochgeborener Damen – nein, auch meine eigenen Toten waren bei mir! Mein Vater, selbst huldvoll wie ein Herzog, wenn er den Palazzo den Historikern aus Florenz und Rom vorführte; Marta, die mich ermahnte, wenn ich zu laut wurde, und mich mit Schmeichelworten rasch außer Hörweite der vornehmen Besucher lockte. Und Aldo, ach Aldo, der auf Zehenspitzen näher kam, den Finger auf den Lippen.

«Er wartet.»

«Wer wartet?»

«Der Falke ... um dich mit seinen Fängen zu packen und auf und davonzutragen.»

Stimmengewirr wurde hinter mir laut. Eine Gruppe junger Leute, zweifellos Studenten, begleitet von einer Dozentin, drangen gleichzeitig mit uns lärmend in den Thronsaal ein und füllten den ganzen Raum mit ihrer Lebendigkeit. Sogar die Turtmanns waren irritiert. Ich winkte sie ins nächste Zimmer.

«Wir halten uns ein Stück vorweg», sagte ich, «damit sie uns nicht stören.»

Herr Turtmann war, wie alle seine Landsleute, gründlich und auf Details erpicht. Er ging an jeden Wandteppich, jedes Gemälde dicht heran und inspizierte es – kurzsichtig wie er war – durch seine Brillengläser. Seine Frau hielt sich geduldig an seiner Seite, Notizbuch in der Hand. Ich trommelte mit den Absätzen ungeduldig auf dem Fußboden herum, weil ich weiter wollte. Ein uniformierter Führer kam, ein Gähnen unterdrükkend, auf meine Kundschaft zu, da er ein Trinkgeld witterte. Er konnte ein paar Brocken Englisch und hielt die beiden Deutschen für Amerikaner.

«Beachten Sie die Decke», sagte er, «Decke sehr schön. Von Tolemeo restauriert.»

Ich ließ ihn reden und verdrückte mich. Die Gemächer der Herzogin, die die Turtmanns und nach ihnen die Studenten laut Programm passieren mußten, ließ ich links liegen und strebte direkt auf den Raum der Cherubim und das herzogliche Schlafzimmer zu, die ich beide leer fand, bis auf einen Aufseher, der hinten in einer Ecke auf einem Fenstersitz schlief.

Ich fand kaum etwas verändert. Paläste halten, ungleich den Menschen, den Jahren stand. Nur die Bilder hatten den Platz gewechselt. Sie waren aus ihrem kriegsbedingten Versteck in den Kellern wieder heraufgebracht und, wie ich widerstrebend zugeben mußte, geschickter placiert worden, als es zu meines Vaters Zeiten der Fall gewesen war. Man hatte sie mit Sachverständnis überall dort untergebracht, wo das Licht am besten auf ihnen spielen konnte.

Die «Madonna mit Kind», das Lieblingsbild meiner Mutter, hing nicht mehr in einer vergleichsweise dunklen Ecke, sondern stand – in erhabener Einsamkeit – auf einer Staffelei. Die langweiligen Marmorbüsten aus späterer Zeit, die sich früher über den Raum verteilten, hatte man weggeschafft. Nichts lenkte mehr von der Madonna ab.

Der Wärter blinzelte. Ich ging auf ihn zu.

«Wer ist jetzt Museumsdirektor hier?» fragte ich.

«Es gibt keinen Direktor», erwiderte er. «Der Palazzo untersteht der Aufsicht des Kunstrats von Ruffano, das heißt, die herzoglichen Gemächer, die Bilder, die Wandteppiche und die Räume oben. Die Bibliothek im Erdgeschoß steht den Mitgliedern der Universität zur Verfügung.»

«Danke», sagte ich und ging weiter, bevor er mich auf die tanzenden Cherubim auf dem Kaminsims hinweisen konnte. Es gab eine Zeit, da ich jeden von ihnen bei seinem von mir erfundenen Namen nannte.

Als ich das herzogliche Schlafgemach betrat, suchte mein Blick sofort das Bild an der Wand. Es war noch da. Kein Kunstrat konnte das da auf eine Staffelei verfrachten.

Unglücklicher Christus, oder vielmehr, da der Künstler mit genialer Unbefangenheit ja ihn gemalt hatte, unglücklicher Claudio! Da stand er in seinem safranfarbenen Wams, eine Hand auf die Hüfte gestützt, ins Leere blickend; oder auf die Dächer einer visionären Welt, die ihm gehören könnte, wenn er der Versuchung unterläge. Der Teufel flüsterte ihm, in der Maske eines Freundes und Ratgebers, seine Botschaft ins Ohr. Der rosige Himmel hinter ihm verhieß ein triumphales Morgenrot. Die schlafende Stadt Ruffano war im Begriff, sich zu regen, zu erwachen und seinem Gebot zu folgen.

Ich hatte vergessen, daß seine Augen hell waren wie sein goldenes Haar, und daß dies Haar, das das blasse Gesicht umrahmte, einem Kranz von Dornen gleichsah.

Stimmen wogten hinter meinem Rücken auf. Ich hatte zu lange vor meinem Bild gestanden, die Turtmanns mit ihrem redseligen Führer, die Studenten mit der Dozentin waren mir auf den Fersen. Ich verzog mich in den Audienzsaal; denn ich wußte, meine schwatzenden Verfolger würden nicht nur vor dem Gemälde, von dem ich mich gerade getrennt hatte, verweilen, sondern auch das Studio und die Kapelle des Herzogs besuchen. Falls sie ein paar hundert Lire in die Tasche des Führers gleiten ließen, durften sie vielleicht sogar einen Blick auf die Wendeltreppe werfen, die zum Turm hinaufführte.

Hier, im Audienzsaal, war die Geheimtür zum Zwillingsturm. Die Wendeltreppe, obwohl eine Nachbildung, galt schon zu meines Vaters Zeiten als nicht sicher. Touristen, die so verwegen waren, ihre Muskeln strapazieren und dem Schwindel trotzen zu wollen, wurden durch das herzogliche Ankleidezimmer zum rechten Turm dirigiert.

Ich trat zur Wand und hob den Gobelin. Die Tür war noch da, der Schlüssel steckte. Ich drehte ihn, und die Tür ging auf. Vor mir lag die Treppe und wand sich höher und höher zum Turm hinauf. Unter mir ging es dreihundert Stufen oder mehr in die Tiefe. Wie lange mochte es her sein, überlegte ich, daß irgend jemand diese Treppe hinaufgeklettert war. Spinnweben und tote Fliegen verunzierten das kleine bleigerahmte Fenster. Die alte Angst, die alte Faszination überkamen mich. Ich legte meine Hand auf den kalten Stein und wollte klettern.

«Wer ist dort? Es ist verboten, die Treppe zu benutzen.» Ich schaute über meine Schulter. Der Aufseher, den ich schlafend im Raum der Cherubim zurückgelassen hatte, war mir gefolgt und starrte mich aus mißtrauisch verengten Knopfaugen an.

«Was machen Sie hier? Wie sind Sie überhaupt hergekommen?» fragte er.

Das gleiche Schuldgefühl wie einst wurde in mir wach. Eine solche Untat hätte mein Vater mit sofortiger Verbannung ins Bett bestraft. Und das Abendbrot wäre auch ausgefallen, außer wenn Marta es zu mir hinaufgeschmuggelt hätte.

«Entschuldigung», sagte ich, «aber ich schaute ganz zufällig hinter den Gobelin und entdeckte die Tür.»

Er wartete, bis ich vorbei war, dann schloß er die Tür, drehte den Schlüssel und rückte den Gobelin wieder an seinen Platz.

«Es ist den Besuchern verboten, die ausgestellten Gegenstände zu berühren», sagte er.

«Entschuldigung», sagte ich noch einmal und gab ihm 500

Lire. Er schwieg sich aus und zeigte auf den Raum, der vor uns lag. «Das Zimmer der Päpste», erläuterte er. «Die Büsten von zwanzig Päpsten an der Wand. Alle sehr interessant.» Ich dankte ihm und ging weiter. Das Zimmer der Päpste hatte mich nie sehr gelockt.

Ich verzichtete auf die verbleibenden Räume, die mit den Keramiken und den Steinreliefs. Früher hatten sie sich gut zum Versteckspielen geeignet, weil das Echo besonders deutlich kam.

Dann ging ich die große Treppe wieder hinunter und durch den Innenhof und das Portal hinaus auf die Straße. Ich zündete mir eine Zigarette an und wartete, an eine der Säulen des Domes gelehnt, auf meine Kundschaft.

Der Postkartenverkäufer kam mit seinen Vorräten auf mich zu. Ich winkte ab und fragte: «Wann beginnt denn die große Invasion?»

Er zuckte die Achseln. «Das kann jetzt jeden Tag losgehn», sagte er, «falls das Wetter sich bessert. Die Stadtverwaltung tut ihr Bestes, um Ruffano ins Gespräch zu bringen, aber wir liegen nicht sehr günstig. Diejenigen, die an die Küste wollen, ziehen den direkten Weg vor. Wir brauchen die Studenten als Abnehmer, um das Zeug hier loszuwerden.»

Er zeigte mit dem Daumen auf seine Ansichtskarten und die kleinen Fahrradflaggen mit dem Falken der Malebranche.

«Gibt es hier viele Studenten?»

«Es heißt, mehr als sechstausend. Viele kommen täglich von außerhalb herein, weil in der Stadt nicht genügend Unterkünfte zur Verfügung stehen. Das alles hat sich erst in den letzten drei Jahren entwickelt. Die Älteren sind größtenteils sehr dagegen. Die Stadt würde verdorben, die Studenten seien Rowdies und so. Meine Güte, sie sind schließlich jung, und wie ich schon sagte, sie kurbeln die Geschäfte an.»

Die Zahl der Hörer mußte sich verdoppelt, wenn nicht verdreifacht haben. Ich konnte es nicht beurteilen. Früher erregten die Studenten, soviel ich mich erinnerte, weiter kein Ärgernis. Ich hatte immer den Eindruck gehabt, daß sie alle Lehrer werden wollten.

Der Postkartenverkäufer schlenderte davon, und während ich, meine Zigarette rauchend, auf die Turtmanns wartete, hatte ich zum ersten Mal seit Monaten, nein, seit Jahren, das Gefühl, daß ich nicht in Eile war. Ich arbeitete nicht mehr nach einem strikten Zeitplan. Es fuhren keine «Sonnenreisen»-Busse auf der Piazza vor mir auf.

Der Schnee schmolz schnell unter der heißen Sonne. Die Kinder spielten Fangen um den Brunnen. An der Tür des Bäckers gegenüber erschien eine alte Frau mit ihrem Strickzeug. Und Studenten und Studentinnen strömten in den Herzoglichen Palast.

Ich schaute zu dem Falken auf, dessen Schwingen sich über dem Portal, bereit zum Fluge, spreizten. Letzte Nacht hatte er in seiner Schneerüstung, schräg vor den Himmel gestellt, bedrohlich gewirkt, wie eine Warnung für alle, die vom rechten Wege abgewichen sind. Heute morgen erschienen mir die ausgebreiteten Schwingen, mochten sie den Palazzo nach wie vor bewachen, wie Signale der Freiheit.

Die dunkle Glocke des Campanile am Dom schlug elf. Der letzte Ton war kaum verklungen, als die Turtmanns, gestikulierend, die Volkswagentüren knallen ließen. Ich hatte ihr Auftauchen nicht bemerkt. Sie waren ungeduldig, sie wollten weg.

«Wir haben hier gesehen, was wir sehen wollten», bellte mein Arbeitgeber, «meine Frau und ich sind uns einig: Wir verzichten auf die verbleibenden Kirchen. Wir wollen die Stadt über den Hügel dort drüben verlassen, sobald wir das Denkmal des Herzogs Carlo fotografiert haben. Auf diese Art gewinnen wir Zeit für Ravenna.»

«Sie haben zu entscheiden», sagte ich.

Damit kletterten wir in den Wagen, ich setzte mich wie am Vortag ans Steuer.

Über die Piazza Maggiore fuhren wir abwärts zur Piazza Matrice. Dann durch das Stadtzentrum wieder hügelaufwärts zur Piazza Carlo. Erst jetzt wurde mir klar, warum das Hotel der Longhis an Zuspruch so verloren hatte. Das Panoramica, das neue Haus mit Blick auf Stadt und Landschaft, mit farbenprächtigen Balkonen, Rasenhängen und Orangenbäumchen, lieferte den Touristen eben weit mehr «Atmosphäre» als das arme alte Hotel dei Duchi.

«Ha!» sagte Herr Turtmann. «Sieh mal, dort hätten wir

logieren sollen!» Und ärgerlich wandte er sich nach mir um.

«Zu spät, mein Freund, zu spät», murmelte ich in meiner Muttersprache.

«Wie bitte? Was sagen Sie da?»

«Das Hotel Panoramica macht erst zu Ostern auf», erläuterte ich friedlich und parkte den Wagen. Sie stiegen aus, mitsamt dem unvermeidlichen Fotozubehör, um das Standbild des Herzogs Carlo nebst Umgebung zu knipsen.

Hier fanden früher die obligaten Sonntagsspaziergänge statt. Hier pflegten die Honoratioren mit ihren Ehefrauen, ihren Kindern, ihren Hunden zu spazieren, hin und her über das Plateau, das säuberlich mit Bäumen und Gesträuch bestückt war und sommers mit Teppichbeeten. Hier zumindest waren neue Häuser aufgeschossen, und das Waisenheim, das einst in nackter Häßlichkeit für sich allein gestanden hatte, fand sich inzwischen von eleganten Neubauten umzingelt. Dies war, soviel ich sah, das reiche Viertel von Ruffano, das moderne Gegenstück zu dem historisch berühmteren Hügel im Süden.

Ich kletterte gerade mit meinem Köfferchen aus dem Volkswagen, als sich die Turtmanns nach ihrer Morgenpirsch dem Auto bereits wieder näherten.

«Und dies, Herr Turtmann», sagte ich und streckte ihm die Hand hin, «ist der Augenblick, in dem ich Ihnen Adieu sage. Über die Straße, die rechts aus der Piazza Carlo hinausführt, gelangen Sie zur Porta di Malebranche, und damit sind Sie auf dem rechten Weg nach Norden. Die schnellste Straße nach Ravenna ist die Küstenstraße.»

Turtmann und Frau starrten mich an. Herrn Turtmanns Lider flatterten hinter seiner goldgerahmten Brille.

«Sie sind als Reiseleiter und Chauffeur für uns engagiert», sagte er, «so war es abgemacht mit der Agentur in Rom.»

«Ein Mißverständnis», erklärte ich und machte eine Verbeugung. «Ich erklärte mich lediglich bereit, Sie bis Ruffano zu begleiten und nicht weiter. Es tut mir leid, wenn Ihnen das Ungelegenheiten macht.»

Etwas bewundere ich an den Deutschen: Sie wissen ganz genau, wann sie geschlagen sind. Wäre mein Kontrahent Italiener gewesen oder auch Franzose, hätte er eine Flut von Beschimpfungen auf mich losgelassen. Herr Turtmann dachte nicht daran. Er kniff den Mund zusammen, sah mich einen Augenblick lang an und befahl seiner Frau kurz und bündig, in den Wagen zu steigen.

«Wie Sie wünschen», sagte er, «ich habe Ihr gesamtes Honorar vorweg bezahlt. Dann muß mir das römische Büro die Differenz erstatten.»

Er knallte die Autotür zu und trat auf das Gaspedal. Im nächsten Augenblick stob der Wagen über die Piazza Carlo und war außer Sicht, verschwunden aus meinem Leben. Ich hatte aufgehört, ein Reiseleiter zu sein, und drehte dem guten Herzog Carlo den Rücken, der hoch über mir auf seinem Piedestal stand.

Ich blickte nach Süden, zum gegenüberliegenden Hügel hin. Der herzogliche Palast der Malebranche mit seinen Zwillingstürmen, die nach Westen schauten, schmückte den Hügel wie eine Krone.

Langsam machte ich mich auf den Weg zur Stadt.

5

Zur Mittagszeit macht die Piazza Matrice, die Hauptpiazza, ihrem Namen Ehre. Die Frauen haben um diese Stunde ihre Einkäufe erledigt und sind fast alle nach Hause gegangen, um zu kochen. Die Männer beherrschen das Feld.

Sie standen in hellen Scharen herum, als ich kam. Ladenbesitzer, Büroangestellte, Müßiggänger, Geschäftsleute. Fast alle schwatzten und klatschten, nur einige wenige lungerten schweigend herum und schauten zu. So war es üblich, so war es immer gewesen. Ein Durchreisender würde sie für Mitglieder irgendeiner Organisation gehalten haben, die im Begriff war, sich der Stadt zu bemächtigen. Er wäre im Irrtum gewesen. Diese Männer waren die Stadt. Dies war Ruffano.

Ich kaufte eine Zeitung. Es war ein Lokalblatt, kein Ruffaneser Anzeiger allerdings, sondern eine Kreiszeitung. Ich blätterte sie durch, auf der Suche nach den Nachrichten aus Rom, und fand, neben den politischen Meldungen, drei Zeilen über den Mord in der Via Sicilia.

«Die Identität der vor zwei Tagen ermordeten Frau ist noch nicht geklärt. Man nimmt an, daß sie aus der Provinz kam. Ein Lastwagenfahrer sagte aus, daß er hinter Terni eine Frau mitgenommen habe, auf die die Beschreibung der Toten zuträfe. Die Polizei fährt in ihren Ermittlungen fort.»

Wir waren gestern durch Terni gefahren, ehe wir rechts nach Spoleto abbogen. Ein Wanderer, ein Landstreicher, der von Ruffano aus nach Rom unterwegs war, konnte sich freuen, wenn ihm die Möglichkeit geboten wurde, den Rest des Weges im Lastwagen zurückzulegen.

Obwohl die Zeitung es nicht ausdrücklich erwähnte, hatte der Fahrer sich wohl freiwillig gemeldet und die Leiche identifiziert. Inzwischen war die Personenbeschreibung der Ermordeten zweifellos an alle Städte des Landes durchgegeben worden, so daß die Polizei ihre Vermißtenlisten überprüfen konnte. Wenn aber die Tote auf gar keiner Liste stand ... Wenn sie, von einem plötzlichen Wandertrieb erfaßt, ganz einfach von zu Hause weggegangen war?

Ich konnte mich nicht erinnern, ob Marta Verwandte hatte. Höchstwahrscheinlich nicht. Sie war nach Aldos Geburt in den Dienst meiner Eltern getreten und seither bei uns geblieben. Von Brüdern oder Schwestern hatte sie nie gesprochen. All ihre Liebe, ihr ganzes Leben hatte sie uns geschenkt.

Ich ließ die Zeitung sinken und blickte mich um. Ich entdeckte nicht ein bekanntes Gesicht, nicht einmal unter den Alten; aber das war im Grunde kein Wunder, da ich Ruffano als elfjähriges Kind verlassen hatte.

An dem Tag, da wir, meine Mutter und ich, im Dienstwagen des Kommandanten davonfuhren, war Marta in der Messe. Sie ging jeden Morgen zur Messe. Meine Mutter wußte das natürlich und hatte den Zeitpunkt unseres Abgangs entsprechend festgesetzt.

«Niemand hat eine Ahnung», erklärte sie mir. «Marta werde

ich einen Zettel hinlegen. Sie kann später nachkommen und unsere Sachen mitbringen. Jetzt haben wir keine Zeit, uns um derlei zu kümmern. Der Kommandant muß sofort weg.»

Ich begriff gar nicht, was eigentlich los war. Militärpersonen waren immer im Kommen oder im Gehen. Der Krieg war zwar offensichtlich vorüber, aber es schienen mehr Soldaten herumzulaufen als je zuvor. Deutsche, nicht die unseren. Es ging über meinen Horizont.

«Warum fahren wir mit dem Kommandanten?» fragte ich meine Mutter. Sie wich aus. «Das ist doch unwichtig», antwortete sie ungeduldig, «solange wir aus Ruffano herauskommen ... Und er wird sich um uns kümmern.»

Ich war sicher, daß Marta bestürzt sein würde, wenn sie von der Messe nach Hause kam. Sie wollte vielleicht nicht fortgehen. Sie verabscheute den Kommandanten.

«Glaubst du bestimmt, daß Marta nachkommt?»

«Aber ja, natürlich!»

Und so ging die Reise los, und man schaute aus dem Wagen, grüßte, blickte in die Landschaft, die vorüberglitt, vergaß Marta, wurde hineingeschwatzt in die kommenden Monate mit den neuen Lügen, den neuen Ausflüchten, vergaß, ja, vergaß endgültig. Bis vor zwei Tagen ...

Ich ging über den Platz und zur Kirche San Cipriano. Sie war geschlossen. Natürlich war sie geschlossen. Alle Kirchen schlossen am Mittag. Es gehörte zu meinen Aufgaben als Reiseleiter, die Touristen mit dieser Tatsache auszusöhnen. Jetzt mußte ich, wie sie, den Nachmittag abwarten.

Plötzlich entdeckte ich einen Mann, an den ich mich erinnerte. Er stand auf der Piazza und diskutierte mit einer Gruppe von Bekannten. Er schielte, und sein langes, hageres Gesicht sah heute, in fortgeschrittenem Alter, kaum anders aus als damals, 1944. Es handelte sich um den Schuster aus der Via Vittorio Emanuele, der unsere Schuhe zu reparieren pflegte. Seine Schwester Maria, die eine Zeitlang als Köchin bei uns gearbeitet hatte, war eine Freundin von Marta. Dieser Mensch und die Schwester, falls sie noch lebte, waren mit Marta sicher in Verbindung geblieben. Fragte sich nur, wie ich an ihn herankommen konnte, ohne mich zu erkennen zu geben. Ich zündete mir eine zweite Zigarette an und behielt den Mann im Auge.

Als die Debatte abgeflaut war, ging er seines Weges, aber nicht zur Via Vittorio Emanuele, sondern nach links über den Platz hinweg und die Via dei Martiri entlang, die er schließlich überquerte, um in eine enge Seitengasse einzubiegen. Ich fühlte mich wie ein Detektiv aus einem Kriminalroman, während ich ihm folgte.

Wir kamen nur langsam voran, denn er blieb von Zeit zu Zeit stehen, um ein paar Worte mit einem Bekannten zu wechseln, so daß ich mich, mehr und mehr auf meiner Hut, bücken und so tun mußte, als bände ich mir einen Schnürsenkel zu, oder aber verloren um mich schaute, wie ein Tourist, der sich verlaufen hat. Jetzt wäre mir die Kamera der Turtmanns von Nutzen gewesen, um mein Gesicht dahinter zu verstecken.

Er schlenderte weiter und bog am Ende der schmalen Gasse wiederum links ein. Als ich ihn eingeholt hatte, standen wir fast auf Tuchfühlung oben auf der steilen Treppe von Ognissanti, neben dem Oratorium gleichen Namens.

Die Treppe fällt nahezu vertikal ab zur Via dei Martiri. Er wollte mir Platz machen.

«Entschuldigung, Signore», sagte er.

«Ich bitte um Entschuldigung, Signore», erwiderte ich. «Ich bin einfach meiner Nase nach gegangen. Ich bin fremd in Ruffano.»

Sein schielender Blick hatte immer etwas Verwirrendes gehabt. Auch jetzt war ich im Zweifel, ob er mich ansah oder nicht.

«Die Treppe von Ognissanti», zeigte er, «das Oratorium von Ognissanti.»

«Ja», sagte ich, «ach so.»

«Möchten Sie das Oratorium besichtigen, Signore?» fragte er, «meine Nachbarin hat den Schlüssel.»

«Ein anderes Mal, Signore», sagte ich, «bitte, bemühen Sie sich nicht.»

«Von Mühe kann gar keine Rede sein», sagte er, «sie ist bestimmt zu Hause. Später, wenn die Saison im Gange ist, hält sie das Oratorium zu bestimmten Stunden offen. Im Augenblick lohnt sich das nicht für sie.»

Bevor ich ihn hindern konnte, rief er etwas zum Fenster des kleinen Hauses neben der Kapelle hinauf. Das Fenster tat sich auf, und eine ältere Frau steckte den Kopf heraus. Ghigi, das war's. Das war der Name über dem Laden des Schusters, und unsere Köchin hatte Maria Ghigi geheißen.

«Ein Fremder, der das Oratorium besichtigen möchte», rief er und wartete, daß sie herunterkam. Das Fenster wurde zugeschlagen. Ich hatte das Gefühl, daß ich ungelegen kam.

«Es tut mir leid, daß ich störe», sagte ich.

«Ich stehe zu Ihren Diensten», erwiderte er. Sicher forschten die schielenden Augen in meinem Gesicht. Ich wandte den Kopf ab. Einen Augenblick später ging die Tür auf. Die Frau kam zum Vorschein und wühlte nach ihren Schlüsseln. Sie schloß die Pforte des Oratoriums auf, ließ mich eintreten und folgte mir. Der Schuster desgleichen. Ich schaute mich um und heuchelte Interesse.

Die große Sehenswürdigkeit des Oratoriums ist eine in Wachs modellierte Märtyrergruppe. Ich erinnerte mich, daß man mich als Kind hierher geführt hatte und daß der Aufseher mich damals ausschalt, weil ich versucht hatte, die Figuren anzufassen.

«Sehr schön», erklärte ich dem Paar, das mich beobachtete.

«Es ist einzigartig», merkte der Schuster an und fragte dann, als fiele es ihm plötzlich ein: «Sagten der Signore nicht, daß er fremd sei in Ruffano?»

«Ja, ich bin aus Turin», erwiderte ich, indem ich instinktiv die Stadt nannte, wo mein Stiefvater zu Hause war und wo meine Mutter starb.

«Ach, aus Turin», sagte er gedehnt, als enttäusche ihn das, und fügte hinzu: «So etwas haben Sie nicht in Turin.»

«Wir haben das Linnen», belehrte ich ihn, «das Linnen, in das der Erlöser eingehüllt war. Die Spuren des heiligen Leichnams sind noch darauf zu sehen.»

«Das wußte ich nicht», antwortete er eingeschüchtert. Wir verfielen alle drei in Schweigen. Die Frau rasselte mit ihren Schlüsseln. Ich spürte des Schusters schielenden Blick und wurde nervös.

«Vielen Dank», sagte ich, «ich denke, ich habe alles gesehen.» Der Frau gab ich hundert Lire, die sie in ihrem umfangreichen Rock verstaute. Dem Schuster schüttelte ich die Hand.

«Vielen Dank für Ihre Gefälligkeit», sagte ich.

«Aber bitte sehr», sagte er, «nicht der Rede wert.»

Ich nahm an, daß sie mir nachsahen, als ich die Stufen von Ognissanti hinunterging. Vielleicht hatte ich den Schuster an irgend etwas oder an irgend jemanden erinnert, obwohl es eigentlich keine Gründe geben konnte, mich, einen Mann aus Turin, mit einem Kind von zehn Jahren in Verbindung zu bringen. In der Via San Cipriano, unweit der Kirche, entdeckte ich ein kleines Restaurant. Nach dem Essen rauchte ich eine Zigarette. In meinem Kopf hatte sich noch immer kein Plan entwickelt.

Das Restaurant, das es zu meiner Zeit noch nicht gegeben hatte, war offenbar beliebt, denn es füllte sich schnell, und die Gäste mußten sich in die Tische teilen. In instinktiver Vorsicht holte ich meine Zeitung vor und lehnte sie gegen meine Weinkaraffe.

Da sagte jemand: «Verzeihung, ist dieser Platz wohl noch frei?»

Ich blickte auf. «Aber bitte sehr, Signorina», sagte ich und rückte beiseite, verärgert durch den plötzlichen Einbruch in meine Überlegungen.

«Ich glaube, ich habe Sie heute früh im Palazzo Ducale gesehen», sagte die Dame. Ich sah sie befremdet an, entschuldigte mich dann aber sofort. Ich hatte sie wiedererkannt. Es war die Dozentin, die den Schwarm von Studenten durch den Palast geführt hatte.

«Sie haben versucht, uns zu entwischen», sagte sie, «und ich kann es Ihnen nicht verdenken.» Sie lächelte. Sie hatte ein hübsches Lächeln, obwohl ihr Mund zu groß war. Sie trug das Haar in der Mitte gescheitelt und glatt nach hinten gekämmt. Ihr Alter mochte um die 32 sein. Dicht am linken Auge hatte sie ein großes Muttermal. Manche Männer finden solche Male attraktiv und meinen, sie steigerten die sexuelle Ausstrahlung. Nun, jeder nach seiner Façon . . .

«Ich habe nicht versucht, Ihnen zu entwischen, sondern lediglich Ihrer Hörerschaft», sagte ich.

Nachdem ich so viel mit fremden Nationalitäten, besonders mit Engländern und Amerikanern, zu tun gehabt hatte, und immer in untergeordneter Stellung, war ich den Umgang mit den Frauen meines eigenen Landes gar nicht mehr gewohnt. Sie verlangen automatisch, daß man mit ihnen flirtet, und sehen darin nicht mehr als einen Ausdruck normaler Höflichkeit.

«Wenn Sie interessiert gewesen wären, Näheres über die Bilder im Palazzo zu erfahren», sagte sie, «hätten Sie sich uns nur anzuschließen brauchen.»

«Ich bin kein Student», sagte ich, «und ich mag nicht als einer unter vielen laufen.»

Sie mußte wissen, daß ich sie im Palazzo kaum angesehen hatte, aber das spielte keine Rolle. Unser Geplänkel gehörte zu den Ehrenbezeigungen, die man ihrem Geschlecht nun einmal schuldig war.

«Vielleicht wäre eine private Führung eher nach Ihrem Geschmack», sagte sie.

Damit war klargestellt, daß ich während des Essens den Kavalier zu spielen hatte. Na gut! Schließlich brauchte ich nur auf die Uhr zu schauen, wenn ich es satt bekam, und mich mit Zeitmangel zu entschuldigen.

«Das geht den meisten Männern so», sagte ich, «oder haben Sie andere Erfahrungen gemacht?»

Sie lächelte mir mit Verschwörermiene zu und gab dem Ober ihre Bestellung auf. «Sie haben wahrscheinlich recht», sagte sie, «aber als Dozentin muß ich meine Arbeit tun. Ich muß mich bei beiden, bei den Jungen wie den Mädchen, beliebt machen und versuchen, Tatsachen in ihre widerspenstigen Hirne zu stopfen.»

«Ist das schwer?»

«Bei den meisten, ja», erwiderte sie.

Sie hatte kleine Hände. Ich mag Frauen mit kleinen Händen gern. Einen Ring trug sie nicht.

«Was machen Sie speziell?» fragte ich.

«Ich bin an der Philosophischen Fakultät als Kunsthistorikerin», sagte sie, «zwei- bis dreimal in der Woche lese ich vor Studenten des zweiten und dritten Studienjahres. Die im ersten

Jahr führe ich, wie heute morgen, zum Palast und zu sonstigen sehenswerten Stätten. Das ist alles recht interessant. Ich bin jetzt schon zwei Jahre hier.»

Der Ober brachte ihr Essen. Ich stellte fest, daß sie es hungrig verschlang.

«Werden Sie gut bezahlt?»

«Was für eine Frage! Noch nie ist irgendein Mitglied irgendeines akademischen Lehrkörpers gut bezahlt worden. Möglich, daß sich das in späteren Zeiten einmal ändert.» Sie blickte zu mir auf und lächelte wieder. «Und Sie?» fragte sie, «sind Sie zu Besuch hier? Wie ein Tourist sehen Sie nicht aus.»

«Ich bin Reiseleiter von Beruf», sagte ich. «Ich passe auf Touristen auf, so wie Sie auf Ihre Studenten.»

Sie schnitt ein Gesicht: «Sind Ihre Schützlinge auch hier in Ruffano?»

«Nein. Heute früh habe ich ihnen glückliche Reise gewünscht.»

«Und nun?»

«Man könnte sagen, daß ich an Angeboten interessiert bin.»

Einen Augenblick erwiderte sie nichts. Sie war mit Essen beschäftigt. Dann schob sie ihren Teller fort und machte sich über den Salat her.

«Angebote welcher Art?» fragte sie.

«Machen Sie mir eins, und ich werde mich näher äußern», antwortete ich.

Sie sah mich nachdenklich an. «Welche Sprachen sprechen Sie?» fragte sie.

«Englisch, Amerikanisch, Deutsch, Französisch. Aber ich habe nie in meinem Leben unterrichtet!»

«Das habe ich auch nicht erwartet. Irgendwelche Titel?»

«Diplom in modernen Sprachen. Universität Turin.»

«Und warum spielen Sie damit den Reiseleiter?»

«Man kommt herum; die Trinkgelder sind gut.»

Ich bestellte mir noch einen Kaffee. Dieses Gespräch verpflichtete mich schließlich zu nichts.

«Also sind Sie zur Zeit ohne Stellung?» fragte sie.

«Auf eigenen Wunsch. Ich bin nicht entlassen. Ich wollte einfach einmal ein paar Wochen aus der Routine heraus. Wie ich schon sagte, ich bin für Angebote aufgeschlossen.»

Sie war fertig mit ihrem Salat. Ich bot ihr eine Zigarette an.

«Ich könnte Ihnen vielleicht behilflich sein», sagte sie.

Ich schaute sie fragend an. Es war an ihr, den nächsten Zug zu tun.

«Die Sache ist die, daß die Universitätsbibliothek zur Zeit unterbesetzt ist», sagte sie. «Die Hälfte der Bücherbestände lagert noch in einem Raum im Erdgeschoß des Palazzo. Sie soll später ein neues Quartier zwischen Universität und Studentenheim beziehen. Aber unser schöner Neubau wird nicht vor Ostern eröffnet. Inzwischen regiert das Chaos. Der Bibliothekar, ein guter Freund von mir, könnte eine Extrahilfe gut gebrauchen. Und mit einem Sprachdiplom...» Sie beendete den Satz nicht, gab aber durch eine Geste zu verstehen, daß sich alles übrige leicht regeln lassen würde.

«Das klingt interessant», sagte ich.

«Ich weiß nicht, was sie zahlen», baute sie eilig vor. «Viel wird es nicht sein. Und außerdem wäre es, wie gesagt, nur eine Sache auf Zeit. Aber das kommt Ihren Wünschen vielleicht gerade entgegen.»

«Könnte sein.»

Sie rief nach dem Kellner, um ihrerseits einen Kaffee zu bestellen, zog eine Visitenkarte aus ihrer Handtasche und reichte sie mir. Ich warf einen Blick darauf und las «Carla Raspa, 5, Via San Michele, Ruffano.»

Ich revanchierte mich mit meiner Karte. «Armino Fabbio, Agentur ‹Sonnenreisen›, Turin.»

Sie zog die Augenbrauen ironisch in die Höhe und verstaute die Karte in ihrer Tasche. «Sonnenreisen», sagte sie. «Ich könnte eine gebrauchen. Ruffano ist am Feierabend oft entsetzlich langweilig.»

Sie behielt mich im Auge, während sie ihren Kaffee austrank. «Lassen Sie sich die Sache in aller Ruhe durch den Kopf gehen», sagte sie dann, «überstürzen Sie nichts. Ich muß jetzt gehen. Ich habe um sieben Vorlesung. Falls Sie einsteigen wollen – nach vier bin ich selbst in der Bibliothek und könnte Sie Giuseppe Fossi vorstellen. Er tut alles für mich. Frißt mir aus der Hand.»

In ihrem Blick konnte man lesen, daß er noch mehr tat. Galant schaute ich ihr in die Augen. Aus Gründen der Courtoisie waren wir beide nun tatsächlich Verschwörer geworden.

«Haben Sie Ihre Papiere bei sich?» fragte sie, während sie aufstand. Ich klopfte auf meine Brusttasche.

«Die trage ich immer mit mir herum», sagte ich.

«Gut. Also auf Wiedersehen.»

«Auf Wiedersehen, Signorina. Und vielen Dank.»

Sie verschwand durch die Tür auf die Straße. Ich sah mir die Karte noch einmal an. Carla Raspa. Der Name paßte zu ihr. Außen hart und innen weich, wie ein neapolitanisches Ei. Der Bibliothekar Giuseppe Fossi dauerte mich.

Doch für mich brachte die Begegnung vielleicht die Lösung meiner Probleme für die nächsten paar Tage; das heißt die Stellung, nicht Carla. Vielleicht würde beides auch Hand in Hand gehen, aber das brauchte ich schließlich erst zu entscheiden, wenn der Augenblick gekommen war.

Ich zahlte und ging mit meinem Bündel auf die Straße. Ich fühlte mich wie eine Schnecke, die die ganze Welt auf ihrem Rücken trägt.

Ich versuchte es noch einmal mit San Cipriano. Diesmal war die Kirche offen. Ich schob mich durch die Tür und ging zum Chor hinauf.

Wie im Herzoglichen Palast beschworen vor allem die Gerüche die Vergangenheit herauf. Hier waren die Erinnerungen weniger deutlich, aber düsterer. Stumme Bilder, die mit Sonntagen und Festtagen, mit der Notwendigkeit zu schweigen zusammenhingen und mit einer inneren Unruhe, die zum Ausbruch drängte.

San Cipriano war für mich nicht mit frommen Gefühlen und Gebeten verbunden, nur mit dem intensiven Bewußtsein, winzig klein und von lauter Erwachsenen eingekreist zu sein; mit den unpersönlichen Gesängen der Priester, den Weihrauchschwaden, der Berührung von Aldos Hand, einem plötzlichen Wunsch zu urinieren. Die Kirche war leer, von einem Sakristan abgesehen, der offenbar am Hochaltar mit Kerzen hantierte. Ich wanderte das linke Kirchenschiff entlang. Dabei ging ich unwillkürlich auf Zehenspitzen und bestieg behutsam die einzige

Stufe vor der mittleren Kapelle. Hohle Geräusche drangen vom Hochaltar herüber, wo der Sakristan seiner Arbeit nachging. Ich schaute nach einem Schalter und drehte das Licht in der Kapelle an. Der Lichtschein fiel auf das Altarbild. Kein Wunder, daß ich mich als Kind gefürchtet hatte vor jener Gestalt in ihrem Leichentuch, mit den Bandagen, die schlangengleich vom Gesicht herunterhingen, mit den entsetzten Augen, die auf ihren Herrn schauten.

Heute sah ich, daß das Bild kein Meisterwerk war. Es stammte zweifellos aus dem frühen 18. Jahrhundert, aus einer Zeit, in der gequälte Mienen und verzerrte Formen Mode waren. Heute, da sich mein Blick geschärft hatte, erschien mir der auferstandene Lazarus grotesk. Aber die gebeugte Gestalt der flehenden Maria im Vordergrund war immer noch Marta, war immer noch die zusammengekauerte Frau auf den Stufen der Kirche in Rom.

Ich drehte das Licht wieder aus und verließ die Kapelle.

Vielleicht entwickelt sich unser Unterbewußtsein nicht mit. Im Traum hatte ich wie das Kind von damals mit seiner lebhaften Einbildungskraft reagiert. Jetzt war die Entzauberung da, wirkte das Bild primitiv. Der auferstandene Lazarus hatte seine Macht über mich verloren.

Als ich ins Kirchenschiff trat, begann der Sakristan zu mir herunterzutrappeln, und plötzlich kam mir ein Gedanke.

«Verzeihen Sie», sagte ich, «werden die Taufregister eigentlich in dieser Kirche aufbewahrt?»

«Ja, Signore», erwiderte er, «sie liegen in der Sakristei und gehen ziemlich weit zurück, bis zum Beginn des Jahrhunderts. Die Register aus der Zeit davor befinden sich im Presbyterium.»

«Ob ich vielleicht eine Eintragung aus dem Jahr 1933 nachschlagen dürfte?»

Er zögerte einen Augenblick und murmelte etwas von einem Priester, der die Register verwaltet und daß dieser im Augenblick nicht erreichbar sei. Ich ließ einen Geldschein in seine Hand gleiten und erklärte, daß ich nur auf der Durchreise sei und kaum wieder nach Ruffano zurückkommen würde, und daß ich das Register im Auftrag eines Verwandten einsehen wolle. Daraufhin führte er mich ohne weiteren Protest zur Sakristei.

Ich stand müßig herum, während er nach dem Buch suchte. Der Geruch der Heiligkeit hüllte mich ein. Stolen und Chorhemden hingen von Haken herab. Der schwache Duft von Weihrauch, vermischt mit dem von Bohnerwachs, war überall. Der Sakristan näherte sich mit dem Buch. «Dieser Band enthält die Eintragungen von 1930 bis 1935. Wenn Ihr Verwandter in San Cipriano getauft worden ist, müßte sein Name hier registriert sein.»

Ich nahm das Buch und schlug es auf. Es war, als blättere man im Buch der Zeit zurück. Wie viele Namen aus meiner Generation mußten hier verzeichnet stehen, Kinder, geboren und getauft in Ruffano, inzwischen längst erwachsen, in alle Welt verstreut oder vielleicht auch noch in der Stadt ansässig, als Kaufleute, als Angestellte. In diesem Buch waren sie alle erst ein paar Tage alt. Ich schlug unter Juli nach, unter meinem Geburtsdatum, dem 13ten. Vierzehn Tage später war die Taufe eingetragen worden, die an einem Sonntag stattgefunden hatte. «Armino, Sohn des Aldo Donati und der Francesca Rossi. Paten. Aldo Donati, Bruder, Federico Pomante, Edda Pomante.»

Ich hatte vergessen, daß Aldo, damals noch keine neun Jahre alt, mein Taufzeuge gewesen war. Er hatte seinen Namen mit einer runden Kinderschrift geschrieben, die aber bereits mehr Charakter verriet als das undifferenzierte Gekritzel der Pomantes, Vetter und Kusine zweiten Grades, die die Verantwortung mit ihm teilten. Sie lebten, wenn ich mich recht erinnerte, in Ancona.

Alles fiel mir plötzlich wieder ein. Die erste Kommunion. Aldos Augen auf meinem Gesicht, mit ewiger Verdammnis drohend, sollte ich die Hostie aus meinem offenen Munde fallen lassen. Die Pomantes waren nicht dabei. Vielleicht waren sie damals schon tot.

«Haben Sie die Eintragung gefunden?» fragte der Sakristan.

«Ja», sagte ich, «ja, sie ist da.»

Ich klappte das Buch zu und gab es ihm. Er nahm es und stellte es zurück in den Schrank zwischen eine Reihe ähnlicher Bände.

«Warten Sie», sagte ich, «haben Sie auch die Eintragungen

aus den zwanziger Jahren bei der Hand?»

«Aus den Zwanzigern? Aus welchem Jahr speziell, Signore?»

«Lassen Sie mich überlegen. Es müßte wohl 1925 gewesen sein.» Er zog einen andern Band heraus: «Hier – von zwanzig bis fünfundzwanzig.» Ich nahm das Buch und schlug den Monat November auf. November, den 17ten. Dieses Datum hatte für mich immer große Bedeutung gehabt, einfach weil es Aldos Geburtstag war. Selbst in Genua, wenn ich im Spätherbst morgens auf den Bürokalender schaute, war der 17. November irgendwie dem Gestern zugeeignet. «Aldo. Sohn des Aldo Donati und der Francesca Rossi. Pate. Aldo Donati. Vater.» Eine Patin war nicht verzeichnet. In Klammern aber stand bei der Eintragung der Buchstabe «v».

«Was hat das zu bedeuten, ein kleines ‹v›, das nach der Taufe neben die Eintragung gesetzt wird?» fragte ich den Sakristan.

«Das heißt ‹verstorben›, wenn es in Klammern steht», sagte er, «und es bedeutet, daß das Kind zwar getauft wurde, aber anschließend gestorben ist.»

«Dann muß hier ein Irrtum vorliegen», sagte ich, «dieses Kind ist nicht gestorben.»

«Würden Sie mir die Eintragung zeigen?» fragte er.

«Nein, nein, lassen Sie mich noch einmal schauen», sagte ich.

Aber da stand es schwarz auf weiß. Die Eintragung war völlig klar, mitsamt dem kleinen «v». Ich blätterte weiter, und zu meiner Verblüffung tauchte die gleiche Eintragung, zwei Tage später, noch einmal auf. «Aldo, Sohn des Aldo Donati und der Francesca Rossi. Paten. Aldo Donati, Vater. Luigi Speca. Francesca Rossi.»

Und diesmal stand kein kleines «v» in Klammern dabei. Der Irrtum war berichtigt worden. Aber wer war Luigi Speca? Ich hatte nie von einem Mann dieses Namens gehört. Und Aldo bestimmt auch nicht.

«Sagen Sie», wandte ich mich an den Sakristan, «ist es Ihnen je vorgekommen, daß ein Kind zweimal getauft worden ist?» Er schüttelte den Kopf. «Nein, Signore. Wenn allerdings das Kind gekränkelt hat und die Eltern fürchteten, daß es sterben könnte, wäre es denkbar, daß man die Taufe am Tage der Geburt vorgenommen hat und daß die Zeremonie später wiederholt worden ist, nachdem das Kind sich gekräftigt hatte.»

Ich schaute die erste und dann die zweite Eintragung wieder an. Ich wurde aus keiner von beiden klug. Und dem Sakristan wollte ich sie nicht zeigen. Das ging nur mich etwas an.

«Sind Sie fertig mit dem Buch?»

«Ja», sagte ich. «Nehmen Sie es.»

Ich sah zu, wie er den Band in den Schrank zurückstellte und wie er den Schlüssel umdrehte. Ich dankte ihm, und er geleitete mich unter Verbeugungen aus der Sakristei. Draußen war Sonnenschein. Ich ging über die Piazza Matrice zur Via Vittorio Emanuele. Sonderbar, daß Aldo zweimal getauft worden war. Das war genau eine jener Geschichten, die er, wäre sie uns bekannt gewesen, gehörig für sich ausgemünzt hätte.

«Ich starb», ich konnte mir den Ton genau vorstellen, in dem er es gesagt hätte, «ich starb, und ich wurde wiedergeboren. Ich kam zurück aus dem Grabe wie Lazarus.»

Marta hätte sicher Bescheid gewußt über die Taufe . . . Während ich darüber nachdachte, fiel mir der schielende Schuster ein. Ich hielt Ausschau nach seiner Werkstatt, die, soweit ich mich erinnerte, am Ende der ersten Straßenhälfte auf der linken Seite lag. Da war sie – aber größer und eleganter als früher, mit ganzen Reihen von neuen Schuhen, die zum Verkauf ausgestellt waren. Keine Schuhe mit nach oben gedrehten Sohlen und Schildchen mehr, die lediglich eine Reparaturwerkstatt anzeigten. Und über der Tür stand auch ein anderer Name. Mein schielender Ghigi von heute morgen hatte sich offenbar aus dem Geschäft zurückgezogen und wohnte jetzt in dem Häuschen neben dem Oratorium. Er war wahrscheinlich der einzige Mensch, durch den ich über Marta etwas erfahren konnte, er oder seine Schwester, wenn sie noch am Leben war; aber ich sah keine Möglichkeit, an ihn heranzukommen, ohne mich zu erkennen zu geben. Dasselbe galt für die Longhis im Hotel dei Duchi. Es wäre so leicht, einfach wieder hinzugehen und zu sagen: «Ich wollte es Ihnen schon gestern abend erzählen. Ich bin der jüngere Sohn von Aldo Donati. Erinnern Sie sich noch an meinen Vater? Er war der Museumsdirektor im Herzogspalast.»

Selbst das schlaffe Gesicht der Signora würde sich sicher in einem Lächeln gekräuselt haben, wenn der erste Schreck einmal überstanden war. Und dann: «Erinnern Sie sich auch noch an Marta? Was ist aus Marta geworden?» Aber es hatte keinen Zweck. Es würde nicht klappen. Wer aus der Vergangenheit zurückgekehrt war, so wie ich, mußte anonym bleiben. Sonst gab es nur Verstrickungen, das sinnlose Zusammenknüpfen ausgeleierter Fäden. Es würde mir schon gelingen, sie selbst zu entwirren, heimlich und allein, aber nur, wenn ich meine Identität nicht preisgab.

Ich ging noch einmal am Palazzo Ducale vorbei, wandte mich dann nach links und gelangte kurz darauf in die Via dei Sogni. Ich wollte mein Zuhause von einst bei Tageslicht sehen. Der Schnee war geschmolzen wie fast überall in Ruffano. Die Sonne mußte das Haus den ganzen Morgen beschienen haben, denn, durch den Baum hindurchspähend, konnte ich erkennen, daß die Fenster im ersten Stockwerk geöffnet waren. Dort hatten meine Eltern ihr Schlafzimmer gehabt, das in meiner früheren Kindheit ein Heiligtum für mich gewesen war und das ich später mied.

Jemand spielte Klavier. Zu unserer Zeit war kein Klavier im Haus gewesen. Und wer da immer spielen mochte, er spielte wie ein gelernter Pianist. Debussy. Die vielgespielte Arabeske und von Meisterhand interpretiert. Ich stand hinter der Mauer und lauschte. Die Musik schwoll an, schwoll ab, wechselte die Tonart, glitt in die getragenen Passagen über, und dann kam abermals das optimistische Aufsprühen, höher und immer höher, fröhlich, vertrauensvoll, doch plötzlich wieder absinkend, sich auflösend, verrinnend.

Die Musik brach kurz vor den letzten Takten ab. Ich konnte das Telefon läuten hören. Der Klavierspieler mußte, um den Anruf zu beantworten, aufgestanden sein. Ich vernahm, wie das Fenster geschlossen wurde. Dann war alles still. Das Telefon stand früher in der Diele, und wenn meine Mutter oben war, mußte sie laufen, um den Hörer abzunehmen, und kam immer ganz außer Atem unten an.

Ich fragte mich, ob es dem Klavierspieler genauso ging.

Dann schaute ich zu dem Baum hinauf, der den kleinen Garten überdachte wie ein Baldachin. Irgendwo zwischen den Zweigen mußte ein Gummiball nisten, an dem mir damals sehr gelegen gewesen war. Eines Tages hatte ich ihn im Übermut in die Lüfte befördert und nie wieder gesehen. Ich fragte mich, ob er wohl noch da oben im Geäst saß, und mit dieser Frage stieg Zorn in mir auf, eine seltsame Feindseligkeit gegen die Leute, die jetzt in meinem Haus wohnten und das Recht hatten, durch die Zimmer zu gehen, die Fenster zu öffnen und zu schließen, das Telefon abzunehmen, während ich, ein Fremder, draußen vor der Tür stand und die Mauer anstarrte.

Das Klavierspiel setzte wieder ein. Diesmal war es ein Präludium von Chopin, traurig und voller Leidenschaft. Die Stimmung des Spielers hatte nach dem Telefongespräch umgeschlagen. Jetzt war er tiefer Melancholie verfallen. Und all das ging mich nichts an.

Ich wandte mich ab, ging die Via dei Sogni hinauf und dann die Via dell'8 settembre, gegenüber der Universität. Es war, als beträte man ein anderes Jahrhundert. Überall wimmelten junge Leute herum, strömten aus Hörsälen, lachten, schwatzten, kletterten auf ihre Vespas. Der alte Bau, von jeher als Studienhaus bezeichnet, hatte ein völlig neues Gesicht bekommen. Er prangte nicht nur in frischem Anstrich, sondern strahlte die Vitalität der Jugend aus.

Es gab noch mehr neue Gebäude jenseits der Straße. Nein, diese Universität hatte nichts mehr zu tun mit dem bröckelnden, ziemlich abgetakelten Sitz der Gelehrsamkeit, den ich aus Kindertagen kannte. Die asketischen Züge waren verschwunden. Die Jungen mit ihrer munteren Verachtung für alle Art von Staub hatten die Herrschaft angetreten; und die Transistorradios schmetterten.

Mein Köfferchen in der Hand, stand ich da, ein Wanderer zwischen zwei Welten. Die eine – die Via dei Sogni meiner Kindheit, mit all ihren Erinnerungen, aber nicht mehr mein – und diese andere, betriebsam, laut und mir genauso gleichgültig.

Die Toten sollten nicht wiederkehren. Lazarus hatte recht gehabt, wenn er sich fürchtete. Gefangen zwischen Vergangenheit und Gegenwart, wie er es wohl empfunden haben mochte, war er vor beiden in Entsetzen ausgewichen und hatte vergebens den Weg zurück gesucht, in die Namenlosigkeit des Grabes.

«Hallo», sagte eine Stimme an meinem Ohr. «Haben Sie sich entschieden?» Ich drehte mich um. Vor mir stand Carla Raspa. Sie wirkte kühl, zuversichtlich und selbstbewußt. Für sie gab es keine Zweifel. Sie hatte den ihr gemäßen Platz im Leben gesucht und offenbar gefunden.

«Ja, Signorina. Ich war gerade auf dem Weg zum Palazzo Ducale», erklärte ich, «wenn Sie nichts anderes vorhaben, könnten wir vielleicht zusammen gehen.»

6

Die Universitätsbibliothek war im Erdgeschoß des Palazzo Ducale untergebracht, in einem Raum, der vor langer Zeit einmal als Bankettsaal gedient hatte. Als mein Vater Museumsdirektor war, lagerten hier Manuskripte und Dokumente, und das taten sie wahrscheinlich noch.

Meine neue Bekannte ging voran und strahlte das ganze Selbstbewußtsein einer «persona grata» aus, während ich in ihrem Gefolge den Neuling spielte. Der Raum war riesig, größer noch als ich ihn in Erinnerung hatte, und erfüllt von jenem muffigen Geruch, den jede Büchersammlung nun einmal ausstrahlt. Viele der Bücher waren in hohen Türmen auf dem Boden aufgestapelt, fertig für den Umzug ins neue Quartier. Es herrschte ein beträchtliches Durcheinander. Ein Assistent schob kniend bedruckte Papierstreifen in bestimmte Bücher. Ein Zweiter hantierte, auf halber Höhe einer Leiter, mit den Bänden in den oberen Regalen herum. Eine dritte

Hilfskraft, eine abgetakelte Frauensperson, machte Notizen, die ihr ein Mensch diktierte, in dem ich richtig den Bibliothekar Giuseppe Fossi vermutete. Er war klein und untersetzt, hatte einen olivfarbenen Teint und unruhige, hervorquellende Augen, die ich mit gewissen heimlichen Freizeitbelustigungen in Verbindung brachte.

Als er meiner Gefährtin ansichtig wurde, ließ er seine Schreibkraft mitten im Satz sitzen.

«Ich habe einen Assistenten für Sie gefunden», sagte Carla Raspa, «er hat in Turin sein Diplom für moderne Sprachen gemacht und würde vorübergehend gern eine Stellung annehmen. Signor Fabbio. Signor Fossi.»

Die hervorquellenden Augen des Giuseppe Fossi musterten mich mit einer gewissen Feindseligkeit. War ich womöglich ein Rivale? Dann wandte er sich, um Zeit zu gewinnen, zunächst einmal dem Objekt seiner Bewunderung wieder zu.

«Ist Signor Fabbio ein Freund von Ihnen?»

«Der Freund eines Freundes», erwiderte sie prompt, «Signor Fabbio hat in Genua für eine Reiseagentur gearbeitet, und ich kenne den Leiter.»

Die Lüge kam mir überraschend, aber sie erfüllte ihren Zweck. Der Bibliothekar begann sich mit mir zu beschäftigen.

«Ich brauche tatsächlich zusätzliche Hilfe», räumte er ein, «und ein Assistent mit Sprachkenntnissen, der die ausländische Literatur katalogisieren könnte, wäre von unschätzbarem Wert für mich. Sie sehen selbst, in was für einem Schlamassel wir hier sitzen.»

Mit einer entschuldigenden Geste schwenkte er den Arm durch den Raum. Ich gab ihm meine Karte, meine Papiere und Zeugnisse. Er ließ die hervorquellenden Augen drüberhingleiten.

«Ja ... ja ... Ich sehe. Sie sind in den Ferien, nehme ich an, Signor Fabbio?»

«Nur ein paar Wochen. Wenn ich mich nützlich machen könnte ...»

«Ich muß Sie allerdings darauf hinweisen, daß das Gehalt nicht groß ist. Außerdem habe ich mich erst im Universitätssekretariat durchzusetzen, ehe ich Sie einstellen kann.»

Ich deutete mit einer Handbewegung an, daß ich mich jeglicher Bedingung unterwerfen würde. Er reichte mir meine Papiere zurück und schaute von mir zu Carla Raspa. Die Antwort, die in ihrem Blick zu lesen war, glich jener, die sie auch mir im Restaurant, in der Via San Cipriano, gegeben hatte, nur daß sie diesmal verbindlicher wirkte. Er wurde aufgeregt.

«Also gut... Ich will sehen, was sich im Sekretariat erreichen läßt. Ich hätte natürlich etwas mehr Freizeit, wenn ich mit Ihrer Unterstützung rechnen könnte, vor allem abends.» Der Verschwörerblick, den ich schon kannte, lief jetzt zwischen diesen beiden hin und her. Er ging ans Telefon. Jetzt verstand ich, was sie gemeint hatte, als sie sagte, daß sie Ruffano am Abend oft sehr langweilig fände. Sie mußte leicht zufriedenzustellen sein.

Ich bot ihr eine Zigarette an, aber sie schüttelte den Kopf und wies auf ein Schild, auf dem «Rauchen verboten» stand. Während Giuseppe Fossi fortfuhr, hastig ins Telefon hineinzureden, stellten wir uns taub. Dann wurde der Hörer eingehängt.

«Alles in Ordnung», sagte Fossi, «es gab keinerlei Schwierigkeiten. Augenblicklich ist es jetzt überall so an der Universität. Kein Mensch hat Zeit, jeder muß selbst entscheiden!» Carla Raspa lachte. Ich bedankte mich, ein wenig verwundert, daß selbst eine Einstellung auf Zeit so leicht zu bewerkstelligen war.

«Der Präsident ist ständig krank», erklärte Fossi, «und ohne ihn gibt es keine Autorität. Er *ist* die Universität.»

«Unser geliebter Präsident», murmelte die Signorina, und ich meinte, Ironie aus ihrer Stimme herauszuhören. «Er hat eine Thrombose bekommen, während er in Rom auf einem Kongreß war, und liegt seither im Krankenhaus. Wir sind ganz verloren ohne ihn. Er ist nun schon seit Wochen krank.»

Mir wurde klar, daß sie wie alle Untergebenen die Freiheit und möglicherweise auch ein Mehr an persönlichem Einfluß genoß, die ihr aus der Abwesenheit des höchsten Vorgesetzten erwuchsen. Es war in unserem Büro in Genua genauso gewesen, wenn der leitende Direktor auf Urlaub war.

«Vertritt ihn denn niemand?» fragte ich.

«Der Vizepräsident», antwortete sie achselzuckend. «Zufällig ist er auch Direktor der Philosophischen Fakultät und verbringt seine Zeit damit, mit dem Direktor der Fakultät für Wirtschaftswissenschaften zu streiten.»

Der Bibliothekar griff freundschaftlich mahnend ein. «Lassen Sie das, Carla», sagte er, «Klatschen ist verboten in der Bibliothek, genau wie Rauchen. Das sollten Sie doch wissen.» Damit klopfte er ihr nachsichtig auf den Arm und schaute mich kopfschüttelnd an. Das Kopfschütteln besagte, daß er sich von ihren Ansichten distanzierte, das Klopfen bedeutete Besitzerstolz. Ich lächelte und schwieg.

«Ich muß mich jetzt von Ihnen verabschieden», sagte Carla, und es war nicht klar, wen sie eigentlich ansprach. «Ich habe um fünf eine Vorlesung. Was ist mit Ihrem Quartier?» Sie schaute mich an. Ich zuckte die Achseln.

Signor Fossi schaltete sich ein. «Signor Fabbio muß ohnehin ins Sekretariat unterschreiben gehen», sagte er rasch, «dort werden sie ihm eine Liste mit Adressen geben.» Er wandte sich zu mir. «Die Universität hat die Vorhand bei einer Reihe von Zimmern und kleinen Pensionen», erklärte er. «Sie dürften keine Schwierigkeiten haben, eine passende Unterkunft zu finden. Einen Augenblick, Carla ...»

Sie hatte mir die Hand hingestreckt und sagte: «Wir sehen uns noch.» Während sie schon auf dem Weg zur Tür war, lief er hinter ihr her, während ich auf Instruktionen wartete. Einer der Gehilfen schaute mich an und zwinkerte mir zu. Ich verstand.

Nachdem er im Flüsterton mit der Signorina beratschlagt hatte, kam Giuseppe Fossi zurück. «So», sagte er munter. «Wenn Sie Lust haben, mit der Arbeit gleich anzufangen, wird das für alle eine Hilfe sein. Das Sekretariat kann warten. Ich habe nämlich heute abend eine Verabredung, und mit Ihrer Assistenz könnte es mir gelingen, pünktlich hier wegzukommen.»

Er schien in allerbester Laune. Zweifellos war er sich mit der enteilenden Carla einig geworden. Ich hatte mir ihre Adresse gemerkt, 5, Via San Michele. Sie brauchte in keiner kleinen Pension zu hausen, und er auch nicht.

Die nächsten zwei Stunden verbrachte ich damit, unter Fossis

Aufsicht Bücher zu sortieren, mich in das Karteisystem einzuarbeiten und die jeweils erforderlichen Eintragungen zu machen. Das verlangte große Aufmerksamkeit, denn gewisse Bände, so belehrte mich Fossi, waren durch die Schuld eines seiner Vorgänger irrtümlich in Bestände hineingeraten, die unmittelbar dem Palazzo Ducale gehörten. Da dieser vom Kunstrat verwaltet wurde, durften die betreffenden Bücher auf keinen Fall abtransportiert werden.

«Grobe Fehlleistung», sagte er, «ist vor meiner Zeit passiert. Aber die ganze Mühsal wird ein Ende haben, wenn unser Zeug erst einmal in der neuen Universitätsbücherei unter Dach ist. Haben Sie den Bau gesehen? Fast fertig. Alles das Verdienst Professor Butalis, des Präsidenten. Er hat für die Universität wahre Wunder vollbracht. Gegen viele Widerstände», fügte er mit gedämpfter Stimme hinzu.

Ich schaute ihn fragend an.

«Das Übliche in so kleinen Städten wie der unseren», antwortete er und behielt den Gehilfen im Auge, der in Hörweite arbeitete, «die Fakultäten rivalisieren miteinander, und auch zwischen der Universität und dem Kunstrat gibt es Eifersüchteleien. Die einen wollen dies, die andern wollen das, und der Präsident hat die undankbare Aufgabe, den Frieden aufrecht zu erhalten.»

«War das die Ursache seines Herzanfalls?» fragte ich.

«Ich möchte es annehmen», erwiderte er und sagte dann mit einem wissenden Lächeln, das einen Augenblick in seinen hervorquellenden Augen aufflackerte, «er hat übrigens eine sehr schöne Frau. Signora Butali ist diverse Jahre jünger als der Präsident.»

Ich fuhr fort, Bücher zu sortieren, bis Giuseppe Fossi kurz nach sechs Laut gab und auf seine Uhr schaute.

«Ich bin um sieben verabredet», sagte er. «Macht es Ihnen etwas aus, noch ein Stündchen zu bleiben? Signorina Gatti wird Ihnen helfen.»

Die Signorina, eine Frau irgendwo in den Fünfzigern, nahm mich durch ihre Brille aufs Korn.

«Wie Sie wünschen», sagte ich.

«Danke, ich bin Ihnen sehr verbunden. Wenn Sie fertig sind,

werden die Signorina und die jungen Herren die Bibliothek abschließen. Morgen früh um neun machen wir wieder auf.»

«Ich werde pünktlich zur Stelle sein», sagte ich.

Er gab den anderen ein paar Anweisungen, sagte uns gute Nacht und hastete davon. Ich stellte fest, daß ihm die Freude auf die Nacht, die vor ihm lag, aus den Augen strahlte.

Signorina Gatti machte ihre Notizen weiter und behielt auch ihren verklemmten Gesichtsausdruck bei. Der jüngere der beiden Assistenten – ich hatte inzwischen mitbekommen, daß man ihn Toni nannte – kam herüber, um mir zu helfen.

«Heute nacht wird er ein paar Pfund abnehmen», flüsterte er.

«Bei der Dame, die vorhin gegangen ist?»

«Es heißt, sie sei unermüdlich. Ich selber habe übrigens nie mein Glück bei ihr versucht.»

Signorina Gatti rief in scharfem Ton herüber, Toni möge die erledigten Bände von ihrem Pult wegschaffen. Ich versteckte mein Gesicht hinter einem riesigen Eintragungsbuch. Langsam verstrich die Stunde. Punkt sieben blickten beide Gehilfen fragend in meine Richtung. Ich nickte und näherte mich dem Pult.

«Wenn ich Herrn Fossi recht verstanden habe, sagte er, wir dürften um sieben gehen», flüsterte ich, «außer natürlich Sie haben noch etwas für mich zu tun.»

Sie starrte mich unfreundlich durch ihre Brille an.

«Ich habe hier nicht zu bestimmen», erklärte sie, «wenn Signor Fossi gesagt hat, Sie könnten gehen, dann gehen Sie. Ich bin durchaus in der Lage, allein abzuschließen. Das Sekretariat finden Sie übrigens im Parterre, gleich links vom Eingang des Universitätsgebäudes.»

Ich dankte ihr und holte meinen Mantel und mein Köfferchen. Toni, der junge Mann, folgte mir.

«Uff!» machte er und rollte in gespielter Verzweiflung die Augen, «wie sauer die Mieze sein kann! Ich sage Ihnen, bei der verfängt gar nichts. Sie lächeln ihr zu, sie fletscht die Zähne. Sie fauchen zurück, und sie gibt Ihnen nichts nach. Man hat es schwer hier, wenn man mit ihr zu tun hat. Wer hat Ihnen eingeredet, sich um den Posten zu bewerben? Die unersättliche Signorina?» Er hatte die Bibliothekstür hinter uns zugezogen, und durch den Innenhof strebten wir dem Hauptausgang zu.

«Niemand hat mir etwas eingeredet», antwortete ich, «es ergab sich so, und wenn der Job mich anödet, gehe ich wieder. Was ist denn da oben los? Schließen sie im Winter nicht schon um vier?»

Ich war an der großen Treppe stehengeblieben, die zu den herzoglichen Gemächern im ersten Stock führte. Es brannte Licht, und ich konnte das Geräusch von Stimmen hören.

«Ja, für den Publikumsverkehr ist geschlossen», sagte Toni, «aber der Direktor des Kunstrats kommt und geht, wie es ihm einfällt. Außerdem hat er jetzt besonders viel zu tun, wegen der Vorbereitungen für das Festival.»

«Das Festival?»

«Ja, natürlich. Haben Sie davon noch nicht gehört? Das ist unser großer Tag. Ein Gedanke Professor Butalis, des Präsidenten, um Ruffano bekanntzumachen. Heute ist es schon der Stolz der ganzen Stadt; die Leute kommen von weither. Und ich muß sagen, die Studenten ziehen wirklich eine große Schau auf. Letztes Jahr fand das Spiel im Palazzo Ducale selbst statt.»

Er ging zu einer Vespa, die an der Mauer lehnte, und wikkelte sich einen Schal um den Hals. «Sind Sie verabredet?» fragte er. «Wenn nicht, wird meine Didi Ihnen etwas besorgen. Sie arbeitet in der Keramikbranche, unten in der Stadt, aber sie kennt eine Menge WW-Studenten, und da sind flotte Mädchen dabei.»

«WW?»

«Wirtschaftswissenschaften. Das gibt es erst seit drei Jahren. Aber die Fakultät wird alle anderen zahlenmäßig sehr bald überrunden. Die meisten Studenten leben in Privatquartieren in der Stadt oder kommen von außerhalb herein. Daher das lustige Leben. Sie sind nicht eingesperrt ins Mädchenpensionat oder ins Studentenheim wie die übrigen.»

Er grinste und ließ den Motor an. Ich brüllte durch das Getöse hindurch, daß ich im Sekretariat den Vertrag unterschreiben müsse und auch noch eine Unterkunft suche. Er winkte und stob los. Ich sah ihn davonkurven und fühlte mich wie ein Hundertjähriger. Jeder Mensch über dreißig kommt den Jungen ja bereits wie ein Greis vor ...

Ich ging zur Universität hinauf. Die Studenten waren in alle

Winde verstreut und saßen entweder beim Abendessen oder in ihrer letzten Vorlesung. Links sah ich eine Tür mit einem Schild «Sekretariat. Unbefugten ist der Zutritt verboten». Daneben ein Schiebefenster, hinter dem ein Angestellter Dienst machte.

«Mein Name ist Fabbio», sagte ich und schob ihm meine Papiere hin. «Signor Fossi, der Bibliothekar, hat mir gesagt, daß ich hier vorsprechen sollte.»

«Ja, ja ...»

Er schien orientiert über meinen Fall und kritzelte etwas in ein Buch. Dann händigte er mir einen Ausweis und ein Formular aus, dazu eine Liste mit Adressen.

«Unter diesen Zimmern dürften Sie etwas finden», sagte er, «die Vermieter machen uns Sonderpreise. Gehen Sie nicht ins Hotel; dort nimmt man Ihnen zuviel Geld ab. Außerdem werden die Hotels bald alle überfüllt sein wegen des Festivals. Ich nehme an, Sie arbeiten nur vorübergehend bei uns, um Signor Fossi während des Hochbetriebs zu entlasten.»

«So ist es», bestätigte ich.

«Es kommt immer alles auf einmal», sagte er, «der Präsident erkrankt, die neuen Gebäude noch nicht fertig und nächste Woche das Festival mit den vielen Besuchern. Wir sind ganz außer Atem.»

«So ist der Lauf der Welt», gab ich zu bedenken.

«Dann schenken Sie mir die Welt», erwiderte er, «und verschonen Sie mich mit Ruffano.»

Er gab mir meine Sachen zurück, und ich bedankte mich. Aus der Ferne, vom Ende eines Korridors her, vernahm ich plötzliches Lärmen. Eine Meute von Studenten raste offenbar auf die Treppen los. Der Angestellte schlug die Augen stöhnend zum Himmel auf. Ich lachte verständnisvoll.

«Übrigens», fragte ich, «könnten Sie mir wohl sagen, wer in dem Haus Nummer 8, Via dei Sogni, wohnt?»

«Das ist das Haus des Präsidenten Professor Butali», erwiderte er und sah mich verwundert an. «Aber wie gesagt, der ist krank und liegt in Rom in einem Krankenhaus.»

«Das wußte ich», sagte ich, «aber ich ahnte nicht, daß Nummer 8 sein Haus ist.»

«O doch», sagte der Mann. «Der Präsident und Madame Butali leben schon seit mehreren Jahren dort.»

«Und wer spielt Klavier in dem Haus?»

«Die Signora. Sie gibt Musikunterricht. Aber ich glaube nicht, daß sie daheim ist. In den letzten Wochen war sie in Rom beim Präsidenten.»

«Ich glaube, ich habe jemanden musizieren hören, als ich heute nachmittag vorbeiging», sagte ich.

«Dann muß sie wohl zurück sein», sagte er, «ich bin da natürlich nicht so genau orientiert.»

Ich wünschte ihm einen guten Abend und ging.

Aha. So hatte mein Haus also die Ehre, vom Präsidenten persönlich bewohnt zu werden. Früher hatte das Oberhaupt der Universität seine Residenz gleich neben dem Studentenheim gehabt. Es schien sich in der Tat viel verändert zu haben, wie mir der Postkarten- und Flaggenverkäufer ja schon verraten hatte. Und mit all den Jungens und Mädchen, die Wirtschaftswissenschaften studierten und zum großen Teil von außerhalb hereinkamen, würde mein stilles Ruffano in absehbarer Zeit wohl Perugia oder Turin Konkurrenz machen.

Ich machte einen Augenblick unter der Straßenlaterne halt, um meine Adressenliste zu studieren.

Via Vittorio Emanuele, Via Lambetta ... nein, das war alles zu dicht am Studentenviertel. Via San Cipriano ... vielleicht. Via San Michele. Ich lächelte. Hatte nicht dort Signorina Carla Raspa ihr Nest? Ich zog ihre Visitenkarte hervor. Ja, Nummer 5. Die Adresse, die sie mir im Sekretariat mitgegeben hatten, war Nummer 24. Jedenfalls lohnte es sich, dort hineinzuschauen.

Letzte Nacht hatten die Schneefälle offenbar alle Leute nach Hause getrieben. Kalt war es auch heute abend, aber die Sterne funkelten vom Himmel, und auf der Piazza herrschte Hochbetrieb. Im Gegensatz zum Mittagskonvent, wo nach alter Sitte die Männer den Ton angaben, dominierte jetzt der Nachwuchs. Jungens und Mädchen promenierten auf und ab, hielten sich aber vorerst strikte zum eigenen Geschlecht, um, bis zur späteren Zweisamkeit, der Spannung keinen Abbruch zu tun. Die Mädchen hatten sich untergehakt und paradierten schwatzend vor den Kolonnaden, während die Jungens, Hände in den Hosentaschen, lachend, pfeifend, manche auf ihren Vespas hokkend, in Gruppen herumlungerten.

Das Kino unter den Kolonnaden mußte jeden Augenblick aufmachen. Das verwaschene Plakat kündigte Liebesfreuden unter karibischem Himmel an. Gegenüber lag das Hotel dei Duchi. Es sah verlassen und altmodisch aus.

Ich überquerte die Piazza und gab den Blick einer kleinen rothaarigen Schönheit nicht zurück. Ob sie eine WW-Studentin war?

Von der Via San Cipriano bog ich links ein in die Via San Michele und hielt Ausschau nach Nummer 5. Das Haus sah sehr ordentlich aus. Vor der Tür parkte ein kleiner Wagen, vielleicht das Auto Giuseppe Fossis. Nun ja, ich wünschte ihm jedenfalls viel Vergnügen.

Nummer 24 lag auf der anderen Seite. Von den Fenstern aus würde man eine vorzügliche Aussicht auf Nummer 5 genießen. Ich bekam plötzlich Spaß an der Sache und beschloß, in einer Art schulbubenhaftem Übermut, mir die Pension näher anzusehen. Die Tür war offen, der Flur hell erleuchtet. Ich suchte auf meiner Liste den Namen heraus ... Signora Silvana.

Das Haus war sauber und neu hergerichtet. Aus einer unsichtbaren Küche drang verlockend der Duft von gebratener Kalbsleber.

Ein Mädchen kam die Treppe heruntergelaufen und rief über die Schulter etwas zum oberen Stockwerk hinauf. Sie mochte etwa 17 Jahre alt sein und hatte ein elfenzartes kleines Gesicht mit riesigen Augen.

«Suchen Sie Signora Silvana?» fragte sie. «Sie ist in der Küche. Ich sage ihr Bescheid.»

«Nein, einen Augenblick bitte!»

Mir gefiel die Atmosphäre des Hauses, mir gefiel dieses Mädchen. Vielleicht konnte sie mir sagen, was ich wissen wollte.

«Man hat mir diese Adresse auf der Universität gegeben», erklärte ich. «Ich helfe vorübergehend in der Bibliothek aus und brauche ein Zimmer für eine Woche. Ob hier etwas zu machen ist?»

«Im obersten Stock steht ein Zimmer leer», antwortete sie, «aber vielleicht ist es vorbestellt. Sie müssen schon Signora Silvana fragen. Ich bin nur eine Studentin.»

«Wirtschaftswissenschaften?» erkundigte ich mich.

«Ja, allerdings. Wieso wußten Sie . . .»

«Man hat mir gesagt, daß diese Fakultät die hübschesten Mädchen anwirbt.»

Sie lachte.

Ich bin immer froh, wenn ein Mädchen noch kleiner ist als ich. Dies hier hätte seiner Statur nach ein Kind sein können.

«Davon ist mir nichts bekannt», sagte sie, «aber bei uns ist jedenfalls Leben in der Bude, und wir lassen's die andern spüren. Nicht wahr, Paolo?» Ein junger Mann, genauso wohlgeraten wie sie, war ihr die Treppe herabgefolgt.

«Dies ist mein Bruder», sagte sie, «wir sind beide WW-Studenten und kommen aus San Marino.»

«Armino Fabbio», stellte ich mich vor, «aus Turin. Allerdings arbeite ich normalerweise in Genua.»

Sie antworteten im gleichen Atemzug: «Caterina und Paolo Pasquale.»

«Würden Sie mir raten, mich hier um ein Zimmer zu bemühen?» fragte ich.

«Aber sicher», erwiderte der junge Mann. «Es ist sauber, gemütlich, und die Signora kocht sehr gut.» Er wies mit einer Kopfbewegung in Richtung Küche. «Und sie macht einem keine Vorschriften: Wir kommen und gehen, wie es uns paßt.»

«Ja, wir sind ein munteres Völkchen», sagte das Mädchen. «Wer arbeiten will, kann arbeiten. Wer herumspielen will, spielt herum. Paolo und ich betreiben ein bißchen beides. Ja, Sie sollten sich nach dem Zimmer erkundigen.» Ihr Lächeln war kameradschaftlich, ermutigend, und sein Lächeln auch. Ohne meine Antwort abzuwarten, ging Caterina den Korridor hinunter zur Küche und rief nach der Signora.

«Sind Sie gern in Ruffano?» fragte ich.

«Ich finde es nicht übel», er zuckte die Achseln. «Man ist ein wenig beengt. Aber das sind wir von zu Hause gewöhnt. Wenn wir erst einmal das Examen gemacht haben, gehen wir freilich auf und davon. Das ist der Vorteil des WW-Studiums. Daraufhin bekommt man garantiert einen Job. Wir sind im dritten Jahr und haben nur noch eins vor uns.»

Indessen öffnete sich die Küchentür. Signora Silvana kam zum Vorschein. Sie war eine stattliche Person, hochbusig und mit enormen Hüften ausgestattet. Dabei sah sie gut aus in ihrer einladenden, freundlichen Art.

«Sie suchen ein Zimmer?» fragte sie. «Kommen Sie und sehen Sie sich an, was ich habe.»

Sie schob sich an Paolo und mir vorbei und begann die Treppe zu erklimmen.

«Sehen Sie», lachte Caterina, «es ist alles ganz einfach. Hoffentlich bleiben Sie! Paolo und ich gehen jetzt ins Kino. Wir sehen uns später.»

Lachend gingen sie aus dem Haus, während ich Signora Silvana erklärte, worum es mir zu tun war. Wahrscheinlich würde ich das Zimmer nur für eine Woche brauchen ...

«Das macht nichts», sagte sie, «ich kriege meine Zimmer immer wieder schnell besetzt. Ich kenne das. Übrigens – ich bin gar keine Ruffanesin, ich stamme aus Pesaro. Meinem Mann bekam das Klima an der Küste nicht, deshalb sind wir vor fünf Jahren hierhergezogen. Die Höhenlage ist gerade richtig für ihn. Er arbeitet in der Stadtbehörde.

Wir waren im obersten Stockwerk angelangt. Sie machte die Tür zu einem Zimmer auf, dessen Fenster zur Straße hinausgingen. Während sie das Licht andrehte, ging ich durch den Raum, um die Fensterläden zu öffnen. Ich weiß gern, wo ich mich befinde.

Ich blickte die Straße hinunter und stellte fest, daß der kleine Wagen immer noch vor Nummer 5 geparkt war. Dann schaute ich mich im Zimmer um. Es war nicht groß, aber ausreichend möbliert.

«Ich nehme es», sagte ich.

«Fein. Dann machen Sie sich's gemütlich. Das Bett ist frisch bezogen. Das Badezimmer liegt gegenüber. Verpflegung bekommen Sie nach Wunsch. Wenn Sie außerhalb essen möchten, sagen Sie morgens Bescheid. Aber wenn Sie das vergessen sollten, mache ich auch kein Theater. Falls Sie Hunger haben ... das Abendbrot ist gerade fertig.»

Der ungezwungene Stil, die Gemütlichkeit des Hauses, in dem einem keine Fragen gestellt wurden, entsprachen genau meinen Wünschen. Ich packte mein Köfferchen aus, wusch und rasierte mich und warf noch rasch einen Blick auf das Auto unten. Dann ließ ich mich vom Stimmengeräusch in den Speisesaal leiten.

Signora Silvana hatte ihren Platz am oberen Ende der Tafel bereits eingenommen und teilte die Suppe aus. Außer ihr waren noch vier Personen da. Ein Herr in mittlerem Alter, den sie als ihren Mann vorstellte und der genauso stattlich und gutgenährt war wie sie selbst, dazu drei Studenten, die allesamt sehr harmlos wirkten. Keiner von ihnen sah so auffallend gut aus wie der junge Pasquale.

«Unser neuer Gast, Signor Fabbio», verkündete meine Pensionsmutter, «und dies hier sind Gino, Mario und Gerardo. Nehmen Sie Platz, und fühlen Sie sich wie zu Hause.

«Keine Sonderstellung, bitte», sagte ich, «ich heiße Armino, und es ist noch gar nicht so lange her, daß ich selber in Turin studiert habe.»

«Philologie?»

«Moderne Sprachen. Sehe ich wie ein Philologe aus?»

Daraufhin wurde prompt ein einstimmiges «Ja» hervorgebracht, und alles lachte, während Gino, der neben mir saß, erklärte, daß es ein hauseigener Scherz sei, jeden Neuankömmling der Philologie zu verdächtigen.

«Ich arbeite an sich als Reiseleiter», erläuterte ich, «aber da ich zur Zeit in der Universitätsbibliothek aushelfe, falle ich für Sie vermutlich unter Philologie.»

Ein allgemeines, aber freundliches Gemurre wurde laut. «Nehmen Sie keine Notiz von den jungen Herren», sagte lächelnd meine Wirtin. «Weil sie Wirtschaftswissenschaften studieren, meinen sie, daß ganz Ruffano ihnen gehört.»

«Es gehört uns ja auch», wehrte sich einer, ich glaube Gerardo, «wir sind das frische Blut der Universität. Die andern zählen nicht.»

«Das bilden Sie sich ein», sagte die Signora, während sie mir Suppe auffüllte. «Aber ich habe das genaue Gegenteil gehört. Die Philologen und ihre Lehrer sehen in euch einen Haufen von

Rowdies.» Sie zwinkerte mir verschmitzt zu, während ein zweiter Protestschrei ihre Bemerkung quittierte und die ganze Tafelrunde plötzlich in universitätspolitische Debatten ausbrach, die völlig über meinen Kopf hinweggingen. Ich aß und amüsierte mich. Dies war ein Ruffano, wie ich es nie gekannt hatte.

Nach dem Essen zerstreute sich die kleine Gesellschaft. Die Studenten machten sich auf zur Piazza Matrice, während ich mich bei den Silvanas entschuldigte, die mich auf einen Kaffee und eine Zigarette ins Wohnzimmer bitten wollten. Sie waren beide lieb und nett, aber für diesen Abend hatte ich genug von Klatsch und Diskussionen.

Ich stieg in mein Zimmer hinauf, um meinen Mantel zu holen, und verließ das Haus. Der Wagen stand noch immer vor dem Haus Nummer 5. Ich fragte mich, ob die Signorina wohl eine gute Köchin sei und ob sie erst ins Bett gingen und anschließend aßen oder umgekehrt.

Auf der Piazza Matrice spazierten nach wie vor die jungen Leute von Ruffano auf und ab, aber ihre Reihen hatten sich gelichtet. Wahrscheinlich waren viele ins Kino zu dem karibischen Film gewandert, während sich der Rest nach Hause verzogen hatte oder in zweckentsprechende dunkle Ecken. Ich ging am Hotel dei Duchi vorbei und schlenderte die enge Via del Teatro hinab bis zu dem Punkt, wo sie sich über der Piazza del Mercato öffnet, die ein paar Dutzend Meter tiefer liegt. Hoch über mir schimmerte der Palazzo Ducale, dessen Zwillingstürme in den Himmel stießen.

Als Kind war ich um diese Zeit immer schon im Bett gewesen. So hatte ich die Türme nie bei Nacht gesehen, ihre Schönheit und Anmut nie ganz erfaßt. Die Silhouette glich einer phantastischen Theaterkulisse, die der auseinanderrauschende Vorhang plötzlich einem überraschten Publikum enthüllt. Auf den ersten Blick wirkte sie zerbrechlich, ätherisch. Der Schock kam später. Diese Mauern waren wirklich, und sie waren abweisend. Sie strahlten alle List der Festung aus, die ihre Stärke in ihrem Inneren birgt. Die Zwillingstürme, mit den rundherumlaufenden Balustraden, schnitten wie geschliffene Messer in die Finsternis. Die Schönheit stach ins Auge, die Drohung war versteckt.

Die Via della Mura, die um die ganze Stadt herumläuft, lag sanft gewunden vor mir, während unmittelbar zu meiner Linken die Treppe aufstieg, die zum Palazzo führte und zur Oberstadt. Ich beschloß hinaufzugehen.

Ich hatte eben den Fuß auf die erste Stufe gesetzt, als ich das Geräusch laufender Füße vernahm. Jemand kam die Treppe herab auf mich zugerannt. In rasender Flucht. Die Treppe fiel steil ab. Sie in diesem Tempo herabzustürmen, hieß ein Unglück riskieren.

«Geben Sie acht», rief ich, «Sie werden fallen!»

Der Laufende schoß aus der Dunkelheit, stolperte ... Ich streckte den Arm aus, um den Fall zu bremsen. Es war ein junger Bursche, wohl ein Student. Während er sich loszureißen suchte, starrte er mich aus verstörten Augen voller Entsetzen an.

«Nein», keuchte er, «nein ... Lassen Sie mich ...»

Überrascht lockerte ich meinen Griff. Aufschluchzend stürzte er davon, nahm die letzten Stufen und lief unten über die Via del Teatro weiter zur nächsten Treppe, die zur Piazza del Mercato abfiel. Der hohle Klang seiner klappernden Schritte hallte zu mir herauf. Vorsichtig, mit gespitzten Ohren, kletterte ich weiter. Die Treppe lag vollkommen im Dunkeln, nur hoch oben leuchtete eine einsame Laterne.

Ich sah eine Gestalt ins Dunkel gleiten.

«Ist da jemand?» rief ich.

Keine Antwort. Ich stieg wachsam weiter und sah mich um, als ich oben angekommen war. Die Einfriedung des Palazzo Ducale befand sich rechts von mir, und der mir zunächst liegende der Zwillingstürme wirkte irgendwie unheilschwanger.

Ich bemerkte, daß die kleine Tür zu dem stets verschlossenen Hof zwischen den Türmen offen war. Jemand stand davor. Als ich mich näherte, verschwand die Gestalt; die Tür wurde behutsam zugezogen.

Ich stieg weiter, vorbei an dem in Schweigen gehüllten Palazzo, bis ich in die Allee gelangte, die zum Dom und zur Piazza Maggiore führt. Der Anblick des verstörten jungen Menschen hatte mich beängstigt. Er hätte sich den Hals brechen können. Und dann die offene Tür, die reglose Gestalt – auch sie waren erschreckend gewesen. Ich ging über die Piazza. Alles war still. Dann bog ich in die Seitenstraße ein, die in die Via dei Sogni mündet, so wie ich es auch letzte Nacht getan hatte, in der gleichen Sehnsucht nach unserm alten Haus.

Niemand war in der Nähe. Ich blieb einen Augenblick an der Mauer stehen und starrte das Haus an. Durch die Ritzen der Jalousien sickerte Licht aus dem Zimmer im ersten Stock, aber ich konnte kein Klavierspiel hören. Plötzlich vernahm ich Schritte, die die Straße herunterkamen, auf meiner Fährte sozusagen, vom Palazzo Ducale her. Instinktiv drückte ich mich hinter einen Mauervorsprung und wartete. Die Schritte, energische, zielbewußte Schritte, näherten sich. Das war niemand, der sein Vorhaben zu verbergen suchte, falls es ein Vorhaben gab.

Hinter mir schlug die tiefe Glocke des Campanile zehn, Sekunden später gefolgt von den Glocken der entfernter liegenden Kirchen. Die Schritte verklangen. Sie verklangen an der Pforte, die in den Garten führte. Ich beugte mich vor und sah die Silhouette eines Mannes. Er schaute hinauf zum Haus, wie ich es zuvor getan hatte. Dann drückte er den Griff der Pforte hinab.

Anscheinend suchte sich die Gattin des Herrn Präsidenten während der Abwesenheit ihres Mannes zu trösten, so wie es vor zwanzig Jahren ihre Vorgängerin getan hatte. Als der Mann beim Öffnen der Pforte einen Augenblick stehenblieb, fiel der Schein der Straßenlampe diesseits der Mauer voll auf sein Gesicht. Dann passierte er die Pforte und schloß sie hinter sich.

Ich stand wie erstarrt, kraftlos, unfähig, etwas zu empfinden. Dieser Mann war kein Fremder. Es war mein Bruder Aldo.

7

Ich lief an der Gruppe von Studenten vorbei, die schwatzend vor dem Haus Nummer 24 der Via San Michele herumstanden, und stieg in mein Zimmer hinauf. Dort setzte ich mich aufs Bett und starrte vor mich hin.

Es war ein Irrtum gewesen, ein Irrtum, natürlich, ein Spiel des Lichts. Eine unbewußte Assoziation angesichts unseres alten Hauses. Aldo war 1943 im brennenden Flugzeug abgestürzt; meine Mutter hatte doch das Telegramm bekommen. Ich erinnerte mich noch, wie es eintraf und wie sie angstvoll auf den Umschlag blickte, denn das Telegramm konnte nur schlimme Nachrichten enthalten, die entweder meinen Vater oder meinen Bruder betrafen und dann ging sie in die Küche und rief nach Marta, und sie blieben zusammen in der Küche. Die Tür hatten sie zugemacht.

Kinder spüren es, wenn schlimme Nachrichten da sind. Ich saß auf einem Stuhl und wartete. Dann kam meine Mutter wieder. Sie weinte nicht. Sie sah zerstört aus, verfallen, wie viele Erwachsene, wenn sie zutiefst erschüttert oder erschrocken sind. Sie sagte: «Aldo ist tot. Er wurde abgeschossen. Die Alliierten haben ihn abgeschossen», und sie ging hinauf in ihr Zimmer. Ich lief in die Küche. Da saß Marta, die Hände im Schoß. Im Gegensatz zu meiner Mutter sah sie weder zerstört noch verfallen aus. Die Tränen liefen ihr ungehemmt über die Wangen, und sie streckte die Arme nach mir aus. Ich begann zu weinen, stürzte auf sie zu, taumelte in ihre Arme, und zusammen trauerten wir um unseren Toten.

«Mein kleiner Beato», sagte sie, «mein Lamm, mein Beato. Du hast ihn so geliebt, du hast deinen Bruder geliebt.»

«Es ist nicht wahr», sagte ich unter Schluchzen immer wieder. «Es ist nicht wahr. Sie können Aldo nicht töten. Niemand kann Aldo töten.»

«Ja, es ist wahr», sagte sie und hielt mich fest an sich gedrückt, «er ist so gestorben, wie er es sich selbst gewünscht hätte. Er mußte fliegen, er mußte fallen. Aldo, dein Aldo.»

Das Gedächtnis ist barmherzig. Die Tage nach jenem ersten Tag waren später wie ausgelöscht, ich empfand nichts mehr. Sie müssen gekommen und gegangen sein, und sicher bin ich jeden Morgen mit meinen Gefährten in die Schule gewandert, mit einem Trauerband angetan, und sicher habe ich ihnen nicht ohne Stolz erzählt: «Ja, mein Bruder ist tot. Heruntergeschossen und im brennenden Flugzeug abgestürzt», als mehre dieses Ende noch seinen Ruhm.

Ich spielte wie früher. Ich lief die Treppen hinauf und hinunter. Um jene Zeit beförderte ich den Ball in den Baum. Die kleinen Begebenheiten, damals ohne Zusammenhang mit der Umwelt, verschmolzen schließlich mit anderen Ereignissen von größerer Bedeutung; die Kapitulation kam und der Waffenstillstand, was ich beides nicht begriff, das Einrücken der Deutschen, die Ankunft des Kommandanten. Das war der große Bruch in dem Leben, wie ich es gekannt hatte.

Während ich in der Pension Silvana auf meinem Bettrand hockte, durchlebte ich jene Augenblicke noch einmal und sagte mir, daß ich zwar einen lebenden Menschen gesehen, aber diesen Menschen fälschlich mit einem anderen identifiziert hatte, der lange tot war. Eine Halluzination. Dies war den Jüngern geschehen: Als sie glaubten, ihren Herrn zu erblicken, war Christus auferstanden.

Plötzlich klopfte es an meine Tür. Erschreckt rief ich aus: «Wer ist da?» Ich weiß nicht, was oder wen ich eigentlich erwartete. Vielleicht den gespenstischen Fremden. Mein Ausruf wurde offenbar als Aufforderung zum Eintreten verstanden. Die Tür öffnete sich, und auf der Schwelle standen die Pasquales. Sie machten besorgte Gesichter.

«Verzeihen Sie bitte», sagte Caterina, «aber Sie sahen so schlecht aus, als Sie eben nach Hause kamen. Wir fragten uns, ob irgend etwas passiert sei.»

Ich bemühte mich krampfhaft, unbekümmert zu wirken.

«Es ist gar nichts passiert», sagte ich, «rein gar nichts. Ich war nur ziemlich schnell gegangen. Sonst nichts.»

Meine dürftige Antwort löste Schweigen aus. Ich konnte aus dem Mienenspiel der beiden ersehen, wie Neugierde mit höflicher Zurückhaltung kämpften.

«Warum sind Sie denn so schnell gegangen?» forschte der Bruder, Paolo.

Ich fand die Frage seltsam. Sie klang, als ob er wüßte ... Aber wie sollte er? Ich war ein Fremder. Wir alle waren Fremde.

«Aus keinem besonderen Grund», sagte ich, «ich bin um den Palazzo Ducale herumgewandert, dann durch die Nachbarstraßen und hierher zurück.»

Sie wechselten einen Blick. Wieder schien es, als ahnten sie, als wüßten sie.

«Bitte denken Sie nicht, daß wir uns in Ihre Angelegenheiten einmischen wollten», sagte Paolo, «aber hat Sie vielleicht jemand verfolgt?»

«Verfolgt?» rief ich aus. «Aber nein, wieso denn? Wer sollte mich denn verfolgen?»

Ich fühlte mich in die Defensive gedrängt. Was konnten diese Kinder von der Vergangenheit wissen, von meinem verlorenen Zuhause? Was konnten sie von meinem toten Bruder Aldo wissen?

«Es ist nämlich so», sagte Caterina, und sie sprach gedämpft, während sie die Tür hinter sich zuzog, «mitunter werden hier Leute verfolgt, wenn sie nachts um den Palazzo Ducale herumstreifen. Es kursieren da alle möglichen Gerüchte. Wenn man zu mehreren ist, kommt es übrigens nie vor. Nur wenn einer allein geht.»

Der laufende junge Mensch fiel mir ein. Die Gestalt oben am Ende der Treppe. Die Tür, die sich leise zuzog.

«Es ist nicht ganz ausgeschlossen», sagte ich halb zu mir selbst, halb an die beiden gewandt, «es ist nicht ausgeschlossen, daß ich verfolgt worden bin.»

«Wieso? Was ist geschehen?» fragte Caterina rasch.

Ich berichtete von dem Jungen und seiner kopflosen Flucht. Und ich erzählte von der schattenhaften Gestalt, die hinter der Tür des Palazzo verschwunden war. Von meinem zweiten Besuch in der Via dei Sogni und davon, wie ich dort vor unserem Haus gestanden hatte, erzählte ich nichts. Wieder tauschten sie einen Blick und nickten.

«Das war's», sagte Paolo bestimmt, «die Vigilante war unterwegs.»

«Die Vigilante?» wiederholte ich fragend.

«Sie sind neu in Ruffano. Sie können nichts davon wissen»,

sagte Caterina, «wir nennen sie so. Es handelt sich um einen Geheimbund innerhalb der Universität. Keiner von uns hat eine Ahnung, wer die Mitglieder sind. Kunststudenten, Philologen, Wirtschaftswissenschaft, Jura, alles durcheinander; sie müssen unter anderem schwören, daß sie sich nie verraten.»

Ich bot ihnen Zigaretten an. Inzwischen fühlte ich mich schon besser. Die Vergangenheit ließ mich los. Ich war in die Welt der Studentenabenteuer zurückgekehrt.

«Lächeln Sie nicht», sagte Paolo, «es ist nicht komisch. Zuerst glaubten wir, genau wie Sie, daß es sich nur um Radaubrüder handle. Das trifft nicht zu. Einigen Studenten sind Verletzungen beigebracht worden, und nicht nur Studenten, auch jungen Leuten aus dem Ort. Aufgegriffen, Augen verbunden und, so sagen die Gerüchte, regelrecht gefoltert. Aber niemand weiß etwas Genaues, das ist das Problem. Die Opfer schweigen. Manchmal sickert Tage danach etwas durch. Ein Student behauptet, er sei krank, erscheint nicht zu den Vorlesungen, und dann kommt das Gerücht auf, daß die Vigilante ihn sich vorgeknöpft hat.»

Bruder und Schwester setzten sich links und rechts von mir auf den Bettrand, mit ernsten, eifrigen Gesichtern. Ich nahm es als Kompliment, daß sie Vertrauen zu mir hatten.

«Können denn die Behörden nichts dabei tun?» fragte ich. «Es wäre doch Sache der Fakultätsleiter oder sonstiger Autoritäten, dem ein Ende zu setzen.»

«Sie können nichts machen», sagte Caterina, «Sie wissen nicht, wie mächtig die Vigilante ist. Es handelt sich ja nicht um einen normalen Studentenklub, dessen Mitglieder jedermann kennt. Die ganze Sache ist geheim, und sie ist böse.»

«Es wäre durchaus denkbar», unterbrach Paolo, «daß nicht nur Studenten, sondern auch Professoren zur Vigilante gehören. Und obwohl wir, die WW-Studenten, alle das Gefühl haben, daß es gegen uns geht, können wir das mit Sicherheit nicht behaupten – es heißt, daß Leute aus unserem eigenen Lager für den Geheimbund Spitzeldienste leisten.»

«Jetzt werden Sie verstehen», sagte Caterina, «daß wir besorgt waren, als Sie nach Hause kamen. Ich habe gleich zu Paolo gesagt – dahinter steckt bestimmt die Vigilante.»

Ich klopfte den jungen Leuten auf die Schulter und stand auf. «Nein», sagte ich, «wenn sie schon unterwegs waren, so waren sie nicht hinter mir her.»

Ich trat ans Fenster und machte die Läden auf. Das Auto, das vor Nummer 5 gestanden hatte, war verschwunden. «Mitunter», sagte ich, «kommt es vor, daß man an Halluzinationen leidet. Das ist mir selbst passiert. Man glaubt, etwas zu sehen, das nicht von dieser Welt sein kann, und später klärt sich alles auf ganz normale Weise auf. Ihre Vigilante mag wohl existieren, offensichtlich gibt es sie tatsächlich, aber sie hat in euer aller Phantasie eine zu große Bedeutung angenommen und wirkt bedrohlicher, als sie in Wirklichkeit ist.»

«Da haben wir's», sagte Paolo und stand gleichfalls auf, «genau das, was alle Spötter behaupten. Aber es stimmt nicht. Warten Sie nur ab. Komm, Caterina.»

Seine Schwester zuckte die Achseln und folgte ihm zur Tür.

«Ich weiß, es klingt albern», sagte sie noch, «wie ein Ammenmärchen, mit dem man Kinder ins Bockshorn jagen will. Aber eines weiß ich: Ich würde nie und nimmer bei Nacht durch Ruffano spazieren, wenn nicht mindestens ein halbes Dutzend andere dabei wären. Hier in der Gegend und rund um die Piazza Matrice ist alles soweit in Ordnung. Aber nicht oben auf dem Hügel, nicht um den Palazzo herum.»

«Vielen Dank», sagte ich, «ich werde mir die Warnung zu Herzen nehmen.»

Ich rauchte meine Zigarette und legte mich zu Bett. Die Geschichte von der Vigilante hatte auf mich wie ein Anti-Schockmittel gewirkt. Der gesunde Menschenverstand sagte mir, daß die Begegnung auf der Treppe, dann der Rückzug der Gestalt auf die offene Pforte des Palazzo, meine Phantasie auf Touren gebracht hatte, nachdem sie durch die Begegnung mit der Vergangenheit ohnehin schon angeheizt war.

Als ich dann schließlich vor unserem alten Hause stand, war die natürliche Folge, daß ich aus dem Spiel von Licht und Schatten Aldo beschwor, einen lebendigen Aldo. Diese Erfahrung, sagte ich mir jetzt, war bereits die zweite ihrer Art. Die erste hatte darin bestanden, daß ich in der ermordeten Frau in Rom, in der Via Sicilia, Marta zu erkennen glaubte. Reine Halluzination. Der zweite Fall: Mein Bruder war mir erschienen. Beruhigt und auf eine sonderbare Art gleichsam freigesprochen vor mir selbst, schlief ich ein.

Als ich am nächsten Morgen aufwachte – hungrig, mit klarem Kopf und voller Energie dem Tag entgegensehend –, sagte ich mir, es sei an der Zeit, allen Gespenstern den Garaus zu machen, die Schatten, die mich heimsuchten, endgültig zu verscheuchen.

Ich würde den schielenden Schuster aufsuchen und ihn fragen, ob Marta noch lebte. Ich würde sogar an der Tür meines einstigen Zuhause in der Via dei Sogni läuten und Signora Butali, die Präsidentengattin, fragen, ob es zu ihren Gepflogenheiten gehörte, nächtliche Besucher zu empfangen.

Diese letztere Unternehmung würde mir nach menschlichem Ermessen eine wohlverdiente Abfuhr einbringen und obendrein eine Beschwerde im Sekretariat der Universität, welche meiner derzeitigen Beschäftigung ein Ende setzen dürfte. Sei's drum! Meine Geister würden damit ein für allemal geschlagen sein, und ich wäre wieder ein freier Mensch.

Meine jungen Freunde, die Geschwister Pasquale, und die übrigen Studenten waren bereits zu ihren jeweiligen Vorlesungen aufgebrochen, bevor ich ein Viertel vor neun das Haus verließ und durch die Via Vittorio Emanuele zum Palazzo Ducale ging.

Ruffano zeigte sein strahlendstes Morgenlächeln. Um mich herum lärmte und hastete der hellichte Tag. Keine Vigilante, die in Torbögen lauerte und die Passanten in Angst und Schrecken versetzte.

Ich überlegte, wieweit der Bericht der beiden Studenten wohl der Wahrheit entsprechen mochte und ob es sich nicht zu fünfzig Prozent um eine durch Massenhysterie übersteigerte Legende handelte.

Ich betrat die Palastbibliothek, als die Domuhr neun schlug, und kam meinem Chef damit um rund drei Minuten zuvor. Giuseppe Fossi, so schien es mir, sah geschlagen aus. Vielleicht hatten ihn die Unternehmungen der vergangenen Nacht in mehr als einer Hinsicht mitgenommen. Er wünschte mir und den anderen sehr kurz guten Morgen.

Ich mußte mich sofort ans Sortieren machen und die Bände in deutscher Sprache heraussuchen, die der Universität gehörten und aus Versehen zu den Beständen des Palazzo gelegt worden waren.

Die Arbeit fesselte mich, weil sie so völlig verschieden war von meinen üblichen Pflichten, die in der Überprüfung von Reiserouten und Zahlenkolonnen bestanden hatten. Ganz besonders interessierte mich ein vierbändiges Werk, das ein deutscher Gelehrter Anfang des 19. Jahrhunderts verfaßt hatte und das – laut Giuseppe Fossi – außerordentlich selten war.

«Der Kunstrat und wir streiten uns darum, wer der Eigentümer ist», berichtete Fossi, «legen Sie die Bände für den Augenblick lieber beiseite, gesondert von den anderen. Ich muß das erst mit dem Direktor klären.»

Die Seiten klebten aneinander, als ich die Bücher aufzuschlagen versuchte. Wahrscheinlich waren sie nie gelesen worden. Der Erzbischof von Ruffano, dem sie einmal gehört haben mußten, mochte entweder kein Deutsch gesprochen haben oder zu entsetzt über den Inhalt gewesen sein, um weiterzulesen.

«Claudio di Malebranche, erster Herzog von Ruffano, wurde ‹der Falke› genannt», las ich. «Sein kurzes Leben ist geheimnisumwittert. Die zeitgenössischen Quellen versetzen uns nicht in die Lage, mit Sicherheit über die unerhörten Laster zu urteilen, die der Tradition und der Legende nach sein Andenken verdunkeln. Er war ein Jüngling von außergewöhnlichen Gaben, aber Reichtum und Glück verdarben ihn. Er ließ die Selbstdisziplin außer acht, die er anfänglich geübt hatte, umgab sich mit einer kleinen Schar verwahrloster Gefolgsleute und setzte die braven Bürger von Ruffano durch schändliche Ausschweifungen und haarsträubende Grausamkeiten in Schrecken. Am Abend wagte niemand auszugehen, aus Furcht, daß der Falke plötzlich auf die Stadt herabstoßen könnte und mit Hilfe seiner Begleiter . . .»

«Dürfte ich bitten, Signor Fabbio! Helfen Sie doch eben bei den Eintragungen hier!»

Die halb müde, halb gereizte Stimme meines Vorgesetzten entriß mich dem faszinierenden Buch, in dem der deutsche Gelehrte eben zu so aufregenden Enthüllungen ansetzte.

«Wenn Sie in den Büchern der Bibliothek herumlesen möchten», sagte Fossi, «müssen Sie das schon in Ihrer Freizeit tun und nicht während der Dienststunden, für die Sie von uns bezahlt werden.»

Ich entschuldigte mich. Entweder waren die Kochkünste oder die Ansprüche der Signorina überwältigend gewesen...

Ich tat so, als bemerkte ich nichts von Tonis stummem Spiel, der, hinter dem Rücken unseres Chefs, in scheinbarer Erschöpfung, den Kopf in den Armen wiegte. Es überraschte mich nicht, als Giuseppe Fossi kurz vor zwölf erklärte, er fühle sich nicht wohl.

«Ich habe gestern nacht wohl etwas gegessen, das mir nicht bekommen ist», sagte er. «Ich werde nach Hause gehen und mich hinlegen müssen.»

Signorina Gatti, die Sekretärin, und ich gaben unserem Bedauern Ausdruck.

«Ich werde am späten Nachmittag wiederkommen, wenn mir besser ist», bemerkte Fossi. «Ich wäre Ihnen dankbar, wenn Sie inzwischen weiterarbeiten würden.»

Er machte sich eilends auf den Weg, das Taschentuch vor den Mund gepreßt. Signorina Gatti erläuterte, es sei allgemein bekannt, daß Signor Fossi mit dem Magen zu tun habe. Außerdem sei er überarbeitet. Er schone sich eben nie.

Der unverbesserliche Toni erging sich daraufhin in neuen Faxen, die ich abermals übersah.

Das Telefon klingelte, und da ich dem Apparat am nächsten stand, nahm ich den Hörer ab. Eine Frauenstimme, sanft und angenehm, fragte nach Signor Fossi.

«Ich bedaure, aber Signor Fossi ist nicht da», erwiderte ich, «kann ich irgend etwas für Sie tun?»

Die Stimme fragte, wie lange er fortbleibe, und ich antwortete, ich könne das nicht genau sagen. Er habe sich nicht wohl gefühlt und sei nach Hause gegangen. Eine kleine Unpäßlichkeit. Die angenehme Stimme drückte Besorgnis aus. Ich sagte etwas Beruhigendes und dachte dabei, daß der Bibliothekar auf das schwache Geschlecht offenbar anziehend wirkte. Bei der Dame am Telefon handelte es sich zweifellos nicht um Carla Raspa. Die Stimme war tiefer.

«Mit wem spreche ich?» fragte die Dame weiter.

«Mit Armino Fabbio. Zur Zeit Assistent von Signor Fossi», antwortete ich. «Darf ich bitte meinerseits fragen, wer sich nach ihm erkundigt?»

«Signora Butali», sagte die Stimme. «Ich habe ihm etwas vom Präsidenten auszurichten, wegen einiger Bücher.»

Mein Interesse steigerte sich. Die Präsidentengattin persönlich am Apparat, und sie rief aus meinem Hause an ... Aber die viel geübte Courtoisie des Reiseleiters gewann die Oberhand über meine Erregung. «Wenn ich Ihnen irgendwie behilflich sein kann, Signora, brauchen Sie nur ein Wort zu sagen», erklärte ich in schmeichelndem Ton. «Signor Fossi hat Signorina Gatti und mir inzwischen die Aufsicht über die Bibliothek übertragen. Vielleicht könnten Sie mir anvertrauen, worum es sich handelt?»

Sie zögerte einen Augenblick, ehe sie antwortete.

«Der Präsident ist, wie Sie wissen werden, im Krankenhaus», sagte sie schließlich, «und während eines Telefongesprächs, das wir heute früh hatten, beauftragte er mich, Signor Fossi zu bitten, ihm leihweise ein paar ziemlich wertvolle Bände zur Verfügung zu stellen, derentwegen es eine kleine Unstimmigkeit zwischen Universität und Kunstrat gibt. Er möchte sich diese Bände, falls Signor Fossi nichts dagegen hat, gern persönlich anschauen. Ich könnte sie mitnehmen, sobald ich wieder nach Rom fahre.»

«Aber selbstverständlich, Signora», sagte ich. «Ich bin überzeugt, daß Signor Fossi nichts dagegen einzuwenden hätte. Um welche Bände handelt es sich?»

«Um ‹Die Geschichte der Herzöge von Ruffano›, in deutscher Sprache», antwortete sie.

Die Sekretärin machte mir Zeichen. Ich setzte ihr, die Hand über der Muschel, auseinander, daß ich mit der Frau des Präsidenten telefonierte. Das zerstreute ihre mißmutige Bedenklichkeit. Sie sauste hinter ihrem Pult hervor und entriß mir den Hörer.

«Guten Morgen, Signora», rief sie mit zuckersüßer Stimme in den Apparat. «Ich hatte keine Ahnung, daß Sie von Rom zurück sind. Wie geht es dem Herrn Präsidenten?»

Sie nickte und lächelte und gab mir zu verstehen, daß ich den Mund halten möchte. «Aber selbstverständlich! Natürlich bekommt der Herr Präsident, was immer er wünscht», fuhr sie fort. «Ich werde dafür sorgen, daß Sie die Bände noch heute im Hause haben. Ich oder einer der Assistenten werden sie vorbeibringen und Ihnen persönlich aushändigen.»

Es folgten weitere Ergebenheitsadressen und die Erklärung, Signor Fossi sei, wie üblich, völlig überarbeitet. Zusätzliches Lächeln, weiteres Kopfnicken. Dann, nachdem die Signora sich offenbar bedankt und verabschiedet hatte, legte die Signorina den Hörer auf.

«Ich hielt es für angebracht», wandte sie sich zu mir und setzte ihre säuerliche Miene wieder auf, «in Signor Fossis Abwesenheit selbst mit der Signora zu sprechen. Würden Sie die Wünsche des Herrn Präsidenten bitte notieren?»

«Schon geschehen», sagte ich. «Ich werde Signora Butali die Bände heute nachmittag bringen.»

Signorina Gatti sah mich entgeistert an. «Sie brauchen sich nicht zu bemühen», sagte sie, «wenn Sie mir die Bücher bitte einpacken wollen – ich nehme sie dann schon mit. Das bedeutet für mich keinen Umweg, und die Signora kennt mich.»

«Signor Fossi», wandte ich ein, «hat mir strikte Anweisung gegeben, diese Bände nicht aus den Augen zu lassen. Außerdem werde ich in der Bibliothek weniger dringend gebraucht als Sie.»

Wütend begab sie sich an ihr Pult zurück. Ein Husten im Falsett ertönte von der Höhe der Leiter und belehrte mich, daß Toni alles mit angehört hatte. Ich lächelte und machte mich wieder an meine Arbeit. Ich hatte mir den Zugang zu meinem Haus erobert. Im Augenblick zählte nur das und sonst gar nichts.

Zum Mittagessen ging ich nicht in die Pension. Ich entdeckte ein kleines Restaurant in der Via Vittorio Emanuele, das mir, obwohl es überfüllt war von Studenten, für eine eilige Mahlzeit zu genügen schien.

Ich ging zur Bibliothek zurück, während die übrigen Assistenten noch beim Essen saßen, und packte die Bücher für die Frau des Präsidenten ein. Es gab mir zu denken, daß der Präsident eben die Bände, die mich selber so faszinierten, vom Krankenbett aus angefordert hatte.

Zu meinem Bedauern blieb mir kaum Zeit, mich weiter mit der Lebensgeschichte des Falken zu befassen. Ich erinnerte mich an die Geschichte von seinem Wahnsinn und von seinem Tod. Die Details seiner Existenz hatte mein Vater stets beschönigt. Ganz bestimmt waren sie weder im Führer von Ruffano enthalten noch in den Prospekten, die man den Touristen im Palazzo Ducale aushändigte.

«... die Ausschweifungen waren von so sonderbarer Art, daß sie nur vom Teufel inspiriert sein konnten. Als die gepeinigten Bürger von Ruffano Klage gegen ihn erhoben, übte Herzog Claudio Vergeltung, indem er erklärte, daß ihn der Himmel beauftragt habe, seinen Untertanen die Strafen aufzuerlegen, die sie sich verdient hätten. Die Stolzen würden nackt dastehen, die Hochmütigen würden vergewaltigt, die Verleumder zum Schweigen gebracht werden. Die Schlange sollte sterben an ihrem eigenen Gift. So würden die Schalen der göttlichen Gerechtigkeit wieder ins Gleichgewicht kommen.»

Und so weiter und so weiter, mehrere Seiten lang. Das Bild im herzoglichen Schlafgemach, das Christi Versuchung darstellte, gewann eine neue Bedeutung für mich.

«Herzog Claudio war zweifellos geisteskrank. Damit jedenfalls entschuldigte ihn nach seinem schrecklichen Tod sein guter und sanfter Bruder, der ihm auf den Thron folgte, der große Herzog Carlo. Auf die Gefolgsleute des Falken können solche Überlegungen freilich nicht angewandt werden. Diese kleine Horde von Wüstlingen glaubte keineswegs, in göttlichem Auftrag zu handeln. Ihre Mission bestand darin, zu besudeln und zu zerstören. So groß waren der Haß und die Furcht, die sie dem Volk von Ruffano einflößten, daß, als das Massaker begann und der Herzog und seine Bande erschlagen wurden, der Legende nach das Blut in Strömen durch die Flure und die Staatsgemächer floß, und Scheußlichkeiten, unmöglich beim Namen zu nennen, an den toten Opfern begangen wurden.»

Ich nahm an, daß der Präsident der Universität deutsch lesen konnte. Diese Seiten würden ihm sicherlich die Zeit im Krankenbett vertreiben helfen.

Ich packte die Bände ein, und sobald der zweite Assistent vom Essen zurückgekehrt war, machte ich mich auf in die Via dei Sogni.

Meine Aufregung steigerte sich noch, als ich mich der Gartenmauer näherte. Heute gab es kein Herumstehen in der Dunkelheit. Heute kam ich nach Hause. Als ich auf die Villa zuging, hörte ich, wie gestern, Klavierspiel erklingen. Ein Impromptu von Chopin. Die Töne hallten, die Tonleiter hinauf und hinunter, mit fast barbarischer Intensität. Das Spiel glich einem Streitgespräch, das mit wilder Leidenschaft geführt wurde und keinen Einbruch duldete, das alles vor sich her fegte. Dann versickerte es plötzlich in schmelzender Klage. Keine Musik fürs Krankenbett! Aber der Präsident war ja auch mehr als zweihundert Kilometer weit weg, in Rom.

Ich legte die Hand auf die Gartentür und trat ein. Nichts hatte sich verändert. Der einsame Baum beherrschte wie einst das kleine Gehege. Nur der Rasen war kürzer gehalten als zu unserer Zeit. Ich ging den kurzen, fliesenbelegten Pfad zur Haustür hinauf und läutete. Die Musik verstummte. Ich geriet in eine schulbubenhafte Panikstimmung. Wenig fehlte, und ich hätte die Bücher hingeworfen und wäre davongelaufen. Wie hundert-, wie tausendmal zuvor hörte ich Schritte die Treppe herunterkommen. Dann öffnete sich die Tür.

«Signora Butali?»

«Ja.»

«Verzeihen Sie, wenn ich störe, Signora, aber ich bringe Ihnen die Bücher aus der Bibliothek, um die Sie gebeten haben.»

Im Audienzsaal des Ducale hängt ein Gemälde, das offiziell als «Porträt einer adeligen Dame» geführt wurde, obwohl mein Vater es immer «Die Schweigende» nannte. Das Gesicht ist ernst, verschlossen, die dunklen Augen schauen den Maler gleichgültig, manche finden sogar mißbilligend, an. Aldo hatte seine eigene Meinung über das Bild. Ich weiß noch, wie er sich mit meinem Vater stritt und behauptete, die «Schweigende» sei getrieben von geheimer Leidenschaft, und der anscheinend so abweisende Mund führe den Betrachter in die Irre. Signora Butali könnte für dieses «Porträt einer adeligen Dame» Modell gestanden haben. Ihre Schönheit gehörte im Typus dem

16. Jahrhundert an, nicht dem Heute.

«Sind Sie der Herr, mit dem ich telefoniert habe?» fragte sie und fügte hinzu, indem sie eine bejahende Antwort voraussetzte: «Sehr schön, daß Sie so zeitig kommen.»

Sie streckte die Hand nach den Büchern aus, aber ich schaute an ihr vorbei in die Diele. Die Struktur des Raumes war die gleiche wie damals, aber das war auch alles. Die Form der fremden Stühle – nicht die unseren – und ein hoher Spiegel schienen sogar die Perspektive zu verändern.

Mein Vater hatte gern Reproduktionen seiner Lieblingsbilder aus dem Palazzo um sich und brachte sie überall an, sicher ein altmodisches Verfahren, aber auf diese Weise lernten wir die Gemälde gut kennen. Jetzt hing nur ein einziges Bild in der Diele, ein modernes Stilleben, viel zu große, glasierte Früchte, die sich neben einem Notenblatt breitmachten. Die Wand neben der Treppe, die ins obere Stockwerk führte, weiß zu unserer Zeit, war jetzt taubengrau.

All das nahm ich mit einem Blick zur Kenntnis, und im gleichen Atemzug stieg spontan die Empörung in mir auf, daß sich jemand erdreistete, unser Zuhause mit Beschlag zu belegen und es seinem Geschmack entsprechend zu verwüsten, sozusagen den Anstrich der Gewohnheit einfach zu übermalen. Hatten die Wände und die Decken, die uns kannten, denn gar nichts zu sagen? Waren sie zum Schweigen verdammt?

«Verzeihen Sie, Signora», sagte ich, «ich bin nicht nur auf Ihre Aufforderung hin gekommen, sondern weil es mich zu diesem Hause zieht. Ich bin schon gestern hier vorbeigegangen und hörte das Klavierspiel. Da ich Musik sehr liebe, blieb ich stehen, um zu lauschen. In jenem Augenblick wußte ich nicht einmal, daß hier der Präsident wohnt. Man erzählte es mir dann später in der Bibliothek. Als Sie heute morgen nach den Büchern fragten . . .»

Wie die adelige Dame auf dem Porträt lächelte sie nicht, aber ihre Augen blickten freundlicher.

«Da beschlossen Sie, die Gelegenheit wahrzunehmen», fiel sie mir ins Wort.

«Offen gestanden, ja», sagte ich.

Ich reichte ihr die Bücher, und noch einmal flog mein Blick

die Treppe hinauf. Als ich diese Treppe zum letzten Mal benützte, lief ich. Meine Mutter rief vom Garten aus. Sie hatte einen Koffer in der Hand, den sie der Ordonnanz des Kommandanten gab. In der Via dei Sogni wartete der Dienstwagen.

«Spielen Sie selbst?» fragte die Signora.

«Nein, ich hatte kein Talent. Aber gestern ... Gestern spielten Sie, glaube ich, die erste Arabeske von Debussy, die man weiß Gott oft genug in allen Rundfunksendern hört. Aber irgendwie klang sie diesmal anders. Sie erinnerte mich an meine Kinderzeit und alte, längst vergessene Dinge, ich weiß nicht einmal, warum ... in unserer Familie spielte niemand Klavier.»

Sie schaute mich ernst an, als mustere sie einen künftigen Schüler, und sagte dann: «Wenn Sie Zeit haben, kommen Sie mit hinauf ins Musikzimmer. Ich werde Ihnen die Arabeske vorspielen.»

«Ob ich Zeit habe?» sagte ich. «Es ist mir völlig gleichgültig, ob ich Zeit habe oder nicht. Aber Sie, haben Sie denn Zeit?»

Wieder wurden ihre Augen sanft. Sogar ihr Mund verlor den strengen Zug.

«Ich würde Sie nicht heraufbitten, wenn ich es nicht könnte», antwortete sie, «außerdem ist es noch früh am Tag. Mein nächster Schüler kommt erst um drei.»

Sie zog die Tür hinter uns zu, legte die Bücher auf einen Stuhl in der Diele und ging vor mir die Treppe hinauf – ins Schlafzimmer meiner Mutter. Es war völlig verwandelt. Nicht ein Detail, das ich wiedererkannte. Mir konnte das nur recht sein, denn bevor ich es betrat, hatte ich mich darauf gefaßt gemacht, das zerwühlte Doppelbett zu erblicken, auf dem am Tag unserer Abreise die Kissen unordentlich durcheinander lagen. Dazu den Schrank mit den offenen Türen, den leeren Borden und ein paar abgelegten Kleidern, die meine Mutter nicht mitnehmen wollte. Auf dem Fußboden Seidenpapier und das Frühstückstablett mit den kalten Kaffeeresten.

«Ich mag dies Zimmer gern; es kommt mir so friedlich vor. Als wir das erstemal hierherkamen, sagte ich dem Präsidenten gleich: Hierher stelle ich den Flügel», erzählte die Signora.

Die Tapeten waren grün, die steiflehnigen Stühle mit irgendeinem gestreiften Material bezogen. Der Fußboden war auf Hochglanz poliert. Ein zweites modernes Bild hing an der Wand, diesmal eine monströse Sonnenblume. Die Signora setzte sich an den Flügel. Er stand auf demselben Platz wie einst das Doppelbett meiner Mutter.

«Rauchen Sie ruhig, wenn Sie mögen», sagte die Signora. «Es stört mich nicht. Also dann, die Arabeske.»

Ich stellte mich ans Fenster und sah durch das Geäst des Baumes in den Garten hinunter. Der Baum war gewachsen. Er streckte seine Äste aus wie Flügel. Sie berührten beinahe die Mauern. Der Ball, wenn er noch im Gezweig hing, war nicht zu entdecken.

Die Melodie begann zu sprühen, es kamen das Entzücken, das Pathos, der Schmerz.

Die glühende Augustsonne röstete den fliesenbelegten Pfad, und die Schritte der Ordonnanz hallten, als der Mann hin und her ging beim Verladen des Gepäcks. Marta war in der Messe in San Donato. «Nun komm schon, beeil dich!» rief meine Mutter. «Der Kommandant wartet nicht!» Aber ich mußte die Aufnahme von Aldo suchen. Aldo, bevor er abgeschossen wurde. Aldo in Uniform mit seinem Fallschirm.

«Laß das Foto. Marta kann es uns nachschicken.»

«Nein. Ich habe es gefunden. Es paßt gerade in meine Tasche hinein.»

Und so lief ich die Treppe hinab. Und so eilten die Hände der Signora über die Tasten, flogen die Tonleiter immer höher hinauf und dann wieder hinab. Dasselbe Motiv noch einmal und noch einmal, sorglos, fröhlich. In einer Arabeske war kein Platz für Gefühle. Außer man war, wie der Zuhörer, ein Reiseleiter, ein Fremdenführer, der weiter und weiter und immer weiter fuhr und aus der Gegenwart in die Vergangenheit floh.

Sie sagte: «Als Sie klingelten, spielte ich gerade Chopin.»

Vielleicht bekommen wir den Tod, den wir verdienen; vielleicht hat meine Mutter mit ihrem krebskranken Unterleib für die zweifelhaften Wonnen des Doppelbetts bezahlt, haben der Kommandant und, ja, auch mein Vater, beladen mit dem, was sie einst getan hatten, sich selbst verdammt zum Hungertod, der eine in einem russischen, der andere in einem alliierten Gefangenenlager. Aber warum das Messer für Marta?

Ich setzte mich auf einen Stuhl und schaute auf Signora Butali. Das Klavierspiel erweckte sie zum Leben. In ihr allzu blasses Gesicht war Farbe gekommen. Am Klavier, nahm ich an, entspannte sie sich. Hier gelang es ihr, ihren kranken Mann für eine Weile zu vergessen. Ich betrachtete sie mit leidenschaftslosem Interesse. Sie mochte so alt sein wie ich oder ein paar Jahre älter. Fünfunddreißig oder sechsunddreißig. Genau das Alter, wo man der Vergangenheit nachtrauert oder sich plötzlich verliebt, das Alter der großen Dramen. Das Alter, in dem man nach zehn Uhr einen Mann einläßt.

Wie gestern unterbrach der schrille Klang des Telefons ihr Spiel. Sie stand auf, indem sie sich mit einem Blick bei mir entschuldigte.

«Ja», sagte sie in die Muschel hinein, «ja, ich habe sie.»

Irgendwie erriet ich, daß von den Büchern die Rede war. Dem Präsidenten mußte sehr daran gelegen sein. Aus ihrer Antwort schloß ich auch, daß er seine Frau gefragt hatte, ob sie allein sei; denn sie erwiderte in dem neutralen Tonfall, den man in Gegenwart von Fremden anzuwenden pflegt: «Nein, im Augenblick nicht. Ruf später noch einmal an.» Damit legte sie den Hörer ziemlich schnell auf.

Meinem Gedankengang folgend, fragte ich albernerweise, ob es dem Präsidenten besser ginge. Einen Augenblick war sie verwirrt, aber sie faßte sich sofort.

«O ja», antwortete sie, «sehr viel besser. Ich wäre nie aus Rom zurückgekehrt, aber ich hatte hier so viel zu erledigen.»

Hatte sie den Eindruck, ich würfe ihr vor, daß sie sich nicht genug um ihren Mann kümmerte? Vielleicht. Auf jeden Fall war in mir inzwischen der Verdacht aufgestiegen, daß der Anruf gar nicht aus Rom gekommen war.

Der Zauber war gebrochen. Sie ging nicht an den Flügel zurück. Ich war aufgestanden, als das Telefon läutete, und schaute jetzt auf meine Uhr.

«Sie waren sehr liebenswürdig, Signora», sagte ich, «und Sie haben mir eine große Freude gemacht. Aber jetzt darf ich Ihre kostbare Zeit nicht länger in Anspruch nehmen.»

«Und ich nicht die Ihre», erwiderte sie. «Aber Sie müssen wiederkommen. Wie war doch Ihr Name?»

«Fabbio», sagte ich, «Armino Fabbio. Ich arbeite vorübergehend in der Bibliothek.»

«Dort ist man bestimmt sehr froh, Sie zu haben», sagte sie. «Hoffentlich wird Signor Fossi bald wiederhergestellt sein. Bitte grüßen Sie ihn von mir und auch Signorina Gatti.»

Sie war bereits auf dem Wege zur Tür. Ich folgte ihr auf den Treppenabsatz. Als Schlafzimmer schien sie das Südzimmer zu benutzen, das wir für Logierbesuch reserviert hatten. Genaugenommen ging es nach Südwesten, und durchs Fenster konnte man die alten Klosteranlagen sehen, die jetzt als Städtisches Krankenhaus dienten. Mein Zimmer lag gegenüber.

«Noch einmal vielen Dank, Signora», sagte ich.

Das Lächeln, mit dem sie mich verabschiedete, war huldvoll, aber mechanisch.

«Nichts zu danken», erwiderte sie. «Ich spiele für jeden gern, der die Musik liebt.»

Ich folgte ihr die Treppe hinunter. Als wir in die Diele kamen, nahm sie die Bücher an sich. Diese Geste ließ vermuten, daß sie sie mit nach oben tragen würde, nachdem ich gegangen war.

«Sie werden die Bände sehr interessant finden», bemerkte ich, «das heißt, wenn Sie deutsch lesen können.»

«Das kann ich nicht», sagte sie und ließ es dabei.

Ich hatte keinen Vorwand mehr, mich noch länger aufzuhalten. Ich war ja auch nur ein Fremder, und sie hatte genug von mir. Auch das Haus, mein Haus, verhielt sich gleichgültig. Ich lächelte, beugte mich über ihre ausgestreckte Hand und ging. Die Tür fiel hinter mir zu.

Ich wanderte über den fliesenbelegten Pfad zurück zum Gartentor und trat hinaus auf die Via dei Sogni. Eine gebückte alte Frau, die in einiger Entfernung ihres Weges ging, die davonflatternden Röcke eines Priesters, ein Hund, der an der Mauer schnupperte, und sogar der helle Tag – all dies gehörte dem Heute an, einem Ruffano, das nicht das meine war.

Ein deutsches Sprichwort empfiehlt, zwei Fliegen mit einer Klappe zu schlagen. Warum sollte ich mich, nach meinem ersten Geist, nicht auch gleich dem zweiten stellen? Anstatt unmittelbar zum Palazzo Ducale zurückzustreben, schlug ich den Weg zum Oratorium von Ognissanti ein. Ich wollte dem schielenden Schuster in seinem eigenen Bau gegenübertreten.

Bevor ich noch die Ecke der Straße erreicht hatte, sah ich, daß sich dort ein Menschenauflauf gebildet hatte. In den Fenstern lagen Leute, unter ihnen die unliebenswürdige Bewacherin des Oratoriums. Dicht an den Stufen war ein Wagen aufgefahren. Ein Polizeiauto, in das ein Mann und eine Frau geschoben wurden. Ich trat zurück und wartete darauf, daß der Wagen wendete und davonfuhr. Indessen versperrte mir die schwatzende Gruppe vor mir die Sicht auf das Auto und das Paar im Fond. Schließlich zerstreute sich der Haufen, immer noch schnatternd und gestikulierend. Ich sprach eine rundäugige Frau in meiner Nähe an, die ein weinendes Kind auf dem Arm trug.

«Haben sie jemanden verhaftet?» fragte ich.

Sie drehte sich eifrig zu mir um, wie die meisten Frauen in so einem Menschenauflauf begierig, den Passanten über das Vorgefallene aufzuklären.

«Die beiden waren Signor Ghigi und seine Schwester», sagte sie, «nein, verhaftet worden sind sie nicht, zu ihrem Glück. Aber die Polizei hat sie trotzdem abgeholt. Sie sollen eine Leiche identifizieren. Es heißt, es handle sich um die Leiche jener Frau, die in Rom ermordet worden ist. Es stand in der Zeitung, und vielleicht ist es ja die Leiche der Untermieterin, sagen sie, jener Frau, die jahrelang bei den Ghigis gewohnt hat. Sie war eine Trinkerin, und eines Tages ging sie weg, sie hatte keinem der beiden ein Wort gesagt. Und nun fragt man sich, die Polizei fragt sich, alle hier im Viertel fragen sich, ob es wohl dieselbe Frau ist, ob es die arme Marta sein könnte!»

Sie redete immer noch, und das Kind schrie immer noch, als ich mich längst abgewandt hatte und die Straße wieder hinunterging. Mein Herz klopfte zum Zerspringen.

8

Auf der Piazza Matrice kaufte ich mir eine Zeitung und blieb einen Augenblick unter den Kolonnaden stehen, um die Seiten zu überfliegen. Das Blatt enthielt nichts über den Mord.

Die Polizei machte sich, offenbar auf Grund von Informationen über vermißte Personen, in der Provinz zu schaffen. Vermutlich hatten die Ghigis Martas Verschwinden bei der hiesigen Dienststelle gemeldet und diese, da die Altersgruppe stimmte, nach Rom telefoniert. Nun wurden also die Ghigis abtransportiert, um die Leiche zu identifizieren, oder vielleicht nicht einmal das. Vielleicht hatte die römische Polizei nur Kleidungsstücke geschickt, die Tücher und die Körbe. Das würde wahrscheinlich genügen. Es war womöglich gar nicht erforderlich, die Ghigis bis nach Rom zu schleppen.

Kein Fortschritt in der Aufklärung des Verbrechens. Kein Motiv für einen Diebstahl. Die Polizei würde niemals herausbekommen, daß kurz nach Mitternacht ein Mann einen Zehntausend-Lire-Schein in die Hand des Opfers geschoben hatte. Inzwischen war das Geld verbraucht, inzwischen war es aus der Hand des Raubmörders in ein Dutzend andere Hände übergewechselt, und man würde den Dieb und Mörder nicht erwischen. Und den Spender des Geldscheines auch nicht. Beide waren schuldig. Beide mußten sie sie tragen, die Bürde dieser Schuld.

Als ich die Bibliothek betrat, waren die Sekretärin und die Assistenten längst vom Essen zurück. Die Nachmittagsstunde war vorgerückt. Alle sahen mich an, als wüßten sie, daß ich vom Ognissanti-Oratorium kam und warum ich mich dorthin begeben hatte.

Ich entschuldigte mich bei Signorina Gatti: «Verzeihen Sie, aber ich wurde bei Signora Butali aufgehalten.»

Sie fuhren fort, mich anzustarren. In Tonis Augen glomm ein Fünkchen Achtung auf und desgleichen in den Augen seiner Kollegen, während die Sekretärin kein Hehl aus ihrer Feindseligkeit machte. Im Winkel ihres dünnlippigen Mundes zuckte es sarkastisch.

«So sieht es aus», sagte sie.

Die Assistenten behielten mich im Auge und warteten auf nähere Informationen.

«Ja», fuhr ich fort, «Signora Butali forderte mich auf, mit hinaufzukommen ins Musikzimmer; sie wollte mir vorspielen. Ich sagte, ich wolle ihre Zeit nicht in Anspruch nehmen. Aber sie bestand darauf, und deshalb konnte ich nicht ablehnen.»

«Sie scherzen wohl!» rief Toni aus.

«Ich scherze keineswegs. Rufen Sie sie doch an und erkundigen Sie sich, wenn Sie mir nicht glauben!» Ich warf mich ein wenig in Positur, während ich an die Regale ging. Es schien mir notwendig, aus meinem Besuch im Haus des Präsidenten möglichst viel Kapital zu schlagen. Nicht, um auf meine Zuhörer Eindruck zu machen; es ging mir darum, jeden Gedanken an meine Verbindung mit der gaffenden Menge da draußen vor dem Oratorium auszuschalten.

Meine letzte Bemerkung wurde mit respektvollem Schweigen quittiert. Ich machte mich indessen daran, die restlichen deutschen Bücher zu sortieren, aber diesmal ohne persönliches Interesse. Das Gesicht der toten Marta, das während der letzten drei Tage ins Dunkle zurückgeglitten war, tauchte wieder vor mir auf. Ich konnte es nicht mehr verleugnen. Die Marta von einst würde mich niemals quälen. Aber das zusammengesunkene, betrunkene Geschöpf, das aus ihr geworden war – das quälte mich.

Warum dieser saure, schale Geruch? Sie war immer so sauber, so peinlich gewesen und stets dabei, zu waschen, zu bügeln, Wäsche zusammenzulegen und frisches Bettzeug in den Schrank zu packen. Nur zwei Menschen konnten mir Antwort auf meine Fragen geben, der Schuster und seine Schwester, unsere frühere Köchin. Sie würden etwas wissen. Sie konnten mir sicher endlos, mit allen schmutzigen Details, von einem Vorfall berichten, der Jahre gedauert haben mochte.

Keine Frage, daß wir die Schuld daran trugen: meine Mutter in erster Linie, aber auch ich. Wir hätten schreiben können, als wir in Turin lebten. Ich hätte schreiben und Nachforschungen anstellen lassen können. Es wäre so einfach gewesen zu schreiben.

Und auch später, von der Agentur in Genua aus, hätte ich

mich mit Ruffano in Verbindung setzen, einen Telefonhörer in die Hand nehmen, Erkundigungen einziehen können. Ich hatte es nicht getan, und zwanzig Jahre waren vergangen. Marta mußte einfach zugrunde gehen während all dieser langen Jahre.

Am Spätnachmittag läutete das Telefon. Signorina Gatti ging an den Apparat. Sie sprach ein paar Sekunden lang mit honigsüßer Stimme, dann legte sie auf.

«Signor Fossi geht es immer noch nicht gut», verkündete sie kurz angebunden, «er kommt heute nicht mehr und bittet uns, bis sieben weiterzumachen.»

Toni protestierte.

«Heute ist doch Sonnabend!» wandte er ein. «Sonnabends läßt Signor Fossi uns immer schon um sechs Uhr gehen.»

«Mag sein», erwiderte die Sekretärin, «aber das gilt nur für den Fall, daß er selbst hier ist und nach dem Rechten sieht. Heute ist es etwas anderes. Signor Fossi liegt zur Zeit zu Bett.»

Sie widmete sich wieder ihrem Eintragungsbuch, während Toni – Schmerz vortäuschend – seine Hände an den Bauch drückte.

«Männer über Vierzig», murmelte er, «sollten ihren Appetit für physische Vergnügen zurückhalten.»

«Männer unter Dreiundzwanzig», stellte die Sekretärin fest, «sollten etwas mehr Respekt für ihre Vorgesetzten aufbringen.»

Sie hörte besser, und vielleicht schaltete sie auch schneller, als ich gedacht hatte.

Wir machten uns wieder an die Arbeit und waren, glaube ich, alle vier baß erstaunt, als kurz vor sieben Uhr Giuseppe Fossis Krankheitsursache in der Bibliothek erschien. Sie trug ein rotes Kostüm, das ihr gut zu Gesicht stand, und in ihren Ohren glitzerten kleine goldene Ohrringe. Um die Schultern hatte sie einen dunklen Mantel drapiert.

Indem sie der Sekretärin flüchtig zunickte und die beiden Assistenten ignorierte, schlenderte Carla Raspa durch den Raum und blieb vor mir stehen.

«Hallo», sagte sie.

«Hallo», grüßte ich zurück.

«Wie geht es Ihnen?»

«Mir geht es gut.»

«Gefällt Ihnen die Arbeit?»

«Es ist mal etwas anderes, ohne Touristen.»

«Das habe ich mir gedacht. Aber man kann eben nicht immer alles haben.»

Sie blickte zu den Bücherborden auf und summte leise vor sich hin. Die Sekretärin beugte sich über ihren Schreibtisch, blaß wie Alabaster.

«Was haben Sie heute abend vor?» fragte Carla Raspa.

«Was ich vorhabe?»

«Ja, das fragte ich.»

Ihre Augen, zwei bittere Mandeln, schätzten mich ab. Ich versuchte mich zu erinnern, ob es eine Vogel- oder eine Reptilienart war, bei der der Liebesakt immer damit endete, daß das Weibchen das Männchen verzehrte. Nein, es handelte sich um ein Insekt, um eine Spinne – die Gottesanbeterin.

«Ich bin mit zwei Studenten aus der Pension verabredet, in der ich untergebracht bin», flunkerte ich prompt, «wir essen zusammen, und anschließend gehen wir ins Kino.»

«Aus welcher Pension?»

Ich zögerte. «Signora Silvana», sagte ich dann.

«Via San Michele 24! Nein, dann sind wir ja Nachbarn!»

«Ich glaube schon.»

Sie lächelte, und ihr Lächeln deutete an, daß wir in ein geheimes Spiel verstrickt waren.

«Fühlen Sie sich wohl in Nummer 24?» fragte sie.

«Sehr wohl. Eine nette Studentenclique, lauter WW-Leute.»

«WW-Leute! Dann können Sie mir nur leid tun. Sie werden kein Auge schließen bei dem Lärm, den die veranstalten. Dieses vergnügungssüchtige Volk!»

«Letzte Nacht waren sie vollkommen ruhig», erklärte ich.

Sie fuhr fort, mich zu mustern, während Toni auf seiner Leiter die Ohren spitzte.

«Die WW-Studenten fahren zum großen Teil am Wochenende nach Hause», sagte Carla, «in ganzen Horden strömen sie aus der Stadt heraus, im Auto, auf ihren Vespas, per Autobus. Ich habe vom Fenster aus beobachtet, wie sie aus der Pension kamen, und Signora Silvana winkte ihnen nach, heilfroh, sie los zu sein.»

«Das ist schon möglich», sagte ich.

Die Sekretärin sammelte ihre Papiere zusammen und schloß den Schreibtisch ab, eine Geste, die auf ihren bevorstehenden Aufbruch schließen ließ. Toni kletterte von seiner Leiter herab, und der zweite Gehilfe folgte seinem Beispiel.

«Wohin wollten Sie denn essen gehen?» fragte Carla Raspa.

«Wir essen in der Pension», sagte ich. «Das Essen ist dort sehr gut», und um mein Alibi glaubhafter zu machen, fügte ich noch hinzu: «Meine jungen Freunde heißen Pasquale, Caterina und Paolo Pasquale.»

Sie zuckte die Schultern. «Ich habe mit den WW-Studenten nie etwas zu tun gehabt», sagte sie.

Es blieb Toni vorbehalten, mich zu blamieren. «Pasquale, sagten Sie?» fragte er, bestrebt, sich kameradschaftlich zu geben.

«Ja.»

«Dann müssen Sie bei Ihrer Verabredung etwas falsch verstanden haben. Die Pasquales gehen jeden Sonnabend nach Hause, nach San Marino. Ich habe sie heute nachmittag selbst abfahren sehen, als ich vom Essen zurückkam. Da haben Sie Pech gehabt!» Er grinste mich an, während er, im guten Glauben, daß er mir einen Dienst erwiesen hatte, seinen Mantel holte.

«Um so besser», sagte meine Verfolgerin, «dann sind Sie heute abend doch frei.»

Einen Augenblick sah ich Giuseppe Fossi auf seinem Krankenlager vor mir, aber dann fiel mir zu meiner Erleichterung ein, daß er einige Jahre älter war als ich. Außerdem konnte es an Carlas Kochkünsten gelegen haben. Ich setzte mein strahlendstes Reiseleiterlächeln auf.

«Ja, dann bin ich frei», sagte ich, «und wir beide werden im Hotel dei Duchi zusammen essen.»

Sie zog die Augenbrauen in die Höhe. «Warum wollen Sie Ihr Geld verschwenden?» sagte sie. «Außerdem haben die längst geschlossen, bis wir soweit sind.»

Eine Bemerkung, die nur Unheil bedeuten konnte. Sie ließ

auf eine lange, erschöpfende Sitzung schließen, bei der man womöglich nicht einmal einen Aperitif spendiert bekam. Ich war nicht sicher, ob ich dieser Strapaze gewachsen sein würde.

Mir ist es lieber, wenn ich den Augenblick für gewisse Vergnügungen selber wählen kann. Einen solchen Augenblick fühlte ich keineswegs gekommen.

«Ist das so?» fragte ich.

Sie warf einen Blick auf die aufbrechenden Assistenten und Signorina Gatti, die sich ebenfalls zurückzog, aber an der Tür noch etwas verweilte.

«Ich habe einen Plan», sagte Carla mit gedämpfter Stimme.

Seite an Seite strebten wir dem Ausgang zu. Signorina Gatti schloß, abgewandten Blickes, die Tür hinter uns ab und wünschte uns eisig einen guten Abend. Ihre Absätze klapperten auf dem Steinfußboden, während sie durch den Hof davoneilte. Meine Begleiterin wartete, bis der letzte Schritt verhallt war. Dann wandte sie sich mir lächelnd zu.

Ich registrierte plötzlich eine gewisse Spannung zwischen uns, die nicht nur von ihrem Mund und ihren Augen ausging, sondern von ihrer ganzen Person.

«Wir haben Glück», sagte sie. «Ich habe zwei Einlaßkarten für die herzoglichen Gemächer. Ich habe sie dem Kunstdirektor persönlich abgebettelt. Es ist eine große Ehre. Er ist sehr unzugänglich.»

Ich sah sie verblüfft an. Dies bedeutete eine unerwartete Wendung. Oder war ich meiner Sache zu sicher gewesen, was die Wahl ihres abendlichen Zeitvertreibs betraf?

«Für die herzoglichen Gemächer?» wiederholte ich fragend. «Aber die kann man doch zu jeder Zeit besichtigen. Sie selbst schleusen ja tagtäglich ganze Studentengruppen hindurch.»

Sie lachte und gab mir zu verstehen, daß sie eine Zigarette wollte. Ich beeilte mich, ihrem Wunsch zu entsprechen, und gab ihr Feuer.

«Am Abend ist es anders», sagte sie. «Da haben Allerweltsbesucher keinen Zugang, auch kein Außenseiter. Es kommt niemand aus der Stadt oder von der Universität hinein, der nicht vom Direktor selbst eingeladen ist. Ich sage Ihnen, es ist eine Auszeichnung für uns.»

Ich lächelte. Ihr Vorschlag paßte mir vorzüglich ins Programm. Was ihr als etwas ganz Besonderes erschien, hatte mein Vater früher Woche für Woche veranstaltet. Ich freute mich, daß wenigstens eine der alten vergessenen Gepflogenheiten überlebt hatte. Als Kind war ich hie und da, begleitet von Aldo oder meiner Mutter, dabei gewesen, wenn mein Vater im Freundeskreis die Besonderheiten eines Raumes oder eines Gemäldes erläuterte.

«Wie wird sich die Sache denn abspielen?» fragte ich. «Steht unsereins etwa stillschweigend herum, während der Direktor irgendeine These vorträgt?»

«Ich weiß es nicht», antwortete sie. «Genau das möchte ich eben brennend gern herausbekommen. Meiner Meinung nach werden wir an diesem Abend einen Vorgeschmack vom Festival bekommen.»

Sie blickte auf die beiden Eintrittskarten in ihrer Hand. «Laut Einladung fängt es um halb acht an», sagte sie, «aber ich denke, wir sollten ruhig schon hinaufgehen. Falls die Türen noch geschlossen sind, können wir in der Galerie so lange warten.»

Es amüsierte mich, daß eine Einladung vom Direktor des Kunstrates einen derartigen Eindruck auf eine Universitätslehrerin machte, und noch dazu auf eine, die mit allen Wassern so gründlich gewaschen war wie die Signorina Carla Raspa. Sie mußte auf einer sehr viel niedrigeren Stufe der hierarchischen Leiter stehen, als ich angenommen hatte. Ihre Reaktion erinnerte mich an die jener Touristen, die voller Stolz Karten für eine päpstliche Audienz im Vatikan vorweisen.

Wir stiegen die Treppe zur Galerie hinauf.

«Was hat es mit diesem Festival eigentlich genau auf sich?» fragte ich.

«Es ist vor ein paar Jahren vom Präsidenten ins Leben gerufen worden», antwortete sie. «Die Fakultät der Schönen Künste ist klein an unserer Universität und hat kein offizielles Oberhaupt. So hat er sie selbst in Verwaltung genommen. Er organisiert das Festival, zusammen mit dem Direktor des Kunstrats von Ruffano. Es hat einen unerhörten Erfolg gehabt. Sie wählen Themen aus der Geschichte, und die Studenten spielen entweder in den herzoglichen Gemächern oder im Innenhof oder im alten Theater unterhalb des Palazzo. Für das äußere Arrangement sorgt der Direktor des Kunstrats, und in diesem Jahr ist er ohnehin allein verantwortlich, weil der Präsident ja krank liegt.»

Wir waren oben an der Treppe angelangt. Vor der geschlossenen Tür, die zum Thronsaal führte, wartete bereits eine kleine Schar von jungen Leuten, zweifellos Studenten. Die meisten waren männlichen Geschlechts. Sie unterhielten sich ruhig, beinahe nüchtern und hatten nichts von der überschäumenden, etwas forcierten Fröhlichkeit, die ich in meiner Vorstellung mit einer Studentengruppe verband. Carla Raspa gab zwei oder dreien die Hand. Dann machte sie uns miteinander bekannt, erläuterte meine Funktion als Bibliothekassistent und stellte umgekehrt die Studenten mir vor: «Sie sind alle im dritten oder im vierten Jahr», sagte sie. «Vor dem dritten Jahr bekommt niemand eine Einladung. Wie viele von Ihnen werden beim Festival mitwirken?»

«Wir haben uns alle freiwillig gemeldet», erwiderte einer der Studenten, ein Bursche mit zerzaustem Haar und Backenbart, den meine Freunde, die Pasquales, ohne Frage als Kunststudenten eingestuft hätten, «aber der Direktor hat das letzte Wort. Wer seinen Ansprüchen nicht genügt, hat keine Chance.»

«Was für Ansprüchen?» fragte ich.

Der Student mit dem Zottelhaar sah seine Gefährten an. Alle lächelten.

«Zäh muß man sein», sagte der Student, «der Sache physisch gewachsen, und man muß fechten können. Warum? Fragen Sie mich nicht! Das ist eben die neue Parole.»

Carla Raspa schaltete sich ein. «Das letzte Festival, das der Präsident organisiert und geleitet hat, war wirklich wunderschön. Dargestellt wurde der Besuch, den Papst Clemens Ruffano abgestattet hat, und der Präsident selber spielte den Papst. Das Haupttor zum Innenhof war aufgemacht worden, und die Studenten, als Schweizer Garde kostümiert, mußten den Papst hereintragen. Er wurde vom Herzog und von der Herzogin empfangen. Signora Butali war die Herzogin, und Signor Rizzio, der Direktor der philosophischen Fakultät, stellte den Herzog dar. Anschließend zogen sie durch alle Gemächer des Palazzo. Die Kostüme waren phantastisch.»

«Sehr würdig, sehr schön und eindrucksvoll», murmelte der Student mit den Strubbelhaaren, «aber rein körperliche Leistungsfähigkeit war für die Sache natürlich nicht erforderlich. In diesem Jahr hat der Direktor uns in Aussicht gestellt, daß der Spaß handfester ausfallen wird.»

Als wir hörten, daß sich der Schlüssel im Schloß drehte, bewegten wir uns auf den Eingang zum Thronsaal zu. Die Doppeltüren flogen weit auf. Ein Student – ich vermutete, daß es ein Student war – stand bereit, um uns in Augenschein zu nehmen und unsere Karten einzusammeln. Er mußte die Prüfung in körperlicher Leistungsfähigkeit offenbar schon bestanden haben. Er war mager, schaute aus harten Augen und erinnerte mich an einen unserer Fußballprofis in Turin. Vielleicht würde ihn der Direktor des Kunstrats als Rausschmeißer einsetzen, falls wir aus der Rolle fielen.

Durch den Thronsaal gingen wir weiter zum Zimmer der Cherubim, aus dem uns leises Stimmengewirr entgegenklang. Es waren also vor uns schon andere gekommen. Ein Paß, der eine noch größere Ehre bedeutete als die uns gewährte Einlaßkarte, mußte unseren Vorgängern ausgehändigt worden sein. Die Atmosphäre glich mehr denn je der einer päpstlichen Audienz.

Am Eingang des Zimmers der Cherubim stand ein zweiter Kontrolleur, und diesmal wurden uns die Ausweise abgenommen. Ich fühlte mich beraubt. Die Karten glichen Abzeichen, die einem eine Art Rang verliehen.

Im nächsten Augenblick stellte ich mit leichter Bestürzung fest, daß die elektrische Beleuchtung im Raum der Cherubim ausgeschaltet worden war. Fackeln erhellten das Gemach und warfen gespenstische Schatten an die kannelierte Decke und die safranfarbenen Wände. Sie gaben der Szenerie einen unheimlichen, düsteren Reiz, völlig mittelalterlich, fremdartig und aufregend. Ein riesiges Holzfeuer brannte auf dem Rost im herzoglichen Kamin, das von unschätzbarem Wert und, zur Zeit meines Vaters, ein Heiligtum war. Die hüpfenden Flammen bannten magnetisch alle Blicke. Kein Mensch beachtete die

Wandbehänge, die die Geladenen doch zweifellos bewundern sollten.

Das Licht, das von den Fackeln und dem Feuer im Kamin gespendet wurde und an der Decke spielte, ließ unsere Nachbarn ziemlich im Dunkeln. Unmöglich zu unterscheiden, wer zum engeren Kreis gehörte und wer nur als Gast zugelassen war. Die Anwesenden schienen durchweg jung und männlichen Geschlechts zu sein. Carla Raspa und einige wenige andere Mädchen waren offenbar nur geduldet.

Langsam füllte sich das geräumige Gemach, ohne daß es überfüllt gewirkt hätte. Als meine Augen sich ein wenig an den Fackelschein gewöhnt hatten, sah ich, daß wir und ein paar andere, die wohl auch zum erstenmal hier waren, ein wenig unsicher in Grüppchen herumstanden, während wieder andere sehr viel ungezwungener, mit selbstbewußtem Gebaren hin und her gingen, indem sie gelegentlich die Passanten dieses Abends mit dem gelassenen und etwas verächtlichen Interesse des Stammgastes musterten.

Plötzlich schloß der Kontrolleur die Tür und lehnte sich mit gekreuzten Armen und ausdruckslosem Gesicht dagegen. Einen Augenblick herrschte Schweigen. Eins der Mädchen brach, am Rande ihrer Nerven, in ein leises Lachen aus, wurde aber von ihrem Begleiter sofort zum Schweigen gebracht. Ich sah zu Carla Raspa hin. Sie griff nach meiner Hand und hielt sie fest. Die gedämpfte Stimmung sprang von einem auf den anderen über. Ich kam mir vor wie in einer Falle. Wer an Angst vor geschlossenen Räumen litt – hier gab es kein Entkommen!

Die Tür, die zum herzoglichen Schlafzimmer führte, wurde aufgestoßen. Ein Mann trat ein, gefolgt von sechs Begleitern, die sich um ihn gruppierten wie eine Leibgarde. Er kam näher, streckte die Hand aus und begann, seine Gäste zu begrüßen. Die Spannung löste sich. Alles drängte nach vorn, um unter den ersten zu sein. Carla Raspas Augen begannen zu leuchten. Sie vergaß mich vollkommen und schob sich in die Schlange, die sich im Nu gebildet hatte.

«Wer ist der Mann?» fragte ich.

Sie hörte mich gar nicht. Sie hatte sich schon ein Stück vorgekämpft. Dafür bedachte mich ein junger Mann neben mir mit einem verwunderten Blick und sagte: «Wieso? Das ist doch Professor Donati, der Direktor des Kunstrats.»

Ich trat einen Schritt zurück, verzog mich aus dem Fackelschein ins Dunkel. Indessen näherte sich die Gestalt mitsamt der Leibwache, spendete dem einen ein Wort, beglückte den andern mit einem Lachen, klopfte dem Dritten auf die Schulter, und ich konnte nicht ausbrechen, sah keinen Fluchtweg. Die hinter mir Stehenden drückten mich unerbittlich nach vorn.

Irgendwie war ich wieder an die Seite meiner Begleiterin gelangt. Ich hörte sie sagen: «Dies ist Signor Fabbio, er hilft Signor Fossi in der Bibliothek.» Ich hielt meine Hand hin. Er schüttelte sie und sagte: «Sehr schön, sehr schön. Ich freue mich, Sie kennenzulernen.»

Er sah mich kaum an dabei und ging weiter.

Carla Raspa knüpfte aufgeregt ein Gespräch mit ihrem Nachbarn zur Linken an; nicht mit mir, dem Himmel sei Dank. Für mich hatten die Gräber sich aufgetan. Die Himmel waren in Aufruhr. Christ war erstanden in aller Majestät. So war der Fremde in der Via dei Sogni letzte Nacht kein Gespenst gewesen, und wenn ich noch zu zweifeln gewagt hätte – der Name war Beweis genug. Der Direktor des Kunstrats. Professor Donati. Professor Aldo Donati. Mehr als zwanzig Jahre waren vergangen. Er war älter geworden, reifer. Er wirkte breiter. Sein Schritt, seine Kopfhaltung verrieten Selbstbewußtsein, ja Arroganz. Aber die hohe Stirn, die warmen dunklen Augen, der Mund, dessen Lippen sich rechts unmerklich nach unten zogen, und seine Stimme, tiefer, aber auch gleichgültiger – ach, sie war eigentlich immer gleichgültig gewesen! – all dies war mein Bruder.

Aldo war wieder am Leben. Aldo war auferstanden von den Toten. Und meine Welt geriet aus den Fugen.

Ich drehte mich zur Wand und schaute angestrengt die Gobelins an. Aber ich sah nichts. Ich hörte nichts. Leute gingen hin und her, Leute redeten. Tausende Flugzeuge hätten über mir brausen können, und es hätte gar nichts bedeutet. Ein Flugzeug war nicht zerschellt. Darauf allein kam es an. Oder es war zerschellt, aber nicht verbrannt, oder es war verbrannt, aber der Pilot war unversehrt herausgekommen. Mein Bruder lebte. Mein Bruder war nicht tot.

Jemand berührte meinen Arm. Es war Carla Raspa.

«Wie finden Sie ihn?» fragte sie.

Ich sagte: «Ich finde ihn unwahrscheinlich.»

Sie lächelte und flüsterte hinter vorgehaltener Hand: «Das finden alle.»

Ich lehnte mich gegen die Wand. Ich wollte nicht, daß sie bemerkte, wie es mich schüttelte. Ich hatte Angst, zusammenzubrechen, einfach hinzufallen, Aufsehen zu erregen, mich entdeckt zu sehen, hier vor all diesen Leuten und vor Aldo. Später, später vielleicht ... Ich wußte es nicht. Ich konnte keine Pläne machen, konnte nicht denken. Ich durfte mich nicht verraten. Ich durfte nicht zulassen, daß ich zitterte.

«Die Inspektion ist beendet», flüsterte Carla. «Jetzt wird er reden.»

Es stand nur ein Stuhl im Zimmer, der Renaissancestuhl mit der schmalen Rückenlehne vor dem Kamin. Einer von der Leibwache rückte ihn in die Mitte des Raumes. Aldo lächelte und machte eine einladende Handbewegung, woraufhin sich alles auf dem Fußboden niederließ. Ein paar saßen mit dem Rücken gegen die Wand gelehnt, andere drängten sich in Aldos unmittelbarer Nähe zusammen. Die Schatten, die das Licht der Fackeln an die Decke warf, nahmen noch groteskere Formen an infolge der Vielzahl der Köpfe.

Wie viele wir waren, hätte ich nicht sagen können. Achtzig vielleicht oder hundert, oder noch mehr. Aldo nahm Platz auf seinem Stuhl. Das Kaminfeuer flackerte, und ich versuchte krampfhaft, meine zitternden Hände zur Ruhe zu zwingen.

«In diesem Frühling sind es fünfhundertfünfundzwanzig Jahre her, da tötete das Volk von Ruffano seinen Herzog», begann Aldo. «In den Reiseführern oder in der offiziellen Geschichtsschreibung der Zeit werdet ihr nichts darüber finden, wie sie ihn in den Tod getrieben haben. Ihr seht: Auch damals schritt die Zensur ein, um die Wahrheit zu verheimlichen. Ich spreche natürlich von Claudio, dem ersten Herzog von Ruffano, genannt ‹der Falke›, den die Menschen verachteten und verfemten, weil sie ihn fürchteten. Warum fürchteten sie ihn? Weil er die Gabe hatte, ihre Gedanken zu lesen. Ihre schäbigen Lügen, ihre kleinen Betrügereien, ihre Konkurrenzkämpfe im täglichen Handel und Wandel – und die Ruffanesen waren immer nur bestrebt, sich auf Kosten der hungernden Landbevölkerung zu bereichern –, von alledem wußte er, und er verurteilte es. Sie verstanden nichts von Kunst, nichts von Kultur, und das zu einer Zeit, da eine neue Epoche heraufzog, die Epoche der Renaissance. Der Bischof und die Priester verbündeten sich mit dem Volk – womit ich die Händler meine, nicht die Armen –, um die Menschen in Unwissenheit zu halten, in einer nahezu tierischen Primitivität, und um den Herzog mit allen Mitteln, die ihnen zu Gebote standen, zugrunde zu richten.

Der Herzog wollte junge, edle Männer an seinem Hof versammeln, wobei ihre Herkunft keine Rolle spielte, wenn sie nur intelligent und aufgeschlossen waren. Diese Männer sollten sich auf Grund ihres persönlichen Mutes, ihrer Waffengewandtheit und eines aufrichtigen Interesses für alle Formen der Kunst zu einer Elite entwickeln, die durch ihr Beispiel wie eine Fackel wirken würde, wie ein flammendes Vorbild für alle Herzogtümer im Lande.

Die Kunst sollte unumschränkt regieren. Die Galerien sollten sich mit schönen Dingen füllen und mehr zählen als Bankhäuser, eine Bronzestatuette sollte schwerer wiegen als Ballen von Tuch. Zu diesem Zweck erhob der Herzog Steuern, die sich die Kaufleute zu zahlen weigerten. Er hielt Turniere und ritterliche Spiele an seinem Hofe ab, um seine jungen Gefolgsleute zu trainieren, und wurde von den Bürgern daraufhin als Wüstling verschrien.

Fünfhundertfünfundzwanzig Jahre sind seither vergangen. Ich glaube, die Zeit ist gekommen, um den Herzog zu rehabilitieren, oder richtiger, sein Gedächtnis zu ehren. Durch die Abwesenheit des Präsidenten der Universität, Professor Butali, den ihr alle so hoch schätzt, ist es mir zugefallen, das diesjährige Festival zu arrangieren, und so habe ich aus den erwähnten Gründen beschlossen, den Aufstand der Stadt gegen ihren Herrn und Meister und ersten Herzog Claudio, genannt der Falke, zu inszenieren, der von seiner Zeit so tragisch mißverstanden worden ist.»

Aldo machte eine Pause. Ich kannte diese Art von Pausen. Er hatte sie früher immer dann eingelegt, wenn er wußte, daß mein Interesse geweckt war, während wir nebeneinander im gemeinsamen Schlafzimmer lagen und er mir eine Geschichte erzählte.

«Einige von euch», fuhr er fort, «sind über diese Dinge unterrichtet. Wir haben schon eine Reihe von Proben hinter uns. Ihr müßt wissen, daß die ‹Flucht des Falken› – das wird der Titel der diesjährigen Veranstaltung sein – noch nie aufgeführt worden ist und wohl auch nie wieder aufgeführt werden wird. Und ich möchte das Festival so haben, daß es in euer aller Herzen Leben gewinnt und einem jeden im Gedächtnis bleibt, daß es für immer Bestand hat. Was bisher auf unseren Festivals gezeigt worden ist, soll, verglichen mit diesem, ein Nichts sein. Ich möchte ein Schauspiel sondergleichen auf die Beine bringen und brauche daher mehr Freiwillige als je zuvor.»

In den Reihen derer, die zu seinen Füßen saßen, erhob sich ein Gemurmel. Alle Hände flogen empor. Alle Gesichter, blaß im flackernden Lichtschein, waren ihm zugewandt.

«Wartet», sagte er, «es werden nicht alle zugelassen. Ich wähle später diejenigen aus, die ich für geeignet halte. Es ist nämlich so ...»

Wieder machte er eine Pause, beugte sich vor und betrachtete prüfend die Gesichter vor ihm.

«Ihr kennt meine Methode», fuhr er fort, «wir haben sie im letzten und auch im Jahr zuvor angewandt. Es ist unerläßlich, daß jeder Freiwillige fest an seine Rolle glaubt, sich ganz und gar in sie hineindenkt. Diesmal werdet ihr die Höflinge im Palast des Falken spielen. Ihr werdet jener kleine Trupp von Männern sein, die dem Herzog rückhaltlos ergeben sind. Ihr, die Kunststudenten der Universität, sollt die Elite bilden. Ihr seid bereits die Elite. Darum seid ihr hier. Darin liegt der Sinn eures Lebens. Ihr wißt, ohne daß ich es noch einmal betonen müßte, daß neben euch niemand zählt.

Ihr seid eine Minderheit innerhalb der Universität, eure Zahl ist gering. Die anderen aber, die in riesigen Scharen die übrigen Fakultäten überfluten, sind Barbaren, Goten und Vandalen, die, wie die Händler vor fünfhundert Jahren, nichts von Kunst verstehen, nichts von Schönheit ahnen.

Wenn sie könnten, würden sie sämtliche Schätze in diesen Räumen zerstören und vielleicht sogar den Palast selber einreißen, um was an seine Stelle zu setzen? Fabriken, Bürohäuser, Banken, Geschäfte. Und das alles nicht etwa, um den Bauern draußen Arbeit zu verschaffen, die heute nicht besser leben als fünf Jahrhunderte zuvor, sondern um sich selbst zu bereichern, um den Lebensstandard zu verbessern, um sich mehr Autos, mehr Fernsehapparate, mehr Zuckerbäckervillen an der Adria leisten zu können und auf diese Weise noch mehr Unzufriedenheit, noch mehr Armut und Elend heraufzubeschwören.»

Plötzlich stand er auf, indem er die Hand hob, um den Beifallssturm zu dämpfen, der zum Plafond aufwallte.

«Soviel für heute abend», sagte er. «Denkt daran: Ihr seid die Elite! Ihr werdet gehaßt und gefürchtet sein von den Barbaren, deren Welt nicht eure Welt und nicht meine Welt ist. Seid stolz darauf, daß ihr anders seid. Ich werde an eurer Seite sein.»

Wieder hob er die Hand. Dann stellten zwei von der Leibwache den Stuhl fort, und vier weitere, Fackeln in jeder Hand, bildeten ein Viereck in der Mitte des Raumes, den nur die Flammen erleuchteten.

«Ihr werdet jetzt eine kurze Darbietung sehen», sagte Aldo, «die zeigen soll, in welcher Art und Richtung Freiwillige bereits trainiert worden sind. Geht nicht zu nahe an das beleuchtete Viereck heran, damit ihr euch keine Verletzungen zuzieht.»

Damit trat er zurück und stellte sich neben eine der Fackeln, während zwei Gestalten in das Quadrat sprangen. Sie trugen weiße Hemden mit aufgerollten Ärmeln und schwarze Jeans. Die Gesichter waren verhüllt, aber nicht mit schützenden Visieren, sondern nur mit Masken, um ihre Züge zu verbergen. Beide waren mit blanken Degen bewaffnet, und sie fochten, wie in früheren Zeiten beim Duell gefochten wurde, in vollem Ernst und nicht als Sport oder zum Spaß. Es gab keine Finten bei Stoß und Parade, es war nichts Vorgetäuschtes in der Haltung der Kämpfenden. Die Stahlklingen krachten mit hellem Ton gegeneinander, und als einer der Duellanten dem anderen schließlich die Degenspitze auf die Kehle setzte, ging ein Aufstöhnen durch die kauernden Reihen, während der halbliegende Mann keuchend durch die schmalen Augenschlitze seiner Maske starrte und die scharfe Degenspitze das Blut zum Fließen brachte. Ein Kratzer nur, vielleicht nicht mehr als ein normaler Schnitt mit dem Rasiermesser, aber – der Degen hatte ihn verletzt, die Blutstropfen liefen ihm am Hals hinunter und befleckten das weiße Hemd.

«Genug», sagte Aldo, «ihr habt eure Sache gut gemacht. Ich danke euch.»

Damit warf er sein Taschentuch dem Besiegten hinüber, der aufstand und sich das Blut abtupfte. Dann verschwanden die beiden im herzoglichen Schlafgemach.

«Ihr habt gesehen, daß wir von fingierten Kämpfen nicht viel halten», sagte Aldo ruhig, «und nun möchte ich die Damen und alle, die sich nicht freiwillig zu melden wünschen – was niemandem verdacht wird – bitten, den Raum zu verlassen.» Ein Mädchen wollte protestieren, aber er schüttelte den Kopf.

«Tut mir leid», sagte er, «keine Damen. Nicht hierbei. Gehen Sie nach Hause und lernen Sie verbinden. Das Kämpfen ist unsere Sache.»

Die Tür des Thronsaals wurde aufgestoßen. Langsam und widerwillig gingen die Mädchen hinaus, gefolgt von etwa einem Dutzend Männern, nicht mehr. Ich war unter ihnen. Der Aufpasser scheuchte uns weiter. Schweigend begaben wir uns auf die Galerie, alles in allem nach meiner Schätzung achtzehn bis zwanzig, die Mädchen und die Männer, die sich selbst ausgeschlossen hatten.

Die Mädchen wollten sich voller Verachtung nicht einmal heimbegleiten lassen. Soweit sie befreundet waren, hakten sie sich unter, klapperten treppabwärts. Die Männer boten sich, beschämt und in die Defensive gedrängt, gegenseitig Zigaretten an.

«Ich kann diesen ganzen Kram nicht vertragen», sagte einer, «worauf er hinaus will, ist doch der pure Faschismus.»

«Sie haben einen Vogel», widersprach ein anderer. «Haben Sie nicht gemerkt, daß er gegen die Industriellen stichelt? Der ist Kommunist, das liegt doch auf der Hand. Es heißt, er sei Parteimitglied.»

«Meiner Meinung nach interessiert er sich nicht die Bohne für Politik», mutmaßte ein dritter. «Er ist einfach ein großartiger Scharlatan und weiter gar nichts, und damit kriegt er seine Festivalbelegschaft fein an die Kandare. Das letzte Mal hat er's genauso gemacht, als er die Schweizergarde aufstellte. Ich wollte mich eigentlich melden. Aber dann sah ich jenes Duell! Aus mir wird kein Kunstratdirektor Hackfleisch machen.»

Keiner wagte, laut zu sprechen. Sie stritten sich, aber im Flüsterton. Dann zogen wir, den Mädchen nach, die Treppe hinunter.

«Eins ist sicher», bemerkte jemand. «wenn dies bis zu den WW-Studenten durchsickert, gibt es Mord und Totschlag.»

«Und wer wird totgeschlagen?»

«Nach der Schau, dir wir gerade erlebt haben? Die natürlich, die WW's.»

«Dann würde ich mich melden.»

«Ich auch. Alle würden sich melden. Rauf auf die Barrikaden!»

Das Gefühl, das Gesicht verloren zu haben, war überwunden. Auf der Piazza Maggiore diskutierten und stritten sie noch eine Weile weiter, ehe sie in Richtung Universität und Studentenheim ihres Weges zogen.

Ich wartete, bis die Gestalt, die ich auf der Domtreppe bemerkt hatte, zu mir herunterkam.

«Nun?» sagte Carla Raspa.

«Nun?» sagte ich meinerseits.

«Ich habe mir nie gewünscht, ein Mann zu sein», sagte sie, «bis heute abend. Ich dachte immer so, wie es in jenem amerikanischen Song heißt: ‹Was sie können, kann ich besser›. Aber offenbar gibt es doch eine Ausnahme: Kämpfen.»

«Vielleicht werden sich Rollen auch für Frauen finden», sagte ich. «Er wird Sie sicher noch rekrutieren. In jedem Menschenauflauf gibt es Frauen, die schreien und mit Steinen werfen.»

«Ich will aber nicht schreien», sagte sie, «ich will kämpfen.» Dann fragte sie und sah mich genauso verächtlich an wie vorhin die Studentinnen: «Warum haben Sie sich nicht gemeldet?»

«Weil ich nur ein Zugvogel bin», antwortete ich.

«Das ist kein Grund. Das bin ich letzten Endes auch. Ich kann jeden Tag weggehen und meine Vorlesungen anderswo halten, mich versetzen lassen. Im Augenblick freilich denke ich gar nicht daran. Nicht nach dem, was ich heute abend gehört habe. Es könnte sein ...» Sie unterbrach sich, während ich ihr Feuer gab, «... es könnte sein, daß ich mir genau das wünsche: Ein Ziel, eine Sache, die man verfechten kann.»

«Sehen Sie ein Ziel darin, bei einem Festival mitzuspielen?» fragte ich.

«Er sprach nicht von Spielen», sagte sie.

Es war Sonnabendabend und noch früh. Die Leute spazierten auf der Straße auf und ab, Freunde, Pärchen, Familien. Mir schien, daß nicht viele Studenten darunter waren. Sie hatten sich fürs Wochenende nach Hause aufgemacht. Die jungen Leute, die hier herumbummelten, kamen aus den Läden, den Banken, den Büros. Es waren die Eingeborenen von Ruffano.

«Wie lange lebt er hier schon?» fragte ich.

«Professor Donati? Oh, seit geraumer Zeit. Er ist hier geboren, war Kampfflieger im Krieg, galt als gefallen, kam aber zurück, studierte, machte Examen, blieb als Dozent an der Universität, bis ihn der Kunstrat von Ruffano als sein Glanzstück vereinnahmte und vor ein paar Jahren zum Direktor wählte. Er ist der Liebling der Herren in Amt und Würden. Ein paar Leute freilich hassen ihn wie die Sünde. Nicht der Präsident übrigens. Der Präsident schwört auf ihn.»

«Und die Frau des Präsidenten?»

«Livia Butali? Keine Ahnung. Sie ist ein Snob. Lebt ganz für sich und denkt immer nur an Musik. Sie stammt aus einer alten Florentiner Familie und trägt das ständig zur Schau. Ich glaube kaum, daß Professor Donati viel Zeit an sie verschwenden würde.»

Wir waren auf der Piazza Matrice angelangt, und plötzlich fiel mir mein Versprechen ein, meine Begleiterin zum Essen einzuladen. Ich fragte mich, ob auch sie es vergessen hätte. Vor dem Haus Via San Michele Nummer 5 blieben wir stehen, und unvermittelt streckte sie mir die Hand hin.

«Halten Sie mich nicht für unhöflich», sagte sie, «aber ich möchte heute abend lieber allein sein. Ich möchte über das nachdenken, was wir eben gesehen haben. Ich werde mir ein Süppchen kochen und früh zu Bett gehen. Sind Sie enttäuscht?»

«Nein», sagte ich, «mir geht es genauso wie Ihnen.»

«Dann auf ein anderes Mal.» Sie nickte mir zu. «Vielleicht morgen, es kommt darauf an ... Außerdem sind wir ja Nachbarn. Wir finden uns schon wieder.»

«Natürlich», sagte ich, «gute Nacht und vielen Dank.»

Vorsichtig stahl ich mich in das Haus Nummer 24. Es war niemand zu sehen, und ich hörte, daß im Wohnzimmer der Silvanas das Fernsehgerät lief.

Ich nahm das Telefonbuch, das in der Halle neben dem Apparat lag, und suchte. Donati. Professor Aldo Donati. Da war die Adresse: 2, Via dei Sogni.

Ich ging wieder hinaus auf die Straße.

9

Nummer 2, Via dei Sogni, war ein hohes schmales Gebäude, das ganz für sich allein stand und auf die Kirche San Donato und die langgestreckte Via delle Mura herabschaute. Früher hatte hier unser Hausarzt gewohnt, der gute Doktor Mauri, der nach mir sah, wenn immer ich hustete oder kränkelte – es hieß, daß ich eine schwache Lunge hatte – und ich erinnere mich, daß er nie ein Stethoskop benutzte, wenn er mich abhorchte, sondern einfach das Ohr auf meine nackte Brust legte, wobei er mich um die mageren Schultern faßte, eine plötzliche Annäherung, die ich gräßlich fand. Er war schon damals nicht mehr der Jüngste und mußte inzwischen tot sein oder jedenfalls längst nicht mehr fähig, seinen Beruf auszuüben.

Ich stand vor dem Haus und sah das Namensschild – Donati – an der rechten Tür des Doppeleingangs.

Linker Hand lag die Portierswohnung, in der ehemals die Köchin von Dr. Mauri gehaust hatte.

Ich starrte auf das Schild. Wir hatten in Nummer 8 ein ganz ähnliches Schild gehabt, und Marta pflegte ihren Stolz darein zu setzen, es blitzblank zu halten. Bei einiger Phantasie hätte man dieses hier für dasselbe halten können. Neben dem Schild war eine Klingel. Ich legte den Finger auf den Knopf und drückte.

Ich konnte hören, wie es drinnen läutete, aber es kam keine Antwort. Aldo lebte wahrscheinlich allein, oder aber die Person, mit der er zusammenwohnte, befand sich zur Zeit, zusammen mit ihm, im Zimmer der Cherubim. Ich läutete noch einmal, um sicherzugehen, aber nichts geschah.

Enttäuscht wandte ich mich ab und schaute zur Portierstür hinüber. Nach kurzem Zögern klingelte ich dort. Kurz darauf öffnete sich die Tür, und ein Mann, vermutlich der Portier, fragte, was ich wünsche. Die buschigen Augenbrauen und auch das inzwischen ergraute Bürstenhaar kamen mir bekannt vor. Dann fiel es mir ein: Der Mann war ein Kriegskamerad meines Bruders, einer vom Bodenpersonal des Flugplatzes. Er hatte sich an Aldo angeschlossen, und der hatte ihn einmal im Urlaub mit nach Hause gebracht. Abgesehen von den grauen Haaren, hatte er sich nicht verändert.

«Professor Donati ist nicht zu Hause», sagte der Mann, «er ist im Palazzo Ducale.»

«Das weiß ich», sagte ich. «Dort habe ich ihn bereits gesehen, aber nicht privat. Ich möchte ihn in einer persönlichen Angelegenheit sprechen.»

«Leider kann ich Ihnen nicht sagen, wann der Professor zurückkommt. Er hat sich nicht fürs Abendessen angesagt. Wenn Sie wollen, hinterlassen Sie doch bitte Ihren Namen und rufen Sie später an, um einen Termin auszumachen.»

«Mein Name ist Fabbio», sagte ich, «aber der Name wird ihm nichts sagen.»

Ich war nicht sicher, ob ich die Anonymität, die ich meinem Stiefvater verdankte, in diesem Augenblick segnete oder verfluchte.

«Ich denke daran, Signor Fabbio», sagte der Mann, «wenn ich den Professor heute abend nicht mehr sehe, sage ich ihm morgen früh Bescheid.»

«Danke schön», sagte ich, «vielen Dank. Gute Nacht.»

«Gute Nacht, Signore.»

Er schloß die Tür. Ich blieb vor dem Doppeleingang stehen und schaute auf die Via dei Sogni. Inzwischen war mir sein Name wieder eingefallen. Jacopo. Er hatte sich bei uns nicht wohl gefühlt, als mein Bruder ihn damals für den Urlaub mitgebracht hatte. Er hatte den Verdacht gehabt, er sei im Weg. Marta war diejenige, die sofort begriff. Sie holte ihn zu sich und zu Maria Ghigi in die Küche.

Ich überlegte, ob es sinnvoll sei, zum Palazzo Ducale zurückzugehen und meinen Bruder zu suchen. Aber ich gab den Gedanken auf der Stelle wieder auf. Er würde von seiner Leibwache und vielleicht von der ganzen Horde verzückter Studenten umringt sein.

Gerade wollte ich aus dem überdachten Eingang auf die Straße treten, als ich Schritte hörte. Ich spähte ins Dunkel hinaus und sah, daß da eine Frau kam und daß diese Frau Carla Raspa war. Rasch trat ich zurück ins Portal und stellte mich in die offene Tür auf der östlichen Seite. So konnte sie mich nicht entdecken, ich sie aber im Auge behalten.

An Aldos Tür tat sie dasselbe, was ich getan hatte, sie läutete. Zugleich, stellte ich fest, warf sie einen Blick auf ihre Uhr. Sie wartete einen Augenblick, schaute über die Schulter zu Jacopos Eingang, machte aber keine Anstalten, bei ihm zu klingeln. Dann wühlte sie in ihrer Tasche, zog einen Brief heraus und schob ihn in den Briefkasten, nicht an Jacopos, sondern an Aldos Tür. Die Art, in der ihre Schultern zusammensanken, verriet ihre ganze Enttäuschung. Dann trat sie wieder hinaus auf die Via dei Sogni, und allmählich verklang das Geklapper ihrer hohen Absätze.

Sie hatte sich mir gegenüber herausgeredet. Sie mußte dies schon im Sinn gehabt haben, als wir den Palazzo Ducale verließen. Vielleicht hatte sie in ihrer Enttäuschung jetzt mehr Appetit auf ihr Süppchen, aber nun mußte sie es schon alleine löffeln. Ich wartete, bis ich sie außer Sicht vermuten konnte, und ging dann meinerseits zur Via San Michele zurück.

An diesem Abend wagte ich mich in die Privatgemächer der Silvanas vor und gestand, daß ich noch nichts gegessen hatte.

Wenn ich irgend etwas ganz Beliebiges bekommen könnte... Die Signora schaltete das Fernsehen ab, erhob sich und war die Gastfreundschaft in Person. Sie nötigte mich in den Speisesaal, und ihr Mann kam hinterher, um mir Gesellschaft zu leisten. Ich erzählte, daß ich in den Palazzo Ducale eingeladen gewesen war, was ihnen offenbar großen Eindruck machte.

«Werden Sie mitwirken beim Festival?» fragte die Signora.

«Nein», sagte ich, «nein, ich glaube kaum.»

«Aber Sie sollten sich beteiligen», empfahl sie. «Dieses Festival ist ein Ereignis für Ruffano. Die Leute kommen von weither, um es mitzuerleben. Im letzten Jahr mußten viele wieder abreisen, sie fanden keine Unterkunft und keine Plätze. Wir hatten Glück, mein Mann und ich. Mein Mann konnte uns zwei Plätze auf der Piazza Maggiore sichern, und so sahen wir den ganzen Aufmarsch der Schweizergarde. Das war so wirklichkeitsgetreu, daß ich später immer sagte, man habe sich völlig in jene alten Zeiten versetzt geglaubt. Als mich der Präsident im Ornat des Papstes segnete, war mir, als habe mich der Heilige Vater selbst gesegnet.»

Während sie erzählte, lief sie geschäftig um mich herum und servierte mir zu essen und zu trinken.

«Ja», stimmte ihr Mann ein, «es war einfach prachtvoll. Und es heißt, in diesem Jahr würde es noch besser werden, trotz der Krankheit des Präsidenten. Professor Donati ist ein wirklicher Künstler. Manche sagen, er habe seine eigentliche Chance verpaßt. Er hätte Filmregisseur werden sollen, anstatt seine Zeit dem Kunstrat von Ruffano zu opfern. Schließlich ist Ruffano nur eine kleine Stadt.»

Ich aß und aß, weniger aus Hunger als aus einem Gefühl der Leere heraus. Ich fieberte immer noch vor Aufregung. «Was ist dieser Professor Donati eigentlich für ein Mensch?» fragte ich.

Die Signora lächelte und wagte einen Augenaufschlag.

«Sie haben ihn heute abend doch gesehen, nicht wahr?» sagte sie, «dann können Sie sich ja vorstellen, welchen Eindruck er auf Frauen macht. Wenn ich halb so alt wäre, wie ich bin, würde ich mich ganz gewiß um ihn bemühen.»

Ihr Mann lachte. «Es sind seine schwarzen Augen», sagte er,

«er weiß wahrhaftig Kapital daraus zu schlagen, nicht nur den Damen gegenüber, sondern auch bei den städtischen Behörden. Er erreicht alles, was er will. Aber Spaß beiseite – er und der Präsident haben viel für Ruffano getan. Er ist ja auch hier geboren. Sein Vater, Signor Donati, war viele Jahre lang Direktor des Palazzo Ducale, so war er bestens orientiert. Sie müssen wissen, daß er nach der Befreiung zurückkam, nur um zu erfahren, daß sein Vater in einem alliierten Gefangenenlager gestorben war und daß sich seine Mutter mit einem deutschen General abgesetzt und seinen kleinen Bruder mitgenommen hatte – die ganze Familie sozusagen ausgelöscht. Es braucht schon einigen Schneid, um sich mit so etwas abzufinden. Er ist geblieben. Hat sich ausschließlich für Ruffano eingesetzt, nie nach woanders geschielt. Man kann den Mann nur bewundern.»

Signora Silvana wollte mir Früchte aufnötigen. Aber ich schüttelte den Kopf.

«Nur noch Kaffee bitte», sagte ich und nahm die Zigarette, die der Signore mir anbot.

«Hat er nie geheiratet?» fragte ich.

«Nein.»

«Sie wissen ja, wie so was geht», sagte die Signora. «Wenn ein junger Mann mit einer Art Schock nach Hause kommt – er wurde abgeschossen, er war Flieger und dann Gefangener bei den Alliierten – und hofft, seine Familie wiederzufinden, und er erfährt, daß seine Mutter mit einem Deutschen auf und davon gegangen ist, dann pflegt das seine Sympathien für das andere Geschlecht nicht gerade zu steigern. Meiner Meinung nach hat er die Frauen damals abgeschrieben, ein für allemal.»

«Aber nein», sagte der Signore, «er hat sich inzwischen sicher besonnen. Damals war er schließlich ein blutjunger Mensch. Jetzt muß er an die vierzig sein. Laß ihm Zeit. Er wird schon eine Frau für sich entdecken, wenn er soweit ist.»

Ich trank meinen Kaffee aus und stand auf.

«Sie sehen müde aus», sagte Signora Silvana voller Mitgefühl, «Sie müssen zuviel arbeiten in der Bibliothek. Aber lassen Sie nur – morgen ist Sonntag. Da können Sie den ganzen Tag im Bett bleiben, wenn Ihnen danach zumute ist.»

Ich bedankte mich und ging auf mein Zimmer. Mein Kopf war am Zerspringen. Ich warf meine Kleider ab und legte mich zu Bett. Aber der Schlaf stellte sich nicht ein. Nur Aldos Gesicht, im flackernden Licht des Cherubimzimmers, das blasse, unvergeßliche Gesicht und die geliebte, die gefürchtete Stimme, die mir nie aus dem Sinn gekommen war.

Nachdem ich mich zwei Stunden lang in den Kissen hin und her gewälzt hatte, stand ich auf, öffnete das Fenster und rauchte eine Zigarette. Der letzte Nachtbummler hatte inzwischen nach Hause gefunden, und alles war still. Ich schaute die Straße hinunter und sah, daß die Läden in Nummer 5 offenstanden wie die meinen. Eine Frau lag im Fenster, wach wie ich, eine Zigarette rauchend wie ich. Wenn ich nicht schlafen konnte – Carla Raspa konnte auch nicht schlafen. Und wir wachten aus dem gleichen Grund.

Am nächsten Morgen weckten mich die Kirchenglocken aus dem unruhigen Schlaf, in den ich schließlich verfallen war. Der Dom, San Cipriano, die anderen.

Es waren nicht die Stundenschläge, sondern die Glockenklänge, die zur Messe riefen ... Ich lag im Bett und dachte daran, wie wir vier, mein Vater, meine Mutter, Aldo und ich, um zehn zum Hochamt in San Cipriano gegangen waren. Das war in der Zeit kurz vor dem Krieg gewesen. Sonntäglich angezogen, machten wir uns auf den Weg, Aldo strahlend in seiner Giovinezzauniform. Schon damals schauten ihn die Mädchen an. Und dann begann meine Leidensstunde vor dem Altarbild, vor der Auferstehung des Lazarus.

Ich sprang aus dem Bett und riß die Läden weit auf, die ich am Abend wieder geschlossen hatte. Es regnete. Ganze Bäche schäumten in den Rinnsteinen. Ein paar Leute eilten, unter Regenschirme geduckt, vorbei. Drunten, im ersten Stock von Nummer 5, waren die Fensterläden fest verschlossen.

Seit meiner Schuljungenzeit in Turin war ich nicht mehr zur Messe gewesen. Jedenfalls nicht aus eigener Initiative. Manchmal hatte ich eine Schar Touristen zu eskortieren, die auf Besichtigungen versessen war, und dann stand ich, in der einen oder anderen Kirche, unter dem Hochaltar und mußte warten und schauen. Diesmal wollte ich aus freien Stücken gehen.

Ich war erst halb angezogen, als es klopfte und Signora Silvana mit Brötchen und Kaffee ins Zimmer kam.

«Bleiben Sie zu Hause», sagte sie, «sehen Sie sich das Wetter an, es lohnt sich wahrhaftig nicht, aufzustehen.»

Ich hatte mir jahrelang dasselbe gesagt, wenn ich einmal einen Sonntag frei hatte, ob der nun sonnig oder verregnet war. Es gab nichts in Turin oder in Genua, wofür das Aufstehen lohnte. Aber inzwischen hatte sich die Welt verändert.

«Ich gehe zur Messe nach San Cipriano», sagte ich.

Um ein Haar hätte sie das Tablett fallen lassen. Dann setzte sie es behutsam aufs Bett.

«Erstaunlich», sagte sie. «Ich habe mir eingebildet, daß kein Mensch mehr zur Messe geht, außer ganz alten Leuten oder den ganz jungen. Ich freue mich, daß Sie das sagen. Gehen Sie regelmäßig?»

«Nein», sagte ich, «ich habe einen besonderen Anlaß.»

«Es ist Fastenzeit», sagte sie, «ich finde, zur Fastenzeit sollten wir alle gehen.»

«Für mich ist die Fastenzeit vorbei», sagte ich, «ich gehe Auferstehung feiern.»

«Sie täten besser daran, im Bett zu bleiben und Ostern abzuwarten», belehrte sie mich.

Ich trank meinen Kaffee und beendete meine Toilette. Mein Kopf war wieder klar, und meine Hände zitterten nicht mehr. Der Regen machte mir nichts aus. Der Tod der armen Marta machte mir nichts aus. Abgesehen von den Umständen, unter denen er eingetreten war. Irgendwann im Lauf des Tages würde ich Aldo aufsuchen. Zum erstenmal in meinem Leben hatte ich die Trümpfe in der Hand. Ich war gefaßt auf das, was kommen würde. Er war es nicht.

Ich stellte den Kragen des leichten Überziehers, der mir als Trenchcoat dienen mußte, bis über beide Ohren auf und ging hinaus in den Regen. Die Fensterläden in Nummer 5 waren immer noch geschlossen. Über die Piazza Matrice schlenderten ein paar Figuren, die offenbar dasselbe Ziel hatten wie ich. Andere standen unter den Kolonnaden herum und warteten auf den Bus, der die Sonntagszeitungen brachte, oder auf irgendeinen anderen, der sie aus Ruffano herausbringen sollte.

Ein paar junge Leute stiegen, dem Wetter zum Trotz, auf ihre Vespas. «Es wird nicht lange dauern», schrie einer durch das Getöse des Motors hindurch. «Am Meer soll die Sonne scheinen.»

Die Glocken von San Cipriano fuhren fort zu läuten. Sie klangen nicht so tief und voll wie die Domglocken, aber in meinen Ohren feierlicher, fordernder und doppelt eindringlich, bevor die volle Stunde schlug, als gälte es, die Saumseligen in die Knie zu zwingen.

Bedrückend und vertraut wehte mir im Kircheninneren der altbekannte Duft entgegen. Zugleich war ich betroffen von der geringen Anzahl der Besucher. In meiner Kinderzeit waren wir immer sehr früh gekommen, weil mein Vater seinen gewohnten Platz einzunehmen wünschte. Die Kirche war voll gewesen bis in die Seitenschiffe. Nicht so an diesem Sonntag. Es mochten halb so viele Kirchgänger da sein wie früher. Meist Familien oder Frauen mit kleinen Kindern. Ich stellte mich an die Seitenkapelle und hatte das Gefühl, einem uralten Ritus zu gehorchen.

Die Türen der Kapelle standen offen, aber diesmal fiel kein Lichtschein auf das Gesicht des Lazarus. Das Gemälde war verhängt. Das waren auch die übrigen Bilder in der Kirche und die Statuen und die Kruzifixe. Erst jetzt fiel mir ein, daß Passionssonntag war.

Ich hörte zu, wie sie die Messe sangen: die dünnen Stimmen der Chorknaben sickerten in mich ein, ohne daß ich einen Schmerz dabei empfand. Mein Herz war leer oder vielleicht im Traum. Ein Priester, den ich nicht kannte oder nicht wiedererkannte, hielt eine zwanzig Minuten lange Predigt und sprach von überstandenen und von Gefahren, die noch kommen würden, und davon, daß Jesus Christus, unser Herr, immer noch für unsere Sünden litt.

Neben mir gähnte ein Kind. Das kleine Gesicht war weiß vor Müdigkeit. Eine Frau, die meine Mutter hätte sein können, rief das Kind zur Ordnung. Dann schlurften die spärlichen Kommunikanten zur Kommunionbank. Überwiegend Frauen.

Eine der Frauen, sehr gut angezogen, einen schwarzen Spitzenschleier auf dem Kopf, hatte die ganze Zeit über gekniet.

Sie ging nicht an die Kommunionbank. Sie hatte das Gesicht in die Hände gelegt. Als alles vorüber war, als die Priester und die Ministranten sich zurückgezogen hatten, zerstreuten sich die Leute. Ihre Gesichter wirkten immer noch feierlich, aber auch irgendwie erleichtert. Sie hatten ihre Pflicht getan. Als die Frau aufstand und sich umwandte, sah ich, daß es Signora Butali war.

Ich ging schnell voran und wartete vor der Tür. Der Junge auf der Vespa hatte recht behalten. Es regnete nicht mehr. Die Sonne, die am Meer schien, war inzwischen bis nach Ruffano vorgedrungen.

«Signora?» sagte ich fragend.

Sie sah mich aus leeren Augen an, wie jemand, der eben noch weit weg war und sich wider Willen in eine weniger angenehme Welt zurückgerufen sieht.

«Ja?» sagte sie.

Ich begriff, daß sie mich nicht erkannte, daß ich keine Spur in ihrem Gedächtnis hinterlassen hatte.

«Armino Fabbio», sagte ich, «ich war gestern mit ein paar Büchern bei Ihnen.»

Sie begann, sich zu erinnern. Ich konnte sie förmlich denken sehen. Ach ja, der Hilfsbibliothekar.

«Natürlich», sagte sie, «bitte seien Sie mir nicht böse. Guten Morgen, Signor Fabbio.»

«Sie haben in der Messe vor mir gesessen», sagte ich. «Jedenfalls nahm ich an, daß Sie es waren, ich wußte es nicht genau.»

Während sie neben mir die Treppe hinunterstieg, schaute sie zum Himmel auf und stellte fest, daß sie den Schirm, den sie aufgespannt hatte, gar nicht brauchte.

«Ich bin gern in San Cipriano», sagte sie, «die Kirche hat mehr Atmosphäre als der Dom. Ob es noch schönes Wetter geben wird?»

Abwesend sah sie sich um, und einen Augenblick war ich verletzt, weil sie sich so uninteressiert an dem Mann an ihrer Seite zeigte. Normalerweise registrieren schöne Frauen die Bewunderung, die man ihnen, gleich aus welchem Grund, zollt. Ein Einsatz ist erfolgt, und es versteht sich ganz von selbst, daß die Huldigung auch honoriert wird. Signora Butali schienen diese Regeln nicht bewußt zu sein.

«Haben Sie einen Wagen da?» fragte ich.

«Nein», sagte sie, «er wird übers Wochenende in der Garage repariert. Ich hatte Pech, als ich von Rom zurückfuhr.»

«Hätten Sie dann etwas dagegen, wenn ich Sie den Hügel hinaufbegleitete, das heißt, falls Sie nach Hause gehen.»

«Aber durchaus nicht. Bitte, begleiten Sie mich.»

Wir gingen über die Piazza Matrice und wanderten die Via Vittorio Emanuele hinauf bis zum Rathaus. Dort bog sie links ab. Vor der Treppe zur Via dei Sogni machten wir halt, um Atem zu schöpfen, und sie lächelte mich an.

«Es braucht seine Zeit», sagte sie, «bis man sich an die Hügel von Ruffano gewöhnt. Besonders wenn man aus Florenz stammt wie ich.»

Wenn sie lächelte, wirkte sie völlig verwandelt. Der sonst so strenge, abweisende Mund, der Mund der «adeligen Dame», des Porträts, das mein Vater so liebte, wurde weich und weiblich, und in der Tiefe ihrer Augen blinkte sogar etwas wie Humor.

«Haben Sie Heimweh?» fragte ich.

«Manchmal schon», erwiderte sie, «aber was soll's. Ich wußte schließlich, was mich hier erwartete. Mein Mann hatte mich gewarnt.»

«Anscheinend ist es keine leichte Aufgabe, die Frau des Universitätsoberhauptes zu sein», sagte ich.

«Alles andere als leicht», antwortete sie. «Es gibt so viele Eifersüchteleien und Parteien, und ich muß immer so tun, als wüßte ich von nichts. Dabei bin ich längst nicht so geduldig wie der Präsident. Er hat sein Leben buchstäblich seiner Arbeit hier verschrieben. Und deshalb liegt er heute auch im Krankenhaus.»

Sie grüßte ein Paar, das die Treppe herunterkam, und die kühle, verbindliche Art, in der sie ohne die Andeutung eines Lächelns den Kopf neigte, machte mir begreiflich, warum Carla Raspa sich in weiblichem Groll gegen sie ereifert hatte. Ob bewußt oder unbewußt, gab Signora Butali zu erkennen, daß sie aus gutem Hause kam. Ich fragte mich, wie sie auf die

Frauen der anderen Professoren wirken mochte.

«Gestern abend», erzählte ich, «hatte ich das Glück, eine Eintrittskarte für eine Sitzung zu bekommen, die der Direktor des Kunstrates im Palazzo Ducale abhielt.»

«Ach nein», sagte sie, plötzlich hellwach, «bitte erzählen Sie! Fanden Sie es eindrucksvoll?»

«Außerordentlich», erwiderte ich und stellte fest, daß sie mich ansah, «nicht nur der Rahmen, die Fackelbeleuchtung, sondern auch das Duell und vor allen Dingen die Ansprache Professor Donatis an die Studenten.»

In ihre Wangen war ein wenig Farbe gestiegen, und mir war klar, daß daran weniger das Treppensteigen schuld war, als die Wendung, die unser Gespräch genommen hatte.

«Ich muß wirklich einmal zu einer dieser Sitzungen gehen, unbedingt», sagte sie, «aber irgend etwas kommt immer dazwischen.»

«Ich habe gehört, daß Sie im letzten Jahr bei dem Festival mitgewirkt haben», sagte ich. «Werden Sie wieder dabei sein?»

«Nein, das ist ganz unmöglich», antwortete sie. «Der Präsident liegt ja noch im Krankenhaus, und ich muß jede Woche nach Rom. So kann gar keine Rede davon sein. Außerdem glaube ich nicht, daß es diesmal eine Rolle für mich gäbe.»

«Können Sie mir sagen, worum es geht?»

«Um den armen Herzog Claudio, denke ich. Aber sehr genau kenne ich mich da leider nicht aus. Ich weiß nur, daß es zu einem Aufstand kam und daß er ermordet wurde.»

Wir waren in der Via dei Sogni angelangt, und im Hintergrund sah ich bereits die Gartenmauer. Unwillkürlich verlangsamte ich meine Schritte.

«Professor Donati ist offenbar ein sehr bedeutender Mann», sagte ich. «In der Pension, wo ich untergebracht bin, erzählte man mir, daß er aus Ruffano stammt.»

«Ja und ob», sagte sie, «sein Vater war Direktor des Palazzo Ducale. Er ist sogar in demselben Haus geboren und aufgewachsen, in dem wir heute wohnen.»

Ich zeigte mich erstaunt.

«O ja», fuhr sie fort, «und er hat den Ehrgeiz, es wieder zurückzubekommen. Aber ich fürchte, das wird ihm kaum glükken, außer, wenn der Präsident aus gesundheitlichen Gründen zurücktreten muß. Professor Donati hängt an jedem einzelnen Zimmer im Hause, wie Sie sich vorstellen können. Glücklicherweise ist es ihm wenigstens gelungen, etwas von den Möbeln seines Vaters aufzukaufen, die man nach der Befreiung veräußert hatte. Ich glaube, er war sehr stolz auf seinen Vater und sein Vater auf ihn. Die Geschichte der Familie ist eine regelrechte Tragödie.»

«Ja», sagte ich, «ja, ich habe davon gehört.»

«Früher sprach er manchmal darüber», sagte sie, «aber das tut er schon lange nicht mehr. Ich hoffe, daß er allmählich vergißt. Zwanzig Jahre sind eine lange Zeit.»

«Was ist aus seiner Mutter geworden?» fragte ich.

«Das hat er nie herausbekommen. Sie verschwand mit den deutschen Truppen, die 1944 in Ruffano eingerückt waren, und kurz darauf kam es zu Kämpfen im Norden der Stadt. Höchstwahrscheinlich ist sie während des Bombardements getötet worden, sie und der Bruder.»

«Er hatte einen Bruder?»

«Ja. Das war damals ein kleiner Junge von zehn oder elf Jahren. Die beiden hatten sich sehr gern. Ich denke manchmal, daß es der Gedanke an diesen Bruder ist, der Professor Donati dazu treibt, sich soviel um die Studenten zu kümmern.»

Wir waren an der Gartenmauer angelangt. Ich blickte verstohlen auf meine Uhr. Es war ungefähr elf Uhr fünfundzwanzig.

«Vielen Dank, Signora», sagte ich. «Es war sehr freundlich von Ihnen, mir zu erlauben, Sie nach Hause zu begleiten.»

«Aber ich bitte Sie, der Dank ist auf meiner Seite», sagte sie.

Die Hand auf der Gartenpforte, blieb sie noch einen Augenblick stehen. «Falls Sie Professor Donati gern persönlich kennenlernen möchten», sagte sie, «will ich Sie sehr gern vorstellen.»

Ein panischer Schrecken ergriff mich. «Vielen Dank, Signora», stammelte ich, «aber ich möchte Ihnen in keiner Weise ...»

Mit einem Lächeln fiel sie mir ins Wort: «Sie machen mir überhaupt keine Mühe. Es ist so üblich, daß der Präsident jeden

Sonntagmorgen ein paar Kollegen zum Aperitif bittet, und wenn er nicht da ist, tue ich das an seiner Stelle. Auch heute werden sicher zwei oder drei Leute kommen, und Professor Donati ist bestimmt dabei.»

So hatte ich mir die Sache nicht gedacht. Ich wollte Aldo allein aufsuchen, in seiner Wohnung.

Signora Butali deutete meinen Schrecken als Verlegenheit, als die Angst des Hilfsbibliothekars, aufdringlich zu wirken.

«Nur keine Schüchternheit», sagte sie. «Sie werden Eindruck machen: Wenn Sie morgen früh zur Arbeit gehen, können Sie Ihren Kollegen sagen, daß Sie bei mir eingeladen waren.»

Sie kam nicht auf den Gedanken, daß ich das bereits getan hatte. Ich folgte ihr zur Haustür und suchte immer noch nach einem Vorwand, mich zu entschuldigen.

«Anna wird mit dem Mittagessen zu tun haben», sagte Signora Butali, «Sie können mir helfen, die Gläser bereitzustellen.»

Sie öffnete die Tür zur Diele, ging voraus ins Eßzimmer, das linker Hand lag und öffnete die Flügeltür. Ich sah erstaunt auf den Eßtisch, der steif genau in der Mitte stand. Er war für eine Person gedeckt. Ich mußte daran denken, in welcher Unordnung ich den Raum zurückgelassen hatte. Mein Park von Spielzeugwagen war über den ganzen Boden verstreut gewesen, nebst zwei Blechdosen, die als Garagen herhalten mußten.

«Der Vermouth und der Campari stehen auf dem Büffet», sagte Signora Butali, «und die Gläser sind auf dem Teewagen. Ob Sie den Wagen wohl in die Bibliothek fahren könnten?»

Sie hatte alles schnell und zu ihrer Zufriedenheit angeordnet und legte gerade die Zigaretten bereit, als es klingelte.

«Wahrscheinlich die Rizzios», sagte sie, «gut, daß Sie da sind. Die Signorina ist so entsetzlich steif. Professor Rizzio leitet die Philosophische Fakultät und seine Schwester das Studentinnenheim.»

Sie sah plötzlich sehr zart und verletzlich aus und jünger als ihre Jahre.

Ich setzte mein Reiseleitergesicht auf und wartete neben dem Teewagen, bereit, auf ihren Wink hin Vermouth zu servieren.

Sie ging selbst an die Tür, um die Besucher in Empfang zu

nehmen. Ich konnte das Gemurmel der üblichen Komplimente hören. Dann nötigte sie ihre Gäste ins Zimmer. Sie waren beide im mittleren Alter, grauhaarig und hager. Er hatte den müden, gehetzten Ausdruck eines Menschen, der dauernd bis über beide Ohren in der Arbeit steckt, mit Stapeln von Eingängen auf einem Schreibtisch, der niemals leer wird. Ich konnte mir lebhaft vorstellen, wie er Scharen von erschöpften Untergebenen am laufenden Band sinnlose Befehle zubellte.

Seine Schwester strahlte mehr Autorität aus und hielt sich kerzengerade, wie eine Matrone aus dem alten Rom. Mir taten die unglücklichen Studentinnen leid, die unter ihrer Fuchtel leben mußten. Ich wurde als Signor Fabbio und zeitweiliger Bibliothekarassistent vorgestellt. Die Signorina nickte mir zu und wandte sich dann sofort der Dame des Hauses zu, um sich nach dem Ergehen des Präsidenten zu erkundigen, während mich Professor Rizzio verwundert beäugte.

«Verzeihen Sie», sagte er, «aber Ihr Name ist mir völlig neu. Seit wann arbeiten Sie in der Bibliothek?»

«Seit Freitag», erklärte ich. «Ich hatte gehört, daß Signor Fossi Hilfe brauchte.»

«Dann ist Ihre Einstellung über ihn gelaufen?» fragte er.

«Ja, Herr Professor», erwiderte ich, «ich habe mich bei Signor Fossi beworben, und er hat dann im Sekretariat angerufen.»

«Ach so», sagte er, «völlig gegen die Vorschriften, aber so geht es nun einmal. Ich bin sehr erstaunt, daß Signor Fossi mich nicht verständigt hat.»

«Sicher wollte er Sie mit einer so unwichtigen Angelegenheit nicht behelligen», murmelte ich.

«Jede Einstellung, auch die unbedeutendste, ist für den Vizepräsidenten der Universität von Interesse», sagte er, «aber leider wird das nicht von jedem bedacht. Dabei kann man gar nicht vorsichtig genug sein. Wo stammen Sie her?»

«Ich habe in Genua gearbeitet, Herr Professor», erwiderte ich, «aber geboren bin ich in Turin. Dort habe ich auch studiert und Examen gemacht. Diplom für moderne Sprachen.»

«Das ist immerhin erfreulich zu hören», sagte er. «Die übrigen Assistenten haben dergleichen nicht aufzuweisen.»

Ich erkundigte mich, was er gern trinken würde, und er bat

um einen kleinen Vermouth. Ich goß den kleinen Vermouth ein, und er wandte sich ab. Daraufhin bewegte ich mich auf seine Schwester zu. Sie erklärte, daß sie überhaupt nichts trinken wolle, und akzeptierte schließlich ein Glas Mineralwasser, als Signora Butali darauf bestand, ihr etwas anzubieten.

«Sie arbeiten also in der Bibliothek?» fragte Signorina Rizzio und ließ mich durch ihre bloße Gegenwart zu einem Nichts zusammenschrumpfen. Es ging mir wie allen Männern, die weniger als mittelgroß geraten sind. Überlange Frauen wirkten erbitternd auf mich.

«Ich vertreibe mir dort die Zeit, Signorina», sagte ich. «Ich mache gerade ein wenig Ferien, und die Arbeit paßt mir zufällig in den Kram.»

«Da haben Sie Glück gehabt», sagte sie. «Viele Studenten im dritten oder vierten Jahr wären glücklich, wenn ihnen eine solche Chance geboten würde.»

«Das kann schon sein, Signorina», sagte ich. «Aber ich bin kein Student. Ich bin Reiseleiter, spreche mehrere Sprachen und habe die Gewohnheit, Reisegesellschaften von internationalem Zuschnitt durch die bedeutenderen Städte dieses Landes zu geleiten, Florenz, Rom, Neapel . . . Ruffano nie.»

Der Abscheu vor meiner Unverfrorenheit malte sich deutlich in ihren Zügen. Sie saugte an ihrem Mineralwasser, und ihre Kehle zitterte, während die Flüssigkeit durch ihre Speiseröhre lief.

«Haben Sie Signora Butali in Rom kennengelernt?» forschte sie.

«Nein», erwiderte ich. «Wir haben uns gestern zum erstenmal gesehen. Sie lud mich ins Musikzimmer oben ein, und ich hatte das außerordentliche Vergnügen, sie Chopin und Debussy spielen zu hören.»

Ein weiteres Klingeln an der Tür ersparte der Signorina einen weiteren Schock. Meine Gastgeberin, ganz Ohr, wandte sich zu mir. Die Röte, die ihr ins Gesicht gestiegen war, sprach Bände. «Könnten Sie wohl bitte aufmachen», sagte sie. «Es wird sicher Professor Donati sein.»

Sie setzte ihre temperamentvolle Unterhaltung mit dem Oberherrn der Philologen fort. Hinter ihrer ungewohnten Lebhaftigkeit verbarg sich zweifelsohne eine starke innere Spannung.

Ein Reiseleiter trinkt selten Alkohol. Er wagt es nicht. Jetzt aber stürzte ich unter den erstaunten Blicken der Signorina Rizzio ein ganzes Glas Vermouth herunter, bevor ich mich entschuldigte und zur Haustür eilte.

Er hatte die Tür schon geöffnet – als persona grata, die er offensichtlich war – und runzelte die Stirn beim Anblick des Regenmantels, den Professor Rizzio über einen Stuhl geworfen hatte. Dann fiel sein Blick auf mich. Ohne mich wiederzuerkennen. Ohne das leiseste Zeichen von Interesse.

«Signora Butali erwartet Sie», stotterte ich.

«Das nehme ich an», sagte er, «wer sind Sie denn?»

«Mein Name ist Fabbio», sagte ich. «Ich hatte die Ehre, Sie gestern abend im Palazzo Ducale zu sehen. Ich war mit Signorina Raspa dort.»

Er erinnerte sich nicht, und es kümmerte ihn nicht, was ich von dem Abend dachte. Er ging in die Bibliothek, und mit einemmal kam Leben in den Raum. Signora Butali rief: «Hallo», und er sagte «guten Morgen», wobei er den Ton auf Morgen legte. Dann beugte er sich zum Kuß über ihre Hand, wandte sich aber schon im nächsten Augenblick zu Signorina Rizzio um, um sich nach ihrer Erkältung zu erkundigen, die, wie sie ihm mitteilte, so schlimm war wie eh und je.

«Sie sollten inhalieren», sagte er, «gegen Erkältungen gibt es nichts Besseres als Inhalationen, möglichst mit Kamille. Und dann flach auf dem Rücken liegen, mit den Beinen über dem Kopf. Finden Sie nicht auch, Professor?»

Die plötzliche Vision einer Signorina Rizzio jenseits allen gesellschaftlichen Anstands löste, halb beschwipst, wie ich war, einen Schluckauf bei mir aus. Aber niemand bemerkte den Fauxpas. Ohne zu fragen, was Donati trinken wollte, füllte Signora Butali ein Glas halbvoll mit Campari.

«Danke», sagte er und nahm das Glas, ohne sie anzuschauen, während er mit Professor Rizzio weiter über Heilmittel gegen Erkältungen diskutierte.

Wieder läutete die Türglocke, und nachdem ich meine Gastgeberin mit einem Blick befragt hatte, ging ich wieder öffnen.

Diese Lakaiendienste hielten mich in Atem und halfen mir, das Zittern meiner Hände zu beherrschen.

Vor mir auf der Schwelle stand, neben einer Dame, Signor Fossi. Er wirkte unangenehm berührt, als er mich erblickte, und stellte die Dame eilig als seine Frau vor. Irgendwie hatte ich ihn mir nie verheiratet vorgestellt.

«Signor Fabbio hilft vorübergehend in der Bibliothek aus», erklärte er und versicherte auf meine Frage, wie es ihm ginge, unverzüglich, er sei völlig wiederhergestellt.

«Mein Mann ist schrecklich überarbeitet», sagte Signora Fossi, eine kleine eifrige Person, die etwas von einer Henne hatte. «Signorina Gatti tut alles, um ihn zu entlasten, aber Sie werden ja auch bereits gesehen haben, was da los ist.»

«Das habe ich wahrhaftig», sagte ich, «und gebe mir alle Mühe, ein wenig an der Bürde mitzutragen.»

Giuseppe Fossi bedachte mich mit einem nervösen Lächeln und schob seine Frau ins Haus. Ich bezog aufs neue meinen Posten neben dem Teewagen und schenkte den beiden ein. Das Gespräch, das vom Thema Gesundheit inzwischen abgekommen war, kehrte zu demselben wiederum zurück, als die Hausfrau voller Mitgefühl erwähnte, wie untröstlich sie gewesen sei, daß sie am Vortag nicht mit Signor Fossi persönlich hätte telefonieren können.

«Glücklicherweise war Signor Fabbio in der Lage, mich mit den Büchern zu versorgen, um die ich gebeten hatte», sagte sie.

Der Bibliothekar, der die Aufmerksamkeit von der überstandenen Unpäßlichkeit gern ablenken wollte, ging auf die verliehenen Bücher nicht weiter ein, sondern erkundigte sich eifrig nach dem Befinden des Präsidenten, und nun sprachen alle nur noch vom Präsidenten. Jeder gab der Hoffnung Ausdruck, daß er recht bald aus dem Krankenhaus entlassen werde. Es war so traurig, den Präsidenten fern in Rom zu wissen. Sicher würde er sich bis zum Festival doch so weit erholt haben, um nach Ruffano zurückzukommen!

«Der Arzt kann nichts versprechen», sagte Signora Butali. «Natürlich möchte er gern nach Hause. Aber die Gesundheit geht vor.»

«Wie Sie sich ängstigen müssen», sagte Signora Fossi. «Ich

kann mir denken, wie Ihnen zumute ist und wie Sie ihn vermissen. Wenn Giuseppe so krank wäre . . .»

Ich goß ihr Vermouthglas, das sie bis auf ein Viertel geleert hatte, wieder voll. Hinter mir hörte ich die Stimme der Signorina Rizzio, die sich Aldo gegenüber beschwerte, wie rüpelhaft sich die WW-Studenten betrügen und wie sie abends auf ihren Vespas um die Stadt herumzurasen pflegten.

«Sie treiben die Unverschämtheit tatsächlich so weit, ihre Maschinen vor dem Pensionat heulen zu lassen, und das mitunter bis zehn Uhr abends», sagte sie. «Ich habe meinen Bruder gebeten, mit Professor Elia zu sprechen, und er versicherte mir, er habe das auch getan, aber Professor Elia unternimmt nichts. Wenn das so weitergeht, werde ich die Sache vor dem Universitätsrat zur Sprache bringen.»

«Ob Ihre jungen Damen die Vespa-Enthusiasten nicht vom Fenster aus vielleicht ermutigen?» wagte Aldo zu bemerken.

«Ich versichere Ihnen, daß das nicht der Fall ist», erwiderte Signorina Rizzio scharf, «meine jungen Damen, wie Sie sie nennen, sind entweder damit beschäftigt, ihre Notizen zu lesen und sich auf die nächste Vorlesung vorzubereiten, oder sie stecken hinter verschlossenen Läden im Bett.»

Verstohlen verhalf ich mir zu einem weiteren Vermouth. Als ich aufblickte, sah ich, daß Aldo mich anschaute – halb verwirrt, halb fragend. Ich bewegte mich vom Teewagen weg zum Fenster hin und starrte hinunter in den Garten. Die Stimmen summten. Die Türglocke schellte abermals. Diesmal ging jemand anders öffnen. Diesmal nahm ich mir auch nicht die Mühe, mich in den Vordergrund zu schieben und mich vorstellen zu lassen.

Während ich weiter auf den Garten hinunterstarrte, fühlte ich eine Hand auf meiner Schulter.

«Sie sind ein sonderbarer Bursche», sagte Aldo. «Ich frage mich schon die ganze Zeit, was Sie hier tun. Kann es sein, daß ich Ihnen irgendwann schon einmal begegnet bin?»

«Das ist möglich», sagte ich. «Wenn ich mich mit einem Leichentuch verkleidete und oben im Wäscheschrank versteckte, würden Sie mich vielleicht wiedererkennen. Mein Name ist Lazarus.»

Ich drehte mich um und sah ihn an. Sein Lächeln erlosch. Seine Züge verfielen. Ich sah nichts als zwei riesige Augen, die aus einem totenblassen Gesicht flammten. Dies war der Triumph meines Lebens. Zum ersten und einzigen Mal hatte der Schüler den Lehrer aus der Fassung gebracht.

«Beo . . .», sagte er, «oh, mein Gott, Beo . . .»

Er stand regungslos. Nur der Griff um meine Schulter wurde fester. Dann riß er sich in einer ungeheuren Anstrengung zusammen. Seine Hand fiel herab.

«Denk dir irgendeinen Vorwand aus und verabschiede dich», sagte er. «Warte draußen auf mich. Ich komme gleich nach. Vor der Tür steht ein Wagen, ein Ferrari, steig schon ein.»

Wie ein Schlafwandler ging ich durchs Zimmer zu meiner Gastgeberin, bedankte mich für ihre Freundlichkeit und sagte auf Wiedersehen. Von den übrigen, soweit sie mich bemerkt haben mochten, verabschiedete ich mich mit einer Verbeugung. Vor der Gartenmauer waren drei Autos geparkt. Ich setzte mich in den Ferrari, wie Aldo befohlen hatte.

Ich rauchte eine Zigarette. Dann beobachtete ich, wie die Rizzios herauskamen und die Fossis und andere, die ich nicht kennengelernt hatte. Als letzter erschien Aldo. Er stieg ohne ein Wort in den Wagen und knallte den Schlag zu. Wir fuhren los, aber nicht zu seinem Haus in der Via dei Sogni, sondern hügelabwärts zur Via della Mura und durch das Tor der Malebranche aus der Stadt hinaus. Aldo sagte immer noch nichts. Erst als die Stadt hinter uns lag, und nachdem er rechts in die Hügel hineingefahren war, bremste er plötzlich und stellte den Motor ab. Dann drehte er sich zu mir um und sah mich an.

10

Unverwandt schaute er mich an. Es war der gleiche forschende Blick, den ich von früher her kannte. So pflegte er mich zu mustern, wenn er mich irgendwohin mitnahm, um festzustellen, ob mein Haar auch ordentlich gebürstet und ob mein Schuhwerk sauber sei. Manchmal schickte er mich auch zurück, mit dem Befehl, ein frisches Hemd anzuziehen.

«Ich habe ja immer gesagt, daß du nicht ordentlich wachsen würdest», sagte er.

«Ich bin 1,55 groß.»

«So lang? Nicht möglich!»

Er gab mir eine Zigarette und Feuer. Seine Hände waren ruhig, meine nicht.

«Du hast gar keine Locken mehr. Sonst hätte ich dich gleich erkannt», sagte er und riß mich an den Haaren, eine barbarische Gebärde, die mich in alten Zeiten jedesmal verletzt hatte. Sie verletzte mich auch heute. Ich schüttelte den Kopf.

«Der Frankfurter Barbier ist daran schuld», sagte ich, «er fing mit dem Unsinn an, und seitdem blieb es glatt. Ich wollte wie der Brigadegeneral aussehen, und das tat ich eine Zeitlang auch.»

«Wie der Brigadegeneral?»

«Ja, ein Amerikaner. Wir waren zwei Jahre mit ihm zusammen.»

«Ich dachte, es sei ein Deutscher gewesen ...»

«Der erste war ein Deutscher. Aber mit dem ging es nur noch ein halbes Jahr, nachdem wir Ruffano verlassen hatten.» Ich drehte das Wagenfenster herunter und schaute auf den blauen Buckel des Berges hinaus, der vor uns lag. Es war der Monte Cavallo. Wir konnten ihn früher von unserem Haus aus sehen.

«Lebt sie noch?» fragte er.

«Nein, sie ist vor drei Jahren an Krebs gestorben.»

«Das ist gut», sagte er.

Ein Vogel, ein Habicht oder dergleichen, flog in mein Blickfeld und stellte sich, schwebend, scharf gegen den Horizont. Ich erwartete, daß er herabstoßen würde, aber er schwang sich, immer weitere Kreise ziehend, noch höher hinauf und verhielt dann wieder in der Schwebe.

«Wie kam es dazu?» fragte Aldo.

Die Frage hätte sich auf die Krankheit beziehen können; aber ich kannte meinen Bruder und wußte, daß er auf die Zeit von 1944 anspielte.

«Das habe ich mich selber oft gefragt», sagte ich. «Ich glaube nicht, daß es mit der Nachricht von Vaters oder von deinem Tod zusammenhing. Sie nahm beides als Schicksal hin und fand sich ab – wie andere auch. Vielleicht hatte sie überhaupt eine Schwäche für Männer.»

«Nein», sagte Aldo. «Das wäre mir bewußt gewesen. So etwas spüre ich.» Er rauchte nicht. Er saß einfach da, den Arm auf der Lehne meines Sitzes.

«Eine Beute des Siegers», fuhr er nach einem Augenblick fort, «so sah sie sich selbst. Auf eine Frau von ihrer Art, die im Grunde konventionell empfand und sich ihrem Mann durchaus unterordnete, mußte das wie ein Aphrodisiakum wirken. Erst, in ihrer Heimatstadt, der deutsche Kommandant, dann der Amerikaner, als der Nimbus der Deutschen dahin war. Ja ... Ja ... Ich sehe das Grundmuster. Sehr interessant.»

In seinen Augen war es wohl interessant. Wie ein Kapitel Geschichte. Anders als für mich, der in Mitleidenschaft gezogen worden war.

«Warum nennst du dich Fabbio?» fragte er.

«Das wollte ich gerade erzählen. Dazu kam es später, in Turin, als der amerikanische General aus Frankfurt weggegangen war, zurück in die Vereinigten Staaten. Wir lernten Enrico Fabbio im Zug kennen. Er war sehr höflich und half uns mit dem Gepäck. Drei Monate darauf war sie mit ihm verheiratet. Kein Mann hätte netter zu uns sein können. Und es gehörte zu meinem Bruch mit der Vergangenheit, daß ich später seinen Namen annahm. Schließlich zahlte er.»

«Richtig. Er zahlte.»

Ich schaute meinen Bruder an. Reagierte er mit Bitterkeit auf die Existenz unseres Stiefvaters? Seine Stimme klang sonderbar.

«Ich bin ihm heute noch dankbar», sagte ich. «Ich besuche

ihn auch, wenn ich einmal oben in Turin bin.»

«Und das ist alles?»

«Du meine Güte, ja. Er hat nie Vaters Stelle eingenommen oder deine. Er war einfach ein freundlicher kleiner Mann mit Familiensinn.»

Aldo lachte, und ich fragte mich, was er an meiner Schilderung so komisch fand.

«Jedenfalls», fuhr ich fort, «gab es nichts, was uns verband, außer daß wir unter demselben Dach lebten und das gleiche Essen aßen. So machte ich mich später selbständig, als ich mein Universitätsdiplom in der Tasche hatte. Ich mochte nicht ins Bankfach gehen, was er vorschlug, und so begann ich, a conto meiner Sprachkenntnisse, in der Reisebranche zu arbeiten.»

«Als was?»

«Als junger Mann, als Sekretär, als Reiseführer, dann als Reiseleiter.»

«Als Schlepper ...»

Nun ja ... Grob gesprochen war ich ein besserer Schlepper. Eine Stufe über dem Menschen von der Piazza Maggiore, der in Ruffano Ansichtskarten verhökerte.

«Bei welcher Firma bist du angestellt?» fragte er.

«Bei den ‹Sonnenreisen›, Genua», erwiderte ich.

«Du lieber Himmel», sagte er.

Er nahm den Arm von der Rückenlehne und ließ den Wagen an. So als sei mit meinem Geständnis das Verhör beendet. Keine weiteren Fragen. Der Fall war abgeschlossen.

«Sie zahlen gut», verteidigte ich mich, «und ich lerne alle möglichen Leute kennen. Man sammelt Erfahrungen, Eindrücke, ich bin ständig unterwegs.»

«Unterwegs wohin?» fragte er.

Ich antwortete nicht. Wohin, ja, wohin eigentlich? Er ließ die Kupplung los. Der Ferrari schoß davon und kletterte die Hänge hinauf. Unter uns dehnte sich die Landschaft wie ein Teppich aus fahlbraunen und olivfarbenen Flicken. Weiter westwärts glitzerte die Stadt Ruffano auf ihren Hügeln, ein schmaler Reif unter der Sonne.

«Und du?» fragte ich.

Er lächelte.

«Letzte Nacht hast du es ja gesehen», sagte er, «ich bin ein Puppenspieler. Ich ziehe an den Drähten, und die Puppen tanzen. Es erfordert viel Geschicklichkeit.»

«Das glaube ich gern. Ich verstehe nur nicht, warum du das tust. All die Vorbereitungen und all den Propagandaaufwand für einen Tag im Jahr, für ein Studentenfestival?»

«Es ist ihr Tag», sagte er, «ihr Festival. Es ist eine ganze Welt im kleinen.»

Er hatte meine Frage nicht beantwortet, aber ich ließ es dabei. Dann kam er unvermittelt selbst mit einer Frage, auf die ich keine Antwort wußte.

«Warum bist du nicht schon früher nach Hause gekommen?» Der Angriff ist die beste Verteidigung – ich weiß nicht mehr, wer dieses Wort geprägt hat. Der deutsche Kommandant pflegte es zu zitieren.

«Wozu sollte ich nach Hause kommen, da ich doch glaubte, du seist tot?» fragte ich.

«Danke, Beo», sagte er. Er schien überrascht. «Aber da du nun gekommen bist, werde ich Gebrauch von dir machen.» Er hätte sich nach zwanzig Jahren ein wenig anders ausdrücken können ... Ich überlegte, ob der Zeitpunkt wohl gekommen sei, ihm von Marta zu erzählen, und sagte mir: nein.

«Hast du Hunger?» fragte er.

«Ja.»

«Dann laß uns zurückfahren, zu mir nach Hause, Via dei Sogni 2.»

«Ich weiß. Ich wollte dich gestern abend aufsuchen, aber du warst noch unterwegs.»

«Vermutlich.»

Er hörte kaum zu, er dachte an etwas anderes.

«Aldo», fragte ich, «was wollen wir den Leuten eigentlich sagen? Die Wahrheit?»

«Welche Wahrheit?»

«Daß wir Brüder sind, natürlich.»

«Darüber bin ich mir noch nicht im klaren», erwiderte er. «Vielleicht besser nicht. Wie lange willst du überhaupt bleiben? Haben die ‹Sonnenreisen› dir gekündigt?»

«Nein», sagte ich. «Ich habe Urlaub genommen.»

«Das vereinfacht die Sache. Wir werden uns etwas einfallen lassen.»

Der Ferrari sauste wie ein Pfeil auf Ruffano zu.

Aldo fuhr beim Doppeleingang vor. «Aussteigen!» sagte er. Ich schaute mich um, halb und halb in der Hoffnung, daß wir zusammen gesehen wurden, auch wenn er es vorzog, unsere Verwandtschaft zu verleugnen. Aber die Straße war leer. Alles saß beim Mittagessen.

«Gestern abend habe ich Jacopo gesehen», sagte ich, «aber er erkannte mich nicht.»

«Warum sollte er?» fragte Aldo.

Er schloß die Haustür und schob mich in die Diele. Ich war um zwanzig Jahre zurückversetzt. Die Möbel, die Dekors, sogar die Bilder an der Wand waren die aus unserem Haus. Das hatte ich gesucht und nicht gefunden in Nummer 8. Lächelnd sah ich zu Aldo auf.

«Ja», sagte er, «es ist alles da. Jedenfalls das, was noch vorhanden war.»

Er bückte sich und nahm einen Umschlag vom Fußboden auf. Sicher der Umschlag, den Carla Raspa am Abend zuvor durch den Türspalt gesteckt hatte. Er warf einen Blick auf die Handschrift und warf den Brief ungeöffnet auf einen Tisch.

«Geh schon hinein», sagte er, «ich rufe Jacopo.»

Ich ging bis zu einem Raum, der offenbar als Wohnzimmer diente. Die Stühle, das Pult, der Diwan mit der steilen Rückenlehne – jedes Stück erkannte ich wieder. An der Wand hing das Bild meines Vaters, gleich neben dem Bücherschrank. Er erschien mir jünger als früher und kleiner von Statur, aber der Ausdruck von Güte und Autorität war der gleiche geblieben und wirkte immer noch einschüchternd auf mich.

Das einzige Zugeständnis an eine spätere Epoche bestand in einer Reihe von Flugzeugbildern an der gegenüberliegenden Wand. Es waren Flugzeuge im Kampf, aufsteigende Maschinen, herabstoßende Maschinen, solche mit Rauchfahnen am Heck.

«Jacopo wird in ein paar Minuten das Mittagessen servieren», verkündete Aldo, als er das Zimmer betrat. «Trink einen Schluck mit mir.»

Er ging zu einem Tisch in der Ecke, der mir auch wohlbekannt war, und goß Campari in zwei Gläser, die ebenfalls den Eltern gehört hatten.

«Ich ahnte nicht, daß dir all diese Dinge so viel bedeuten, Aldo», sagte ich.

Er goß seinen Campari in einem Zug hinunter und setzte das Glas ab.

«Ganz gewiß mehr» erwiderte er, «als dir das Milieu des Signor Fabbio bedeutet hat.»

Eine Bemerkung, die ich nicht ganz begriff. Aber wenn schon. Sie drückte mich nicht. Nichts drückte mich. Ich kostete die Wärme der Osterzeit aus, unserer Osterzeit.

«Ich habe Jacopo erzählt, wer du bist», sagte Aldo. «Ich halte das für das richtigste.»

«Wie du willst», antwortete ich.

«Wo wohnst du?»

«In der Via San Michele, Nummer 24. Bei Signora Silvana. Sie hat das ganze Haus voller Studenten, aber ich fürchte, da ist keiner von deiner Couleur dabei. Alles WW-Leute und sehr parteiisch.»

«Das ist gut», sagte er lächelnd, «das ist in der Tat sehr gut.»

Ich zuckte die Schultern. Das Spiel der Rivalitäten ließ mich immer noch kalt.

«Du kannst den Grenzgänger spielen», sagte er.

Ich starrte in mein Glas und überdachte seine Bemerkung. Er hatte in der Vergangenheit ähnliche Aufträge für mich gehabt, als er das Gymnasium von Ruffano besuchte. Ich hatte sie nicht immer erfolgreich gelöst. Botschaften, die in die Taschen von Mitschülern zu schmuggeln waren und mitunter in falsche Hände gerieten. Die Rolle, die ich dabei spielte, hatte ihre Nachteile.

«Das sehe ich noch nicht», sagte ich.

«Aber ich», erwiderte Aldo.

Jacopo kam herein, um das Essen aufzutischen. Ich sagte: «Hallo», und er setzte das Tablett ab und stand stramm wie eine Ordonnanz.

«Entschuldigen Sie bitte, daß ich Sie gestern nicht erkannt habe, Signor Armino», sagte er. «Ich freue mich sehr, Sie wiederzusehen.»

«Werde nicht feierlich», sagte mein Bruder, «Beo ist nur 1,55 groß. Immer noch klein genug, um übers Knie gelegt zu werden.»

Was Jacopo, von Aldo aufgestachelt, 1943 getan hatte. Mir war das ganz entfallen. Marta hatte protestiert und die Küchentür zugeknallt. Marta ...

Jacopo servierte unser Mahl und stellte eine große Flasche Landwein auf den Tisch. Später fragte ich meinen Bruder, ob Jacopo den Haushalt allein besorgte.

«Er führt die Oberaufsicht», sagte Aldo. «Zum Saubermachen kommt eine Frau. Ich habe Marta behalten, bis sie anfing zu trinken und es hoffnungslos mit ihr wurde. Ich mußte sie wegschicken.»

Jetzt war der Augenblick gekommen. Ich war fertig mit dem Essen. Aldo war noch eifrig dabei.

«Ich muß dir etwas sagen», begann ich, «besser, ich erzähle es dir gleich, weil ich in die Sache verwickelt bin. Ich glaube, Marta ist tot. Ich glaube, sie ist ermordet worden.»

Er legte seine Gabel hin und starrte mich über den Tisch hinweg entgeistert an.

«Was, zum Teufel, soll das heißen?» fragte er grob. Sein anklagender Blick blieb auf mein Gesicht geheftet. Ich schob meinen Stuhl zurück und begann im Zimmer auf und ab zu gehen.

«Ich denke immer noch, daß ich mich geirrt haben könnte», sagte ich, «aber ich halte es für unwahrscheinlich. Ich fürchte, es ist wahr. Und wenn es wahr ist, habe ich allein die Schuld, weil ich etwas getan habe ...»

Dann erzählte ich ihm die ganze Geschichte vom Anfang bis zum Ende. Von den englischen Touristinnen, dem einsamen Amerikaner und seinem Zehntausend-Lire-Trinkgeld, von dem Alptraum in den frühen Morgenstunden und von der Beziehung meines Traumes zu dem Altarbild in San Cipriano. Ich erzählte von der Zeitungsmeldung vom folgenden Tag, dem Gang zur Polizei, daß ich die Leiche bis zu einem gewissen Grade identifiziert hatte und dann in einem plötzlichen Impuls nach Ruffano aufgebrochen war. Schließlich berichtete ich auch noch von Ghigi, dem Schuster, und dessen Schwester Maria und daß ich dabeigewesen war, als man sie gestern in polizeilichen Gewahrsam genommen hatte.

Aldo hörte zu, ohne mich ein einziges Mal zu unterbrechen. Ich schaute ihn nicht an, während ich erzählte. Ich lief immer nur im Zimmer hin und her und redete viel zu schnell. Ich hörte, wie ich zu stottern begann, so wie ich vielleicht vor dem Richter stottern würde, und korrigierte mich immer wieder in belanglosen Details.

Als ich fertig war, setzte ich mich wieder hin. Ich bildete mir ein, daß sein anklagender Blick immer noch auf mir ruhte. Aber er schälte in aller Seelenruhe eine Orange.

«Siehst du», sagte ich, «begreifst du nun?»

Er steckte ein großes Stück Orange in den Mund.

«Ja», sagte er, «ich verstehe, und es ist sehr einfach nachzuprüfen. Ich stehe mit der hiesigen Polizei auf ziemlich gutem Fuß. Ich brauche nur den Telefonhörer abzunehmen und anzufragen, ob es sich bei der Toten um Marta handelt.»

«Und wenn es so ist?»

«Dann ist es halt schlimm», sagte er und langte nach einem weiteren Stück Orange, «aber sie wäre ohnehin gestorben – in dem Zustand! Die Ghigis konnten nichts mit ihr anfangen. Niemand konnte das. Frag Jacopo. Sie war eine Trinkerin.»

Er hatte nichts begriffen. Er hatte nicht begriffen, daß, wenn es Marta war, die man ermordet hatte, dieser Mord nur geschehen konnte, weil ich ihr zehntausend Lire zugesteckt hatte. Ich setzte ihm das noch einmal auseinander. Er aß indessen seine Orange auf und spülte sich die Finger in der Fingerschale neben dem Teller.

«Na und?» fragte er.

«Hätte ich das der Polizei denn nicht mitteilen müssen? Wäre damit nicht das Motiv für den Mord geklärt gewesen?» fragte ich.

Aldo antwortete nicht. Er stand auf und rief nach Jacopo. Jacopo möge den Kaffee bringen.

Nachdem er uns beiden eingeschenkt hatte, begann er nachdenklich in seiner Tasse zu rühren.

«Ein Motiv für einen Mord», sagte er, «das haben wir gelegentlich alle einmal. Du genauso gut wie jeder andere. Lauf doch hin zur Polizei, wenn du durchaus willst, und erzähle ihnen, was du mir gerade erzählt hast. Du hast eine alte Frau auf der Treppe einer Kirche liegen sehen, und dieser Anblick erinnerte dich an ein Altarbild, vor dem du dich als Kind besonders gefürchtet hast. Gut und schön. Was also tust du? Du beugst dich über die Frau, und sie hebt den Kopf. Sie erkennt dich, das Kind, das vor zwanzig Jahren mit den deutschen Truppen flüchtete. Du erkennst sie auch, und in deinem Hirn wird irgendeine Schraube locker. Du bringst sie um, in einem blinden Instinkt, der dich treibt, jegliche Erinnerung umzubringen, die dich verfolgt, und steckst ihr, um dein Gewissen zu beschwichtigen, einen Zehntausend-Lire-Schein in die Hand.»

Er trank seinen Kaffee aus und ging zum Telefon hinüber. «Ich werde den Kommissar anrufen», sagte er, «heute, am Sonntag, ist er sicherlich zu Hause. Zumindest wird er mich über den letzten Stand der Dinge unterrichten können.»

«Nein, warte, Aldo ... warte», schrie ich, von panischer Angst gepackt.

«Worauf? Du möchtest Klarheit haben, und das möchte ich auch.» Er ließ sich verbinden.

«Du wirst mich nicht in die Sache hineinbringen?» fragte ich. Er schlug die Augen in gespielter Verzweiflung zum Himmel auf, während er schon in die Muschel sprach.

«Sind Sie selbst am Apparat, Kommissar?» sagte er. «Ich hoffe, ich habe Sie nicht vom Mittagstisch weggeholt. Hier Donati, Aldo Donati. Sehr gut, danke vielmals. Kommissar, ich bin beunruhigt wegen eines Gerüchtes, das in der Stadt kursiert und das mir Jacopo, mein Bedienter, zugetragen hat. Es heißt, daß unser früheres Kindermädchen, Marta Zampini, die offenbar seit ein paar Tagen vermißt war, mit der Frau identisch sein könnte, die in Rom ermordet worden ist ... Ja ... ja ... Nein, ich bin ein vielbeschäftigter Mann, wie Sie wissen, ich lese kaum Zeitungen. Jedenfalls habe ich über dic Sache nichts gelesen ... Die Ghigis, ja. Sie hat jahrelang bei ihnen gelebt ... Ich verstehe ... ja ...»

Er schaute zu mir herüber und nickte. Mich verließ aller Mut. Es war also doch wahr! Obwohl ich es mir von Anfang an hätte klarmachen müssen: die Gewißheit, da sie gekommen war, würde mich von meiner Angst nicht erlösen. Ich war im Gegenteil noch tiefer verstrickt als zuvor.

«Es besteht also gar kein Zweifel. Das tut mir sehr leid. Sie war inzwischen völlig verkommen, wissen Sie, ich hatte sie im Hause behalten, bis es unmöglich wurde. Die Ghigis können Ihnen auch nichts sagen, nehme ich an. Warum Rom? Irgendein dunkler Impuls, ja, vielleicht ... Und Sie hoffen, den Schuldigen bald verhaften zu können. Sehr gut. Vielen Dank, Kommissar. Ja, ich bin Ihnen sehr verbunden, wenn Sie mir Bescheid geben, sobald Sie weitere Einzelheiten wissen. Inzwischen behandle ich die Sache selbstverständlich vertraulich. Danke ... danke sehr.»

Aldo legte den Hörer wieder auf die Gabel. Dann nahm er ein neues Päckchen Zigaretten aus einer Dose und warf es mir hin. «Beruhige dich», sagte er. «Du wirst bald aus dem Schneider sein. Sie rechnen damit, daß sie den Täter innerhalb von vierundzwanzig Stunden verhaften werden.»

Seine Annahme, daß ich primär um meine eigene Haut gezittert hatte, entsprach so sehr seiner früheren Einstellung zu mir, daß es sich nicht lohnte, ein Wort dagegen zu sagen. Schuldig, ja schuldig war ich! Schuldig, ihr das Geld in die Hand gedrückt zu haben und nicht zu ihr zurückgekehrt zu sein. Schuldig, daß ich auf die andere Straßenseite geflüchtet war. Mein gepeinigtes Gewissen trieb mich zum Angriff.

«Warum hat sie getrunken?» fragte ich. «Hast du dich nicht um sie gekümmert?»

Die leidenschaftliche Heftigkeit seiner Antwort verblüffte mich.

«Ich habe sie ernährt, gekleidet, verwöhnt, umsorgt, und sie verlor den letzten inneren Halt», sagte er. «Warum? Frag mich nicht! Ein Rückfall vielleicht, ein Rückfall in den Lebensstil ihrer versoffenen bäuerlichen Vorfahren. Wenn Menschen zum Selbstmord tendieren, kann niemand sie hindern.»

Wieder schrie er nach Jacopo. Jacopo erschien und nahm das Kaffeetablett fort. «Ich bin für niemanden zu Hause», sagte Aldo. «Beo und ich müssen zwanzig Jahre nachholen. Es wird ein paar Stunden dauern, bis wir damit fertig sind.»

Er sah mich an. Dann lächelte er. Das Zimmer, längst vertraut und mir zugehörig um der Dinge willen, die es barg, umschloß mich. Die Verantwortung für diese Welt und alle ihre Sünden lag bei mir nicht mehr. Aldo würde alles auf sich nehmen.

11

Wir saßen und redeten und ließen den Tag verstreichen. Ab und zu kam Jacopo mit frisch gebrühtem Kaffee und ging schweigend wieder hinaus. Allmählich füllte sich der Raum mit dem Qualm meiner Zigaretten, meiner, wohlgemerkt. Aldo hatte das Rauchen, sagte er, seit langem aufgegeben, hatte einfach eines Tages den Geschmack daran verloren.

Ich brachte nach und nach, aufs Geratewohl meine Fragen abfeuernd, die Geschichte seiner Nachkriegsjahre aus ihm heraus. Wie er den Alliierten entkam und sich dann, nach der Kapitulation Italiens, in den Hügeln am Resistenzkampf gegen die Deutschen beteiligte. Damals wußte er immer noch nichts von dem fatalen Telegramm, das uns seinen Tod angezeigt hatte. Er war der Meinung, wir glaubten ihn in Kriegsgefangenschaft.

Erst Monate später, als er – kurz nach unserer Flucht mit dem Kommandanten – nach Ruffano zurückkam, hörte er von Marta, wie alles gewesen war. Umgekehrt wurde dann den beiden berichtet, unser Konvoi sei auf dem Weg zur österreichischen Grenze bombardiert worden, und meine Mutter und ich hätten den Tod gefunden.

So waren wir uns, auf getrennten Wegen wandernd, aus den Augen gekommen. Er, ein junger Mann von Zwanzig, und ich, ein Kind von Zwölf, mußten uns in eine neue Existenz hineinfinden. Die meine vergaß man am besten. Seine war der Notierung wert. Die meine bestand darin, Woche um Woche eine Frau zu ignorieren, die den Boden unter den Füßen verloren hatte, die täglich an Format einbüßte, immer urteilsloser wurde, die verblühte und verkam. Er hingegen sah damals immer noch die Frau in ihr, die nach seinem letzten Urlaub von ihm Abschied genommen hatte, warmherzig, liebevoll, pläneschmiedend für künftige Begegnungen. Und dann dies Bild zusammenbrechen sehen, als nicht nur Marta, als alle, die er in Ruffano kannte, ihm sagten, was aus ihr geworden war! Der Klatsch, der Skandal, die Schande. Der eine oder andere hatte sie sogar abfahren sehen, lachend, an der Seite des Kommandanten, während ich mit einer Hakenkreuzfahne aus dem Wagenfenster winkte.

«Das war der letzte Schlag», sagte Aldo, «du mit deiner Fahne.»

Ich sah die Szene noch einmal vor mir, aber gleichsam durch seine Augen hindurch. Ihre Schande wurde meine Schande. Ich litt für sie. Ich versuchte zu erklären. Er aber wies jede Erklärung zurück.

«Es hat keinen Sinn, Beo», sagte er, «ich will es nicht wissen. Was immer sie in Frankfurt oder Turin oder für diesen Fabbio, den du deinen Stiefvater nennst, getan haben mag, zählt für mich nicht, und auch nicht, ob sie Schmerzen litt, ob sie krank war oder unglücklich. Sie ist für mich an dem Tag gestorben, an dem sie Ruffano verließ.»

Ich fragte ihn, ob er das Grab unseres Vaters besucht habe. Ja, er sei auf dem Friedhof gewesen, wo Vater begraben lag. Aber nur einmal und dann nie wieder. Auch darüber wollte er nicht reden.

«Er ist dort an der Wand», sagte Aldo und wies auf das Bild. «Das ist alles, was ich von ihm wollte, sein Bild und die Sachen, die hier im Zimmer stehen, und das Verfügungsrecht über das, was er im Palazzo Ducale geschaffen hatte. Ich setzte alles daran, dort weiterzumachen, wo er aufgehört hatte und – das war mein Ehrgeiz – mit mehr Autorität, als ihm je beschieden gewesen war.»

Aus seinen Worten sprach eine seltsame Bitterkeit, als quälte ihn – trotz des hohen Ansehens, das er in Ruffano genoß, trotz des schnellen Aufstiegs zu seiner gegenwärtigen Stellung – das Gefühl, die Jahre vergeudet zu haben. Irgend etwas fehlte ihm noch. Irgend etwas, das weder mit seinem persönlichen Ehrgeiz noch mit Geld, noch mit einem bestimmten Ziel zusammenhing.

Von sich selbst sprach er ausschließlich in der Vergangenheit – («Ich wollte dies, ich wollte jenes. Ich beschloß, so und so vorzugehen ...») –, nicht ein einziges Mal in der Gegenwart oder in der Zukunft.

Später fragte ich im Laufe der Unterhaltung: «Denkst du nicht daran, eines Tages zu heiraten? Eine Familie zu gründen, etwas, das bleibt, wenn du einmal gehst?»

Er lachte. Er hatte sich ans Fenster gestellt und blickte auf die Hügelkette in der Ferne.

«Weißt du noch», sagte er, «als du ein kleiner Junge warst, wandte ich oft endlose Mühen daran, ein Kartenhaus auf dem Tisch dort zu errichten, an dem wir heute gegessen haben. Ich pflegte die ganze Fläche zu bebauen und muß wohl ein halbes Dutzend Kartenspiele dazu gebraucht haben. Und dann kam der große Triumph: Wenn ich mit einem Atemzug das ganze Gebäude zum Einsturz brachte.»

Ich wußte es noch sehr genau. Die dünnen Karten, die in zitterndem Gleichgewicht eine riesige Pagode bildeten, und der aufregende Augenblick, da die letzte Karte das Ganze krönte – ein Augenblick, der seltsam beängstigend, aber auch wunderschön war für ein staunendes Kind.

«Ja», sagte ich, «ich weiß es noch, aber was hat das mit meiner Frage zu tun?»

«Alles», antwortete er.

Er ging durchs Zimmer, nahm eins der Flugzeugbilder von der Wand und zeigte es mir. Es stellte ein Kampfflugzeug dar, das brennend abstürzte.

«Es war nicht das meine, aber es hätte meines sein können», sagte er, «so habe ich andere abstürzen sehen, Kameraden, an deren Seite ich flog. Meine Maschine war kein echter ‹Brenner›, ich stieg aus, bevor sie Feuer fing, und dann sauste sie hinunter wie ein zischender Drache. Als sie getroffen wurde, war ich gerade im Steigen. Die Explosion – ich begriff sofort, was los war – und mein Start in den Himmel fielen zusammen, und das große Erlebnis bestand für mich darin, daß der Augenblick, in dem ich getroffen wurde, einen ungeheuren Jubel, eine Ekstase sondergleichen in mir auslöste. Das war Tod und Sieg zugleich, Schöpfung und Zerstörung, alles in einem. Ich hatte gelebt, und ich war gestorben.»

Er hängte das Bild wieder an die Wand. Ich sah immer noch nicht, was all das mit Heirat und Ehe und Familiengründung zu tun hatte, abgesehen davon, daß einem ein Erlebnis wie dieses, das ich vergeblich nachzuempfinden versuchte, indem ich auf das Bild starrte, wohl alle anderen Dinge unwesentlich erscheinen ließ. Dem Tod begegnet zu sein und das in Freuden, minderte den Wert des Lebens.

Aldo schaute auf die Uhr. Es war ein Viertel vor sieben.

«Ich muß dich jetzt allein lassen», sagte er. «Ich habe eine Sitzung im Palazzo Ducale, die aber wohl nicht länger als eine Stunde dauert. Weitere Diskussionen zum Thema Festival.»

Wir waren auf das Festival den ganzen Tag über nicht zu sprechen gekommen und auch nicht auf Aldos gegenwärtige Tätigkeit. Die Vergangenheit hatte uns Gesellschaft geleistet.

«Bist du heute abend verabredet?» fragte Aldo.

Ich schüttelte lächelnd den Kopf. Wozu sollte ich mich verabreden, nun wir wieder zusammen waren, Aldo und ich.

«Sehr schön», sagte er, «dann nehme ich dich nachher mit zum Essen, zu Livia Butali.»

Er ging ans Telefon und wählte eine Nummer. Im gleichen Augenblick sah ich mich im Geist weiter unten, in der Via dei Sogni, vor unserm alten Haus stehen: Ich hörte Klavierspiel, wieder Chopin, und wie die Musik plötzlich aufhörte und die Spielerin durch das Zimmer und hinunter zum Telefon lief, um den Anruf zu beantworten, auf den sie den ganzen Tag gewartet hatte.

Indessen sprach Aldo weiter in den Hörer. «Wir sind zu zweit. Sagen wir Viertel nach acht.»

Ihre Gegenfrage wehrte er kurz angebunden ab und hängte ein. Ich konnte mir vorstellen, wie sie vor dem Apparat stand, enttäuscht und verwundert, und wie sie zurückging ans Klavier und sich in das Stakkato einer leidenschaftlichen Etüde stürzte.

«Sagtest du nicht, daß zum Vorrat deiner oberflächlichen Kenntnisse auch die der deutschen Sprache gehöre?» fragte Aldo plötzlich.

«Ja», sagte ich, «das Vermächtnis des Kommandanten.»

Er überhörte die Spitze und brachte von einem Stuhl, der hinter dem Diwan stand, die Bände herbei, die ich Signora Butali am Tage zuvor gebracht hatte.

«Dann schau bitte einmal hier hinein, während ich weg bin», sagte er. «Ich wollte sie eigentlich einem meiner Jungens geben, einem deutschen Studenten; aber du wirst das noch besser machen als er. Übersetz mir bitte alles, was du für wesentlich hältst, und schreib es auf.»

Er warf die Bücher auf den Tisch.

«Ich muß dich darauf aufmerksam machen, daß ich in den Bänden bereits herumgelesen habe», sagte ich. «Schon der erste, zugegeben flüchtige Eindruck legt die Vermutung nahe, daß der Falke keineswegs der unverstandene Genius war, als den du ihn deinen Auserwählten gestern abend hingestellt hast, sondern etwas ganz anderes. Wenn Signora Butali die Bücher tatsächlich nach Rom zum Präsidenten bringt, erleidet er garantiert einen zweiten Herzanfall.»

«Darüber mach dir keine Gedanken!» sagte Aldo, «er wird sie nicht zu lesen bekommen. Sie hat die Bücher für mich besorgt. Ich bat sie darum.»

Ich zuckte die Achseln. Als Direktor des Kunstrats von Ruffano hatte er unbestreitbar das Recht zu diesem Vorgehen.

«Jener Deutsche, der das Werk geschrieben hat, war natürlich befangen», fuhr Aldo fort. «Die Gelehrten des 19. Jahrhunderts waren das alle. Aus den frühen italienischen Aufzeichnungen, die ich letzte Woche in Rom las, ergibt sich ein völlig anderes Bild. Jacopo?»

Jacopo erschien.

«Ich gehe für eine Stunde weg», sagte Aldo, «lassen Sie niemanden herein. Später essen Beo und ich in Nummer acht.»

«Ja, Signore», sagte Jacopo. Dann fügte er hinzu: «Heute nachmittag hat eine Dame vorgesprochen. Sie war zweimal da und nannte auch ihren Namen. Signorina Raspa.»

«Was wollte sie?»

In Jacopos Pokergesicht flackerte ein Lächeln auf.

«Offensichtlich wollte die Signorina Sie», sagte er, während ich auf den Briefumschlag deutete, der immer noch ungeöffnet auf dem Tisch in der Diele lag.

«Der kam gestern abend», sagte ich. «Ich sah, wie sie ihn durch den Türspalt schob, als ich hinter dem Doppeleingang stand.»

Aldo nahm den Umschlag und warf ihn mir zu.

«Lies du», sagte er, «du bist mit ihr nicht mehr und nicht weniger befreundet als ich.»

Damit verließ er das Haus. Die Tür fiel krachend ins Schloß. Ich hörte, wie er den Ferrari anließ. Bis zum Palazzo Ducale ging man nicht länger als vier Minuten, aber er mußte natürlich den Wagen nehmen . . .

«Immer noch Flieger?» fragte ich Jacopo.

«Er wird nie etwas anderes sein», erwiderte der Ex-Flughelfer. «Dieser Kunstrat?» Er ließ die Finger in einer herrlich verächtlichen Geste durch die Luft schnippen. Dann goß er ein Glas Vermouth ein und stellte es mit Schwung vor mich hin.

«Ich wünsche ein angenehmes Abendessen», sagte er und ließ mich allein.

Ich öffnete Carla Raspas Brief ohne Bedenken. Er begann sehr förmlich. Sie bedankte sich bei Professor Donati für die außerordentliche Freundlichkeit, ihr und ihrem Begleiter Karten für die Abendsitzung im Palazzo Ducale gewährt zu haben. Sie sei von diesem Erlebnis tief beeindruckt, und sie würde die vielen und weitreichenden Fragen, die er in seiner Ansprache an die Studenten aufgeworfen habe, so gern mit ihm selbst diskutieren. Sie würde ihm mit Vergnügen einen Besuch machen oder sich, umgekehrt, falls er einmal nichts Besseres vorhaben sollte, hochgeehrt fühlen, wenn sie ihm in ihrer Wohnung, Via San Michele Nummer 5, einen Drink anbieten oder ihn zum Essen bitten dürfte.

Der Brief endete, mit freundlichen Grüßen, so förmlich, wie er begonnen hatte. Aber die Unterschrift, Carla Raspa, zog sich in zärtlichen Windungen quer über die ganze Seite, wobei sich die Buchstaben ineinander verschlangen wie die Glieder zweier Liebender. Ich steckte das Blatt in den Umschlag zurück und fragte mich, ob die Schreiberin wohl immer noch wartete. Dann wandte ich mich, nicht ohne Erleichterung, den Vergnügungen des Falken zu.

«Herzog Claudios frühe Liebesabenteuer», las ich, «waren ein Skandal in den Augen der Stadt, deren Bürger einem gesetzteren Lebenswandel huldigten. Außerdem ruinierte der Herzog auf diese Weise seine Gesundheit. Sein Wahnwitz und seine Lasterhaftigkeit nahmen so beängstigende Formen an, daß die älteren Mitglieder des Hofes fürchteten, weitere Exzesse würden ihren Herrn in Lebensgefahr bringen. Des Herzogs böser Geist führte ihn auch in die Gesellschaft herumzigeunernder Schauspieler. Entzückt von ihren losen Sitten, schloß er sich ihnen rückhaltlos an und betraute die Jüngeren mit hohen Posten bei Hofe.»

Na gut, Aldo hatte darum gebeten; also suchte ich mir Papier und Bleistift und schrieb, an meinem Vermouth nippend, die bezeichnendsten Absätze in italienischer Übersetzung nieder.

«Die zufällige Begegnung des Falken mit den Komödianten wurde zu einer intimen Freundschaft, die allmählich seine ganze Zeit und all seine Gedanken in Anspruch nahm. Diese Menschen, die aus der Hefe der Gesellschaft stammten, wurden in der Öffentlichkeit wie im Privatleben des Herzogs zu seinen unzertrennlichen Begleitern. Indem er seinen Lebenswandel dem ihren anpaßte, schlug er allem Anstand ins Gesicht, stürzte sich von einer Ausschweifung in die andere und bot seinem Volk Schauspiele so schamloser Art, daß ...» Hier verfiel der deutsche Autor schaudernd ins Griechische, und alte Sprachen hatten in meinem Studium nicht auf dem Programm gestanden. Im Hinblick auf das Festival war das vielleicht ganz gut, aber ich selber war enttäuscht. Hastig blätterte ich zurück zu den Seiten, die ich schon in der Bibliothek gelesen hatte.

Irgend jemand, sicher Aldos junger Schüler, war mir zuvorgekommen. Mein Bruder mußte die Bücher, kurz nachdem ich sie Signora Butali gebracht hatte, abgeholt und seinem Übersetzer zu einer ersten Durchsicht gebracht haben. Papierstreifen bezeichneten die Abschnitte, die sich auch mir eingeprägt hatten.

«... als die gepeinigten Bürger von Ruffano Anklage gegen ihn erhoben, übte Herzog Claudio Vergeltung, indem er erklärte, daß ihn der Himmel beauftragt habe, seinen Untertanen die Strafen aufzuerlegen, die sie sich verdient hätten. Die Stolzen würden nackt dastehen, die Hochmütigen würden vergewaltigt und die Verleumder zum Schweigen gebracht werden. Die Schlange sollte sterben an ihrem eigenen Gift. So würden die Schalen der himmlischen Gerechtigkeit wieder ins Gleichgewicht kommen.

Bei einer Gelegenheit wurde ein Page, der es versäumt hatte, die Beleuchtung für das Nachtmahl des Herzogs zu beschaffen, von der Leibwache des Falken ergriffen, die den unglücklichen Jungen in Lumpen wickelte, sein Haar ansteckte und ihn durch die Gemächer des Palastes hetzte, so daß er unter unsäglichen Qualen starb.»

Eine nette Geschichte. Ein wenig hart im Sinne der himmlischen Gerechtigkeit. Ich las weiter.

«Die Bürger, empört über die Schande, die Nacht um Nacht über ihre Häuser hereinbrach, erhoben sich schließlich gegen den Herzog, aufgestachelt von einem führenden Arzt, dessen Frau vom Falken selbst vergewaltigt worden war. Während des Aufruhrs, der darauf folgte, verlor der unselige Herzog sein Leben. Die Lust an der Schauspielerei, die er auf der Bühne mit seinen Gefolgsleuten entwickelt hatte, trieb ihn dazu, ein bis dahin unerhörtes Wagnis zu unternehmen, nämlich ein Gespann von achtzehn Pferden ganz allein von der Burg auf dem nördlichen Hügel durch die ganze Stadt hindurch und den anderen Hügel hinauf bis zum Palazzo Ducale zu lenken. Nachdem zahllose Bürger von den Hufen der Pferde zu Tode getrampelt worden waren, nahm die gesamte Bevölkerung die Verfolgung auf. Diese seine letzte Fahrt, die man späterhin in Ruffano ‹Die Flucht des Falken› nannte, endete mit der Ermordung des Herzogs.»

Ich goß mir noch ein Glas Vermouth ein. Ich war der Meinung gewesen, der Herzog hätte sich von der höchsten Spitze des Turmes geworfen und erklärt, er sei der Vogel, dessen Namen er trug. Der deutsche Gelehrte sagte nichts darüber. Vielleicht enthielten die italienischen Quellen mehr Einzelheiten.

Fleißig brachte ich die Fakten für meinen Bruder zu Papier. Die griechischen Sätze würde freilich jemand anderer enträtseln müssen.

Als Aldo kurz vor acht in glänzender Laune zurückkam – offenbar hatte er die eher düstere Stimmung des frühen Nachmittags, da wir gemeinsam die Vergangenheit beschworen hatten, überwunden –, händigte ich ihm meine Notizen aus. Er las sie, während ich mir die Hände wusch. Als ich nach ein paar Minuten zurückkam, sah ich ihn lächeln.

«Das ist gut», sagte er, «das ist ausgezeichnet. Du hättest mir keine größere Freude machen können.»

«Gern geschehen», sagte ich auf amerikanisch, während er die Blätter in die Tasche stopfte.

Er rief Jacopo ein «Auf Wiedersehen» zu, bevor wir das Haus verließen. Diesmal, notierte ich, nahm er den Wagen nicht. Wir gingen die Via dei Sogni zu Fuß hinunter zu unserem früheren Zuhause. «Wie willst du mein Erscheinen eigentlich Signora Butali plausibel machen?» fragte ich.

«Ich habe sie ins Bild gesetzt», erwiderte er, «schon heute vormittag, bevor ich ging. Sie ist genauso zuverlässig wie Jacopo.»

Man hatte die Tür bereits für uns geöffnet. Es war fast, als kämen wir beide wie früher von irgendeinem Abenteuer zurück, während unsere Eltern schon mit dem Essen warteten. An Aldo war es dann gewesen, uns zu entschuldigen. Meine Rolle erschöpfte sich darin, daß ich augenblicklich zu Bett geschickt wurde.

Unsere Gastgeberin hatte sich uns zu Ehren umgezogen. Sie war bei Lampenlicht, fand ich, noch schöner als sonst, und das dunkelblaue Kleid stand ihr besonders gut zu Gesicht. Sie kam zuerst auf mich zu und streckte lächelnd die Hand aus.

«Ich hätte es ahnen müssen», sagte sie, «es waren nicht Chopin und Debussy, die Sie hergezogen haben. Sie wollten Ihr Haus wiedersehen.»

«Es waren alle drei Dinge auf einmal», sagte ich und küßte ihr die Hand, «und falls ich mit der Tür ins Haus gefallen bin, bitte ich um Vergebung.»

Ich war nicht mehr der Hilfsbibliothekar, der sie nach dem Gottesdienst heimgebracht hatte. Ich gehörte, Aldos wegen, «dazu».

«Es ist so unglaublich», sagte sie, «und wirklich wunderbar.

Ich kann es immer noch nicht fassen. Es wird euer beider Leben ganz verändern. Ich bin so glücklich für euch.» Sie schaute von Aldo zu mir und von mir zu Aldo, und Tränen, denen sie vielleicht schon den ganzen Tag über nahe gewesen war, stiegen ihr in die Augen.

«Nur keine Gemütsbewegungen», sagte mein Bruder. «Wo ist mein Campari? Beo trinkt lieber Vermouth.»

«Auf euch beide», sagte sie, «auf ein langes Leben und alles Glück.» Dann schaute sie mich an: «Ich habe Ihren Namen immer so schön gefunden. Il Beato – der Glückliche. Ich finde, er steht Ihnen gut.»

Aldo schüttelte sich vor Lachen. «Weißt du, was er vorstellt?» fragte er. «Er ist ein Reiseleiter, ein Schlepper und sonst nichts. Krabbelt in überfüllten Autobussen durch die Lande und zeigt den Angelsachsen Rom bei Nacht.»

«Warum sollte er nicht?» fragte sie. «Ich bin überzeugt, daß er seine Sache gut macht und daß ihn die Touristen alle sehr gern haben.»

«Er nimmt Trinkgelder», sagte Aldo, «und taucht nach den Münzen im Trevi-Brunnen.»

«Unsinn», lächelte sie und tröstete mich: «Lassen Sie ihn reden, Beo. Er ist einfach neidisch, weil Sie die Welt zu sehen bekommen und er in einer kleinen Universitätsstadt hockt.»

Es klang hübsch, wenn sie Beo sagte. Ich hörte es gern, und das Geplänkel zwischen den beiden nahm mir alle Befangenheit. Dennoch schaute ich beunruhigt meinen Bruder an.

Er lief im Zimmer umher, blätterte Bücher an, griff nach irgendwelchen Gegenständen und stellte sie wieder hin, alles in derselben ruhelosen Art, die ich von früher her so gut an ihm kannte und die im Augenblick eine Aufregung verriet, die er nicht wahrhaben wollte. Es war etwas im Busch.

Die Flügeltür öffnete sich und gab das Zimmer frei, das heute als Eßzimmer diente. Der Tisch war für drei gedeckt und kerzengeschmückt. Das Mädchen, das das Essen auf die Anrichte gestellt hatte, zog sich zurück, damit wir uns selbst bedienen und unter uns bleiben konnten.

Mein früheres Kinderzimmer kam mir, mit den vorgezogenen Vorhängen und dem Kerzenlicht, das auf dem polierten

Tisch und unseren Gesichtern spielte, auf eine behutsame Art verwandelt vor und erschien mir nicht mehr fremd wie heute morgen. Es war wieder mein Zimmer, aber wärmer als ehedem, und mir ganz vertraut. Ich hatte den Eindruck, ich sei genau zur rechten Zeit aus meinen Kindertagen in eine neue Zeit versetzt worden, in der ich Aldos Spiele, die Spiele der Erwachsenen, endlich mitspielen durfte. Früher war es immer wieder mein Schicksal gewesen, der Dritte im Bunde zu sein, als Helfershelfer meines Bruders aufzutreten, wenn es galt, auf dem Gymnasium eine neue Freundschaft zu fördern oder im Keim zu ersticken. Er arbeitete bestimmte Sätze aus, und zu gegebener Zeit mußte ich, auf einen Wink von ihm, damit aufwarten und eine Debatte oder sogar eine Schlägerei in Gang bringen.

Seine Methoden hatten sich geändert, nur daß der Fisch, den er zu angeln wünschte, heute abend eine Frau war. Sie mit dem Köder, den er ins Wasser warf, aus der Reserve zu locken, machte ihm offenbar doppeltes Vergnügen, da ich als Zeuge dabei war. Ich überlegte, wie weit die beiden wohl gegangen sein mochten. Ob das Geplänkel zwischen ihnen – wobei ich oft die Zielscheibe seines Spottes abgab und von ihr verteidigt wurde – die rituelle Flucht vor der endgültigen Entscheidung darstellte oder ob sie längst ein Paar waren, dessen Geheimnis an verliebtem Reiz gewann, wenn sie vor einem vermeintlich ahnungslosen Dritten damit kokettierten.

Vom Präsidenten wurde nicht gesprochen. Der kranke Mann in Rom hatte nicht einmal als unsichtbarer Geist Anteil an unserem Fest. Es war, als ob er gar nicht existierte.

Ich fragte mich, inwieweit seine Gegenwart das Benehmen von uns dreien wohl geändert hätte – stellte mir unsere Gastgeberin vor, wie sie sich in ihr Schneckenhaus zurückzog und sich lediglich als die Erste Dame bei Tisch gab, dazu Aldo, der den Hausherrn mit Schmeicheleien traktierte, die vielleicht nur ich als solche erkannt hätte (als Junge pflegte er mit unserem Vater ähnlich zu verfahren) und ihn zu Bekenntnissen verlockte, die so interessant oder so langweilig sein mochten, wie sie wollten, solange sie nur das unterirdische Spiel verdecken halfen.

Nach dem Essen führte Signora Butali uns ins Musikzimmer hinauf, und dort kam, bei Kaffee und Likören, die Rede auf das Festival. «Wie steht es mit den Proben?» fragte sie meinen Bruder, «oder wird das Ganze vor allen Nichtbeteiligten genauso streng geheimgehalten wie im letzten Jahr?»

«Noch geheimer», sagte er. «Aber auf den ersten Teil Ihrer Frage kann ich antworten: sehr gut. Die Proben sind – jedenfalls für einige von uns – seit Monaten im Gang.» Die Signora wandte sich mir zu. «Sie müssen wissen, Beo», sagte sie, «daß ich im vorigen Jahr die Herzogin Emilia gespielt habe, wie sie Papst Clemens an ihrem Hof empfängt. Professor Rizzio, den Sie heute morgen kennengelernt haben, stellte den Herzog dar. Und die Proben waren so realistisch und die Methoden Ihres Bruders, der Regie führte, so betörend, so suggestiv, daß ich den Eindruck habe, Professor Rizzio hielt sich von Stund an tatsächlich für den Herzog von Ruffano.»

«Heute vormittag legte er jedenfalls eine königliche Herablassung an den Tag», sagte ich, «aber ich habe das nicht mit dem Festival in Verbindung gebracht. Ich nahm einfach an, daß er sich als Vizepräsident der Universität und Direktor der Philosophischen Fakultät eben bewußt war, welch tiefe Kluft uns trennte.»

«Auch das macht ihm zu schaffen», gab sie zu und meinte, zu Aldo gewandt, «und noch mehr vielleicht der Signorina. Mir tun die Studentinnen in ihrem Heim oft leid. Sie könnten genauso gut im Kloster sitzen wie in Signorina Rizzios Pensionat.»

Mein Bruder lachte, während er sich einen Likör eingoß. «Die Klöster waren einstmals sehr viel leichter zugänglich», sagte er, «bisher gibt es noch keine unterirdische Verbindung zwischen Studentenheim und Pensionat. Man sollte so etwas einmal ins Auge fassen.»

Damit zog er die Notizen aus der Tasche, die ich ihm übersetzt hatte, warf sich in einen Stuhl und begann die Blätter zu studieren.

«Es gibt noch mancherlei Probleme zu lösen», erklärte ich der Hausfrau, «bevor das diesjährige Festival wirklich steigen kann.»

«Zum Beispiel?»

«Zum Beispiel die Frage, ob Herzog Claudio ein Moralist oder ein Ungeheuer war», erwiderte ich. «Den Historikern zufolge war er ein Ungeheuer und außerdem verrückt. Aldo denkt darüber anders.»

«Das wundert mich nicht», sagte sie. «Er legt Wert darauf, anders zu sein und anders zu urteilen als alle übrigen.» Sie sagte es scherzend, aber der Blick, mit dem sie ihn ansah, wirkte aufreizend.

Ich dachte daran, wie völlig ausdruckslos ihr Gesicht gewirkt hatte, als ich sie nach der Kirche heimbegleitete. Der Vergleich war nicht sehr schmeichelhaft für mich, den Dritten im Bunde.

«Das Volk von Ruffano sah jedenfalls ein Ungeheuer in ihm», sagte ich, «und zettelte einen blutigen Aufstand gegen ihn und den ganzen Hof an.»

«Und das soll auf dem Festival inszeniert werden?» wollte sie wissen.

«Fragen Sie nicht mich, fragen Sie Aldo», erwiderte ich. Langsam ging sie zu seinem Stuhl hinüber, das Likörglas in der Hand und leise vor sich hin summend. Und die Art, in der sie sich bewegte und sich über den Mann im Sessel beugte, schien mir ein eindeutiger Beweis ihres Begehrens. Nur meine Gegenwart hielt sie davon ab, ihn zu berühren.

«Nun, werden wir einen Aufstand bekommen?» fragte sie, «und wenn ja, wer wird ihn anführen?»

«Sehr einfach», erwiderte er, «die WW-Studenten. Sie sind ohnehin reif für eine Revolte.»

Sie schaute zu mir herüber und zog die Augenbrauen hoch.

«Also eine Neuerung», sagte sie, «ich dachte, daß nur die Kunststudenten beim Festival mitwirkten.»

«Diesmal geht das nicht», sagte er, «es sind zu wenig.» Sie nahm einen letzten Schluck Likör, Nektar für die Königin vor dem Hochzeitsflug, und setzte sich auf den Klaviersessel.

«Was soll ich für Sie spielen?» fragte sie.

Die Frage galt mir, und das Lächeln galt mir. Aber der Ton, in dem sie sprach, die Haltung, in der sie dasaß, die Hände, die über den Tasten schwebten, meinten meinen Bruder.

«Die Arabeske», sagte ich. «Sie hat nichts mit Liebe zu tun.»

Sie hatte nichts mit Liebe zu tun gehabt, am gestrigen Tag, da ich ein Fremder, fremd in meinem eigenen Haus und von Gespenstern umgeben, der einzige Zuhörer war, da ich allein dem Auf und Ab der Töne gelauscht hatte, und die verrieselnde Melodie von Sehnsucht gesprochen hatte und der resignierten Erinnerung an den flüchtigen Augenblick.

Jetzt war es Abend, und Aldo war da. Die Spielerin, die gestern aus Höflichkeit und aus ihrem eigenen freien Willen heraus gespielt hatte – jetzt suchte sie in der Art, die ihr natürlich war, um meinen Bruder zu werben. Die Arabeske, die allenthalben tausend Klavierschüler spielen, wurde zum Liebestanz, lockend und schamlos.

Ich war verwundert, daß sie sich so völlig preisgab, und starrte, sehr gerade auf meinem Stuhl sitzend, zur Decke hinauf.

Von ihrem Platz hinter dem aufgestellten Flügel konnte sie den Mann nicht sehen, den sie zu betören hoffte. Ich aber sah ihn. Er zog einen Bleistift heraus und schrieb Randbemerkungen auf meine Notizblätter, ohne die Musik zu beachten. Debussy, Ravel, Chopin, keinem gelang es, ihm Eindruck zu machen. Es war nicht ausgeschlossen, daß die Klänge ihm halfen, sich zu konzentrieren, daß das, was er, ab und zu vor sich hin lächelnd, zu Papier brachte, Regieanweisungen waren, mit denen er zu gegebener Zeit sein Publikum zu verzaubern hoffte. Sicher war es nicht.

Die Musik hatte nie zu Aldos Leidenschaften gehört. Wenn unsere Gastgeberin ihm vorspielte, so war das für ihn wahrscheinlich ein Hintergrundgeräusch, das ihn persönlich nicht mehr berührte als der Verkehrslärm.

Der Gedanke, daß alle ihre Mühe so ganz verschwendet war, wurde mir fast unerträglich. Während ich mir eine Zigarette anzündete, begann ich mir auszumalen, daß ich in Aldos Haut steckte, daß ich aufstehen würde, sobald der letzte Ton verklungen war, und durchs Zimmer gehen und die Hände über ihre Augen legen. Dann würde sie ihre Arme nach mir ausstrecken …

Mein Traum wurde immer deutlicher, je mehr das Tempo des Spiels sich steigerte. Es schien mir unmöglich, so stumm dabeizusitzen und eine Botschaft in Empfang zu nehmen, die leider nicht an mich gerichtet war. Daß Aldo diese Botschaft eines Tages doch noch vernehmen würde, bezweifelte ich nicht, und ich wünschte ihm alle Freude und ihr alle Erfüllung – aber so mönchisch am Vergnügen anderer teilzuhaben, war, gelinde gesagt, eine Rolle, bei der ich mich benachteiligt fühlte. Signora Butali mußte Ähnliches empfunden haben, denn plötzlich klappte sie den Flügel zu und stand auf.

«Nun?» fragte sie. «Ist der Aufruhr vorüber? Dürfen wir aufatmen?»

Der ironische Unterton, falls sie ihn absichtlich in ihre Worte gelegt haben sollte, kam bei meinem Bruder so wenig an wie das Klavierspiel.

Er schaute auf und legte seine Notizen beiseite.

«Wieviel Uhr ist es? Ist es spät?» fragte er.

«Zehn», erwiderte sie.

«Und ich hatte den Eindruck, wir wären eben erst vom Essen aufgestanden», sagte er gähnend und räkelte sich. Dann steckte er die Notizen in die Tasche.

«Hoffentlich sind Sie mit der Exposition fertig», sagte sie, «wenn es das war, woran Sie den ganzen Abend gearbeitet haben.»

Sie bot mir einen weiteren Likör an, aber ich schüttelte den Kopf und murmelte etwas von Aufbruch in die Via San Michele. Aldo lächelte. Ob sich sein Lächeln auf meine Rücksichtnahme bezog oder auf Signora Butalis leicht hingeworfene Spitze, vermochte ich nicht zu entscheiden.

«Die Eröffnungsszene», sagte er, «wird sich nicht auf offener Bühne abspielen oder sollte es jedenfalls nicht, wenn wir Diskretion walten lassen wollen.»

«Das Gedonner der Pferdehufe?» fragte ich, «die große Raserei?»

«Aber nein», er runzelte die Stirn, «das kommt erst zum Schluß. Für den Anfang brauchen wir die große Aufregung.»

«Das bedeutet ...», fragte die Hausfrau.

«Die Verführung der Lady», erwiderte er, «was mein Übersetzer als Vergewaltigung der ersten Dame der Stadt notiert hat.»

Langes Schweigen. Aldos Zitat aus meinen hastig hingekritzelten Auszügen war mißverständlich und kam im unpassendsten Augenblick. Ich sprang auf und erklärte, mit einem viel zu strahlenden Reiseleiter-Lächeln, daß ich am nächsten Morgen um neun Uhr in der Bibliothek antreten müsse. Das war meiner Meinung nach die einzige Möglichkeit, das Schweigen zu brechen, das bedrückend zu werden drohte. Erst nachdem meine Bemerkung heraus war, wurde mir bewußt, daß mein plötzlicher Aufbruch nur eine Spiegelung dessen war, was Aldo eben gesagt hatte.

«Lassen Sie sich von Signor Fossi nicht zu hart herannehmen», sagte die Signora und reichte mir die Hand. «Und kommen Sie wieder, wenn Sie Lust haben, ein bißchen Musik zu hören. Ich brauche Sie nicht erst daran zu erinnern, daß dies Haus einmal Ihr Haus gewesen ist. Ich würde mich freuen, wenn Sie es mit denselben Augen betrachten würden wie Ihr Bruder.»

Ich bedankte mich für soviel Liebenswürdigkeit und Gastfreundschaft und versicherte, daß sie bloß den Hörer abzunehmen brauchte, wenn sie irgendwann irgendwelche Bücher für sich selbst oder für den Präsidenten haben wollte.

«Sehr nett von Ihnen», sagte sie. «Gegen Ende der Woche fahre ich nach Rom. Ich gebe Ihnen vorher Bescheid.»

«Ich bringe dich hinunter», sagte Aldo.

Er brachte mich hinunter. Aber er ging nicht mit. Als wir die Treppe hinabstiegen – die Tür zum Musikzimmer stand noch offen –, schwatzte ich mit albernem Eifer von den alten Zeiten und wie er mich so oft zum ersten Stock hinaufgejagt hatte. Ich wollte vermeiden, daß Signora Butali dachte ... nun, genau das, was sie denken mußte. Daß ich, der kleine Bruder, mein Stichwort bekommen und gehorcht hatte. Die Party war vorbei ... Aldo kam mit durch den Garten und öffnete die Pforte. Die Lampe warf lange Schatten über die Straße. Die Sterne glitzerten.

«Wie schön sie ist», sagte ich, «und in jeder Hinsicht so sympathisch, so beherrscht und ruhig. Kein Wunder, daß du ...»

«Schau», sagte er und legte die Hand auf meinen Arm,

«da kommen sie. Siehst du die Scheinwerfer?»

Er wies auf das Tal in der Tiefe. Die Hauptstraßen, die von Osten und Norden nach Ruffano hineinführen, waren mit Lichtern gesprenkelt, die Luft war erfüllt von dem Lärm, den die Vespas ausspien.

«Was heißt: sie?» fragte ich.

«Die WW-Studenten, die aus dem Wochenende zurückkommen», sagte er. «Gleich wirst du sie die Via della Mura hinauftosen hören wie eine Büffelherde. Und dann lärmen sie noch mindestens eine Stunde lang.»

Der Friede der Stadt war gestört. Die Sonntagsruhe, die in alten Tagen Ruffano eingehüllt hatte wie ein Leichentuch, es gab sie nicht mehr.

«Du hast hier doch etwas zu sagen», bemerkte ich, «du könntest all dem doch ein Ende machen, wenn es dich vergrämt.»

Aldo lächelte und klopfte mir auf die Schulter.

«Es vergrämt mich nicht», sagte er. «Von mir aus können sie die ganze Nacht lang weitertoben. Du gehst direkt nach Hause, nicht wahr?»

«Ja», sagte ich.

«Bummle nicht herum», sagte er, «nimm den kürzesten Weg. Bis zum nächsten Mal, Beo, und danke für heute.»

Er trat zurück in den Garten. Kurz darauf hörte ich, wie die Haustür geschlossen wurde. Ich ging den Hügel hinab zu meiner Pension und dachte darüber nach, wie er wohl empfangen werden würde, wenn er die Treppe zum Musikzimmer wieder heraufkam. Ob das Mädchen, das das Essen serviert hatte, im Nebengebäude schlief? Als ich in die Via San Michele einbog, strömten die zurückkehrenden Studenten bereits auf der Piazza Matrice zusammen.

Vespas und kleine Autos surrten und tuckerten. Zwei Autobusse stoppten an den Kolonnaden. Für einen Augenblick sah ich die Pasquales in einem Haufen anderer Studenten auftauchen. Morgen würde ich sie vielleicht sehen, morgen, nicht heute abend. Heute abend wollte ich diesen Tag überdenken. Ich ging schnell, um nicht eingeholt zu werden, schlüpfte durch die offene Haustür und lief hinauf in mein Zimmer.

Während ich mich auszog, hatte ich in meiner Phantasie Aldo

vor Augen, Aldo, der mit Signora Butali im Schlafzimmer meiner Mutter stand. Ob er das Zimmer, an dessen Verwandlung mit dem Flügel und anderen Requisiten er inzwischen gewöhnt war, heute anders sah, als wir es einst gesehen hatten und wie ich es immer noch sah?

12

Als ich am nächsten Morgen zum Frühstück hinunterging, bereiteten mir die Studenten einen stürmischen Empfang. Sie standen kaffeetrinkend um den Tisch herum und tauschten den Klatsch vom letzten Tag aus. Als sie mich erblickten, brachen sie in lautes Geschrei aus. Mario, den ich vom ersten Abend her als den ungebärdigsten der Burschen in Erinnerung hatte, schwenkte sein Brot in der Luft herum und fragte, wie der diplomierte Herr Philologe denn sein Weekend verbracht habe.

«Zunächst einmal», erklärte ich, «haben wir in der Bibliothek nicht den halben Sonnabend frei. Ich habe bis nach sieben Uhr abends Bücher sortiert.»

Ein halb ironisches, halb mitleidiges Aufstöhnen quittierte meine Bemerkung.

Signora Silvana, die die Kaffeekanne verwaltete, reichte mir mit einem lächelnden «Guten Morgen» eine Tasse. «Waren Sie gestern in der Messe?» fragte sie. «Als Sie zum Mittagessen nicht zurückkamen, fragten wir uns, mein Mann und ich, was wohl mit Ihnen sei.»

«Ich habe einen Freund getroffen», sagte ich, «und wurde eingeladen, mit der Familie zu essen und den Tag über zu bleiben.»

«Dabei fällt mir ein ...», fuhr sie fort, «eine Dame kam am späten Nachmittag vorbei, eine Signorina Raspa. Sie sagte, wenn Sie zurück wären, möchten Sie sie doch besuchen. Sie wohne Nummer 5.»

Arme Carla Raspa! Nachdem sie mit Aldo zweimal Pech gehabt hatte, war sie erbittert auf mich zurückgekommen.

Als ich aus dem Haus trat, um mich zum Palazzo Ducale aufzumachen, sah ich, daß ein paar Häuser weiter jemand auf mich wartete.

«Guten Morgen, Fremder», sagte Carla Raspa.

«Guten Morgen, Signorina», grüßte ich zurück.

«Ich hatte den Eindruck gewonnen», sagte sie und bog neben mir in die Straße zur Piazza Matrice ein, «daß für Sonntag die Möglichkeit eines Rendezvous erwogen worden war.»

«Richtig», sagte ich. «Und was ist daraus geworden?»

«Ich war den ganzen Tag zu Hause», sagte sie achselzukkend. «Sie hätten nur vorbeizukommen brauchen.»

«Ich war unterwegs», sagte ich. «Irgendein Impuls trieb mich zur Messe nach San Cipriano, wo ich auf keine Geringere als die Präsidentengattin stieß, der ich am Tag zuvor ein paar Bücher gebracht hatte. Ich begleitete sie nach Hause, und sie lud mich zu einem Drink ein.»

Carla Raspa blieb stehen und sah mich verblüfft an.

«Was Sie natürlich angenommen haben!» rief sie aus. «Was ich Ihnen wiederum nicht verdenken kann. Ein huldvolles Kopfnicken der Signora Butali, und Sie waren zur Stelle. Kein Wunder, daß Sie sich die Mühe nicht genommen haben, den Hügel bis zu mir hinabzuwandern, nachdem Sie in der Via dei Sogni Einlaß gefunden hatten. Wer war denn alles da?»

«Ein Wirbel von Professoren», sagte ich, «darunter mein Vorgesetzter, Signor Fossi, nebst Gemahlin.»

Ich legte den Ton auf Gemahlin. Sie lachte und ging weiter.

«Armer Giuseppe!» sagte sie. «Ich kann ihn mir vorstellen in seiner ganzen Würde, aufgeplustert wie ein Täuberich wegen der Einladung. Wie fanden Sie Livia?»

«Schön und charmant. Sehr viel schöner und charmanter als Signorina Rizzio.»

«Du meine Güte! Die war auch da?»

«Ja, mit ihrem Bruder. Beide reichlich steif für meinen Geschmack.»

«Unser aller Geschmack! Für einen Neuankömmling haben Sie es weit gebracht, Armino Fabbio. Jetzt kann Sie keiner mehr stoppen. Meinen Glückwunsch! Das habe ich in zwei

Jahren nicht geschafft.»

Wir gingen die Via Vittorio Emanuele hinauf, die von einkaufenden Menschen wimmelte und von verspäteten Studenten, die zu frühen Vorlesungen eilten.

«Der Direktor des Kunstrats war nicht zufällig auch da?» fragte Carla.

Ich machte in ihren Augen inzwischen eine hinreichend gute Figur, fand ich. Ich hatte es nicht nötig, mich noch mehr herauszustreichen. Außerdem war Diskretion geboten. So sagte ich nur: «Ja, er schaute auf einen Augenblick herein. Ich ging vor ihm weg. Wir wechselten ein paar Worte, während er seinen Campari trank. Er gab sich freundschaftlich und wirkte ohne seine Leibgarde weniger imposant.»

Wieder blieb sie stehen und starrte mich an. «Nicht zu glauben!» rief sie aus. «Drei Tage in Ruffano und ein derartiges Glück! Sie müssen doch hingerissen sein! Hat er von mir gesprochen?»

«Nein», erwiderte ich. «Dazu war auch kaum Zeit. Ich glaube auch nicht, daß er wußte, wer ich war.»

«Was für eine Chance, die ich da verpaßt habe», sagte sie. «Wenn ich darauf gekommen wäre... Sie hätten ihm etwas ausrichten können.»

«Sie dürfen nicht vergessen, daß dieser Vormittag ein reiner Glücksfall für mich war», erinnerte ich sie. «Hätte ich mich nicht zur Messe begeben...»

«Das macht Ihr Kindergesicht», sagte sie. «Erzählen Sie mir nicht, daß Livia Butali sich die Mühe genommen hätte, mich zu einem Aperitif einzuladen, wenn ich zur Messe gegangen und ihr dort begegnet wäre. Wahrscheinlich macht es ihr Spaß, sich quer durch die Fakultäten als Hausherrin aufzuspielen, während ihr Mann in seinem römischen Krankenhaus in sicherer Entfernung ist. Hat Aldo Donati ihr den Hof gemacht?»

«Nicht, daß ich wüßte», sagte ich. «Professor Rizzio und sie hatten sich anscheinend mehr zu sagen.»

Wir verabschiedeten uns auf der Piazza Matrice. Von einer weiteren Verabredung war nicht die Rede. Aber ich hatte das Gefühl, daß es noch dazu kommen würde.

Der arbeitslose Sonntag hatte mich im Tempo hinabgeschraubt. Als ich in der Bibliothek eintraf, stellte ich fest, daß die anderen, inklusive meines Chefs Giuseppe Fossi, bereits zur Stelle waren. Sie standen alle auf einem Haufen und diskutierten aufgeregt. Mittelpunkt der allgemeinen Aufregung war aus irgendeinem Grund Signorina Gatti.

«Es gibt gar keinen Zweifel», sagte sie gerade. «Ich habe es von einer der Studentinnen, von Maria Cavallini, selbst gehört. Sie ist mit vier anderen in ihrem Zimmer eingeschlossen worden. Erst heute morgen, als der Portier nach der Heizung sehen kam, wurden die vier und vielleicht auch andere wieder befreit.»

«Das ist ja schandbar, das ist ja unglaublich! Das wird einen schönen Sturm geben», sagte Giuseppe Fossi. «Ist die Polizei benachrichtigt worden?»

«Das wußte niemand. Ich konnte mich auch nicht länger aufhalten und mir berichten lassen, ich wäre zu spät gekommen.»

Sobald er mich erblickte, stürzte mir Toni mit Stielaugen entgegen.

«Haben Sie die neuesten Nachrichten schon gehört?» fragte er.

«Nein», erwiderte ich, «was für Nachrichten?»

«Gestern nacht sind sie im Mädchenpensionat eingebrochen», berichtete er. «Die Studentinnen wurden in ihre Zimmer gesperrt. Bis jetzt weiß niemand, was eigentlich geschehen ist und wer es war. Die Männer trugen Masken. Wie viele waren es doch gleich, Signorina?»

Aufgeregt wandte er sich zu der blassen Sekretärin, die sich so unerwartet dazu berufen fühlte, so sonderbare Botschaften zu überbringen.

«Ein Dutzend und mehr, heißt es», antwortete sie. «Wie sie in das Haus eingebrochen sind, ahnt kein Mensch. Es geschah ganz plötzlich, gerade um die Zeit, als die WW-Studenten zurückkamen. Man weiß ja, welchen gräßlichen Krach sie mit ihren Fahrzeugen produzieren. Sie bildeten natürlich die Schutzmannschaft für ihre Kameraden – damit die ins Haus gelangen konnten. Man mag es als einen ordinären Streich abtun. Ich nenne so etwas eine Schande!»

«Schluß jetzt!» befahl Giuseppe Fossi, dessen Augen vor Aufregung mehr denn je aus den Höhlen quollen. «Offenbar ist keinem der Mädchen ein Leid geschehen. In sein Zimmer eingeschlossen zu werden ist weiter kein Malheur, so etwas kommt meines Wissens dauernd vor. Wenn das Haus allerdings geplündert worden ist – das wäre ein anderer Fall. Dann sollte die Polizei alarmiert werden. Auf alle Fälle wird Professor Elia Stellung nehmen müssen. Und nun lassen Sie uns an die Arbeit gehen.» Er nickte seiner Sekretärin zu und hastete an seinen Schreibtisch. Sie folgte ihm mit Bleistift, Block und hochgerecktem Kinn.

«Warum soll Professor Elia die Schuld haben?» flüsterte Toni. «Er kann doch nichts dafür, wenn seine WW-Studenten Spaß daran finden, ein wenig Radau zu machen. Ich werde meine Freundin später ausfragen, was wirklich los war. Die weiß das bestimmt von ihren Kumpels.»

Wir machten uns ziemlich zerstreut an unsere Arbeit. Sobald das Telefon läutete, hoben wir die Köpfe und horchten. Aber Signor Fossis «Ja» und «Nein» enthüllten keinerlei Geheimnisse, weder ihm noch uns. Ein Überfall auf das Mädchenpensionat betraf die Bibliothek nun einmal nicht.

Den halben Vormittag über schickte Signor Fossi Toni und mich mit Bücherkisten zur neuen Bibliothek. Wir transportierten die Bände in dem Lieferwagen, der für diesen Zweck zur Verfügung stand und normalerweise vor dem Palazzo Ducale geparkt wurde.

Auf diese Weise bekam ich die neue Bibliothek, die jenseits der Universität auf der Spitze des Hügels lag, zum erstenmal zu sehen. Sie befand sich in unmittelbarer Nachbarschaft der anderen neuen Gebäude, der Handelsschule und des Physikalischen Laboratoriums. Die neuen Häuser hatten nicht die Anmut des alten Studienhauses, aber sie waren nicht ungefällig in der Linienführung, und die großen Fenster garantierten den Studenten, die einmal in diesen Mauern arbeiten würden, viel Licht und Luft.

«Das ist alles Präsident Butali und den jüngeren Mitgliedern des Universitätsrats zu verdanken», sagte Toni. «Der alte Rizzio hat das Projekt bis aufs Messer bekämpft.»

«Und warum?» fragte ich.

«Wegen Beeinträchtigung des wissenschaftlichen Geistes», grinste Toni. «Damit würden seine Studenten zu Fabrikarbeitern degradiert werden. Seiner Auffassung nach ist die Universität von Ruffano schlicht und einfach als eine Bildungsstätte für Pädagogen gedacht gewesen, von der ernste junge Männer und Frauen nach dem Examen hinausgingen in die Welt, um ihre klassische Bildung an Schuljungen und -mädchen weiterzuvermitteln.»

«Das können die doch nach wie vor.»

«Sicher, aber was für eine Schinderei! Mit einem Wirtschaftsdiplom in der Tasche, kann man von heute auf morgen einen Job in einer großen Firma bekommen und in drei Monaten so viel Geld machen, wie ein Lehrer in einem ganzen Jahr verdient. Nein, der Beruf hat keine Zukunft.»

Wir hoben die Kisten aus dem Wagen und schleppten sie in die neue Bibliothek. Die Maler und Dekorateure waren erst vor einer Woche fertig geworden, erzählte Toni. Tatsächlich bot das große, helle Gebäude mit der Galerie, die ganz und gar von Regalen gesäumt war, und mit dem großen Lesesaal weit bequemere Arbeitsmöglichkeiten als der alte Bankettsaal im Palazzo Ducale.

«Woher stammen die Gelder denn?» fragte ich.

«Aus den WW-Gebühren. Woher sonst?» erwiderte Toni.

Wir stellten die Kisten auf dem Fußboden ab. Unter der Oberaufsicht von Giuseppe Fossis Kollegen würde sie der hiesige Stab von Assistenten dann schon auspacken. Aber wir fuhren erst wieder ab, nachdem der unbezähmbare Toni weitere Nachrichten über den Einbruch im Mädchenpensionat eingeheimst hatte.

«Es heißt, daß Rizzio zurücktreten will, wenn Professor Elia sich nicht im Namen der WW-Studenten öffentlich entschuldigt», berichtete er eifrig, während er hinter mir aus dem Gebäude trat. «Ich sage Ihnen, das wird ein blutiger Kampf. Ich glaube nicht, daß Professor Elia auch nur im Traum daran denkt, auf Rizzios Forderung einzugehen.»

«Mir hat man weismachen wollen, ich wäre in eine tote Stadt verschlagen worden», sagte ich. «Passieren solche aufregenden Sachen hier jeden Tag?»

«Leider nicht», sagte er. «Ich werde Ihnen sagen, woran es liegt: Rizzio und Elia werden die Abwesenheit des Präsidenten dazu benutzen, sich gegenseitig die Kehle durchzuschneiden.»

Während wir den Wagen gegen Viertel vor zwei wieder vor dem Palazzo Ducale parkten, sah ich Carla Raspa mit einem Schwarm von Kunststudenten aus dem Seiteneingang kommen. Sie erkannte mich und winkte. Ich winkte zurück. Sie schickte die Studenten voraus und wartete, bis ich herangekommen war.

«Irgendeine besondere Verabredung zum Mittagessen?» fragte sie.

«Nein», sagte ich, «ich werde in ein x-beliebiges Lokal gehen.»

«Gehen Sie in das Restaurant, wo wir uns kennengelernt haben», sagte sie schnell. «Sichern Sie uns einen Tisch für zwei Personen. Ich muß jetzt weiter, meine Leutchen heimbringen. Keine Bummelei mehr nach dem, was letzte Nacht geschehen ist. Haben Sie davon gehört?»

«Von dem Einbruch? Ja», antwortete ich.

«Ich erzähle Ihnen nachher Näheres», sagte sie. «Es ist unglaublich!»

Sie eilte ihrer Herde nach, während ich zur Bibliothek zurückging, mich fürs Mittagessen abmeldete und dann die Via Vittorio Emanuele hinunterwanderte. Das Restaurant war genauso brechend voll wie neulich, aber es gelang mir, einen Einzeltisch zu ergattern. Studenten waren nicht unter den Gästen. Das Lokal schien der bevorzugte Treffpunkt der Ruffaneser Geschäftsleute zu sein, soweit sie zum Essen nicht nach Hause gingen. Für eine gewisse Anonymität war außerdem durch den Lärm und die Fülle gesorgt.

Carla Raspa kam, kurz nachdem ich bestellt hatte. Sie winkte den Kellner, der sie augenscheinlich kannte, mit einem Fingerschnippen heran und bestellte ihrerseits. Dann sah sie mich lächelnd an.

«Heraus mit der Sprache», sagte ich. «Ich verstehe mich darauf, Geheimnisse zu hüten.»

«Es ist gar kein Geheimnis», sagte sie, schaute sich ihren

Worten zum Trotz aber doch vorsichtshalber um. «Inzwischen ist es bestimmt überall in der Universität Tagesgespräch. Signorina Rizzio ist vergewaltigt worden!»

Ich starrte sie ungläubig an.

«Es ist tatsächlich wahr», sagte sie mit Nachdruck und beugte sich vor. «Ich habe es von einem ihrer Dienstboten. Die Jungens, wer immer sie waren, haben die Mädchen nicht angerührt. Sie schlossen sie tutti quanti in ihre Zimmer und Schlafsäle ein und machten sich daran, die erhabene Dame selbst zu bearbeiten. Ist das nicht köstlich?»

Sie schüttelte sich vor Lachen. Ich war nicht so amüsiert.

«Das ist ein gemeiner Überfall», sagte ich schroff. «Ein Fall für die Polizei. Der Täter wird seine zehn Jahre bekommen.»

«Aber nein», sagte sie, «das ist ja der Witz. Die Signorina soll sich in einem Zustand hochgradiger Hysterie befinden und verlangen, daß die ganze Sache vertuscht wird.»

«Das ist unmöglich», sagte ich. «Das widerspricht dem Gesetz.»

Sie machte sich indessen mit Entzücken über ihren Spaghettiteller her und bestreute das Gemisch aus Teigwaren und Soße ausgiebig mit geriebenem Käse.

«Das Gesetz kann nicht einschreiten, wenn niemand Klage erhebt», sagte sie. «Offenbar haben die Jungs ihre Reaktion vorausgesehen und infolgedessen den Streich gewagt. Natürlich wird es einen fürchterlichen Krach wegen des Einbruchs geben. Aber was Signorina Rizzio widerfahren ist, bleibt ihre eigene Angelegenheit. Wenn sie sich weigert, auf tätlichen Angriff zu klagen, und ihr Bruder sich auf ihren Standpunkt stellt, kann niemand etwas dabei machen. Haben Sie Wein bestellt?»

Ich hatte Wein bestellt und goß ihr davon ein. Sie trank so gierig, als sei ihre Kehle völlig ausgedörrt.

«Sie haben sie nicht etwa mißhandelt», fuhr sie fort. «Soviel ich verstanden habe, kann davon keine Rede sein. Keine Tätlichkeiten. Sie haben ihr nur freundlich und schonend beigebracht, was eine Harke ist.»

«Woher wissen Sie?» fragte ich.

«Das wird halt kolportiert! So erzählen es die Mädchen aus

dem Pensionat. Nun, wo sie sich von ihrer Angst vor den maskierten Männern erholt haben und selbst unbeschädigt davongekommen sind – soweit sie unbeschädigt waren –, sind sie ganz außer Rand und Band. Daß ausgerechnet ihr das passieren mußte, der Signorina! Sie müssen zugeben, daß die Jungens gut sind! Dazu gehörte schon allerlei Courage!»

«Ich kann die Geschichte immer noch nicht glauben», sagte ich.

«Ich bin überzeugt, daß sie wahr ist», erwiderte sie. «Und da man die Polizei nicht einschaltet und uns erzählt hat, die Signorina sei unpäßlich, können Sie Gift darauf nehmen, daß die Sache stimmt. Ob es ihr wohl Spaß gemacht hat? Was meinen Sie?»

Ihre Augen glitzerten, während mich eine leichte Übelkeit überkam. Brutalität in jeder Form stieß mich von jeher ab, und wie man insbesondere alten oder sehr jungen Menschen Gewalt antun konnte, hatte ich nie verstanden. Ich schwieg.

«Nein», sagte ich schließlich, «nein, das glaube ich nicht.»

«Ich finde, sie hat es selbst herausgefordert», sagte Carla Raspa, «indem sie ihre Mädchen wie Novizinnen behandelte, die im Begriff sind, die heiligen Gelübde abzulegen. Nicht einmal im Gemeinschaftsraum durften sie Besucher aus dem Studentenheim empfangen, und abends um zehn wurden die Türen abgeschlossen. Ich weiß Bescheid, weil viele der Mädchen bei mir hören und die Besichtigungen mitmachen. Die Empörung hatte den Siedepunkt erreicht. Es ist völlig klar, daß eins der Mädchen die Jungens hereingelassen hat. Und dann wurde am Schlüsselloch gehorcht und die Geschichte unter die Leute gebracht.»

Ich hatte die pompöse Gestalt wieder vor Augen, wie sie gestern mit mildem Widerwillen an ihrem Mineralwasser nippte.

Carla Raspa, die mit dem Gesicht zur Tür saß, beugte sich plötzlich vor und berührte meine Hand.

«Drehen Sie sich jetzt nicht um», sagte sie. «Professor Elia, der WW-Direktor, ist eben mit mehreren Kollegen gekommen. Ich frage mich, ob er wohl zurücktreten muß.»

«Warum sollte er zurücktreten?» fragte ich. «Wer könnte

denn nachweisen, daß seine Jungs den Einbruch verübt haben?»

«Aber es liegt doch auf der Hand», sagte sie. «Signorina Rizzio hat sich ununterbrochen über das Betragen der WW-Studenten beschwert, und in der Universitätszeitung wurde darüber berichtet. Letzte Nacht haben sie es ihr heimgezahlt.»

Ich wartete, bis sich die Herren an einem Tisch links neben uns niedergelassen hatten, ehe ich mich umwandte und schaute.

«Elia ist der Große, Breite, mit dem dichten Haarschopf. Es gibt in ganz Ruffano niemand, der mehr von sich eingenommen wäre als er. Aber er schafft auch. Kommt aus Mailand – das auch noch.»

Professor Elia trug eine breitrandige Brille und eine Bürstenfrisur. Seine mächtige Statur war von der Sorte, die nie in einen Anzug paßt. Der sündhaft teure Stoff schlug an allen Enden Falten. Er sprach sehr schnell, wobei er sich über den Tisch legte und sich von niemand unterbrechen ließ. Dann warf er plötzlich seinen zweifellos gutgeschnittenen Kopf zurück und brach in dröhnendes Gelächter aus.

«Fünf Mann», sagte er, «einer nach dem anderen – hat man mir erzählt – und nicht ein Protestschrei!»

Der Tisch begann zu wackeln. Sein Gelächter erfüllte das ganze Restaurant. Die anderen Gäste wandten die Köpfe und starrten herüber. Einer der Kollegen brachte ihn mit einem Wink zum Schweigen, und während er sich verächtlich umwandte, begegnete er meinem Blick.

«Es ist niemand von der Branche da», sagte er. «Diese Leute hier wissen gar nicht, wovon die Rede ist. Und eines kann ich Ihnen sagen: Wenn irgendwelche offiziellen Schritte gegen uns unternommen werden sollten, werde ich die Dame nicht nur zum Gespött von ganz Ruffano machen, sondern ...» Er senkte die Stimme, so daß wir nichts mehr verstehen konnten.

«Sehen Sie», flüsterte Carla Raspa, «die armen Rizzios werden nicht viel aus ihm herausschlagen. Sie wären gut beraten, wenn sie die Dinge einfach laufen lassen oder, noch besser, aus der Stadt gehen würden. Nach diesem Schlag kann sich die Signorina ohnehin nirgends mehr blicken lassen, und wenn sie's tut, wird sie nur mit lautem Gelächter begrüßt werden, so wie wir es eben am Nebentisch gehört haben.»

Sie nahm eine meiner Zigaretten, trank ihren Wein aus und winkte dem Kellner.

«Ich lade Sie ein», sagte sie. «Schließlich müssen wir beide unseren Lebensunterhalt verdienen. Im übrigen sind Sie mir noch ein Abendessen schuldig. Wann wollen wir gehen?»

Die Pasquales fielen mir ein. «Heute kann ich nicht», sagte ich. «Wie wäre es mit morgen?»

«Abgemacht, morgen.»

Wir gingen zusammen den Hügel hinauf.

Während ich die Bibliothek betrat, überlegte ich mir, daß es besser sei, meinem Chef nicht zu erzählen, mit wem ich gegessen hatte. Er würde das möglicherweise übel vermerken.

«Wissen Sie schon das Neueste?» flüsterte mir Toni zu.

«Was denn?» fragte ich vorsichtig zurück.

«Es heißt, daß das Mädchenpensionat geschlossen wird und daß man alle Studentinnen nach Hause schicken will. Das bedeutet, daß sie schriftlich, per Post, Examen machen müssen. Angeblich ist schon vor drei Monaten einmal eingebrochen worden. Die Mädchen sollen sämtlich schwanger sein.»

Giuseppe Fossi, der seiner Sekretärin Briefe diktierte, schaute von seinem Schreibtisch zu dem Störenfried auf.

«Würden Sie bitte die Vorschriften beachten!» sagte er eisig und zeigte auf ein Schild an der Wand, auf dem das Wort «Ruhe» stand. Die Vorschrift wurde befolgt.

Im Laufe des Nachmittags fuhren wir noch zweimal mit weiteren Kisten zum neuen Gebäude hinüber, und jedesmal gerieten wir in einen Wirbel neuer Gerüchte. Die Studenten standen in Trauben herum und schwatzten, und mit einem Dutzend von ihnen war Toni bekannt oder befreundet. Der Einbruch war das Thema des Tages, und die Attacke auf Signorina Rizzio hatte sich allgemein herumgesprochen. Einige behaupteten, die ganze Geschichte hätte mit den WW-Studenten überhaupt nichts zu tun, und es gäbe einen Verbindungsgang vom Studentenheim zum Pensionat, von dem nur ein paar Glückspilze wüßten, und der seit Jahren benutzt würde. Die Signorina sei eine zweite Lucrezia Borgia und habe in ungezählten Nächten aber auch jeden Professor der Universität bei sich zu Gast gehabt, wobei muskulösere Typen bevorzugt worden seien. Andere, auf die Ehrenrettung der Dame bedacht, erklärten, daß Professor Elia persönlich die maskierte Bande von Marodeuren ins Allerheiligste geführt habe und daß ein Nachthemd der Pensionatsleiterin in seinem Besitz sei, das als Schuldbeweis dienen würde.

Allenthalben wurde gelacht, gespottet, gejohlt, gepfiffen, und eine kleine Gruppe gab den Umstehenden sogar ein kurzes, witziges Schauspiel, in dem sie das gezierte Gehüpfe von Vögeln nachahmte, die sich im Frühling an einen Partner heranmachen.

Im weiteren Verlauf des Tages aber schlug die Stimmung um. Es hieß, daß die Autoritäten den WW-Studenten nun endgültig die Schuld für den Einbruch gegeben hätten. Diese seien in Krawallaune aus dem Sonntagsurlaub zurückgekommen, hätten singend und miauend unter den Pensionatsfenstern gestanden und die Mutigeren zu der Invasion angestachelt.

Toni zeigte auf den ersten Schwarm von WW-Studenten – erbitterte Jungen und Mädchen –, die aus den ihnen zugeteilten Hörsälen auf der anderen Seite der Via dell' 8 Settembre, nicht weit von unserem Standort, strömten.

«Passen Sie auf!» rief er mir zu. «Jetzt gibt es Ärger.»

Jemand warf einen Stein, der die Windschutzscheibe unseres Lastwagens zertrümmerte. Die Glassplitter flogen herum. Ein zweiter Stein traf Toni an der Schläfe. Die kleine Gruppe von Kunst- und anderen Studenten, die gerade aus der Universität kamen und den Hügel hinaufgingen, stieß ein gellendes Geschrei aus, und einige von ihnen rannten auf ihre mutmaßlichen Gegner zu. Im nächsten Augenblick schrie und brüllte alles durcheinander, mehr Steine flogen herum, mehr Jungens rasten aufeinander los. Zu allem Überfluß fuhren zwei Studenten auf ihren Vespas mitten in das Knäuel, und alles sprang zur Seite, um nicht unter die Räder zu kommen.

«Los», sagte ich zu Toni. «Nun aber nichts wie weg! Das ist nicht unsere Angelegenheit.»

Ich zerrte ihn in den Wagen und ließ den Motor an. Toni wischte sich schweigend das rinnende Blut von der Schläfe. Wir brausten an dem Getümmel vorbei, in das sich von allen Seiten weitere Studenten stürzten, und fuhren zum Palazzo Ducale.

Ich parkte am gewohnten Platz und stellte den Motor ab.

«Das reicht mir an Universitätspolitik», sagte ich.

Toni war sehr blaß. Ich sah mir die Wunde an. Sie war ganz schön tief.

«Haben Sie einen Arzt zur Hand?» fragte ich. Er nickte.

«Dann gehen Sie schleunigst hin! Ich werde Sie bei Fossi entschuldigen.»

Toni schlenderte gemächlich zu seiner Vespa hinüber und schwang sich drauf, eine Hand immer noch an der blutenden Wunde.

«Haben Sie den Burschen gesehen, der den Stein geworfen hat?» fragte er. «Die Rauferei hatte ja noch gar nicht angefangen. Er hat es mit Absicht getan, um eine Schlägerei in Gang zu bringen. Den kaufe ich mir noch, oder meine Freunde nehmen sich ihn vor.»

Er fuhr den Hügel langsam hinunter, während ich in die Bibliothek ging und Giuseppe Fossi über den Zwischenfall kurz Bericht erstattete. Er ging hoch wie eine Rakete.

«Sie hatten an der Universität überhaupt nichts zu suchen, als die Studenten aus den Hörsälen kamen», tobte er. «An einem Tag wie heute, wo überall die Gerüchte herumschwirren, heißt das mutwillig Schwierigkeiten heraufbeschwören. Jetzt muß ich einen Antrag wegen des Wagens stellen, und die ganze Geschichte wird im Sekretariat gemeldet. Vielleicht bekommt Professor Rizzio den Bericht selbst zu Gesicht.»

«Wegen einer kaputten Windschutzscheibe?» unterbrach ich ihn. «Hören Sie, Signor Fossi, ich werde das einfach unten in irgendeiner Garage in Ordnung bringen lassen.»

«Geschwätz wird es auf alle Fälle geben», erklärte er aufgebracht. «Alle kennen den Wagen, und der eine oder andere wird den Vorfall mitangesehen haben. Außerdem tratscht Toni die Sache ohnehin in der ganzen Stadt herum.»

Ich ließ ihn weiterschimpfen und blickte, als er sich zu beruhigen begann, ostentativ auf das Schild mit dem Vermerk «Ruhe», bevor ich mich wieder an die Arbeit machte. Dann hörte ich ihn eine Garage anrufen und jemand anfordern, der sich des Wagens annehmen sollte.

Das war seine und nicht meine Sache. Ich hatte andere Dinge

im Kopf. Die Unruhe, die mich den ganzen Tag über gequält hatte, war noch größer geworden. Wenn Studenten Lust bekamen, ins Mädchenpensionat einzubrechen, so ging mich das nichts an, und was sie dort trieben, auch nicht. Entweder würde man sie überführen und bestrafen, oder sie würden davonkommen. Worüber ich mir Gedanken machte, war der Zeitpunkt, an dem die Sache passiert war, und dann die Sätze, die ich selbst aus dem Deutschen übertragen hatte ...

«... schließlich erhoben sich die Bürger, angestachelt von einem führenden Arzt der Stadt ... dessen Frau vergewaltigt worden war.»

Ich war nicht der einzige, der sich mit den Büchern befaßt hatte und der Deutsch lesen konnte. Aldo hatte die Bände einem seiner Kunststudenten gezeigt, einem Deutschen. An drei Stellen hatten Lesezeichen gelegen. Die Stimme meines Bruders klang mir wieder im Ohr: «Zuerst brauchen wir den Skandal. Die Vergewaltigung der Ersten Dame der Stadt.»

In Gedanken sah ich mich wieder aus dem Haus gehen, hörte das Motorengeräusch der heimkehrenden Vespas. War alles nur ein Zufall? Oder war der Einbruch organisiert worden?

Nur mühsam konzentrierte ich mich auf meine Arbeit, die im Sortieren minder interessanter Werke aus der Feder deutscher und englischer Philosophen bestand, und als es Feierabend war, brach ich als erster auf. Giuseppe Fossi hing gerade am Telefon und setzte seiner Frau voller Ungeduld auseinander, daß er wahrscheinlich später zum Abendessen kommen würde. Ich fragte mich, ob er wohl mit Carla Raspa verabredet war.

Die Piazza Maggiore wimmelte von Studenten. Sie wanderten in Gruppen auf und ab, manche untergehakt und alle in kriegerischer Stimmung. Welchen Fakultäten sie angehörten, wußte ich nicht, und es interessierte mich auch nicht. Aber voller Unbehagen stellte ich fest, daß sie Passanten anhielten und belästigten. Ich hoffte, unbemerkt durchzukommen und hatte bereits die Domtreppe erreicht, als ein vierschrötiger Kerl zufällig in meine Richtung sah und auf mich zustürzte.

«Halt, du kleine Krabbe!» schrie er und bog mir den Arm

nach hinten. «Wo willst du dich denn hinschleichen?»

«Ich will zur Via San Michele», sagte ich. «Ich wohne da.»

«Aha, du wohnst da! Und wo arbeitest du?»

«Ich bin in der Bibliothek angestellt.»

«In der Bibliothek angestellt», äffte er mich nach. «Na, das ist ja ein ganz schön dreckiger Job, was? Den ganzen Tag Staub an den Händen und auf dem Gesicht.» Dann rief er zu den anderen hinüber, die weiter unten auf der Treppe standen: «Hier ist einer von den kleinen Philologen, der mal 'ne große Wäsche braucht. Wollen wir ihm die Wasserkur verordnen? Wie wär's, wenn wir ihn im Brunnen ein wenig abspülten?»

Brüllendes Gelächter quittierte seine Bemerkung. «Bring ihn her! Der wird mal ordentlich gereinigt!» grölten sie.

Der Brunnen in der Mitte der Piazza war im Nu umzingelt. Einige der Studenten waren bereits hinaufgeklettert und balancierten lachend und singend auf dem Rand. Es waren vielleicht fünfzig, vielleicht hundert. Ich fühlte mich sehr klein und schrecklich verlassen.

Plötzlich tauchte ein Wagen auf, der laut und lange hupend aus der Richtung der Universität kam. Die Studenten flüchteten sich auf beide Seiten der Piazza, um ihn passieren zu lassen, wobei einer der Burschen das Gleichgewicht verlor und ins Brunnenbecken fiel. Aus der Menge stieg kreischendes Gelächter auf, in das mein «Häscher» einstimmte. Dabei lockerte sich der Griff, mit dem er mich festhielt. Ich duckte mich und entschlüpfte ihm. Der Wagen fuhr langsam weiter. Es war der Ferrari. Neben Aldo, den Studenten zulächelnd und zuwinkend, die bei seinem Anblick schrien und jubelten, saß der Direktor der Wirtschaftswissenschaften, Professor Elia.

Ich kämpfte mich durch die Studentenmenge hindurch zu der Passage, die von der Via Vittorio Emanuele zur Via dei Sogni führt. Hier war alles still. Man hätte sich in eine andere Welt versetzt glauben können. Nur eine einsame Katze streifte herum und sprang auf die Gartenmauer, als sie mich entdeckte. Ich öffnete die Pforte und ging den Gartenpfad zum Haus hinauf. Ich klingelte, und nach einer Weile machte mir jenes Mädchen auf, das am letzten Abend das Essen serviert hatte.

«Signora Butali?» sagte ich fragend.

«Tut mir leid, Signore», antwortete das Mädchen. «Die Signora ist nicht zu Hause. Sie ist schon heute morgen nach Rom gefahren.»

Ich sah sie entgeistert an: «Nach Rom? Ich dachte, sie wollte erst gegen Ende der Woche fahren?»

«Das dachte ich auch. Aber als ich heute morgen kam, war sie fort. Sie hat mir einen Zettel hinterlassen; darauf stand, daß sie sich ganz plötzlich zu der Reise entschlossen habe. Sie muß um sieben schon weggewesen sein.»

«Geht es dem Präsidenten denn schlechter?»

«Ich weiß nicht, Signore. Sie hat nichts davon gesagt.»

Ich schaute an ihr vorbei in das leere Haus hinein. Es wirkte weniger behaglich und einladend als sonst.

«Danke», sagte ich, «Sie brauchen nichts auszurichten.»

Ich ging zur Via San Michele hinunter, wobei ich die Piazza Matrice mied. Hier waren die Straßen nicht von Studenten bevölkert. Die Leute, denen ich begegnete, waren normale Bürger, die nach Hause strebten.

Der Eingang des Hauses Nummer 24 wurde von Gino, Mario und ein paar anderen belagert, unter ihnen Paolo Pasquale und seine Schwester. Als Caterina mich sah, lief sie mir entgegen und nahm mich bei der Hand.

«Wissen Sie schon die große Neuigkeit?» fragte sie.

Ich seufzte. Da hatte ich's wieder. Es gab kein Entrinnen. «Mir ist den ganzen Tag lang nur das eine zu Ohren gekommen», sagte ich. «Sogar die Bücher in den Regalen der Bibliothek waren randvoll davon. Im Mädchenpensionat ist eingebrochen worden. Die Mädchen sind alle schwanger.»

«Ach das!» sagte sie wegwerfend. «Wen interessiert das schon? Ich hoffe nur, daß Signorina Rizzio Zwillinge bekommt... Nein, der Direktor des Kunstrats hat alle WW-Studenten, die Lust dazu haben, eingeladen, beim Festival mitzumachen. Damit will er uns einen Vertrauensbeweis geben und sagen, daß er nicht glaubt, daß wir die Sache von gestern nacht gedreht haben. Professor Elia hat in unserem Namen zugesagt, und heute abend ist eine Versammlung. Sie findet im alten Theater auf der Piazza del Mercato statt, und wir gehen alle hin, und sie müssen mitkommen!»

Sie sah mich lächelnd an, während sich ihr Bruder zu uns gesellte. «Sie sollten wirklich mitkommen», sagte er. «Niemand weiß, wer Sie sind. Man wird Sie für einen von uns halten. Das ist ein Erlebnis, das man sich nicht entgehen lassen darf. Wir sind schon verrückt vor Neugier auf das, was Professor Donati uns sagen wird.»

Mir kam eine Erleuchtung, die mich allerdings nicht überraschte.

13

Das Theater wurde um neun Uhr geöffnet. Nachdem wir in der Pension gegessen hatten, machten wir uns Viertel vor neun auf den Weg. Auf der Piazza Matrice drängten sich schon die Studenten, die aus ihren Buden und Pensionen auf den Platz geströmt waren und sich jetzt, in einem großen Schub, auf das Theater zubewegten.

Gino und seine Freunde verlor ich schnell aus den Augen. Aber die Pasquales hielten sich treulich an meiner Seite. Ich kam mir vor wie eine Marionette und verlor nahezu den Boden unter den Füßen.

Zu meines Vaters Zeit war das Theater nur selten benutzt worden. Manchmal wurde dort ein Konzert veranstaltet oder ein Oratorium aufgeführt, und gelegentlich lasen durchreisende literarische Größen aus ihren Werken. Im übrigen fand der Bau, trotz seiner architektonischen Schönheit, bei den Touristen wenig Beachtung, und auch die Einwohner von Ruffano kannten ihn kaum.

Inzwischen, erzählten mir die Pasquales, hatte sich das alles geändert. Dank der Initiative des Präsidenten und des Direktors des Kunstrats war das Theater das ganze Jahr in Betrieb. Vorträge, Bühnenaufführungen, Konzerte, Filme, Ausstellungen, ja sogar Tanzveranstaltungen gingen in den ehrwürdigen Mauern am laufenden Band vonstatten.

Vor dem Eingang wartete bereits eine stattliche Gruppe von Studenten, durch die sich Paolo mit entschlossener Miene hindurchdrängte, Caterina und ich auf seinen Fersen.

Der Saal füllte sich rasch. Das Geknatter der herabklappenden Sitze hallte bis an die Decke, wurde aber noch übertönt von einer Studentenkapelle, die, mit Gitarren, Trommeln, Tamburinen und jeglicher Art von Rasseln ausgerüstet, auf der Bühne saß und unter jubelndem Applaus des überraschten und begeisterten Publikums die Schlager des Tages zum besten gab.

«Was soll nun eigentlich passieren?» fragte Paolo einen Studenten, der neben uns im Gang herumtanzte, «wird jemand reden?»

«Fragen Sie mich nicht!» erwiderte der Jüngling und schüttelte sich selig von Kopf bis Fuß, «wir sind eingeladen, und mehr weiß ich auch nicht.»

«Ist doch ganz egal!» lachte Caterina, «Hauptsache, wir amüsieren uns!», und damit begann sie mit unglaublicher Anmut vor mir zu steppen und zu twisten.

Der Aufruhr war sagenhaft. Alles tobte sich ungehemmt aus. Amüsiert dachte ich an Carla Raspa und wie sie den Abend bei aller Verachtung für die WW-Studenten wohl genossen hätte. Aber im ganzen Saal war kein Mensch zu entdecken, der auch nur entfernt nach einem Dozenten oder einem Professor aussah.

«Schauen Sie!» sagte Paolo plötzlich. «Das ist doch Donati selbst. Der dort, der sich gerade ans Schlagzeug setzt!» Ich hatte der Bühne den Rücken gedreht, in dem Bemühen, den schnellen Tanzschritten seiner Schwester zu folgen. Auf Paolos Ausruf hin wandte ich mich um. Es war, wie er sagte. Aldo hatte, offenbar unbemerkt, die Bühne betreten und den Platz des Studenten eingenommen, der bisher am Schlagzeug gesessen hatte.

Er begann eine großartige Schau aufzuziehen. Die Gitarristen und die Jungens mit den Rasseln gruppierten sich um ihn herum. Das Singen und Schreien schwoll immer mehr an. Der Lärm war ohrenbetäubend, und das Publikum, das ihn erkannt hatte und seinen Auftritt mit entzücktem Händeklatschen feierte, drängte nach vorn zur Bühne.

Man konnte sich keinen größeren Gegensatz zu dieser Szene

vorstellen als Aldos Sonnabend-Versammlung im Palazzo Ducale. Keine Rede von Fackeln, von feierlichem Schweigen, von Leibwächtern und mystischem Beiwerk. Aldo zeigte sich, in souveräner Verachtung aller professoralen Würde, entschlossen, sich mit der Masse der Studenten auf dieselbe Stufe zu stellen. Die Geste war großartig, die Wahl der Stunde bewundernswert. Ich fragte mich, wann und wie er das Ganze geplant und organisiert haben mochte.

«Ich glaube, wir haben ihn allesamt ganz falsch eingeschätzt», sagte Caterina. «Ich dachte, er sei genauso feierlich und überheblich wie die übrigen Professoren. Aber sehen Sie ihn an, sehen Sie nur! Er könnte einer von uns sein.»

«Ich wußte, daß er noch jung ist», warf Paolo ein. «Schließlich ist er noch keine vierzig. Nur haben wir nie Kontakt mit ihm gehabt. Er gehört eben nicht zu unserem Lager.»

«Von jetzt an gehört er dazu», entschied Caterina. «Und was die anderen reden, soll mir gleich sein.»

Das Tempo steigerte sich. Mittlerweile wogte und rockte der ganze Saal zum Schluchzen der Gitarren und zum Dröhnen der Trommeln. Dann, ganz plötzlich, als die Grenze der Erschöpfung erreicht war, kam das Finale. Der letzte Klang erstarb. Aldo stieg herab vom Podium und trat an die Rampe der Bühne. Ein Student, einer der Gitarrespieler, produzierte irgendwoher einen Stuhl.

«Kommt alle her», sagte Aldo. «Ich bin fertig. Jetzt laßt uns miteinander reden.»

Er ließ sich auf den Stuhl fallen und wischte sich den Schweiß von der Stirn. Dann hob er lächelnd den Kopf und forderte die, die in den ersten Reihen standen oder saßen, mit einem Wink auf, sich um ihn zu scharen. Ich bemerkte, daß die Beleuchtung im Saal schwächer geworden war und daß der Schein einer unsichtbaren Lampe von der Seite her Aldos Gesicht und die Gruppe um ihn herum effektvoll hervorhob. Aldo benutzte kein Mikrofon. Er sprach klar und deutlich, aber ohne das geringste Pathos. Es war, als plauderte er beiläufig mit den Studenten, die ihm am nächsten standen.

«Wir sollten das öfter machen», sagte er und wischte sich wieder die Stirn. «Das dumme ist, daß ich so wenig Zeit habe.

Für euch sind diese Dinge in Ordnung. Ihr könnt euch jeden Abend austoben, wenn ihr Lust dazu verspürt, oder an den Wochenenden – ich will damit nicht auf gestern nacht anspielen, darüber reden wir später –, aber für einen magenkranken Jungakademiker wie mich, der sein halbes Leben damit zubringt, mit Professoren herumzustreiten, die zwanzig Jahre älter sind als er und sich störrisch weigern, auch nur einen Schritt zu tun, der Ruffano und die Universität auf einen modernen Stand bringen könnte – für mich ist das alles nicht drin. Irgend jemand muß in dieser verstaubten Alma mater schließlich das Kriegsbeil schwingen, und das werde ich weitertun, bis man mich hinauswirft.»

Seine Worte lösten eine Welle von Gelächter aus, worauf er sich, scheinbar überrascht, umsah.

«Nein, nein», sagte er, «ich spreche in vollem Ernst. Wenn sie eine Chance sähen, mich loszuwerden, würden sie sie ergreifen. Genau wie sie euch wegschicken würden, alle zweitausend – wenn die Zahl stimmt ... Ich habe die genauen Ziffern nicht bei der Hand. Aber ungefähr läuft es wohl darauf hinaus. Warum möchten sie euch loswerden? Weil sie sich fürchten. Die Alten fürchten sich immer vor den Jungen, aber ihr bedroht ihren gesamten Lebensstil noch in besonderem Maß. Jeder von euch, der die Universität mit einem Diplom in Wirtschaftswissenschaften in der Tasche verläßt, ist ein potentieller Millionär und mehr als das. Er hat die Chance, die Wirtschaft nicht nur unseres Landes, sondern ganz Europas, ja der Welt zu dirigieren. Ihr seid die Herren von morgen, meine jungen Freunde, und das wissen alle. Darum haßt man euch. Haß wird aus Furcht geboren, und auch eure Altersgenossen, die eure Intelligenz, euer mathematisches Gewußtwie und eure Begeisterungsfähigkeit für das Leben, wie es morgen gelebt werden wird und gelebt werden muß, nicht besitzen, haben Angst vor euch! Tödliche Angst. Kein Schullehrer, kein dreckiger kleiner Advokat, keiner der sogenannten Dichter und Maler mit ihrer Hühnerleber – und das versuchen die Studenten der anderen Fakultäten doch zu werden – kann es mit euch aufnehmen. Die Zukunft gehört euch, und laßt es nicht zu, daß eine unausgegorene Garnitur dekadenter Professoren und ihre jämmerlich schrumpfende Gefolgschaft euch in den Weg treten. Ruffano ist für die Lebenden da und nicht für die Toten.»

Tumultartige Beifallsstürme folgten auf Aldos Rede, mit der er scheinbar alles und jeden bankrott erklärte, seine Zuhörer ausgenommen. Er wartete, bis sich der Lärm gelegt hatte, dann beugte er sich vor.

«Es ist im Grunde nicht meine Sache, so zu euch zu sprechen. Als Direktor des Kunstrats mische ich mich nicht ein in die Universitätspolitik. Meine Aufgabe besteht darin, die Kunstschätze im Palazzo Ducale zu pflegen, die euch allen gehören und nicht, wie manche Leute meinen, einer Minderheit.

Warum ich euch hierhergebeten habe? Weil eine Clique – ich nenne keine Namen – euch ruinieren will. Sie möchten es dahin bringen, daß eure Fakultät und alles, wofür ihr steht und einsteht, den Behörden und Autoritäten zum Ärgernis wird, daß ihr hinausgeworfen werdet, ihr, euer Professor Elia, das ganze Gesindel. Dann, so meinen sie, wird wieder ein patrizischer Lebensstil regieren. Dann wird Ruffano wieder in tiefen Schlaf versinken. Dann werden die angehenden Schullehrer, Advokaten und Dichter allesamt ihren Willen bekommen.»

Ich spähte zu Paolo hinüber. Er beobachtete Aldo aufmerksam, das Kinn auf die Faust gestützt. Caterina, die links von mir stand, war gleichermaßen beeindruckt. Überhaupt lauschte die Studentenmenge mit emporgereckten Gesichtern meinem Bruder genauso aufmerksam, wie die kleine Elite zwei Tage zuvor im Palazzo Ducale – einer völlig anderen Rede.

«Der Einbruch der letzten Nacht und die schändliche Tat, die darauf folgte», sagte Aldo sanft, «wenn es eine schändliche Tat gewesen ist und nicht nur eine erschwindelte Geschichte, läuft auf einen ausgeklügelten Versuch hinaus, euch etwas anzuhängen. Der gleiche Sport, wie ihn im Kriege die Guerillas exerzieren. Den eigenen Leuten grausam mitspielen und dann den Feind dafür verantwortlich machen. Fein eingefädelt, großartig sogar. So bringt man Schießereien in Gang. Aber unglücklicherweise ist Ruffano im Augenblick nicht auf Krieg eingestellt. Vielmehr organisiere ich, wie ihr alle wißt, etwas ganz anderes, das Festival genannt, ein Festival, das, wenn wir es darauf anlegen, seinerseits auf eine ausgewachsene Schlacht hinauslaufen kann, je blutiger, je besser. Das Thema dieses Jahres wird der Aufstand der munteren, aufstrebenden jungen Bürger von Ruffano gegen den dekadenten Herzog Claudio und seine Bande von Schmarotzern sein. Die jungen Kaufleute und Arbeiter von Ruffano standen zu Tausenden gegen ein paar Höflinge, aber der Herzog hatte nicht nur die Legitimität auf seiner Seite, sondern auch die Waffen. Er übte sein Zerstörungswerk übrigens mit Vorliebe nächtlicherweise aus, indem er verkleidet durch die Straßen strich und harmlose Leute mißhandelte, genauso wie es ein anonymer Klub, so hat man mir erzählt, mitunter noch heute tut.»

Caterina griff nach meiner Hand und flüsterte: «Die Wächter, die Vigilante.»

Aldo stand auf. «Was ich möchte, ist dies: daß ihr, das frische Blut der Universität, im bevorstehenden Festival die Rolle der Bürger von Ruffano übernehmt. Ihr braucht keine Kostüme zu tragen, ihr braucht keine komplizierten Proben, aber das sage ich euch: Es kann gefährlich werden. Die Jungens, die die Höflinge spielen, werden bewaffnet sein. Ihr sollt mit Stöcken und Steinen auf die Straße gehen, mit allen hausgemachten Waffen ausgerüstet, die ihr irgend auftreiben könnt. Es wird in den Straßen gekämpft werden, und oben auf dem Hügel, und drinnen im Palast.

Wer Angst hat, darf zu Hause bleiben, und für meine Person nehme ich das niemandem übel. Aber wer darauf aus ist, sich an den Großkopferten zu rächen, an dem versnobten kleinen Kreis, der sich einbildet, die Universität und ganz Ruffano zu regieren, der findet hier, ob Mädchen oder Junge, seine Chance. Kommt und meldet euch freiwillig! Ich garantiere euch, daß ihr die Sieger sein werdet.»

Er winkte und lachte. Hinter ihm auf der Bühne begann jemand einen Trommelwirbel zu entfesseln, dessen Zusammenklang mit den Hochrufen aus dem Publikum und dem Krachen der Stühle, während des Ansturms der Studenten auf die Bühne, wo Aldo immer noch lachend wartete, mir wie die Melodie der Hölle in den Ohren gellte.

Ich ließ Caterina und Paolo stehen, die mit den anderen jubelten und schrien, und kämpfte mich zum nächsten Ausgang durch. Ich war der einzige, der aus der Menge auszubrechen suchte. Die Türwache – ich meinte einen der Kontrolleure in ihm zu erkennen, der letzten Sonnabend im Palazzo die Eintrittskarten geprüft hatte – streckte den Arm aus und versuchte mich festzuhalten. Aber es gelang mir, an ihm vorbeizuschlüpfen.

Über die Piazza Matrice, die jetzt, bis auf ein paar einheimische Spaziergänger, verlassen dalag, ging ich zurück zur Via San Michele und hinauf in mein Zimmer.

Es hatte keinen Sinn, heute abend noch etwas zu unternehmen. Die Sitzung im Theater konnte sich bis Mitternacht oder sogar noch länger hinziehen. Dort würden sie wohl weiter Schlager spielen, tanzen, reden, trommeln. Und Aldo würde seine Freiwilligen sammeln.

Morgen aber wollte ich ihn zu Hause in der Via dei Sogni besuchen und die Wahrheit aus ihm herausbringen. Mein Bruder hatte sich in zwanzig Jahren nicht verändert. Seine Technik war die gleiche geblieben. Der einzige Unterschied bestand darin, daß er damals mit der Phantasie eines kindlichen und ergebenen Verbündeten jongliert hatte, während er jetzt auf einem ganz anderen Instrument spielte, nämlich mit den unausgereiften, fieberheißen Emotionen von ein paar tausend Studenten.

Um die Darsteller eines Festivals in Stimmung zu bringen, mußte man sie doch nicht in eine Rivalität hineinpeitschen, in der der Keim zu einer regelrechten Katastrophe lag! Oder? Hoffte Aldo, indem er die beiden feindlichen Parteien gegeneinander hetzte, zu erreichen, daß die Luft ein für allemal gereinigt wurde? Dieser Theorie hatten in alten Zeiten Feldherren gehuldigt. Sie hatte sich nicht bewährt. Vergossenes Blut hatte die Erde gedüngt und neuen Zwist gezeitigt. Ich wünschte, Signora Butali wäre nicht nach Rom gefahren. Ich hätte mit ihr reden können. Ich hätte sie warnen können vor Aldo und seinen mannigfachen Ränken, vor der magnetischen Anziehungskraft, die er auf die Arglosen, die Verwundbaren, die Jungen ausübte. Sie hätte ihm vielleicht abgeraten von sei nen Unternehmungen oder ihn einfach ausgelacht.

Als die Studenten kurz nach Mitternacht in die Pension zurückkamen, löschte ich das Licht. Ich hörte Caterina leichtfüßig die Treppe herauflaufen, meine Zimmertür öffnen und leise meinen Namen rufen. Ich reagierte nicht, und gleich darauf ging sie wieder. Ich war nicht in der Stimmung, den Frischbekehrten zuzuhören oder mein eigenes Benehmen zu erläutern.

Am nächsten Morgen wartete ich eigens, bis die ganze Gesellschaft das Haus verlassen hatte, bevor ich ins Eßzimmer hinunterging. Signora Silvana saß noch am Tisch und las die Zeitung. Ihr Mann war schon fort.

«Da sind Sie ja!» sagte sie. «Ich dachte schon, daß Sie besonders früh aufgebrochen sind, aber die Kinder meinten, nein. Waren Sie auch so fasziniert vom Direktor des Kunstrats wie die anderen?»

«Er versteht sie zu nehmen», sagte ich, «er wirkt sehr überzeugend.»

«Das scheint mir auch so», antwortete sie. «Jedenfalls hat er unsere Leute hier völlig überzeugt und die meisten anderen sicher auch. Für das Festival werden sie sich alle in Bürger von Ruffano verwandeln, und auf mich kommt das Vergnügen zu, aus ihren Hemden und Blue jeans Wämse und Kniehosen zu zaubern.»

Sie schob mir die Zeitung hin, während ich meinen Kaffee trank.

«Hier ist unser Provinzblatt», sagte sie. «Es ist ein kleiner Bericht über den Einbruch im Pensionat darin, aber sie schreiben, daß nichts gestohlen wurde und daß das Ganze nur ein Studentenstreich gewesen sei. Signorina Rizzio habe einen Asthmaanfall erlitten, der in keinem Zusammenhang mit dem Einbruch stehe, und sei für vierzehn Tage irgendwohin in die Berge gereist.»

Ich strich mir schweigend Butter auf mein Brötchen und las die Meldung durch.

Carla Raspa hatte recht behalten. Signorina Rizzio war nicht imstande gewesen, sich dem Gespött ihrer Umwelt zu stellen. Wieviel an der Geschichte wahr oder unwahr sein mochte:

Das Stigma des alten Mädchens, das man mit Gewalt entjungfert hatte, war als solches entwürdigend genug.

«Ruffano macht Schlagzeilen», fuhr Signora Silvana fort, «sehen Sie dort oben, den Bericht über die Frau, die in Rom ermordet worden ist. Sie stammte aus Ruffano, und jetzt wollen sie die Leiche herschaffen und sie hier beerdigen. Sie haben auch den Kerl geschnappt, der es getan hat. Einer aus der Unterwelt.»

Mein Blick flog zu den großen Lettern der Schlagzeile hinauf. «Gestern abend nahm die römische Polizei einen zur Zeit arbeitslosen Taglöhner, Giovanni Stampa, fest, der schon einmal neun Monate wegen Diebstahls gesessen hat. Er gestand, daß er der Toten einen Zehntausend-Lire-Schein abgenommen habe, leugnete aber den Mord.»

«Er behauptet, er sei unschuldig», sagte ich.

«Würden Sie das an seiner Stelle nicht auch tun?» fragte Signora Silvana.

Es war jetzt genau eine Woche her, seitdem ich mit meiner Reisegesellschaft nach Rom gefahren war und in der folgenden Nacht die schlafende Frau an der Kirchentür gesehen hatte, von der nun feststand, daß sie Marta war. Nur eine Woche. Eine spontane Geste meinerseits hatte zu dem Mord geführt und zu meiner Flucht nach Hause und zu der Begegnung mit meinem Bruder, der keineswegs tot, sondern höchst lebendig war. Zufall oder Vorbestimmung? Die Naturwissenschaftler wußten auf diese Frage keine Antwort, und die Psychologen oder die Priester auch nicht. Wäre ich in jener Nacht nicht noch einmal auf die Straße gegangen, würde ich jetzt auf dem Rückweg von Neapel nach Genua sein und meine Herde hüten. Inzwischen hatte ich meine Stellung als Reiseleiter verloren und – was dafür eingetauscht? Einen Aushilfsjob als Bibliotheksassistent, den ich Aldos wegen nicht aufgeben konnte, nicht aufzugeben wagte.

Er – der von den Toten auferstandene Aldo – war jetzt mein Daseinsgrund. Wir, meine Mutter und ich, hatten ihn damals verlassen und zweifellos beigetragen zu der Zwiespältigkeit seines Wesens, die er jetzt an den Tag legte. Nie wieder durfte ich ihn verlassen. Was immer mein Bruder tun würde, ich mußte zu ihm stehen. Der Mord an Marta brauchte mich nicht mehr zu beunruhigen, nun der Mörder gefaßt war. Meine Sorge galt Aldo.

Wie gestern summte die Bibliothek nur so von Gerüchten. Die Sekretärin, Signorina Gatti, war damit beschäftigt, die von Toni verbreitete Geschichte zu bestreiten, daß ihre Altersgenossin, die unglückliche Signorina Rizzio, erst in Ruffano im Städtischen Krankenhaus geröntgt worden und dann weggefahren sei, um sich anderswo operieren zu lassen.

«Die Geschichte ist böswillig erfunden und vollkommen unwahr», erklärte sie, «Signorina Rizzio hatte ohnehin eine schlimme Erkältung und leidet seit langem an Asthma. Sie ist mit Freunden nach Cortina gegangen.»

Unser Vorgesetzter, Giuseppe Fossi, tat die ganze Sache als Studentenklatsch ab. «Außerdem wird der unglückselige Fall sehr bald eines natürlichen Todes sterben», verkündete er, «und zwar dank Professor Donati, der eine Versöhnung zwischen Professor Rizzio und Professor Elia zustande gebracht hat. Heute abend gibt er für die beiden ein großes Essen im Hotel Panoramica. Meine Frau und ich sind auch eingeladen und die Professoren von den verschiedenen Fakultäten. Es wird ein ziemliches Ereignis werden, wie Sie sich denken können. Aber nun wollen wir von all dem Unsinn nicht weiter reden und uns an die Arbcit machen, ja?»

Während ich unter seiner Aufsicht vor mich hin wühlte, wurde mir allmählich leichter ums Herz. Eine Versöhnung zwischen den Direktoren der beiden feindlichen Fakultäten konnte sich nur positiv auswirken. Wenn dies Aldos Verdienst war, hatte ich ihn falsch eingeschätzt. Vielleicht war seine Ansprache an die WW-Studenten ja nur ein listig hingeworfener Köder gewesen, um Festivalfreiwillige zu werben, und weiter nichts.

Zwar registrierte ich jedes seiner Worte und jede seiner Gesten mit viel Empfindsamkeit, aber über seine Leistungen für das Festival wußte ich bis heute konkret eigentlich so gut wie nichts. Signora Butali, wie Carla Raspa, hatten sich begeistert über den Realismus der Darbietungen geäußert. Signora Butali und auch der Präsident hatten im letzten Jahr, zusammen mit Professor Rizzio, mitgewirkt. Ob die diesjährige Schau wirklich so ganz anders ausfallen würde?

Zum Mittagessen ging ich in die Pension, wo meine Gefährten von gestern abend sofort über mich herfielen.

«Deserteur ... Feigling ... Verräter», schrien Gino und seine Freunde durcheinander, bis Signor Silvana mit einer Handbewegung zur Ruhe mahnte und drohte, er und seine Frau würden die ganze Bande notfalls auf die Straße setzen.

«Auf dem Festival schreit euch von mir aus heiser», erklärte er, «aber nicht in meinem Haus. Hier bestimme ich. Setzen Sie sich, und nehmen Sie keine Notiz von ihnen!» kam er mir zu Hilfe und bat seine Frau: «Leg Armino zuerst auf.»

«Wenn Sie die Wahrheit wissen wollen...», wandte ich mich pauschal an den ganzen Tisch, «ich bin gestern abend so früh nach Hause gegangen, weil ich Magenschmerzen hatte.»

Meine Eröffnung wurde mit ungläubigem Geknurre aufgenommen, während ich fortfuhr: «Und twisten kann ich auch nicht, oder vielmehr ist mir wohl darüber schlecht geworden.»

«Ihnen sei vergeben», rief Caterina aus, «und ihr anderen haltet jetzt den Mund. Schließlich dürfen wir nicht vergessen, daß er kein Student ist. Warum sollte er sich engagieren?»

«Wer nicht für uns ist, ist gegen uns – darum!» schaltete sich Gerardo ein.

«Nein», sagte Paolo, «das gilt nicht für Fremde. Und Armino ist fremd in Ruffano.»

Er wandte sich zu mir. Sein junges Gesicht war ernst. «Wir werden nicht zulassen, daß man Sie tyrannisiert», sagte er, «aber auch Ihnen ist doch wohl klargeworden, wie großartig es von Professor Donati ist, uns alle ins Festival einzubeziehen?»

«Er braucht Darsteller», erwiderte ich, «das ist alles, was ich darin sehe.»

«Nein», sagte Paolo, «das ist eben nicht alles. Er will öffentlich demonstrieren, daß er auf unserer Seite steht. Das läuft auf eine Vertrauenserklärung für jeden einzelnen WW-Studenten hinaus. Und da es sich um einen so unparteiischen Beobachter wie den Direktor des Kunstrats von Ruffano handelt, stehen wir damit großartig da.» Die Tischrunde applaudierte.

Indessen wischte sich Signor Silvana den Mund und schob seinen Stuhl zurück. «Wissen Sie, was sie auf der Stadtverwaltung erzählen?» sagte er. «Daß die ganze Universität zu groß wird und aus den Nähten platzt. Zum Teufel mit euren sämtlichen Fakultäten, und wir täten besser daran, euch alle davonzujagen und die Stadt zu einem hübschen großen Urlaubszentrum zu entwickeln mit Heilbädern und Swimmingpools auf beiden Hügeln.»

Das setzte für den Augenblick den Schlußpunkt hinter die Debatte. Ich konnte mein Mittagessen in Ruhe beenden, ohne weiterem Beschuß ausgesetzt zu sein.

Bevor ich in die Bibliothek zurückkehrte, fand ich einen Zettel, der an der Tür für mich abgegeben worden war. Ich erkannte die verschlungene Handschrift der Signorina Raspa sofort wieder.

«Ich habe unsere Verabredung für heute abend nicht vergessen», las ich, «und ich schlage folgendes vor: Anstatt daß Sie mich ins Hotel dei Duchi einladen, werfen wir unsere Kapitalien in einen Topf und probieren einmal das Panoramica mit seinen Herrlichkeiten aus. Dort gibt der Direktor des Kunstrats ein großes Diner. Wir können uns in ein Eckchen drücken und das Glamourmahl wenigstens von weitem beobachten. Holen Sie mich um sieben ab.»

Sie war unermüdlich in ihren Bemühungen, aber ich bezweifelte, daß sie, bei aller Zähigkeit, je Zutritt zur Via dei Sogni 2 erlangen würde. Sie würde an Aldo niemals näher herankommen, als es im öffentlichen Restaurant eines Hotels möglich war. Ich kritzelte rasch einen Antwortzettel, mit dem ich den kecken Vorschlag annahm, und steckte ihn durch Carlas Haustür.

Der Nachmittag in der Bibliothek ging ohne Zwischenfälle und sogar ohne Geklatsche vorüber. Im übrigen hatte der WW-Rowdy, der am Tag zuvor in der Fontäne große Wäsche mit mir hatte veranstalten wollen, völlig recht bekommen, was den Bücherstaub betraf. Die Regale, mit denen Toni und ich uns beschäftigten, waren von einer dicken Schmutzschicht bedeckt. Offenbar hatten die Bücher, die wir abräumten, seit Jahr und Tag unberührt dagestanden.

Eine der Sammlungen trug einen Namen, der eine Saite in meinem Gedächtnis anschlug. Luigi Speca. Wo hatte ich diesen Namen doch unlängst noch gehört oder gelesen? Luigi Speca... Ich dachte einen Augenblick nach und zuckte dann die Achseln. Ich konnte mich nicht erinnern.

Die Sammlung war außerdem uninteressant. Routineausgaben von Dantes «Göttlicher Komödie», Gedichte von Leopardi, Sonette von Petrarca, alles zusammengestopft mit weiterem Mischmasch. «Der Universität von Ruffano, gestiftet von Luigi Speca», las ich. Damit war bewiesen, daß die Bände Eigentum der Universität waren und in die neue Bibliothek geschafft werden konnten. Ich packte sie in eine der Kisten.

Giuseppe Fossi wurde schon nervös und schaute dauernd auf die Uhr.

«Ich darf mich nicht verspäten», sagte er kurz nach sechs, «das Essen im Panoramica beginnt erst Viertel vor neun, aber wir sind schon für acht Uhr fünfzehn gebeten. Der Smoking ist nicht obligatorisch. Aber ich ziehe ihn natürlich an. Meine Frau hat den ganzen Nachmittag beim Friseur gesessen.»

Ob er wohl seine Begleiterin gegen die meine austauschen würde, wenn er könnte? überlegte ich, während er mit der Wichtigkeit eines Kirchendieners, der zu einem Festmahl am päpstlichen Hof geladen ist, aus der Bibliothek stelzte. Ich folgte ihm ungefähr zwanzig Minuten später. Ich besaß keinen Smoking, mit dem ich auf Carla Raspa hätte Eindruck machen können, sondern nur einen einzigen schwarzen Anzug. Der mußte genügen.

«Wollen Sie sich auch das Theater im Panoramica ansehen?» erkundigte sich Toni. «Ganz Ruffano wird auf den Beinen sein, sagen die Jungens unten in der Stadt.»

«Vielleicht ja», erwiderte ich. «Sie können ja ein wenig nach mir Ausschau halten.»

Als die Uhr vom Campanile sieben schlug, stand ich frisch gewaschen, umgekleidet und geschniegelt vor dem Haus Nummer 5. Ich kletterte zum ersten Stock hinauf, entdeckte eine Karte mit dem Namen Carla Raspa, die säuberlich neben der Tür befestigt war, und klopfte. Es wurde augenblicklich geöffnet, und da stand – makellos in Schwarz und Weiß – meine

Dame, weiße, tiefausgeschnittene Korsage zum steifen schwarzen Rock, das Haar auf Hochglanz gebürstet und weich hinter die Ohren gelegt, die Lippen blaß, fast blutleer. Ein Vampir, der gerade im Begriff ist, sich auf sein Opfer zu stürzen, hätte nicht beängstigender aussehen können.

«Ich bin überwältigt», verkündete ich mit einer Verbeugung. «Die Schwierigkeit ist nur, daß man Sie anrempeln wird, sobald Sie den Fuß auf die Straße setzen, und daß wir infolgedessen nie bis zum Panoramica gelangen dürften.»

«Machen Sie sich keine Gedanken», antwortete sie und zog mich ins Innere der Wohnung. «Ich habe vorgesorgt. Ist Ihnen nicht der Wagen draußen aufgefallen?»

Tatsächlich hatte ich einen Fiat 600 am Bordstein stehen sehen, als ich das Haus betrat.

«Ja», sagte ich, «gehört der Ihnen?»

«Für diesen Abend.» Sie lächelte. «Von einem freundlichen Nachbarn im zweiten Stock geliehen. Kommen Sie, trinken wir einen Schluck. Cinzano. Aus Ihrer Heimatstadt Turin.»

Ich schaute mich um. Die Möbel, wahrscheinlich Serienmöbel, da die Wohnung mit Einrichtung vergeben wurde, waren mit Accessoires nach dem Geschmack der Mieterin herausgeputzt. Helle, riesengroße Kissen spreizten sich auf der Bettcouch. Daneben ein schmiedeeiserner Lampenfuß – made in Ruffano? – mit einem tief herabreichenden Pergamentschirm, der den Lichtschein dämpfte. Die kleine Küche auf der anderen Seite hatte einen roten Fußboden und eine Eßnische mit einem Tisch und zwei Stühlen, die ganz in Schwarz gehalten war. Hier also schwelgte Giuseppe Fossi, bevor er auf der Bettcouch nach der Erfüllung seiner Wünsche strebte.

«Sie sind aber sehr hübsch eingerichtet», sagte ich, «ich gratuliere, Signorina.»

«Ich habe es gern gemütlich», sagte sie, «und die wenigen Freunde, die mich hier besuchen, auch. Falls Sie sich zu ihnen rechnen, nennen Sie mich Carla.»

Ich erhob mein Glas und trank auf diese Auszeichnung. Sie zündete sich eine Zigarette an und ging im Zimmer hin und her, wobei von ihrer parfümierten Person Duftwellen ausgingen, die für meinen Geschmack zu penetrant waren. Kein Zweifel, daß dieses Parfüm den Appetit anregen, das Blut zum Sieden bringen sollte. Aber in mir rührte sich nichts.

«Ich habe einen Tisch bestellt», sagte sie. «Zum Glück ist das Restaurant des Panoramica groß genug, um eine Tischgesellschaft von fünfundzwanzig Personen oder mehr und außerdem noch Einzeltische zu fassen.» Plötzlich erblickte sie sich selbst im Wandspiegel und machte einen Schmollmund, ein Reflex, der ihr Vergnügen an ihrem eigenen Anblick verriet.

«Was ist eigentlich Aufregendes dabei», fragte ich, «ein paar Professoren und ihre Frauen bei einer offiziellen Party zu beobachten?»

«Sie wissen nicht und können nicht wissen, daß das ein einzigartiges Schauspiel sein wird. Es heißt, daß Professor Rizzio und Professor Elia seit einem Jahr kein Wort miteinander gesprochen haben. Den Zusammenstoß muß ich einfach sehen! Außerdem lohnt sich jede Party, die Aldo Donati gibt. Auch wenn man sich nur am Rande herumdrückt, ist das schon Stimulans genug.»

Ihre Nüstern zitterten vor Erwartung wie die einer Zuchtstute, die gerade besprungen werden soll. Ich war darauf gefaßt, daß sie jeden Augenblick mit den Hufen scharren würde.

«Übrigens ist auch Giuseppe Fossi geladen, mit Frau», teilte ich ihr mit. «Wenn er uns nun zusammen sieht? Könnte das Ihre bezaubernde Freundschaft nicht vielleicht zerstören?» Sie zuckte lachend die Achseln.

«Er muß sich mit dem zufriedengeben, was ihm freiwillig geboten wird», sagte sie. «Außerdem dürfte er so stolzgeschwellt sein, daß er gar kein Auge für uns hat. Wollen wir gehen?»

Es war kaum Viertel nach sieben. In der Bibliothek hatte Giuseppe Fossi davon gesprochen, daß sich die Gesellschaft um Viertel nach acht zusammenfinden würde. Ich sagte es Carla Raspa.

«Ich weiß», erwiderte sie, «aber ich denke mir die Sache so: Wir essen frühzeitig – zumal unser Tisch zu einem späteren Zeitpunkt schon wieder reserviert ist –, und wenn die Donati-Party sich zum Cocktail in der Halle versammelt, schlüpfen wir aus dem Restaurant und mischen uns unter die Gäste. Bevor man sich zu Tisch setzt, wird kein Mensch darauf kommen, daß wir gar nicht eingeladen sind.»

Es hatte ehemals zu meinen Aufgaben gehört, ähnliche kleine Betrugsmanöver durchzuführen, um meine Touristen zu amüsieren. Es machte ihnen ein abendfüllendes Vergnügen, wenn sie in nächster Nähe eines Filmstars oder Diplomaten herumstehen und sich in der Illusion wiegen konnten, zu einer andern Sphäre zu gehören, und sei es nur fünf Minuten lang.

«Ganz wie Sie wünschen», sagte ich zu meiner Begleiterin. «Meine einzige Bedingung besteht darin, daß wir den Gästen anschließend nicht ins Restaurant folgen und uns nicht der Blamage aussetzen, von der großen Tafel weggejagt zu werden.»

«Ich verspreche Ihnen, mich zu benehmen», sagte sie. «Aber man kann nie wissen. Vielleicht stimmt die Zahl der Gäste nicht, und sollten Plätze frei bleiben, würde ich mir bedenkenlos einen davon sichern.»

Ich bezweifelte, daß Aldos Party so schlecht organisiert war, ließ aber die Frage auf sich beruhen. Auf Carlas Vorschlag hin setzte ich mich hinter das Lenkrad des geborgten Wagens. Wir schossen die Straße hinunter, kletterten, vorbei an San Cipriano, den Nordhügel in Richtung auf die Piazza Carlo hinauf und fuhren, etwa 200 Meter vor der Piazza, beim imposanten Hotel Panoramica vor.

Wir kamen zu früh für die Neugierigen aus der Stadt, deren Auftritt Toni verheißen hatte, dennoch blieb unsere Ankunft nicht unbemerkt. Ein livrierter Portier stürzte herbei, um den Wagenschlag aufzureißen. Ein zweiter, nicht minder prächtig angetan, setzte die Drehtür in Schwung, und voller Mitleid dachte ich an meinen alten Freund Signor Longhi im Hotel dei Duchi.

Das Vestibül war sehr groß. Es war mit einem Steinfußboden, mit Säulen, Orangenbäumen in Kübeln und plätschernden Fontänen ausgestattet. Die Fenster der Rückwand gingen auf eine Terrasse hinaus, wo, so berichtete meine Begleiterin, die Hotelgäste sich während der schönen Jahreszeit aufhalten und wo sie auch essen konnten. Das Hotel, das in die zweite

Saison ging, wurde von einem Konsortium verwaltet, zu dem, dem Vernehmen nach, auch Professor Elia gehört. Es überraschte mich nicht.

«Machen Sie sich keine Sorgen wegen der Rechnung», flüsterte Carla, «ich habe reichlich Geld mit, für den Fall, daß Sie mit Ihrem nicht auskommen sollten. Die Preise sind schwindelerregend und natürlich auf amerikanische und deutsche Touristen zugeschnitten. Im übrigen kann sich das kein Mensch leisten, außer den Mailändern.»

Wir gingen zum Restaurant, das, von uns beiden abgesehen, im Augenblick leer war. Der riesige Tisch in der Mitte erinnerte mich an die Tafelrunden, die ich selbst so oft für meine «Sonnenreisenden» arrangiert hatte. Nur die Fähnchen fehlten.

Der Ober, mit einem Schwarm von Jungkellnern an seinen Frackschößen, geleitete uns unter Verbeugungen an unseren Tisch und händigte uns eine Speisekarte im Format einer Proklamation aus. Ich studierte die meine schweigend und dachte an den Inhalt meiner Brieftasche. Carla Raspa bestellte indessen mit Bravour für uns beide. Das Gericht, eine posthume Vermählung von Aal und Polyp, versprach eine schlaflose Nacht. Was von Carla vielleicht beabsichtigt war.

«In diesem Stil möchte ich gern leben», gestand sie. «Aber solange ich hier an der Universität Dozentin bin, wird es dazu nicht kommen.»

Ich fragte sie, was sie denn anderes tun könne oder wolle. Sie zuckte die Achseln.

«Irgendeinen reichen Mann angeln», antwortete sie, «möglichst mit einer Ehefrau daheim. Unverheiratete Männer bekommen einen schneller satt. Sie haben so viel Auswahl.»

«Hier in Ruffano finden Sie dergleichen ganz bestimmt nicht», belehrte ich sie.

«Das ist nicht gesagt. Ich hege so meine Hoffnungen. Professor Elia zum Beispiel hat eine Frau, die in Ancona lebt und sich nie blicken läßt. Auch heute abend ist sie nicht dabei.»

«Ich dachte», sagte ich und deutete mit einem Kopfnicken auf ihre Aufmachung, «Sie wollten Professor Donati einfangen.»

«Warum soll ich mir nicht beide schnappen?» fragte sie. «An Professor Donati ist schwerer heranzukommen. Elia, so erzählt man sich, hat den größeren Appetit.»

Ihre Offenheit war entwaffnend. Ich jedenfalls durfte mich in Sicherheit wiegen. Der Tisch für zwei in der Kitchinette und das Couchbett waren nicht mir bestimmt.

«Wenn plötzlich jemand daherkäme und mich heiraten wollte, würde ich natürlich ja sagen», fuhr Carla fort, «allerdings nur, wenn er ein vielstelliges Bankkonto vorweisen könnte.» Ich vernahm die Botschaft und ließ einen tiefen Seufzer hören, worauf sie mir liebreich die Hand tätschelte.

«Als Kavalier könnte ich mir niemand besseren denken als Sie», sagte sie, «und wenn ich meinen großen Fisch an die Angel kriege und Sie sollten noch in Ruffano sein, bekommen Sie Ihren Anteil von den Brosamen.»

Ich gab meiner Verbundenheit Ausdruck, und allmählich wurden wir alle beide recht heiter bei der Flasche Verdicchio, die Aal und Polypen hinunterspülen sollte. Ich bemerkte, daß ich ohne jeden Grund vor mich hin lächelte und daß die Wände des Panoramica vor mir zurückwichen.

Der Ober war nicht mehr so aufmerksam wie vorher und spähte dauernd ins säulengeschmückte Vestibül hinaus.

«Sind Sie fertig?» fragte Carla und schüttelte den Kopf, als ich etwas dümmlich auf mein leeres Glas deutete. «Nein, nein, ich meine mit dem Essen, und wenn ja, sollten wir uns besser aufmachen. Die ersten kommen schon an. Ich höre das am Stimmenlärm. Verlangen Sie bitte die Rechnung!»

Die Rechnung war fertig und wurde mir zusammengefaltet auf einem Tablett gereicht. Wir hatten nur das eine Gericht gegessen, aber aus den verschwimmenden Zahlen ersah ich immerhin so viel, daß wir Beistand von dem zuvor erwähnten Bankkonto gut gebrauchen könnten. Ich zog meine Brieftasche, während mir meine Dame unter dem Tischtuch Hilfsgelder aufs Knie schob.

«Legen Sie noch ein Trinkgeld auf die Prozente drauf», raunte sie mir zu. «Wenn Sie nicht wieder herkommen sollten – ich bin bestimmt nicht zum letztenmal hier.»

Herablassend wie ein Gott, der sein Mahl vor Ankunft der

niederen Sterblichen verzehrt hat, bezahlte ich und geleitete die Signorina aus dem Restaurant.

Das Vestibül füllte sich zusehends mit den geladenen Gästen. Um sie herum sausten die Kellner mit ihren Tabletts und boten Getränke an. Die Männer waren, wie Giuseppe Fossi schon prophezeit hatte, im Smoking. Die Damen prunkten mit Abendkleidern aller Art, und die Friseure von Ruffano hatten offenbar Überstunden gemacht.

Schamlos griff Carla nach einem der Gläser, das ihr der nächststehende Kellner, nicht ahnend, daß sie gar nicht eingeladen war, anbot. Die Wirkung des Martini, den ich auf den Verdicchio goß, war beträchtlich.

«Da ist er!» verkündete meine Kumpanin auf dem Feld der Unehre. «Im Smoking sieht er noch verführerischer aus als sonst. Ich könnte ihn fressen.»

Aldo stand mit dem Rücken zu uns, aber trotz des Stimmengewirrs hatten Carla Raspas Worte, die ihr in einer eher für den Hörsaal als für eine hochoffizielle Party geeigneten Lautstärke entschlüpft waren, sein Ohr erreicht. Er drehte sich um und wirkte einen Augenblick lang völlig perplex, eine seltene Leistung für meinen Bruder. Ich konnte mir vorstellen, wie er blitzschnell überlegte: Waren zwei der Einladungen, die er natürlich durch Boten verschickt hatte, vielleicht in falsche Hände gelangt? Mein verlegenes Gesicht und der Versuch, mich zu verkriechen, mußten ihn jedoch sofort beruhigt haben. Er sah eiskalt durch mich hindurch, während er Carla relativ höflich grüßte.

«Die Getränke sind frei», sagte er, «aber Spenden zur Erhaltung der Kunstschätze von Ruffano sind willkommen.» Die Beleidigung berührte sie nicht, ich glaube, sie hatte sie nicht einmal registriert.

Aldo bewegte sich indessen schon weiter, um einen Neuankömmling zu begrüßen, Professor Rizzio, der allein, ohne seine Schwester, auftrat. Der Vizepräsident der Universität sah sehr mitgenommen aus. Er schüttelte Aldo die Hand und antwortete auf dessen eifrige Erkundigung nach dem Befinden seiner Schwester irgend etwas, das ich nicht verstehen konnte.

Sein abgehärmtes Aussehen verwirrte mich. Ich vermied es,

ihn anzusehen, und begab mich unauffällig außer Hörweite, um die eintreffenden Gäste zu besichtigen. Aber unter lauter Fremden entdeckte ich nur einen Bekannten: Giuseppe Fossi, der fast aus seinem zu eng gewordenen Smoking platzte, begleitet von seiner Frau, die mehr denn je einer pickenden, glucksenden Henne glich.

Durch das Portal warf ich einen Blick auf die Reihe der parkenden Wagen und die schwatzende, gaffende Menge im Hintergrund.

Zwar hatte sich nicht ganz Ruffano versammelt, aber ein beträchtlicher Teil der Bevölkerung war doch herbeigeströmt, Eingeborene wie Studenten, die bei der Gelegenheit frische Luft schnappen wollten.

Als ich ins Vestibül zurückkam, stellte ich fest, daß Giuseppe Fossi Carla Raspa entdeckt hatte und emsig bemüht war, seine Frau in die entgegengesetzte Richtung zu dirigieren. Aldo, immer noch mit Professor Rizzio beschäftigt, schaute stirnrunzelnd auf die Uhr.

Meine Dame schlängelte sich zu mir durch: «Der zweite Ehrengast hat sich verspätet», berichtete sie, «es ist fast zehn vor neun. Das hat er natürlich mit Absicht so eingerichtet, damit er mit seinem Auftritt mehr Aufsehen erregt als Professor Rizzio.»

Ich hatte gar nicht mehr an den WW-Direktor, Professor Elia, gedacht. Natürlich! Die Party war ja eine Versöhnungsfeier, und Aldos Triumph sollte darin gipfeln, die beiden Gegner, Elia und Rizzio, wieder zusammenzubringen. Das Stimmengewirr wurde immer stärker. Die Gläser klangen. Ich schüttelte den Kopf, als man mir den dritten Martini anbot.

«Wollen wir nicht gehen?» flüsterte ich Carla Raspa zu.

«Und das Duell der Giganten versäumen? Im Leben nicht!»

Mir kamen die Minuten wie Stunden vor. Inzwischen standen die Zeiger der Hoteluhr auf drei Minuten vor neun. Aldo unterhielt sich nicht mehr mit Professor Rizzio, sondern klopfte mit der Fußspitze ungeduldig auf den Fußboden.

«Wohnt Elia weit von hier?» fragte ich meine Begleiterin.

«Im Wagen drei Minuten», sagte sie. «Kennen Sie nicht das große Haus an der Ecke Piazza Carlo? Oh, nein, der Fall ist klar! Das ist genau seine Art, den anderen die Schau zu stehlen.»

Am Empfangspult läutete das Telefon, was ich zufällig mitbekam, weil ich zwischen dem Pult und dem Gros der Gäste stand.

Ich sah den Empfangschef aufmerksam zuhören, nach einem Notizblock langen und eine Bestellung aufschreiben. Er wirkte bestürzt. Dann schob er den neben ihm stehenden Pagen beiseite, eilte durch das Gewirr auf meinen Bruder zu und gab ihm den Zettel.

Ich beobachtete Aldos Gesicht. Er überflog die Notiz und stellte dem Empfangschef hastig einige Fragen. Daraufhin wiederholte der Mann offenbar – bleich und verwirrt –, was er gerade am Telefon vernommen hatte.

Aldo hob beide Hände und bat um Gehör. Der Lärm legte sich augenblicklich. Alle Gesichter wandten sich ihm zu.

«Ich fürchte, daß Professor Elia etwas zugestoßen ist», sagte er. «Soeben kam ein anonymer Anruf, ich möge mich auf der Stelle zum Haus des Professors begeben. Es kann sich natürlich um einen dummen Streich handeln, aber für wahrscheinlich halte ich das nicht. Wenn Sie mich bitte entschuldigen wollen, fahre ich sofort hinüber. Sollte alles in Ordnung sein, komme ich dann gleich ins Hotel zurück.»

Ein Seufzer der Bestürzung wurde laut. Professor Rizzio, leidender anzusehen denn je, zupfte Aldo am Ärmel. Vermutlich fragte er, ob er nicht mitfahren könne.

Aldo nickte und war schon unterwegs. Eilig durchquerte er den überfüllten Raum. Professor Rizzio folgte ihm, und auch andere Herren ließen ihre Ehefrauen stehen und strebten zum Ausgang. Carla Raspa nahm mich bei der Hand und zerrte mich in die gleiche Richtung.

«Kommen Sie, schnell!» befahl sie, «das kann eine sehr ernste Sache sein; es kann freilich auch gar nichts sein. Aber wie immer – wir werden uns keinesfalls entgehen lassen, was sich da abspielt.»

Ich folgte ihr durch die Drehtür und hörte noch das Aufheulen von Aldos Ferrari, der zur Piazza Carlo hinaufraste.

14

In unserem geborgten Wagen fuhren wir eilends hinter Aldo her, aber andere hatten den gleichen Gedanken gehabt. Am schnellsten waren die Wagen jener Gäste, die wie wir und Aldo auf dem hoteleigenen Platz geparkt hatten.

Zugleich rannte die neugierige Menge der Studenten und Einheimischen, die aus dem Durcheinander schlossen, daß etwas nicht stimmte, ihrerseits den Hügel hinauf. Die Hupen hupten verzweifelt, die Gänge kreischten, die Leute redeten und schrien aufgeregt durcheinander.

«Dort an der Ecke, das ist Elias Haus», sagte Carla Raspa und zeigte mit dem Finger auf eine Villa. «Es ist erleuchtet.»

Der Ferrari war schon vorgefahren und hatte rechts von der Piazza Carlo im Garten geparkt. Ich sah Aldo hinausspringen und ins Haus stürzen. Professor Rizzio folgte ihm in etwas gemäßigterer Gangart.

Ich drosselte das Tempo, weil ich nicht wußte, was ich tun sollte. Wir konnten ja nicht gut neben dem Ferrari parken.

Hinter mir wurde ungeduldiges Hupen laut. «Ich fahre einmal um die Piazza herum und dann wieder hierher zurück», sagte ich und brauste los, während Carla, die sich den Hals ausreckte, atemlos berichtete: «Sie kommen wieder heraus. Er kann nicht zu Hause sein.»

Hinter mir brach die Hölle los. Scheinwerferlicht schoß in meinen Spiegel. Die Menge randalierte.

«Donati steigt wieder in seinen Wagen», sagte Carla Raspa, «nein, doch nicht. Armino, warten Sie, so warten Sie doch! Parken Sie hier rechts, am Stadtgarten!»

Die Piazza Carlo lief in eine Anlage aus, wie man sie mit Kieswegen und angepflanzten Baum- und Strauchgruppen allenthalben findet. Über der ganzen Szenerie thronte beherrschend das Standbild des Herzogs Carlo. Ich stellte den Wagen neben ein paar Bäumen ab, und wir stiegen aus.

«Was sollen die Scheinwerfer?» fragte ich.

«Die schalten sie zur Festivalwoche immer ein», erklärte meine Begleiterin. «Haben Sie sie gestern abend nicht bemerkt? Mein Gott ...»

Aufgeregt umklammerte sie meinen Arm und zeigte auf die Statue des Herzogs Carlo, der in majestätischer Gelassenheit auf seinem marmornen Piedestal paradierte und voller Güte auf den Kiesweg zu seinen Füßen herabschaute. Im Scheinwerferlicht wirkte er höchst imposant. Weniger imposant nahm sich der Mann aus, der unmittelbar zu seinen Füßen auf den Stufen hockte, die zum Piedestal herunterführten.

Seine Hände und seine weit auseinandergezerrten Beine waren mit Gewichten beschwert, die ihn an jeder eigenmächtigen Bewegung hinderten. Er war splitternackt, und trotz der Entfernung – rund 25 Meter – konnte ich an der mächtigen Statur und dem schwarzen Haarschopf ohne weiteres erkennen, daß es sich um den Direktor der Fakultät für Wirtschaftswissenschaften, Professor Elia, handelte.

Während wir noch standen und starrten und meine Gefährtin einen halb erschrockenen, halb hysterischen Schrei unterdrückte, sahen wir Aldo mit einem halben Dutzend anderer Männer zum Standbild laufen. In Sekundenschnelle war das unglückliche Opfer umringt und allen indiskreten Blicken entzogen durch die Silhouetten derer, die sich über ihn beugten, um ihn loszubinden. Dann sah ich Aldo zurückstürzen, hörte ihn nach seinem Wagen rufen. Indessen näherten sich weitere Autos, kam der erste der heraufstürmenden Studenten auf dem Hügel an. Alles brüllte und schrie durcheinander: «Was ist los? Was ist geschehen?»

Da wir frühzeitig auf der Bühne gewesen waren, hatten wir bessere Chancen als unsere gleichermaßen wißbegierigen Nachbarn, sogar bessere Chancen als Aldo und diejenigen, die ihm als erste nachgefahren waren, den armen Professor immer noch weitgehend zu sehen.

«Es sind richtige Küchengewichte», hauchte Carla Raspa, «sie haben ihm die Hände und Füße mit Küchengewichten beschwert.» Jemand durchschnitt die Fesseln. Arme und Beine sackten nach vorn. Der ganze Körper fiel in sich zusammen. Es sah so aus, als würde Elia zu Boden stürzen. Doch dann hob er den Kopf. Er war nicht geknebelt. Wenn Elia gewollt hätte, hätte er um Hilfe rufen können und wäre entsprechend schneller befreit worden. Warum hatte er es nicht getan?

Ich las die Antwort in seinen Augen, die, ohne die gewohnte Brille, hilflos fragend auf den Gesichtern derer herumirrten, die ihn, mitfühlend und bestürzt, vor der Neugier der Masse zu schützen suchten. Professor Elia hatte nicht um Hilfe gerufen, weil er sich schämte.

Und der Zufall wollte es, daß der Mann, der jetzt vor ihm stand, der voller Mitleid, ja voller Angst auf ihn hinabblickte und vor allen anderen dabei war, ihm die Decke umzulegen, die ein hilfsbereiter Mensch herübergeworfen hatte, damit man den nackten Körper verhüllen konnte – der Zufall wollte es, daß dieser Mann Professor Elias großer Rivale war, der Vizepräsident der Universität, Professor Rizzio, dessen Schwester ungefähr achtundvierzig Stunden zuvor aufs schändlichste mißbraucht worden war.

«Bringt ihn in den Wagen», schrie Aldo, «und schafft mir den Pöbel aus dem Weg!»

Er und Professor Rizzio halfen dem Opfer auf die Beine. Wir sahen ihn nur sekundenlang ein wenig deutlicher. Es war ein peinlicher Anblick; die häßlichen weißen Glieder, die mit dem struppigen dunklen Haar einen unschönen Kontrast bildeten, die barmherzige Decke, in die ihn schützende Arme gewickelt hatten. Dann führten ihn seine Freunde zum rettenden Wagen, während auf beiden Seiten die Zeugen der Szene eilig zurücktraten. Ich ließ Carla Raspa stehen, die der Rettungsmannschaft nachblickte, und verzog mich hinter einen Baum, wo ich mich übergab. Als ich zurückkam, stand meine Begleiterin schon neben dem Wagen.

«Los!» rief sie ungeduldig, «hinter ihnen her!»

Ich blickte über die Piazza. Das Auto, nach dem Aldo geschrien hatte, hielt zum zweitenmal vor Professor Elias Villa.

«Wir können doch nicht hineingehen», protestierte ich, «wir haben da nichts zu suchen!»

«Ich meinte auch nicht, daß wir Donati nachfahren sollten», sagte sie und schwang sich rasch in den Wagen. «Hinter der Bande müssen wir her, hinter den Strolchen, die das Ganze angezettelt haben. Sie können noch nicht weit sein. Schnell, schnell!»

Und wieder hatten die anderen, soweit sie über einen Wagen verfügten, dieselbe Idee. Das Opfer durfte man getrost der Fürsorge seiner Freunde und eines rasch herbeizitierten Arztes überlassen. Jetzt galt es, die Übeltäter zu jagen!

Von der Piazza Carlo gingen vier Straßen aus. Man hatte die Wahl. Die linke Straße bog nach Westen ein und führte aus der Stadt hinaus. Hielten wir uns rechts, würden wir hinunter zur Porta di Malebranche gelangen und weiter zur Via delle Mura, die um ganz Ruffano herumlief. Die vierte Straße hätte uns zur Piazza Matrice hinaufgebracht.

Ich bog rechts ein und hörte alsbald einen zweiten Wagen hinter mir. Nachdem wir die Porta passiert hatten, ließ ich ihn vorbeirauschen. Er schoß ostwärts die Via delle Mura entlang. Zwei Studenten rasten auf einer Vespa hinterher. Andere Verfolger hatten sich zweifellos westwärts gewandt, und schließlich würden sich wohl alle beim Mädchenpensionat und dem Studentenheim treffen.

Ich stoppte den Wagen auf einem der Wälle der Via delle Mura. «Es ist eine ganz sinnlose Jagd», erklärte ich meiner Begleiterin. «Wer immer die Täter waren – die sind bestimmt längst untergetaucht, und zwar auf die einfachste Art der Welt. Sie brauchten sich nur in den Seitengassen zu verkrümeln und dann, wie alle anderen, zur Piazza Matrice zu bummeln.»

«Aber sie müssen doch einen Wagen gehabt haben», wandte Carla ein. «Wie sollten sie Professor Elia sonst aus dem Haus und zum Standbild geschafft haben?»

«Genauso, wie er wieder zurückgekommen ist, in Decken eingewickelt und einfach abgeschleppt. Die Leute waren alle so beschäftigt damit, vor dem Panoramica den Einzug der Gäste zu verfolgen, daß die Piazza Carlo oben auf dem Hügel sicher völlig menschenleer dalag. Die Missetäter vermuteten das und versuchten ihr Glück. Dann riefen sie von Elias Wohnung aus das Hotel an und türmten. Aber man wird sie schon erwischen! Professor Donati muß ja die Polizei alarmieren.»

«Seien Sie dessen nicht allzu sicher», sagte Carla Raspa.

«Wieso nicht?»

«Dazu braucht er die Einwilligung von Professor Elia», erwiderte sie, «und dem wird nichts daran liegen, daß seine Nacktvorstellung in der Presse und sonstwo ausposaunt wird, so wenig wie Rizzio Wert darauf gelegt hat, das Attentat auf seine Schwester publik zu machen. Ich wette tausend Lire, daß dieser zweite Streich genauso totgeschwiegen wird wie der erste.»

«Unmöglich. Es waren viel zu viele Leute da, die alles mitangesehen haben.»

«Viel zu viele Leute, die gar nichts mitangesehen haben! Sie haben nur ein paar Männer gesehen, die sich um eine in Dekken gehüllte Gestalt drängten. Wenn die regierenden Herren die Sache zu vertuschen wünschen, werden sie es tun. Ist Ihnen klar, daß übermorgen Examenstag ist? Daß die Studenten morgen erfahren, ob sie ihre Februar-Prüfungen bestanden haben? Da kommen die Verwandten in hellen Scharen nach Ruffano geströmt, um den siegreichen Kindern zu gratulieren. Das ist wahrhaftig nicht der Augenblick, um einen Skandal zu entfesseln!»

Ich antwortete nicht. Der Zwischenfall war auf einen denkbar günstigen Zeitpunkt gelegt worden. Die Autoritäten konnten im Grunde gar nichts unternehmen, wenn sie die Studenten nicht en bloc schassen wollten.

«Es gibt nur zwei Möglichkeiten», fuhr Carla Raspa fort, «entweder handelt es sich um einen Racheakt der Philologen und der Kunststudenten, um eine Retourkutsche für die Beleidigung der Rizzios, oder aber um einen Doppelbluff der WW-Studenten, die ihren Gegnern den schwarzen Peter zuzuschieben hoffen. Außerdem bin ich mir nicht sicher, ob die Schuldfrage so wichtig ist. Als Studentenstreich war die Sache erstklassig gedreht.»

«Finden Sie?» fragte ich.

«Ja, Sie nicht?»

Ich wußte nicht recht, was mir mehr Unbehagen verursacht hatte: Das gequälte Gesicht von Professor Rizzio, als er im Panoramica all seinen Stolz begraben und meinem Bruder die Hand schütteln mußte, oder das Grauen in den Augen von Professor Elia, als er in seiner Nacktheit entdeckt worden war. Beide schienen mir im höchsten Maße mitleiderregend. Beider Nimbus war mit einem Schlag zerstört worden.

«Nein», antwortete ich, «schließlich bin ich fremd in Ruffano, und der eine wie der andere Vorfall erfüllt mich einfach mit Abscheu.»

Sie lachte, drehte das Wagenfenster herunter und warf ihre Zigarette hinaus. Dann griff sie nach meiner Zigarette, warf sie gleichfalls aus dem Fenster, nahm mein Gesicht in ihre Hände und küßte mich.

«Die Sache ist die, daß Sie eine feste Hand brauchen», sagte sie. «Ich habe vor Ihnen Examen gemacht. Werden Sie mein Schüler!»

Auf diesen plötzlichen Gefühlsausbruch war ich nicht vorbereitet gewesen. Die aggressiven Lippen, die Beine, die sich um die meinen wickelten, die tastenden Hände – all das kam mir höchst überraschend. Die Attacke, die Giuseppe Fossi gewiß mit Entzücken erfüllt hätte – auf mich wirkte sie nur abstoßend. Wenn für Carla der bewußte Augenblick gekommen war, für mich war er es nicht. Ich drängte sie zurück und verpaßte ihr eine Ohrfeige. Sie sah mich verwundert an.

«Warum so heftig?» fragte sie. Sie war nicht im geringsten beleidigt.

«Ich finde Liebe im Auto geschmacklos», erklärte ich ihr.

«Na schön! Dann können wir ja nach Hause fahren», erwiderte sie.

Ich ließ den Wagen wieder an. Bei einer anderen Gelegenheit wäre ich vielleicht amüsiert gewesen, hätte vielleicht sogar Lust verspürt, ihrer Aufforderung zu folgen. An diesem Abend nicht. Ich wußte nur zu gut, daß die Avancen, die sie mir machte, nicht die Folge unserer zufälligen Bekanntschaft oder der unbeschwerten Intimität eines gemeinsam verbrachten Abends waren. Der Ursprung lag ganz woanders: In der Szene, die wir soeben mitangesehen hatten. Ich parkte den Wagen mit Schwung vor Nummer 5. Sie stieg aus, blickte die Straße hinauf und hinunter und sah, daß sie leer war.

«Halten Sie ein paar Meter weiter oben», sagte sie. «Mein Nachbar vom zweiten Stock hat den Wagen gern unter seinem Fenster stehen, so daß er ihn sehen kann. Ich gehe schon vor.»

Sie ließ die Haustür hinter sich offen. Ich tat, wie sie gesagt hatte; aber ich folgte Carla Raspa nicht. Statt dessen wanderte ich hinauf zur Via dei Sogni.

Unterwegs fragte ich mich, wie lange sie wohl auf mich warten würde, ob sie vielleicht aus dem Fenster nach dem geparkten Wagen schaute oder noch einmal herunterkam, um hineinzuspähen. Vielleicht ging sie sogar hinüber zu Nummer 24 und fragte bei den Silvanas nach, ob Signor Fabbio zufällig schon nach Hause gekommen und auf sein Zimmer gegangen sei.

Aber dann dachte ich nicht weiter über sie nach. Ich läutete links am Portiereingang, und nach ein oder zwei Sekunden kam Jacopo zum Vorschein. Ein Lächeln ging über sein Gesicht, als er mich sah.

«Könnten Sie mir öffnen? Ich möchte gern auf Aldo warten», sagte ich. «Ich weiß, daß er nicht zu Hause ist, aber ich würde ihn nach seiner Rückkehr gern noch sprechen.»

«Aber selbstverständlich, Signor Beo», sagte Jacopo und fragte dann – ich war sehr schnell gegangen und erhitzt –, «ist irgend etwas geschehen?»

«Ja, es hat einen Zwischenfall oben auf der Piazza Carlo gegeben», sagte ich, «und darüber platzte die ganze Party. Aldo kümmert sich zur Zeit um die Sache.»

Er machte ein besorgtes Gesicht. Dann führte er mich zu Aldos Haustür, die er mit seinem eigenen Schlüssel öffnete.

«Ich kann mir vorstellen», sagte er und knipste das Licht an, «daß die Studenten in dieser Woche immer besonders viel Theater machen, wo doch der Examenstag und obendrein das Festival fällig sind. Und dann noch der Einbruch Sonntag nacht. War es wieder etwas in der Richtung?»

«Ja», sagte ich. «Aldo wird es Ihnen sicher erzählen.»

Er öffnete die Tür zum Wohnzimmer und fragte, ob ich etwas zu trinken wolle. Ich sagte nein. Schließlich konnte ich mir selber einen Drink nehmen, wenn ich Lust darauf bekam. Er zögerte einen Augenblick, für den Fall, daß ich vielleicht noch mit ihm schwatzen wollte, kam dann aber dank des Taktgefühls, das er in langjährigem Umgang mit meinem Bruder erworben hatte, zum Schluß, daß ich allein sein wollte. So zog er sich zurück in sein eigenes Reich.

Ich wanderte im Zimmer umher, schaute aus dem Fenster, betrachtete das Bild meines Vaters und warf mich schließlich in einen Sessel. Trotz des Friedens und der vertrauten Gegenstände um mich herum war mir unbehaglich zumute. Ja, mir wurde regelrecht übel. Ich stand wieder auf und nahm den Band mit den Lebensbeschreibungen der Herzöge von Ruffano zur Hand. Er öffnete sich von selbst an der Stelle, wo das Lesezeichen steckte, und ich überflog ein paar Seiten, bis ich an den bewußten Abschnitt kam. Ich klappte das Buch wieder zu und setzte mich in einen anderen Sessel. Zwei Gesichter standen mir vor Augen: das der Signorina Rizzio, die sich in ihrem unbeugsamen Hochmut nur mit Mühe dazu überwand, mir, hinter ihrem Mineralwasserglas verschanzt, ein Wort zuzuwerfen, und das Gesicht Professor Elias, wie er mit seinen Freunden in dem kleinen Restaurant an der Via San Cipriano zu Mittag aß und die Gerüchte über den Einbruch mit brüllendem Gelächter quittierte, königlich amüsiert, selbstherrlich, stolzgeschwellt.

Ich hatte Signorina Rizzio seit jenem Sonntagmorgen nicht wiedergesehen, und ob sie sich, wie es hieß, mit Bekannten in Cortina oder anderswo aufhielt, machte auch keinen Unterschied. Sie war mit ihrer Schande auf Reisen gegangen. Professor Elia hatte ich erst vor einer Stunde gesehen. Seine Schande stand hier und jetzt neben ihm.

Das Telefon begann zu läuten. Ich starrte es an und rührte mich nicht. Aber es läutete so hartnäckig weiter, daß ich schließlich aufstand und den Hörer abnahm. «Nehmen Sie einen Anruf aus Rom entgegen?» fragte die Vermittlung, und ich sagte mechanisch: «Ja.»

Kurz darauf hörte ich eine Frauenstimme: «Aldo, bist du es?»

Signora Butali war am Apparat. Ich erkannte sie an der Stimme und wollte ihr erklären, daß mein Bruder nicht zu Hause war, aber sie sprach schon weiter. Sie mochte mein Schweigen als Bejahung ihrer Frage gedeutet haben oder auch als ein Zeichen von Gleichgültigkeit. Sie schien verzweifelt.

«Den ganzen Abend habe ich schon versucht, dich zu erreichen», sagte sie. «Gaspari ist felsenfest entschlossen. Er will um jeden Preis nach Hause. Seit ihn Professor Rizzio gestern angerufen und ihm erzählt hat, was vorgefallen ist, kann er sich nicht beruhigen. Und der Arzt meint, es wäre besser, wenn er zurückführe, anstatt im Krankenhaus zu liegen und sich in eine fieberhafte Aufregung hineinzusteigern. Liebster – um Himmels willen, sag mir doch ... was soll ich nur tun? Aldo, bist du noch da?»

Ich legte auf. Nach ungefähr fünf Minuten läutete der Apparat von neuem. Ich kümmerte mich nicht darum. Ich blieb einfach in Aldos Sessel sitzen.

Mitternacht war schon vorüber, als ich hörte, wie sich der Schlüssel im Schloß drehte und die Haustür zuschlug. Vielleicht hatte Jacopo den Wagen vorfahren hören und war hinausgegangen, um meinen Bruder darauf vorzubereiten, daß ich auf ihn wartete, und hatte sich dann wieder zurückgezogen. Stimmen waren jedenfalls nicht zu hören.

Dann kam Aldo herein. Er sah mich an und ging wortlos zu dem Tablett mit den Gläsern, um sich einen Drink einzugießen.

«Warst du oben auf der Piazza Carlo?» fragte er schließlich.

«Ja», sagte ich.

«Was hast du gesehen, wieviel?»

«Soviel wie du. Professor Elia – nackt.»

«Er hat nicht die kleinste Schramme abbekommen», sagte er, «ich ließ einen Arzt kommen, der ihn untersuchte. Auch eine Lungenentzündung scheint nicht im Anzug. Im übrigen ist er robust wie ein Ochse.»

Ich schwieg mich aus. Aldo trank, setzte sein Glas ab und sprang auf.

«Ich bin hungrig», verkündete er. «Schließlich habe ich kein Abendbrot bekommen. Ich will mal sehen, ob Jacopo Sandwiches gemacht hat. Bin gleich wieder da.»

Nach etwa fünf Minuten kam er zurück, ein Tablett mit Schinken, Salat und Obst in der Hand, das er auf den Tisch stellte.

«Ich weiß nicht, wie die Sache im Panoramica weitergegangen ist», sagte er und machte sich über den Schinken her. «Ich hatte den Manager angerufen und ihm gesagt, daß Professor Elia sich nicht wohl fühle und daß Professor Rizzio und ich bei ihm seien. Die anderen möchten doch ohne uns essen. Was sie sicher getan haben, jedenfalls ein Teil. Die wenigsten unserer Professoren beziehen ein Gehalt, das ihnen erlaubt, da oben zu essen, ganz zu schweigen von ihren Frauen. Und was in aller Welt hast du getrieben?»

«Ich habe den Einzug der Gäste beobachtet», sagte ich.

«Das war doch sicher nicht deine Idee.»

«Nein.»

«Na schön, sie hat sich tüchtig satt gegessen, das wird sie für ein, zwei Nächte beruhigen. Ist sie dir auf den Pelz gerückt?»

Ich überhörte seine Frage. Worauf er lächelte und weiteraß.

«Mein kleiner Beo», sagte er nach einer Weile, «deine Heimkehr war nicht so einfach. Wer hätte auch gedacht, daß sich Ruffano als so aufregend entpuppen könnte? In einem deiner Busse hättest du deine Zeit gemütlicher verbracht. Komm, leiste mir Gesellschaft.»

Er nahm eine Orange vom Tablett und warf sie mir herüber.

«Ich war gestern im Theater», sagte ich und schälte bedächtig meine Orange, «du verstehst es nicht schlecht, mit Trommeln umzugehen.»

Darauf war er nicht gefaßt gewesen. Ich merkte es an der kaum merklichen Pause, die entstand, bevor er sich die Schinkenscheiben, die er eben kleingeschnitten hatte, zu Gemüte führte.

«Du kommst ja ganz schön in der Stadt herum», stellte er fest. «Wer hat dich denn mitgenommen?»

«Die WW-Studenten aus meiner Pension», antwortete ich. «Übrigens waren sie, wie die Masse deiner Zuhörer, genauso beeindruckt von allem, was du gesagt hast, wie deine Elite am Samstagabend im Palazzo Ducale.»

Er zögerte mit der Antwort. Dann sagte er, indem er seinen Teller beiseiteschob und nach dem Salat langte: «Die Jugend ist leicht zu formen.»

Ich schälte die Orange zu Ende und bot ihm die Hälfte an. Wir aßen schweigend, dann sah ich, wie sein Blick auf den Band mit den herzoglichen Biographien fiel. Er schaute mich an.

«Die Stolzen würden nackt dastehen, die Hochmütigen vergewaltigt werden», zitierte ich. «Was eigentlich planst du genau? Versuchst du die Schalen der himmlischen Gerechtigkeit ins Gleichgewicht zu bringen wie Herzog Claudio?»

Nachdem er seinen Hunger gestillt hatte, goß er sich ein Glas Wein ein und stellte sich damit vor das Bild unseres Vaters.

«Meine unmittelbare Aufgabe besteht darin, Schauspieler einzuüben», sagte er. «Wenn es ihnen gefällt, sich mit den ihnen zugewiesenen Rollen zu identifizieren, habe ich nichts dagegen. Eine um so bessere Aufführung werden wir am Tag des Festivals bekommen.»

Sein Lächeln, das seine Umwelt so unwiderstehlich fand, täuschte mich nicht. Ich kannte ihn zu lange, und zu oft hatte er früher so gelächelt, um seinen Willen zu bekommen.

«Es hat zwei Zwischenfälle gegeben, die beide sehr sorgfältig organisiert waren», sagte ich. «Erzähl mir nicht, daß das ein Haufen von Studenten angezettelt hat oder daß er auch nur in der Lage dazu wäre.»

«Du unterschätzt die junge Generation», erwiderte Aldo. «Sie verfügt über ein enormes Organisationstalent, wenn sie will, außerdem hungert sie nach Ideen. Setz ihr etwas in den Kopf, und schon ist sie dabei.»

Er leugnete nicht, daß er etwas mit den Dingen zu tun hatte, die am Sonntag und heute abend geschehen waren, aber er gab es auch nicht zu. Für meine Person zweifelte ich nicht daran, daß er bei beiden Vorfällen seine Hand im Spiel hatte.

«Macht es dir gar nichts aus», fragte ich, «zwei Menschen – mit Professor Rizzio sind es sogar drei – so zu demütigen, daß sie für immer alle Autorität verlieren?»

«Autorität ist Schwindel. Außer sie kommt von innen», sagte er. «Dann ist sie inspiriert und von Gott.»

Ich sah Aldo sprachlos an. Aldo war nie religiös gewesen. Der Gang zur Messe an Sonn- und Feiertagen wurde von unseren Eltern angeordnet und war eine Routineangelegenheit, die Aldo freilich nur zu gern benutzte, um mich zu ängstigen, wobei die Sache mit dem Altarbild in San Cipriano ein Musterbeispiel für seine Fähigkeit war, die Phantasie eines anderen bis zum Zerreißen anzuspannen.

«Spar dir solche Tiraden für deine Studenten», sagte ich. «Das sind genau dieselben Reden, wie sie der Falke seiner Elitemannschaft zu halten pflegte.»

«Und sie glaubten ihm», antwortete er.

Aldos Lächeln war plötzlich erloschen. Er machte sich nicht mehr lustig, und die flammenden Augen in seinem blassen Gesicht beunruhigten mich. Ich rutschte nervös in meinem Sessel hin und her und langte nach einer Zigarette. Als ich wieder zu ihm hinüberschaute, war der Augenblick der Spannung vorbei. Ruhig trank er seinen Wein zu Ende.

«Es gibt etwas, mußt du wissen, was hierzulande niemand erträgt», sagte er leichthin und hielt sein Glas gegen das Licht, «und nicht nur hier, in der ganzen Welt ist es und war es so, quer durch die Geschichte hindurch: Sein Gesicht zu verlieren. Wir machen uns ein Bild unserer selbst zurecht, und dann kommt jemand daher und zerstört dieses Bild und macht uns lächerlich, stellt uns bloß. Du hast gerade von Demütigungen gesprochen, was auf dasselbe hinausläuft. Entweder erholen die Menschen – oder die Völker, die ihr Gesicht verlieren – sich nie wieder und verfallen allmählich, oder sie lernen die Demut, was etwas ganz anderes ist als Demütigung. Die Zeit wird erweisen, in welcher Richtung sich die Rizzios entwickeln und Elia mit dem Rest der Brut, die diese Miniaturwelt Ruffanos ausmachen.»

Ich mußte an jemanden denken, der während der letzten drei Stunden ganz sicher das Gesicht verloren hatte, und zwar an meine Freundin Carla Raspa. Vielleicht aber war sie auch zu dickhäutig, um sich das zuzugeben. Sie würde mir das Versagen zuschreiben und nicht sich selbst. Mir war es egal.

«Übrigens hat man dich aus Rom angerufen», sagte ich, «so gegen halb elf.»

«Oh», machte Aldo.

«Signora Butali. Sie wirkte nervös. Der Präsident besteht darauf, nach Ruffano zurückzukommen, und zwar im Zusammenhang mit den Ereignissen von Sonntagabend, wenn ich recht verstanden habe.»

«Wann?» fragte Aldo.

«Das hat sie nicht gesagt. Offen gestanden – ich habe aufgelegt, während sie noch sprach. Sie dachte, ich wäre du, und ich ließ sie in dem Glauben.»

«Was dumm von dir war», sagte Aldo. «Ich hätte dir mehr

Intelligenz zugetraut.»

«Tut mir leid.»

Meine Mitteilung beunruhigte ihn. Ich sah ihn zum Telefon hinüberschauen, verstand den Wink und stand auf.

«Und wenn der Präsident nun erst von dem Vorfall heute abend hört . . .!» sagte ich.

«Er wird nichts davon erfahren», unterbrach mich Aldo.

«Möglich, daß man ihn offiziell nicht unterrichtet», sagte ich, «aber bilde dir doch nicht ein, daß sich niemand findet, der ihm die Sache zusteckt.»

Mein Bruder zuckte die Achseln. «Das müssen wir eben riskieren», sagte er.

Ich ging zur Tür. Ich hatte nichts, aber auch gar nichts mit meinem Besuch erreicht, außer daß sich der Verdacht bestätigt hatte, der an mir nagte, und daß Aldo nunmehr wußte, daß ich wußte.

«Was wird der Präsident tun, wenn er zurückkommen sollte?» fragte ich.

«Er wird gar nichts tun», sagte Aldo, «die Zeit ist zu knapp.»

«Die Zeit?»

Aldo lächelte. «Auch Präsidenten sind verletzlich», sagte er, «sie können das Gesicht verlieren wie jeder andere Sterbliche, Beo . . .»

«Ja?»

Er griff nach einer Zeitung, die auf einem Stuhl neben der Tür lag.

«Hast du das gesehen?»

Er wies auf die Meldung, die ich beim Frühstück gelesen und über den Ereignissen des Tages ganz und gar vergessen hatte.

«Ja, sie haben den Mörder gefaßt», sagte ich, «Gott sei Dank!»

«Sie haben den Dieb gefaßt», warf er ein, «was offensichtlich nicht dasselbe ist. Der Polizeikommissar rief heute morgen an. Der Anruf war natürlich vertraulich. Jedenfalls bleibt der Bursche, der die zehntausend Lire gestohlen hat, bei seiner Aussage. Er wiederholt beharrlich, daß Marta schon tot war, als er den Schein nahm, und die Polizei neigt zur Annahme, daß er die Wahrheit sagt.»

«Schon tot», rief ich aus. «Aber dann ...»

«Sie suchen immer noch nach dem Mörder, was für jeden, der sich in jener Nacht zwischen zwölf Uhr und den frühen Morgenstunden im Umkreis der Via Sicilia herumtrieb, unangenehme Folgen haben könnte.»

Er legte mir die Hand auf den Kopf und wühlte in meinem Haar.

«Mach dir keine Sorgen, mein Beato», sagte er, «sie werden dich nicht kriegen. Und wenn ja, würden sie dich schnell wieder laufen lassen. Die Unschuld strahlt dir aus den Augen.»

Was er mir da sagte, brachte mich völlig aus der Fassung. Das ganze Entsetzen über den Mord überfiel mich wieder. Und ich hatte gedacht, ich sei darüber hinweg.

«Was soll ich tun?» fragte ich ratlos, «soll ich zur Polizei gehen?»

«Nein, denk nicht mehr daran», sagte Aldo, «komm morgen abend zu unserem Treffen und melde dich für die Elite. Hier ist dein Paß.»

Er faßte in seine Tasche und brachte eine kleine Plakette zum Vorschein, auf deren Oberseite der Kopf eines Falken zu sehen war.

«Damit lassen die Jungens dich passieren», sagte er. «Neun Uhr am Eingang zum Thronsaal. Aber komm allein! Ich habe keine Lust, für das Amüsement der Signorina Raspa oder deiner Spielgefährten aus der Pension aufzukommen. Und nun schlaf gut!»

Es war schon nach eins, und die Straße lag still und dunkel da. Unterwegs begegnete mir niemand. Falls Neugierige, in der Hoffnung auf weitere Sensationen, noch herumlungern sollten, so mußten sie sich wohl an der Piazza Carlo oder vor Professor Elias Haus aufhalten. Das Haus Nummer 24 lag genauso ruhig da wie die übrigen Häuser. Die Tür war unverschlossen, und ich gelangte unbemerkt in mein Zimmer. Aus dem Stimmengewirr, das aus Paolo Pasquales Klause drang, schloß ich jedoch, daß sich die ganze Mannschaft dort versammelt hatte und leidenschaftlich debattierte. Morgen würde ich vermutlich erfahren, ob sie auch auf der Piazza Carlo gewesen waren.

Ich wachte um fünf Uhr in der Frühe auf. Nicht mit der Erinnerung an einen Traum oder einen Alptraum oder das Bild des WW-Direktors vor Augen, wie er in schmählicher Nacktheit auf dem Piedestal saß, das die Bronzestatue des Herzogs Carlo trug. Nein, ich erwachte mit der plötzlichen Gewißheit, wo ich dem Namen Luigi Speca begegnet war, eine Frage, die mich in der Bibliothek den ganzen Nachmittag beunruhigt hatte. Ich hatte ihn im Taufregister der Kirche San Cipriano gelesen.

15

Um acht klopfte es an meine Tür, und noch ehe ich «herein» rufen konnte, stürmten Paolo und Caterina ins Zimmer.

«Entschuldigen Sie», sagte Paolo, als er sah, daß ich noch beim Rasieren war, «aber wir wollten fragen, ob Sie mitkommen wollen. Sämtliche WW-Studenten schwänzen heute die Vorlesungen und demonstrieren vor dem Haus von Professor Elia.»

«Und weswegen?»

«Wir haben Sie gesehen», unterbrach mich Caterina, «im Wagen mit dieser Carla Raspa. Und wir haben auch gesehen, wie Sie aus dem Hotel kamen und zur Piazza Carlo hinauffuhren. Sie waren doch mittendrin!»

«So ist es», fiel Gino ein, dessen Kopf über dem von Caterina auftauchte. «Und später war derselbe Wagen dicht bei den Anlagen geparkt. Sie müssen mitbekommen haben, was wirklich los gewesen ist! Sie waren viel näher dran als irgendeiner von uns.»

Ich legte meinen Rasierapparat beiseite und langte nach einem Handtuch. «Ich habe gar nichts gesehen, außer lauter Professoren, die um eine Statue herumstanden. Es gab furchtbar viel Gerenne und Gerede, und dann trugen sie irgend jemand weg, oder irgend etwas. Vielleicht war es eine Bombe.»

«Eine Bombe!» riefen alle wie aus einem Munde.

«Das ist die tollste Theorie, die ich bis jetzt gehört habe», sagte Caterina, «und wenn ihr mich fragt, er könnte sogar recht haben. Vielleicht hat die ‹Vigilante› Professor Elia an eine Zeitbombe gebunden, die dann innerhalb einer bestimmten Anzahl von Minuten explodiert wäre.»

«Und was wurde mit der Bombe?»

«Was für eine Bombe war es denn?»

«Die Frage ist, ob er verletzt worden ist. Darüber werden sie uns kein Sterbenswörtchen sagen.»

Die leidenschaftliche Diskussion, die schon die halbe Nacht im Gang gewesen war, schien von neuem aufzuleben, und das in meinem Schlafzimmer.

«Hört mal zu», sagte ich, «ich darf euch jetzt bitten, mich allein zu lassen, alle, ja! Wenn ihr durchaus wollt, geht doch und demonstriert! Ich bin kein Student, nur Angestellter.»

«Oder vielleicht ein Spion!» gab Gino zu bedenken. «Sie sind noch keine Woche hier, und was ist seitdem nicht alles passiert!»

Das Gelächter der anderen klang nicht ganz unbefangen. Es schwang eine Spur von Mißtrauen darin.

Ungeduldig wandte sich Caterina ab und trieb die übrigen aus dem Zimmer. «Laßt ihn in Ruhe», sagte sie. «Was soll's? Ihm ist das doch alles egal!» Aber dann fügte sie hinzu, um mir eine letzte Chance zu geben: «Unser Plan geht dahin, geschlossen vor dem Haus Professor Elias zu erscheinen und ihn dazu zu bringen, daß er sich uns zeigt. Wenn wir beruhigt sind, wenn er nicht verletzt ist, gehen wir anschließend in die Morgenvorlesung.»

Ein paar Minuten darauf hörte ich sie das Haus verlassen. Es folgte das unvermeidliche Getöse der Vespas, die, glaube ich, Gino und Gerardo gehörten. Ich sah ihnen vom Fenster aus nach und schaute dann hinüber zum ersten Stock Nummer 5. Die Fenster standen offen. Carla Raspa hatte ihren Tag begonnen.

Signor Silvana war noch beim Frühstück, als ich zum Kaffee hinunterkam, und fragte mich sofort, ob ich irgend etwas Näheres über die Ereignisse der letzten Nacht wisse. Ich sagte, daß ich in der Nähe der Piazza Carlo gewesen sei und den Menschenauflauf gesehen habe.

«Wir wissen nur, was unsere jungen Leute hier erzählen», sagte er, «aber die Sache gefällt mir nicht. Früher haben wir auch Krawalle gehabt, das gibt es von Zeit zu Zeit an allen Universitäten, aber dies hier klingt schlimm. Ist es wahr, daß sie Professor Elia mit Teer beschmiert und in Federn gewälzt haben?»

«Ich weiß es nicht», sagte ich. «Ich habe nichts dergleichen bemerkt.»

«Nun, ich werde ja auf der Behörde die Wahrheit erfahren», sagte er. «Wenn gestern abend etwas Ernstes geschehen ist, werden wir für einige Tage zusätzliche Polizeikräfte nach Ruffano holen müssen. Durch die Examensaufregung und das Festival geht es hier ohnehin turbulent genug zu, von Demonstrationen ganz zu schweigen.» Ich sah mich nach einem Morgenblatt um, konnte aber keins entdecken. Vielleicht war es in der Küche gelandet oder gar nicht eingetroffen.

So trank ich meinen Kaffee aus und ging hinunter zur Piazza Matrice, um mir eine Zeitung zu kaufen. Unruhe lag in der Luft. Die Piazza wimmelte von Leuten, die ihre Einkäufe machten, und von den unvermeidlichen Gruppen von Arbeitslosen, die nicht aus freiem Willen, sondern der Not gehorchend, faulenzten und ins Stadtzentrum strömten, um endlos herumzustehen und zu gaffen.

Und überall sah man Studenten, in lebhafte Diskussionen verstrickt. Die meisten strebten zur Piazza Carlo hinauf. Die Gerüchte, die aus allen Ecken kamen, wölkten auf dem kleinen Platz wie Dampf über einem siedenden Kessel.

Kommunistische Verschwörer wollten die Universität in die Luft sprengen ... Eine Faschistengruppe hatte versucht, das Regiment in der Stadt an sich zu reißen ... Bei dem Abendessen im Panoramica waren Gäste vergiftet worden ... Die Privathäuser der Fakultätsleiter hatte man geplündert ... Ein Irrer aus Rom, der in der Hauptstadt eine Frau aus Ruffano, die arme Marta Zampini, ermordet hatte, lief inzwischen frei in den Straßen herum und hatte Anstalten gemacht, Professor Elia umzubringen.

In der Zeitung war nichts zu finden, abgesehen von einer ganz kurzen Notiz, über den Mord. Die Polizei hielt den Dieb nach wie vor in Gewahrsam, stellte aber andernorts weitere Ermittlungen an. Andernorts. Bedeutete das Ruffano?

Plötzlich kam, von der Via dei Martiri her, Bewegung in die Menge. Die Leute wichen nach beiden Seiten zurück, um einem Priester und einem Meßgehilfen den Weg freizugeben, die vor einem Sarg hergingen. Der Sarg wurde von vier Männern getragen und war mit einem Bahrtuch bedeckt. Hinter dem Sarg gingen die Trauernden, ein schielender Mann und eine tiefverschleierte Frau, die sich auf seinen Arm stützte.

Der Zug bewegte sich auf San Cipriano zu. Die gaffende Menge flutete wieder zusammen, als er vorüber war, während ich dem Sarg wie ein Traumwandler folgte und plötzlich in der Kirche inmitten neugieriger Einheimischer stand. Ich hörte noch die ersten Worte: «Requiem aeternam dona eis Domine: et lux perpetua luceat eis.» Dann wandte ich mich ab und verließ die Kirche.

Als ich die Tür aufstieß, erblickte ich einen Mann neben dem Tisch, an dem Kerzen verkauft wurden. Er beobachtete die Leute, und dann fiel sein Blick auf mich. Ich glaubte ihn zu erkennen und schloß aus der Frage, die plötzlich in seinen Augen aufblitzte, daß auch er mich erkannte. Es war einer der Polizeibeamten, die Notizen gemacht hatten, als die englischen Touristinnen und ich auf der Präfektur in Rom aussagten.

Er war in Zivil. Ich rannte die Treppen hinunter und tauchte ins Gewühl der Piazza Matrice. Dann lief ich, anstatt in die Via Vittorio Emanuele einzubiegen, durch die Via del Teatro und kletterte links den Abhang unter den Mauern des Palazzo Ducale hinauf. Ich hatte instinktiv zu laufen begonnen, und instinktiv hatte ich einen Weg eingeschlagen, der von meiner üblichen Route abwich.

Wenn der Beamte in mir den Reiseleiter erkannt hatte, der freiwillig gekommen war, um über die Ermordete auszusagen, würde er sich auch daran erinnern, daß eben dieser Reiseleiter mit seiner Gesellschaft damals im Aufbruch nach Neapel war, und er würde sich fragen, was derselbe Mann in Ruffano tat. Ein kurzer Anruf bei den «Sonnenreisen», eine schnelle Rückfrage entweder im Genueser oder im römischen Büro würde den Agenten darüber belehren, daß Armino Fabbio darum gebeten hatte, von der Neapeltour freigestellt zu werden, und mit einem gewissen Herrn Turtmann und Frau in nördlicher Richtung weitergefahren war. Ebenso wahrscheinlich würde der Mann auch in Erfahrung bringen, daß der Reiseleiter Herrn Turtmann in Ruffano im Stich gelassen hatte und daß man seither ohne jede Nachricht von ihm war.

Ich blickte mich um. Der Beamte konnte mir kaum so schnell gefolgt sein. Wenn ja, hatte ich ihn offenbar abgeschüttelt.

Über die Piazza Maggiore schlenderten Müßiggänger, Leute, die ihre Besorgungen machten, Studenten – alle auf den Pfaden der Legalität. Ich schlüpfte durch den Seiteneingang in den Dom und auf der anderen Seite, genau gegenüber dem Palazzo Ducale, wieder hinaus. Im nächsten Augenblick war ich hinter den Mauern des Palastes verschwunden und lief durch den Innenhof zur Bibliothek.

Erst als ich einen Moment innehielt, um Atem zu schöpfen, wurde mir klar, daß ich einen Akt der Panik begangen hatte. Vielleicht hatte es sich gar nicht um jenen Polizeibeamten gehandelt, und wenn ja, war damit noch lange nicht gesagt, daß er mich erkannt hatte. Meine Reaktion war die typische Reaktion eines Mannes gewesen, nach dem gefahndet wird und der sich schuldig fühlt.

Ich stand noch und wischte mir den Schweiß von der Stirn, als sich die Tür der Bibliothek öffnete. Toni und der zweite Assistent kamen, mit einer schweren Kiste beladen, herausgeschwankt.

«Hallo! Wer hat Sie denn so gejagt?» fragte Toni.

Die Frage traf mich, und rasch stopfte ich mein Taschentuch in die Tasche.

«Niemand», sagte ich. «Ich bin in der Stadt aufgehalten worden und wußte, daß ich zu spät daran war.»

«Was tut sich in der Stadt?» fragten beide gleichzeitig. «Streiken die Studenten? Demonstrieren sie?»

Ich war noch so benommen von meinen Bemühungen, dem eventuellen Polizeibeamten zu entkommen, daß ich die Bedeutung ihrer Frage nicht gleich begriff.

«Streiken?» sagte ich. «Wer denn?»

Toni schaute verzweifelt gen Himmel. «Sind Sie noch von dieser Welt?» erkundigte er sich. «Wissen Sie denn nicht, daß es in ganz Ruffano gärt wegen der Dinge, die sich gestern abend auf der Piazza Carlo abgespielt haben?»

«Es heißt, die Kommunisten hätten sich an Professor Elia vergriffen und versucht, ihm den Schädel einzuschlagen», sagte Tonis Gefährte. «Und Fossi hat Befehl gegeben, soviel Material wie irgend zu schaffen ist, von hier ins neue Gebäude zu transportieren, für den Fall, daß man versucht, den Palazzo in Brand zu stecken.»

Damit schwankten die beiden mit ihrer Kiste durch den Hof.

Ich ging in die Bibliothek, wo das pure Chaos herrschte.

Die Bücher stapelten sich meterhoch auf dem Fußboden, und assistiert von Signorina Gatti, warf Fossi Band um Band völlig wahllos in eine weitere Kiste.

Bei meinem Eintreten blickte er auf. Sein Gesicht war schweißbedeckt, und er brach in eine Flut von Vorwürfen aus.

«Müssen Sie ausgerechnet an diesem einen Morgen zu spät kommen?» schrie er. «Die ganze Universität steht kopf. Überall wird mit Gewalt gedroht, und die Hälfte der Studenten demonstriert. Ich habe beschlossen zu handeln, um die Panik zu steuern. Kommen Sie her ... Und Sie, Signorina Gatti, rufen Sie bitte im Neubau an und bitten Sie, daß man uns einen der dortigen Assistenten zur Unterstützung schickt. Diese Kisten müssen noch vor Mittag auf den Weg gebracht sein.»

Dabei stolperte er über die herumliegenden Bücher und stieß laute Verwünschungen aus, während Signorina Gatti schrekkensbleich ans Telefon eilte. Wenn von Panik die Rede sein konnte, so hatte Fossi sie selber produziert.

«Haben Sie gehört, was man Professor Elia angetan hat?» flüsterte er mir zu.

Ich sagte: «Nein.»

«Sie haben ihn entmannt», zischte er. «Ich habe es aus erster Hand. Einer der Dinnergäste von gestern abend hat es getan. Es heißt, der Arzt war die ganze Nacht bei ihm, um ihm wenigstens das Leben zu retten. Möglicherweise gibt es noch weitere Opfer zu beklagen ...»

«Signor Fossi, ich bin ganz sicher, daß nichts dergleichen ...», begann ich.

Er gab mir stirnrunzelnd zu verstehen, daß ich den Mund halten möchte, und deutete mit einer Kopfbewegung zum Pult der Sekretärin hinüber. «Sie machen vor nichts und gar nichts halt», fuhr er im Flüsterton fort, «und es kann jeden treffen, der in verantwortlicher Stellung ist.»

Damit beförderte er weitere Bücher in die Kiste. Wen er mit «sie» meinte, sagte er nicht. Ich nahm an, die Studenten, alle Studenten.

«Sie können sich nicht vorstellen, was gestern abend im Panoramica los war, nachdem sich die Nachricht verbreitet hatte», fuhr er fort, indem er an seiner zischenden «Bei-Seite»-Rede festhielt, die zweifellos bis ans Ohr seiner zitternden Sekretärin drang.

«Einige der Damen bekamen Schreikrämpfe und verloren die Besinnung, und das Dinner fiel natürlich aus. All das schöne Essen verschwendet und verdorben! Ich brachte meine Frau nach Hause und wagte dann nicht, sie allein zu lassen. Sie war außer sich, völlig erschöpft. Ich selbst habe die halbe Nacht am Telefon gehangen, um Einzelheiten zu erfragen, aber jeder erzählte etwas anderes. Gegen halb eins hatten wir den Eindruck, daß man versuchte, in die Wohnung einzubrechen, so daß ich die Tür verbarrikadierte, und heute früh ist meine Frau abgereist. Sie wird eine Zeitlang bei Bekannten bleiben. Der Himmel weiß, wo ich diese Nacht schlafen werde.»

Ich brummte etwas von Polizeibewachung.

«Polizei?» Fossi schrie beinahe. «Hat gar keinen Zweck. Die kümmert sich doch nur um die großen Herren. Das Rückgrat der Universität, die Leute, die die ganze Arbeit leisten, werden sich selber helfen müssen.»

Jeder Versuch, ihn zu beruhigen, war sinnlos. Grün im Gesicht nach der schlaflosen Nacht, hockte er auf einer leeren Kiste und sah zu, wie ich eine andere vollpackte. Ich fragte mich, wer von uns beiden wohl der größere Feigling war und die größere Angst hatte. Fossi, der auf Grund ganz alberner Gerüchte zitterte, oder ich, mit meiner Furcht, in San Cipriano erkannt worden zu sein.

Die Mittagspause fiel aus. Toni holte Kaffee und Sandwiches aus der Mensa und brachte überdies beruhigende Nachrichten mit. Die WW-Studenten hatten den Streik abgeblasen und saßen brav in ihren Hörsälen. Professor Elia hatte eine Abordnung bei sich zu Hause empfangen. Er war im Morgenrock gewesen und hatte versichert, daß alles in bester Ordnung sei.

Dabei habe er sich aller Kommentare enthalten und seine Studenten nur angefleht, ihm zuliebe wie üblich in ihre Vorlesungen zu gehen. Und sie möchten es sich bitte aus dem Kopf schlagen, Rache an anderen Studenten zu nehmen! «Die Jungens sagten ja, um ihn nicht aufzuregen», wisperte Toni an meinem Ohr. «Aber der Fall ist keineswegs ausgestanden. Sie kochen, allesamt!»

Am Nachmittag begab sich Giuseppe Fossi, der mittlerweile nicht mehr ganz so grün aussah, zu einer Versammlung des Universitätsrates, die für drei Uhr anberaumt war, während ich mich mit Toni zum Neubau aufmachte, um das Auspacken der Bücher überwachen zu helfen.

Daß ich das tat, war ein wahres Glück für das Prestige Giuseppe Fossis. Im Laufe des Vormittags waren die Bücher ohne jede Rücksicht auf alphabetische Ordnung oder Sachgebiete in die Kisten gestopft worden, was nicht nur für uns, sondern auch für die Angestellten in der neuen Bibliothek doppelte Arbeit bedeutete.

So vertraute ich Toni den Wagen an, der, mit neuer Windschutzscheibe, wieder in Betrieb war, was Toni vorzüglich ins Programm paßte. So hatte er, zwischen beiden Gebäuden hin und her ratternd, die besten Chancen, weiteren Klatsch einzuheimsen, während ich in der neuen Bibliothek die Arbeit kontrollierte. Einer der Assistenten, der sehr viel gründlicher und eifriger war als die übrigen, hatte relativ schnell Band um Band abgestaubt, sortiert und an den richtigen Platz gestellt, indessen ich mich mit dem Katalog befaßte.

Die Tätigkeit des jungen Mannes, der voller Energie den Staub von den einzelnen Büchern pustete und schüttelte, förderte eine Reihe von Gegenständen zutage, die er, nach kurzer Beratung mit mir, in den Papierkorb warf. Verwelkte Blumen, lose Namensschilder, vergessene Briefe und Rechnungen. Auf die Briefe warf ich einen flüchtigen Blick, ehe ich sie mit dem übrigen Müll in der Versenkung verschwinden ließ. Es war schon gegen Dienstschluß – Giuseppe Fossi hatte sich immer noch nicht blicken lassen –, als mir der Assistent einen weiteren Brief zwecks Freigabe für den Papierkorb vorwies.

«Steckte in einem Gedichtband», sagte er, «aber da er von Professor Donati, dem Direktor des Kunstrats, unterzeichnet ist, sollte man ihn vielleicht nicht einfach wegwerfen.»

Ich blickte auf die Unterschrift. Aldo Donati. Aber es war nicht die Schrift meines Bruders, sondern die meines Vaters.

«In Ordnung», sagte ich, «ich kümmere mich darum.»

Der junge Mann war schon wieder bei seiner Sortierarbeit, als ich ihm nachrief: «Wo haben Sie den Brief gefunden?»

«In einer Auswahl von Leopardi-Gedichten», rief er zurück. «Hat laut Exlibris einem Mann namens Luigi Speca gehört. Der Band lag in einer der Kisten, die wir heute morgen ausgepackt haben.»

Der Brief war kurz. Oben war die Adresse angegeben: «8, Via dei Sogni, Ruffano. Dazu das Datum: 30. November 1925. Ich war seltsam bewegt beim Anblick der verblaßten schwarzen Tinte, des grauen Briefpapiers, der Handschrift meines Vaters. Der Brief mußte an die vierzig Jahre zwischen Leopardis Gedichten gelegen haben.

«Lieber Speca», las ich, «wir sind recht stolz auf unseren jungen Mann. Er hat wieder zwei Kilo zugenommen und entwickelt einen haarsträubenden Appetit. Außerdem dürfte er ein besonders hübscher Bursche werden! Meine Frau und ich können Ihnen nie genug für die große Güte, das Verständnis und die Freundschaft danken, die Sie uns in jenen schweren Tagen, die nun glücklicherweise hinter uns liegen, bewiesen haben. Wir blicken beide voller Vertrauen in die Zukunft. Bitte schauen Sie bei uns herein, und sehen Sie sich den Jungen einmal an, wenn Ihre Zeit es erlaubt.

In aufrichtiger Freundschaft
Aldo Donati

PS. Marta ist, wie sich herausstellt, nicht nur eine aufopfernde Kinderschwester, sondern auch eine vorzügliche Köchin. Sie läßt ergebenst grüßen.»

Ich las den Brief dreimal, dann steckte ich ihn in die Tasche. Die Handschrift mochte verblaßt sein. Die Botschaft war für mich so neu, als sei sie gestern zu Papier gebracht worden. Ich hörte förmlich die Stimme meines Vaters, klar, energisch, voller Stolz auf seinen kleinen Sohn, der nach gefährlicher Krankheit nun wieder ganz gesund geworden war. Endlich glaubte ich zu verstehen, was es mit der Eintragung im Taufregister auf sich hatte. Luigi Speca war zweifellos der Arzt, der Aldo behandelt hatte, ein Vorgänger unseres Doktor Mauri. Selbst das Postskriptum, das Marta betraf, war irgendwie eindrucksvoll. Sie war um jene Zeit in den Dienst meiner Eltern getreten, und sie war ihnen treu geblieben bis zum Ende. Bis zum Ende? Das Ende hatte ich heute morgen in San Cipriano erlebt – «Requiem aeternam dona eis Domine.»

In diesem Augenblick öffnete sich die Tür, und Giuseppe Fossi trat in Erscheinung, gefolgt von Toni, der überaus verdrossen aussah. Mein Vorgesetzter schien indessen seinen Verfolgungswahn überwunden zu haben. Er wirkte wieder völlig selbstsicher und rieb sich frischfröhlich die Hände.

«Alles in Ordnung? Alles sortiert?» erkundigte er sich. «Was sollen die Kisten dort drüben? Ach, ich sehe schon, alle ausgepackt. Sehr gut! Ich hoffe und glaube, daß ich im Katalog keine Fehler entdecken werde. Normalerweise mache ich diese Dinge lieber selbst.»

Diese Bemerkung sollte mich zerschmettern, machte mir aber nicht den geringsten Eindruck. Ich setzte ihm auseinander, daß wir drei Stunden gebraucht hatten, um die Unordnung, die durch die morgendliche Packerei entstanden war, wieder auszubügeln.

«Nun gut», sagte er, «mittlerweile sieht es so aus, daß wir die Dinge unnötigerweise überstürzt haben. Immerhin aber hat mich Professor Rizzio persönlich zu meiner Vorsorge beglückwünscht. Er stimmte ganz und gar mit mir darin überein, daß man in so schwierigen Augenblicken wie diesen gar nicht vorsichtig genug sein kann. Im übrigen», er blickte sich ängstlich um und senkte die Stimme, «freue ich mich, Ihnen sagen zu können, daß die Berichte über Professor Elia nicht der Wahrheit entsprechen. Er hat an der Sitzung teilgenommen. Zwar wirkte er niedergeschlagen, aber das war unter den gegebenen Umständen nur natürlich. Abgesehen davon war er – gesund.»

Damit räusperte er sich, straffte die Schultern und eilte an den Schreibtisch, an dem ich bisher gearbeitet hatte.

«Für heute nacht braucht jedenfalls niemand etwas zu befürchten», verkündete er so laut, daß ihn alle hören konnten! «Der Universitätsrat hat über die Studenten aller Fakultäten ab neun Uhr ein Ausgehverbot verhängt. Jeder Student, der sich nach diesem Termin auf der Straße blicken läßt, wird registriert und geschaßt werden. Das gilt auch für Angestellte der Universität, die in Privatquartieren wohnen. Man wird sie allerdings nicht schassen, aber dafür kündigen.» Giuseppe Fossi blickte Toni, die übrigen Angestellten und mich scharf an.

«Wer in wichtigen dienstlichen Angelegenheiten unterwegs sein muß, kann auf Antrag einen Sonderausweis vom Sekretariat bekommen», fügte er hinzu. «Aber die Behörde wird schnell dahinterkommen, wenn mit dieser Möglichkeit Mißbrauch getrieben wird. Im übrigen wird es niemandem schaden, wenn er einmal einen Abend in seinen vier Wänden verbringt. Morgen werden die Bestimmungen natürlich gemildert mit Rücksicht auf diejenigen Studenten, die ihre bestandenen Examina feiern wollen. Die Angehörigen strömen bereits in Scharen in die Stadt.»

Jetzt wußte ich, warum Toni so verdrossen war. Heute abend – kein Rendezvous mit seiner Freundin auf der Piazza Matrice und keine Vesparundfahrt über die Via delle Mura.

«Und was ist mit Kino?» fragte Toni mißmutig.

«Selbstverständlich können Sie ins Kino gehen», erwiderte Giuseppe Fossi, «vorausgesetzt, daß Sie um neun Uhr wieder zu Hause sind.»

Toni zuckte die Achseln und bemächtigte sich unter leisem Murren einer der leeren Kisten, um sie zurück in den Wagen zu schleppen. Sollte ich meinem Vorgesetzten etwas von Aldos Einladung in den Palazzo Ducale sagen? Ich wartete, bis die anderen außer Hörweite waren, bevor ich mich ihm näherte.

«Professor Donati hat die Liebenswürdigkeit gehabt, mir einen Paß für heute abend zu geben», sagte ich. «Im Palazzo findet eine Besprechung wegen des Festivals statt.»

Er blickte mich überrascht an. «Das fällt in den Verantwortungsbereich Professor Donatis», sagte er, «als Direktor des Kunstrats werden ihm die Bestimmungen bekannt sein. Wenn er es für richtig hält, an relativ fremde Leute Einladungen zu verteilen, ist das seine Sache.»

Damit kehrte er mir den Rücken, offenbar verärgert über die vermeintliche Ehre, die mir zuteil geworden war. Ich fühlte nach der Plakette, die mein Bruder mir gegeben hatte. Sie steckte wohlverwahrt in meiner Tasche, neben dem vierzig Jahre alten Brief, den mein Vater an Luigi Speca geschrieben hatte. Ich konnte es kaum erwarten, Aldo den Brief zu zeigen.

Inzwischen aber wurde es Zeit, mir im Sekretariat meine Ausgeherlaubnis zu besorgen, wenn ich bei der Probe mitmachen wollte. Meinem Bruder würde es gleichgültig sein, ob ich kam oder nicht. Aber meine Neugier war beträchtlich. Außerdem war der Palazzo Ducale bestimmt der letzte Ort, wo man einen vermißten Reiseleiter suchen würde.

Wir machten in der neuen Bücherei um sieben Uhr Schluß. Giuseppe Fossi hatte inzwischen im Palazzo Ordnung geschaffen. Ich fragte ihn, als wir kamen, nicht ohne einen Unterton von Bosheit, ob er vorhabe, zu Hause zu essen und zu nächtigen.

«Ich habe mich bei Freunden angemeldet», erwiderte er kurz. «Da meine Frau nicht da ist, paßt mir das besser so.» Ich sah zu, wie er in seinen kleinen Wagen stieg und davonfuhr. Ob ich den Wagen wohl später neben dem Fiat vor dem Haus Nummer 5, Via San Michele, wiedersehen würde? Wenn ja, dürfte Fossi kaum die Ruhe finden, deren er so dringend bedurfte. Die «Gottesanbeterin» hatte zu lange gefastet...

Ich ging zur Universität hinüber. Das Sekretariat war bereits von Studenten belagert, die alle eine Ausgeherlaubnis beantragen wollten. Die meisten waren von besorgten Verwandten begleitet, mit denen sie zum Abendessen verabredet waren. Solche Pläne drohten nunmehr ins Wasser zu fallen. Ohne Pässe kein Vorfeiern der Diplome und Titel, die morgen zugeteilt werden sollten. Die Verwandten würden sich in ihren Hotels oder Privatzimmern langweilen müssen. Ich hoffte von Herzen, schon im Hinblick auf den armen Signor Longhi und sein Hotel dei Duchi, daß wenigstens die Studenten, deren Angehörige sich für ihr gutes Betragen verbürgten, Erlaubnisscheine erhielten.

«Völlig kindisch!» kommentierte ein verärgerter Vater, der mehr als zweihundert Kilometer chauffiert hatte, «mein Sohn bekommt morgen mit Sicherheit ein Diplom mit Auszeichnung, und die Behörden versteifen sich darauf, ihn wie ein Kleinkind zu behandeln.»

Geduldig erklärte der Angestellte noch einmal, daß es sich um Beschlüsse des Universitätsrates handle und daß sich die Studenten die Sache durch ihr liederliches Benehmen selbst eingebrockt hätten. Der empörte Vater schnaubte in wütender Verachtung. «Liederliches Benehmen? Ein gesunder kleiner Spaß!» erklärte er. «Haben wir es in unserer Zeit denn anders gemacht?»

Er sah sich Zustimmung heischend um. Nicht ohne Erfolg. Die Eltern und Angehörigen, die da Schlange standen, waren sich einig in ihrer Entrüstung über die Behörden, die fünfundzwanzig Jahre hinter der Zeit her hinkten.

«Gehen Sie getrost essen mit Ihrem Sohn», empfahl der gepeinigte Angestellte, «aber liefern Sie ihn um neun Uhr im Studentenheim ab oder an seiner Haustür, falls er in der Stadt wohnt. Morgen und übermorgen werden Sie zum Feiern soviel Gelegenheit haben, wie Sie wollen.»

Einer nach dem anderen zogen die Verwandten wieder ab, gefolgt von übellaunigen, schimpfenden jungen Leuten. Die Studenten, die keine Familie und deshalb auch keine Aussicht auf besondere Vergnügungen hatten, sahen mit höhnischen Gesichtern zu.

Ich schob den Kopf durch das Schiebefenster des Sekretariats, ohne mir große Hoffnungen zu machen.

«Mein Name ist Fabbio», sagte ich, «Armino Fabbio. Ich bin Assistent in der Bibliothek und habe von Professor Donati eine Einladung für die Versammlung, die heute abend um neun im Palazzo Ducale stattfindet.»

Zu meiner Überraschung zog der Mann sofort eine Liste zu Rate.

«Armino Fabbio», sagte er, «das geht in Ordnung. Ihr Name steht auf der Liste.» Er reichte mir einen Schein. «Vom Direktor des Kunstrats persönlich unterzeichnet.» Dabei verstieg er sich sogar zu einem Lächeln.

Ich nahm den Schein und verdrückte mich, bevor der nächststehende Vater in der Schlange zum Protestieren kam.

Auf alle Fälle hatte ich an Ansehen gewonnen.

Nächstliegende Frage: Wo sollte ich essen gehen? Ich hatte keine Lust, mir in den wenigen, ohnehin überfüllten Restaurants der Stadt einen Platz zu erkämpfen oder mich an den Pensionstisch der Silvanas zu begeben. So beschloß ich, mein Glück in der Mensa zu versuchen.

In der Mensa gab es nur Stehplätze, aber das machte mir nichts aus. Mit einer Tasse Suppe und einer Portion Salami, die eine angenehme Abwechslung gegenüber dem Polypenragout vom letzten Abend bildeten, hatte ich den ärgsten Hunger schnell gestillt.

Die Masse der Studenten war so damit beschäftigt, ihr Essen zu bewältigen und auf das verhaßte Ausgehverbot zu schimpfen, daß niemand auf mich achtete oder daß man mich als ein minderes Mitglied des Universitätsstabes stillschweigend duldete. Ich spitzte beide Ohren und verstand so viel, daß die allgemeine Meinung dahin ging, man solle sich für eine derartige Behandlung dadurch rächen, daß man Donnerstag und Freitag nacht die gesamte Stadt rot anstreiche. Dann würde der Teufel los sein ...

«Sie können gar nichts machen!»

«Sie können uns nicht alle auf einmal davonjagen!»

«Ich habe mein Diplom bis dahin sowieso in der Tasche. Dann sollen sie mich alle gern haben!»

Einer der lautesten Schreier stand am anderen Ende meines Tisches. Glücklicherweise drehte er mir den Rücken zu. Es handelte sich nämlich um den Burschen, der mich am Montagnachmittag hatte in die Fontäne werfen wollen.

«Ich lasse mir das einfach nicht bieten», proklamierte er. «Mein Vater hat eine Bombenposition in Rimini, und wenn es Ärger gibt, braucht er nur an seinen Drähten zu ziehen, damit einige der Herren Professoren vom Universitätsrat fliegen.

Ich bin zweiundzwanzig. Man kann mich nicht behandeln wie einen Zehnjährigen. Wenn mir danach ist, werde ich mich um das Ausgehverbot den Teufel scheren und bis Mitternacht spazierengehen. Außerdem gilt das Verbot ohnehin nicht für WW-Studenten, sondern nur für all diese kleinen Pauker, die Latein und Griechisch büffeln und im Studentenheim in die Heia marschieren.»

Er blickte sich um, in der Hoffnung, daß es Streit geben würde.

Ich hatte seine Aufmerksamkeit schon am Montag erregt und verspürte keine Lust, sie von neuem auf mich zu ziehen. So machte ich mich auf den Weg zum Palazzo Ducale.

Die Piazza Maggiore hatte schon einen festlichen Anstrich. Obwohl es kaum dämmerte, waren Palast und Dom angestrahlt. Die rosigen Mauern des Palazzo sahen aus, als ob sie glühten. Die großen Fenster an der Ostfassade, leuchtend weiß, gewannen Relief. Der ganze Bau wirkte plötzlich nicht mehr wie ein Museum, vollgestopft mit Gemälden und Gobelins, durch das gleichgültige Touristen krochen, sondern war ein lebendes Wesen.

So hatten ihn die jungen Fackelträger vor fünfhundert Jahren gesehen, im Schein des Mondes und der wehenden Feuerbrände. Damals klapperten die Hufe der Pferde über das Kopfsteinpflaster, man hörte die Sporen klirren und die Harnische, wenn Sättel und Geschirre abgenommen wurden. Dann stoben Pferdeknechte und Diener auseinander, und durch das mächtige, holzgeschnitzte Portal kam der heimkehrende Sohn des Hauses Malebranche geschritten, oder hoch zu Roß, die behandschuhte Rechte auf dem Schwertknauf.

Ich ging zum Seiteneingang und drückte auf die Klingel. Wieder einmal kam ich mir vor wie ein Wanderer zwischen zwei Welten. Hinter mir lag die Gegenwart, aalglatt, fleißig, tüchtig, mit einer Jugend, die sich in allen Ländern glich wie massenproduzierte Eier. Und vor mir erhob sich die Vergangenheit, jene düstere unbekannte Welt, in der es Gift und Raub, Macht und Schönheit, Luxus und Schmutz gab, wo ein Bildnis durch die Straßen getragen und angebetet wurde von reich und arm, wo man Gott noch fürchtete und Männer und

Frauen von der Pest befallen wurden und starben wie die Hunde.

Nicht der Nachtwächter, sondern ein Knabe, der als Page kostümiert war, öffnete mir und fragte nach meinem Paß. Ich wies die Plakette vor, die Aldo mir gegeben hatte. Er verbeugte sich schweigend, nahm die Fackel aus dem Ständer und ging vor mir her durch den Innenhof. Nirgends brannte Licht. Ich hatte nicht geahnt, wie dunkel der Palast ohne elektrische Beleuchtung war. Am Sonnabend waren zwar die oberen Räume nur von Fackeln erhellt gewesen, aber hier unten und auf den Treppen hatten wie üblich die Lampen gebrannt. Heute abend brannten sie nicht, und während wir die große Treppe hinaufstiegen, wurden unsere Schatten im Fackelschein riesengroß. Der Page, der in seinem gegürteten Wams und der Kniehose vorankletterte, wirkte keineswegs verkleidet. Ich war hier der Eindringling.

Die Galerie, die um den Hof herumführte, lag in pechschwarzer Finsternis. Eine einsame Fackel, die in einem Wandarm steckte, warf einen gespenstischen Schein auf die Tür zum Thronsaal. Der Page klopfte zweimal, und man ließ uns ein.

Der Thronsaal war leer und mit zwei Fackeln in ähnlicher Art beleuchtet wie draußen die Tür.

Wir gingen ins Zimmer der Cherubim hinüber, wo die Sitzung vom letzten Sonnabend stattgefunden hatte. Auch dieser Raum war leer und von Fackeln beleuchtet.

Die Türen, die zum Schlafgemach des Herzogs und zum Audienzsaal führten, waren geschlossen. Der Page klopfte zweimal an die erste Tür. Ein junger Mann, in dem ich einen der Gitarrespieler erkannte, die sich am Montag so frischfröhlich auf der Bühne produziert hatten, machte uns auf. Er trug ein flaschengrünes Wams, dessen geschlitzte Ärmel mit Purpur unterlegt waren. Dazu schwarze Kniehosen. Über dem Herzen war ein Emblem mit dem Kopf eines Falken angebracht.

«Ist dies Armino Donati?» fragte er.

Ich war betroffen vom Klang meines zweiten Namens, den ich in soviel Jahren niemand mehr genannt hatte.

«Ja, oder auch Armino Fabbio», erwiderte ich vorsichtig.

«Wir ziehen Donati vor», stellte er fest.

Mit einer Kopfbewegung forderte er mich auf einzutreten. Die Tür wurde hinter mir geschlossen. Der Page blieb draußen im Zimmer der Cherubim. Ich blickte mich um. Das Schlafgemach des Herzogs war nur halb so groß wie der davorliegende Raum und ebenfalls durch Fackeln erleuchtet, die in Wandarmen steckten und beiderseits eines großen Gemäldes angebracht waren, das auf diese Weise zu besonderer Geltung kam und den ganzen Raum beherrschte. Das Bild zeigte Christi Versuchung, einen Christus, der die Züge des Herzogs Claudio trug.

Es waren zwölf Männer anwesend, darunter der Gitarrist, der mich eingelassen hatte, alle als Höflinge der frühen Renaissance kostümiert, alle mit dem Falkenwappen auf der Brust. Auch die Kontrolleure, die am Sonnabend unsere Ausweise geprüft hatten, waren dabei und die beiden Duellanten und einige von denen, die ich Montag abend auf der Bühne gesehen hatte. Ich kam mir wie ein Idiot vor in meinem modernen Anzug und sah zweifellos auch so aus. Um mir einen Anschein von Sicherheit zu geben, schlenderte ich zu dem Gemälde hinüber und betrachtete es aufmerksam, aber niemand beachtete mich. Zwar waren sie sich meiner Anwesenheit bewußt, zogen es aber, vielleicht aus Taktgefühl, vor, mich zu ignorieren.

Ich fühlte eine Hand auf meiner Schulter. Mein Bruder stand hinter mir. Er mußte durch den Ankleideraum und die Kapelle auf der anderen Seite hereingekommen sein.

«Was sagt es dir?» fragte er.

«Du weißt doch, daß ich früher seine Rolle gespielt habe, wie die des Lazarus. Und nie freiwillig», antwortete ich.

«Das wirst du vielleicht wieder tun», sagte er.

Dann drehte er mich mit einem Schwung zu seinen zwölf Gefährten herum.

Aldo trug, abgesehen von der Farbe, das gleiche historische Kostüm wie alle anderen. Wie der Versucher war er ganz in Schwarz gekleidet.

«Dies ist unser Falke», sagte er. «Er soll den Herzog Claudio auf dem Festival spielen.»

Die zwölf Männer sahen mich an und lächelten. Einer von

ihnen griff nach einem safranfarbenen Gewand, das auf einem Schemel neben dem Eingang zur Kapelle lag, und legte es mir mitsamt einem Gürtel um. Ein anderer kam mit einer goldlokkigen Perücke und zog sie mir über den Kopf. Ein dritter brachte einen Spiegel.

Die Zeit war aufgehoben; die Gegenwart genauso wie die verflossenen Jahrhunderte. Ich war zurückgekehrt in meine Kindheit, in das Schlafzimmer in der Via dei Sogni. Ich hielt still und gehorchte den Befehlen meines Bruders. Die Männer um ihn herum verwandelten sich in seine Schulgefährten von einst. Und wie ich damals jammerte, daß ich nicht mitspielen wolle, so stammelte ich jetzt, doch wie ich hoffte, in der Sprache der Erwachsenen: «Aldo, ich möchte lieber nicht teilnehmen. Ich bin hergekommen, um euch zuzuschauen, aber nicht, um mitzutun.»

«Das spielt keine Rolle», sagte Aldo. «Wir sind alle gleichermaßen engagiert. Du hast die Wahl: Entweder spielst du den Falken und erlebst damit eine kurze Stunde abenteuerlichen Ruhmes, wie sie sich in deinem Leben niemals wiederholen wird. Oder aber wir jagen dich hinaus in die Straßen von Ruffano. Und du wirst keinen Ausweis haben, wenn die hiesige Polizei, die, wie ich vorhin hörte, in ständiger Verbindung mit der römischen Polizei steht, dich aufgreift.»

Keines der jungen Gesichter um mich herum wirkte feindselig. Sie sahen freundlich aus und erbarmungslos. Sie standen da und warteten auf meine Antwort.

«Hier bist du in Sicherheit», sagte Aldo, «bei mir wie bei ihnen. Alle zwölf haben geschworen, dich zu schützen, was immer geschieht. Wenn du jetzt aus dem Palast allein auf die Straße gehst, sehen wir dich vielleicht niemals wieder.»

Irgendwo in der Stadt lief vielleicht mein Polizeibeamter aus Rom herum: Womöglich promenierte er in Zivil im Zentrum oder auf der Via Vittorio Emanuele, oder er paßte an der Porta di Malebranche auf oder am Bluttor, wo der Sicherheitsdienst postiert war.

Ich hatte keine Wahl. Beide Möglichkeiten erfüllten mich mit Grauen. Aber Aldos Vorschlag entsetzte mich nicht ganz so wie die Alternative, die mir geboten wurde.

Die Stimme, mit der ich antwortete, war nicht die Stimme eines erwachsenen Menschen. Sie klang in meinen eigenen Ohren wie das gespenstische Echo auf die Stimme eines siebenjährigen Kindes, das im Leichentuch des Lazarus lebendig begraben wurde.

«Was habe ich zu tun?» fragte ich meinen Bruder.

16

Wir gingen zum Audienzsaal hinüber. Hier war es, wo der Wandteppich an der Westmauer jene Tür tarnte, die zum zweiten der Zwillingstürme führte und von wo mich der Wärter bei meinem ersten Besuch vor fast einer Woche vertrieben hatte. Heute abend gab es keine Wärter, es gab nur Aldo und seine Leibgarde. Der Wandteppich hing harmlos wie immer da und ließ nicht ahnen, daß sich hinter ihm die verborgene Tür und die enge Wendeltreppe verbargen.

Auch der Audienzsaal war durch Fackeln erhellt. Linker Hand stand auf seiner Staffelei das «Porträt einer adeligen Dame», das mein Vater so geliebt hatte und das mich an Signora Butali erinnerte.

In der Mitte des Raumes war ein langer hölzerner Tisch aufgestellt worden mit Gläsern und einer Karaffe Wein. Aldo trat an den Tisch und goß für jeden von uns ein Glas ein.

«Du wirst gar nichts zu tun haben», sagte er, indem er endlich auf meine Frage antwortete, «außer mir zu gehorchen, wenn es soweit sein wird. Schauspielerische Leistungen werden nicht von dir verlangt. Mit deinem Training als Reiseleiter wirst du deine Rolle ganz von selbst vollendet spielen.»

Lachend hob er sein Glas und befahl: «Trinkt auf meinen Bruder!» Daraufhin griffen alle wie ein Mann nach ihren Gläsern und riefen «Armino», die Gesichter mir zugewandt.

Dann stellte mir Aldo seine Garde im einzelnen vor, indem

er rund um den Tisch ging, einem jeden auf die Schulter schlug und seinen Namen nannte.

«Giorgio, geboren bei Monte Cassino, während des Bombardements die Eltern verloren, von Verwandten aufgezogen ... Domenico, geboren in Neapel, Eltern an Tbc gestorben, auch von Verwandten aufgezogen ... Romano, nach dem deutschen Rückzug verlassen in den Hügeln gefunden, von den Franziskanern aufgenommen ... Ebenso Antonio ... Ebenso Roberto ... Guido, Sizilianer, Vater von der Mafia ermordet, von zu Hause weggelaufen, im Armenhaus groß geworden ... Pietro, Eltern bei der großen Überschwemmung in der Po-Ebene ertrunken, von überlebenden Nachbarn aufgenommen ... Sergio, im Konzentrationslager geboren, Mutter lebt noch ... Ebenso Frederico, aber Eltern sind tot, wurde von einem Onkel erzogen ... Giovanni, in Rom geboren und an einer Kirche ausgesetzt, von Pflegeeltern aufgenommen ... Lorenzo aus Mailand, Vater starb, Mutter heiratete wieder, einen Sadisten, riß aus, arbeitete in einer Fabrik, um das Geld für die Universität zusammen zu bekommen ... Cesare, geboren in Pesaro, Vater auf See ertrunken, Mutter bei der Geburt des zweiten Kindes gestorben, wuchs im Waisenhaus auf ...»

Damit war Aldo am Ende des Tisches angelangt. Er legte mir die Hand auf die Schulter: «Armino, in der Familie Beo genannt oder Il Beato, der Glückliche, wegen seiner hübschen Locken und seines engelhaften Charakters. Geboren in Ruffano, Vater starb in einem alliierten Gefangenenlager, Mutter flüchtete mit deutschem Offizier unter Mitnahme des Jungen, heiratete später in Turin. Vom Stiefvater erzogen. Und jetzt kennt ihr oder richtiger erkennt ihr euch in euren Schicksalen. Ihr seid die Verlassenen und die Verlorenen, die Verachteten und die Verschmähten. In der Welt herumgestoßen, von Verwandten oder Fremden aufgenommen, die taten, was sie konnten, und nicht mehr. Ich trinke auf euch.»

Wieder hob er sein Glas, nickte den Zwölfen zu und dann auch mir und trank. «Und nun an die Arbeit!» sagte er und setzte das Glas ab. Giorgio, der Junge, der ihm am nächsten stand, brachte eine Karte, die Aldo auf dem Tisch ausbreitete. Es war eine detaillierte Karte von Ruffano. Ich trat mit den anderen näher. Die Vorstellung, phantastisch und unerwartet wie sie erfolgt war, hatte auf mich eine merkwürdige Wirkung. Ich hatte den Eindruck, mit mir selbst nicht mehr identisch zu sein. Ich war nicht mehr Armino, ein einsamer Reiseleiter ohne Aufgabe und Ziel, womöglich polizeilich gesucht, ich war nichts als ein anderer Giorgio, ein anderer Lorenzo.

«Wie ihr wißt, beginnt die Fahrt an der Piazza Carlo und endet an der Piazza Maggiore», erklärte Aldo. «Mit anderen Worten: Vom Nordhügel hinunter zum Stadtzentrum an der Piazza Matrice und dann durch die Via Vittorio Emanuele wieder hügelaufwärts zum Palazzo Ducale. Bis zur Piazza Matrice wird die Strecke frei sein, aber dann beginnt das Spektakel. Die Bürger von Ruffano, dargestellt von den WW-Studenten, werden aus allen fünf Zufahrtsstraßen auf die Piazza strömen, mit Ausnahme der Via Vittorio Emanuele, die vom Hof, das heißt von den Kunst- und Philologiestudenten, besetzt ist. Der Kampf beginnt unmittelbar nachdem der Zug des Falken die Piazza Matrice passiert hat und den Hügel hinaufstürmt. Ihr und die Höflinge, die hier im Palast Wache halten, werdet die Bürger abwehren, bis der Falke sicher durch eure Reihen gelangt ist, den Hof überquert und die Treppe zu den herzoglichen Gemächern erstiegen hat. Ist das klar?»

«Vollkommen», erwiderte Giorgio, der der Wortführer zu sein schien. «Gut», sagte Aldo. «Dann müssen wir nur noch jedem Höfling einen bestimmten Standort an der Via Vittorio Emanuele anweisen, was ihr mit den Freiwilligen klären könnt, und den Führern der WW-Studenten den Plan der Seitenstraßen übergeben. Wir werden es mit einer etwa dreifachen Übermacht zu tun haben. Aber das ist das Rühmliche an der Sache.» Er faltete die Karte zusammen, während ich zögernd zu einer Frage ansetzte; die Frage lag so sehr auf der Hand, daß es mir fast absurd erschien, sie überhaupt zu stellen.

«Was ist mit der Masse des Publikums? Wer wird die Straßen freihalten?»

«Die Polizei», sagte Aldo. «Das besorgt sie jedes Jahr. Diesmal freilich werden die Instruktionen verbindlicher sein. Nach einem bestimmten Zeitpunkt darf sich außer den Darstellern niemand mehr in dem betroffenen Areal aufhalten.»

«Und von wo aus sollen die Leute zuschauen?» erkundigte ich mich weiter.

«Von allen verfügbaren Fenstern aus», erwiderte Aldo lächelnd, «angefangen von der Piazza Carlo, dann die Via Carlo hinunter bis zur Piazza Matrice und die Via Vittorio Emanuele hinauf bis zum Palast. Die Hausbesitzer haben alle Merkblätter bekommen. Sie können für die Plätze fordern, was sie wollen. Das haben sie im vergangenen Jahr, beim Einzug des Papstes, auch schon getan. Ein paar haben dabei ein kleines Vermögen gemacht, aber auf der Basis, daß sie die Hälfte ihrer Einnahmen abliefern mußten, ein Viertel an den Hilfsfonds für unbemittelte Studenten, das andere Viertel für die Instandhaltung des Palazzo Ducale.»

Ich kaute an meinem Daumennagel, eine Kindheitsgewohnheit, die ich längst abgelegt zu haben glaubte. Als aber Aldo eine Bewegung machte, fiel meine Hand automatisch hinab.

«Im letzten Jahr, das hat man mir jedenfalls erzählt», sagte ich, «beteiligten sich auch die Professoren, und eine Menge Leute schauten hier im Palast selber zu, teils von der Galerie, teils von den Fenstern aus, die auf den Innenhof gehen.»

«In diesem Jahr», sagte Aldo, «wird es im Palast keine Zuschauer geben, nur Darsteller. Die Universitätsleitung, die Stadtverwaltung und sonstige erlauchte Körperschaften werden Plätze auf der Piazza del Mercato bekommen.»

«Aber das ist doch unterhalb des Stadtzentrums. Da können sie gar nichts sehen», wandte ich ein.

«Dafür werden sie um so mehr hören und vor allem beim Finale dabeisein, dem wichtigsten Akt der ganzen Schau.»

Jemand klopfte an die Tür, die vom Audienzsaal, in dem wir uns zur Zeit befanden, auf die Galerie führte.

«Seht bitte nach, was los ist», sagte Aldo.

Einer der Studenten, ich glaube Sergio, ging an die Tür und sprach einen Augenblick mit dem Pagen, der mich hineingeführt hatte. Kurz darauf kam er zurück.

«Die Wachen haben einen Burschen aufgegriffen, der unten am Westportal herumlungerte», sagte er. «Er hatte keine Ausgeherlaubnis, und als man ihn befragte, wurde er frech. Sie möchten wissen, ob sie ihn laufen lassen sollen.»

«Handelt es sich um einen Einwohner der Stadt oder um einen Studenten?» fragte Aldo.

«Um einen Studenten. WW. Ein vierschrötiger Lümmel, der Ärger machen wollte.»

«Wenn er Ärger machen wollte, soll er ihn bekommen», entschied mein Bruder und wies Sergio an, den Störenfried von den Wachen hereinbringen zu lassen.

«Das könnte mein Verfolger sein», sagte ich, «ein Mensch, der mich nach dem Krawall am Montag in den Brunnen werfen wollte. Ich sah ihn heute abend in der Mensa und hörte, wie er sich damit brüstete, keinen Ausgehschein zu haben und daß er sich den Teufel darum scheren werde.»

Aldo lachte. «Um so besser», sagte er, «vielleicht werden wir unseren Spaß an ihm haben. Setzt eure Masken auf, alle. Und gebt auch eine für Armino her.»

Giorgio reichte mir eine kleine schwarze Maske mit Augenschlitzen, wie sie die beiden Duellanten getragen hatten.

Ich kam mir komisch vor, während ich es Aldo und den anderen nachtat und das Ding vors Gesicht nahm, aber als wir allesamt maskiert waren und ich um mich blickte und sah, wie wir in der Fackelbeleuchtung inmitten des dunklen Raumes wirkten, mußte ich zugeben, daß die Szenerie auf einen Außenseiter nicht eben beruhigend, sondern geradezu alarmierend wirken mußte.

Maskiert wie wir, betraten die Wachen den Raum und schleppten den Gefangenen herein. Sie hatten dem Mann die Augen verbunden, aber ich erkannte ihn sofort. Es war der Randalierer aus der Mensa. Aldo schaute fragend zu mir herüber. Ich nickte.

«Nehmt ihm die Binde ab», befahl mein Bruder. Die Wachen gehorchten. Der Student zwinkerte und blickte sich um, indem er sich die Arme rieb. Er sah einen dunklen, nur von Fackeln erleuchteten Raum und dreizehn Männer, die kostümiert und maskiert waren.

«Keine Ausgeherlaubnis?» fragte Aldo milde.

Der Rowdy starrte ihn an. Wahrscheinlich, überlegte ich, hatte er den Palazzo Ducale nie zuvor betreten. Wenn nicht, mußte ihn das Milieu in Panik versetzen.

«Was geht Sie das an?» konterte er. «Wenn dies einer der Streiche der Kunststudenten ist, sage ich Ihnen besser gleich, daß Sie das teuer zu stehen kommen wird.»

«Es handelt sich um keinen Streich», bemerkte Aldo. «Hier habe ich den Befehl.»

Niemand rührte sich. Nur der Student rutschte auf seinen Schuhsohlen herum und rückte Kragen und Schlips zurecht, die in Unordnung gekommen waren, während er sich gegen seine Festnahme zur Wehr gesetzt hatte.

«Was heißt hier Befehl?» fragte er aggressiv. «Bilden Sie sich ein, Sie könnten mich ins Bockshorn jagen, indem Sie sich in Maskenkostüme werfen? Mein Name ist Marelli, Stefano Marelli, und mein Vater ist Eigentümer einer Kette von Restaurants und Hotels in Rimini.»

«Ihr Vater interessiert uns nicht», belehrte ihn Aldo. «Erzählen Sie von sich selbst!»

Der sanfte Tonfall, in dem Aldo seine Aufforderung vorbrachte, lockte Marelli in eine gewisse Vertrauensseligkeit hinein. Er bedachte unsere Runde mit einem herablassenden Blick.

«Studiere Wirtschaftswissenschaften. Im dritten Jahr», verkündete er. «Und ob man mich schaßt oder nicht, läßt mich völlig kalt. Ich brauche keine Titel oder Diplome, um an einen Job zu kommen. Ich kann jederzeit eins der Restaurants von meinem Vater übernehmen. Zufällig ist er auch Mitglied des Interessenverbandes, dem das Panoramica gehört. Und wer mich unter einem fadenscheinigen Vorwand davonzujagen versucht, wird es mit einer ganzen Menge einflußreicher Leute zu tun bekommen.»

«Ein wahrer Jammer», murmelte Aldo. Dann wandte er sich an Giorgio und fragte: «Steht er auf der Liste der Freiwilligen?»

Giorgio, der schon während des Verhörs vorsorglich eine Liste studiert hatte, schüttelte den Kopf. Der Student Marelli lachte laut auf.

«Wenn Sie auf die Kommunisten-Show anspielen, die Sie Montag abend im Theater aufgezogen haben – ich war nicht dabei», sagte er. «Ich habe eine Freundin in Rimini und einen schnellen Wagen. Daraus dürfen Sie Ihre Schlüsse ziehen.»

Obwohl mir alles an seiner Person mißfiel, von seiner äußeren Erscheinung bis zu dem Versuch, mich in den Brunnen zu werfen, fühlte ich ein leises Mitleid in mir aufsteigen. Jedes Wort, das er sprach, trug dazu bei, sein Schicksal zu besiegeln.

«So werden Sie sich am Festival also nicht beteiligen?» fragte Aldo.

«Am Festival?» äffte der Student ihn nach. «An diesem Kasperletheater? Wohl kaum. Ich werde mich fürs Wochenende nach Hause verkrümeln. Mein Vater gibt in Rimini eine große Party für mich.»

«Wie schade», sagte Aldo. «Wir hätten Ihnen hier diverse Sensationen bieten können. Aber warum sollten Sie nicht schon heute einen kleinen Vorgeschmack bekommen. Frederico?»

Einer von der Leibgarde trat vor. In ihren Masken waren sie kaum voneinander zu unterscheiden, aber dieser hier schien mir, in Anbetracht der zierlichen Statur und des Haarschopfes über der Maske, einer der Duellanten vom Sonnabend zu sein.

«Bietet sich in unserem Buch etwas Passendes für Stefano an?» fragte Aldo.

Frederico schaute zu mir herüber. «Vielleicht sollten wir Armino zu Rate ziehen», schlug er vor, «er ist unser Experte.»

«Auch Frederico übersetzt für mich», erläuterte Aldo, «er hat uns die jeweils in Betracht kommenden Abschnitte aus dem Buch des deutschen Historikers angestrichen. Er wurde, wie gesagt, in einem KZ geboren und hat von dort eine gewisse Sprachgewandtheit mitgebracht.»

Das Unbehagen, das mich schon beim ersten Anblick des aufgegriffenen Studenten befallen hatte, verstärkte sich. Ich schüttelte den Kopf.

«Ich kann mich nicht erinnern», sagte ich.

Daraufhin wandte Aldo sich wiederum Frederico zu, der ein Bündel von Zetteln aus seinem Wams zog. Er las schweigend.

«Der Page», sagte er schließlich, «die Sache mit dem Pagen würde sich für Stefano sehr gut eignen.»

«Ah ja, der Page», sagte Aldo leise, «die Bestrafung des Pagen, der vergaß, für die Beleuchtung zu sorgen. Feurige Kohlen auf das Haupt eines Menschen zu häufen, der einen Kleineren und Schwächeren in einen Brunnen werfen wollte, wäre die passende Krönung einer prahlerischen Existenz. Würdet ihr das bitte arrangieren?»

Der Student Marelli wich zurück, als Frederico und die beiden Wachen auf ihn zutraten.

«Hören Sie», sagte er, «wenn Sie sich an mir vergreifen wollen, mache ich Sie darauf aufmerksam ...»

Die beiden Wachen schnitten ihm das Wort ab, indem sie ihn bei den Armen packten, während Frederico sich gedankenvoll das Kinn rieb.

«Nehmen wir doch die alte Kohlenpfanne», sagte er gelassen. «Sie liegt mit den anderen Eisenutensilien in irgendeinem der oberen Räume. Sie wird ihm angegossen wie eine Krone sitzen. Aber vielleicht sollte ich ihm erst den betreffenden Abschnitt aus dem Buch vorlesen.»

Er zog seine Zettel wieder vor, Abschriften der Notizen, die ich Aldo am Sonntag gegeben hatte.

«Bei einer Gelegenheit», las er vor, «wurde ein Page, der es versäumt hatte, die Beleuchtung für das Nachtmahl des Herzogs zu beschaffen, von der Leibwache des Falken ergriffen, die den unglücklichen Jungen in Lumpen wickelte, sein Haar ansteckte und ihn durch die Gemächer des Palastes hetzte, so daß er unter unsäglichen Qualen starb.» Damit steckte er die Zettel wieder in sein Wams und gab den Wachen ein Zeichen.

«An die Arbeit», sagte er.

Der Student Marelli, der sich vor kaum zwei Minuten noch mit dem Reichtum und dem Einfluß seines Vaters gebrüstet hatte, sackte zwischen den beiden Wachen zusammen. Sein Gesicht wurde grau. Er begann zu schreien und schrie und schrie, während er hinausgeschleift wurde in die Passage und über die Galerie hinauf zum oberen Stockwerk. Niemand sprach ein Wort.

«Aldo ...», sagte ich schließlich. «Aldo!»

Mein Bruder schaute mich an.

Das Schreien verstummte.

«Die Menschen der Renaissance kannten kein Mitleid. Warum sollten wir Mitleid haben?» fragte Aldo.

Jählings packte mich das Entsetzen. Mein Mund war trocken. Ich konnte nicht schlucken. Indessen nahm Aldo seine Maske ab. Die anderen folgten seinem Beispiel. Auf ihren jungen Gesichtern malte sich ein furchterregender Ernst.

«Der Mensch der Renaissance folterte und mordete ohne Gewissensbisse», fuhr Aldo fort, «aber es gab meistens einen Grund für sein Tun. Jemand mochte ihm ein Unrecht zugefügt haben, so daß er aus Rache handelte. Kein stichhaltiges Motiv vielleicht, aber diskutabel. In unserer Zeit haben Menschen gemordet und gefoltert, um sich die Zeit zu vertreiben oder aus Lust am Experiment. Die Schreie, die ihr gerade gehört habt und die von purer Feigheit und nicht von Schmerzen ausgelöst waren – sie gellten in furchtbarem Ernst Tag um Tag und Nacht um Nacht in Auschwitz und in anderen Lagern. Von dem Lager aus zum Beispiel, wo mein Übersetzer Frederico und Sergio hier geboren worden sind, hat Romano sie in den Hügeln gehört, wo seine Freunde, die Partisanen, vom Feind gefoltert wurden. Und auch Antonio und Roberto haben sie gehört. Wenn man dich hier zurückgelassen hätte, Beato, hättest auch du sie vielleicht gehört. Aber du hast Glück gehabt. Du standest unter dem Schutz der Eroberer und hattest ein wohlbehütetes Leben.»

Ich nahm meine Maske ab und versuchte in den todernsten Gesichtern der anderen zu lesen, horchte zugleich nach Geräuschen aus dem oberen Stockwerk. Aber alles blieb still.

«Das ist kein Ausgleich», sagte ich, «ihr könnt den Studenten da oben nicht um gewisser Dinge willen quälen, die in der Vergangenheit geschehen sind.»

«Er wird nicht gefoltert», sagte Aldo. «Allenfalls wird ihm Frederico einen Knallfrosch auf den Kopf setzen und ihn davonjagen. Das ist nicht angenehm, aber heilsam. Stefano wird für die Zukunft daraus lernen und erst einmal nachdenken, bevor er Leute, die kleiner sind als er, in einen Brunnen taucht. Vielleicht wird er seinen zukünftigen Gästen in seinen Rimini-Restaurants sogar anständigere Spaghettiportionen servieren, als er es sonst getan hätte.»

Aldo winkte Giorgio heran: «Erzähl Beo bitte, was sich bei dem Rizzio-Überfall in Wahrheit zugetragen hat», sagte er.

Giorgio war einer von der Leibwache, den ich schon vom Sonnabend her kannte. Er war der Junge, der bei Monte Cassino geboren war und die Eltern während des Bombardements verloren hatte. Er war ein großer, breitschultriger junger Bursche mit einem ungebärdigen Haarschopf und sah mit seiner Maske seltsam bedrohlich aus.

«Der Einbruch machte überhaupt keine Schwierigkeiten», berichtete er, «und die Mädchen, die wir einschlossen, schienen geradezu enttäuscht, weil wir ihnen nichts taten. Fünf von uns machten sich dann auf zum Zimmer der Signorina Rizzio und klopften an. Sie war im Morgenrock. Sie dachte, daß eins ihrer Mädchen geklopft hätte. Als sie uns sah – gefährlich wie wir mit unseren Masken wirkten –, versicherte sie eilig, daß sie hier im Pensionat keine Wertsachen bei sich hätte. Professor Rizzio bewahre alles im Safe auf. Ich sagte darauf: ‹Signorina Rizzio, die größte Kostbarkeit in diesem Pensionat ist Ihre Person. Wir sind Ihretwegen gekommen.›

Sie hätte aus meinen Worten schließen können, daß ich eine Entführung im Sinn hatte. Aber sie dachte an das Nächstliegende. Wenn wir darauf aus seien, sagte sie ohne Zögern, sollten wir uns an die Mädchen halten. Die würden sich nicht sträuben. Wir sollten mit den Mädchen machen, was wir wollten, solange wir sie selbst in Ruhe ließen.

Ich wiederholte meine Warnung: ‹Signorina Rizzio!› sagte ich noch einmal, ‹wir sind Ihretwegen hier!› Daraufhin fiel sie zum Glück, jedenfalls zu unserem Glück – in Ohnmacht. Wir legten sie aufs Bett und warteten darauf, daß sie wieder zu sich kam. Als es nach etwa fünf Minuten soweit war, standen wir alle fünf an der Tür. Wir bedankten uns für ihr Entgegenkommen und entschwanden. So hat sich die Vergewaltigung der Signorina Rizzio abgespielt. Alles übrige hat sie erfunden.»

Giorgio sah gar nicht mehr ernst aus. Er lachte, und alle anderen lachten mit.

Ich verstand sie. Ich verstand, daß sie lachten. Ich wußte den Streich zu schätzen, den sie sich geleistet hatten. Und doch . . .

«Und Professor Elia?» fragte ich, «gehörte das auch ins Programm?»

Giorgio schaute Aldo an, und Aldo nickte.

«Damit hatte ich nichts zu tun», sagte Giorgio, «das war Lorenzos Sache.»

Lorenzo stammte aus Mailand, wie der Leiter der Fakultät für Wirtschaftswissenschaften, und er war nur halb so groß wie der Mann, den er geholfen hatte, so unbarmherzig bloßzustellen. Er wirkte drückebergerisch, mißtrauisch und hatte den verschleierten Blick eines unschuldigen Kindes.

Er sprach sehr leise. «Einige meiner Freunde unter den WW-Studenten», sagte er, «haben von Zeit zu Zeit unter den Aufmerksamkeiten ihres Direktors beträchtlich zu leiden gehabt. Studenten weiblichen wie männlichen Geschlechts. Wir haben, nach Rücksprache mit Aldo, unseren Feldzug entsprechend angelegt. Unter den gegebenen Umständen war es eine Kleinigkeit, ins Haus zu gelangen. Professor Elia dachte angesichts unserer Masken im ersten Augenblick, daß es sich um ein studentisches Vorspiel zu seinem Auftritt im Panoramica handle. Allerdings sah er sich schnell vom Gegenteil belehrt.»

Also hatte ich mich nicht getäuscht. Mein Bruder hatte in beiden Fällen die Drähte gezogen. Und ich sah ein, daß in seinem und im Sinne dieser Jungens Gerechtigkeit geübt worden war. Die Schalen der Justitia waren ins Gleichgewicht gebracht worden, den seltsamen Gesetzen entsprechend, die Herzog Claudio, der Falke, vor fünfhundert Jahren aufgestellt hatte.

«Aldo», wagte ich mich vor, «ich habe dich gestern abend schon danach gefragt, und du hast mir keine Antwort gegeben: Worauf willst du mit alledem hinaus?»

Mein Bruder schaute seine Gefolgsmänner der Reihe nach an und dann mich.

«Sie mußt du fragen», sagte er, «frag sie, was sie sich vom Leben erhoffen. Du wirst von jedem, je nach Temperament, eine andere Antwort bekommen. Sie haben keine totalitären Ansichten, sie sind keine Ideologen, mußt du wissen. Sie haben alle ihre ganz persönlichen Ziele und Ambitionen.»

Ich sah Giorgio an, der mir zunächst stand.

«Die Heuchelei aus der Welt schaffen», sagte er, «angefangen mit den alten Herren in Ruffano, und – den alten Damen. Sie sind so nackt geboren wie wir alle.»

«Weg mit dem schmutzigen Schaum auf dem Teich», sagte Domenico, «wenn man ihn abhebt, findet man darunter reines Wasser und lauter lebendiges Leben. Weg mit dem Schaum!»

«Gefährlich leben», sagte Romano, «egal, wo und wie, aber mit Freunden.»

«Verborgene Schätze entdecken», sagte Antonio. «Vielleicht sind sie sogar auf dem Grund des Reagenzglases im Laboratorium versteckt. Ich studiere Physik und habe keine Vorurteile.»

«Ich stimme Antonio zu», sagte Roberto, «obwohl ich dabei keine Reagenzgläser im Sinne habe. Irgendwo im Weltall wartet die Antwort, wenn wir immer weiter forschen, und ich meine nicht den lieben Gott im Himmel.»

«Gebt zu essen denen, die hungrig sind», sagte Guido, «und nicht nur Brot, sondern Ideen.»

«Baut etwas Bleibendes, das sich nicht wegschwemmen läßt», sagte Pietro, «wie die Männer der Renaissance, die diesen Palast errichtet haben.»

«Reißt überall die Schranken ein, wo sie sich auch finden», sagte Sergio, «den Zaun, der einen Mann von seinem Nächsten trennt. Führer ja, um den Weg zu zeigen. Aber keine Diktatoren und keine Sklaven. Das ist auch Fredericos Meinung. Wir haben es oft diskutiert.»

«Lehrt die Jungen, daß sie niemals alt werden dürfen», sagte Giovanni, «auch dann nicht, wenn es schon in ihren Knochen knackt.»

«Erinnert die Alten daran», sagte Lorenzo, «wie es ist, jung zu sein, und unter Jungsein verstehe ich, klein sein, hilflos und unfähig, sich verständlich zu machen.»

Die Antworten der jungen Leute kamen so scharf und prompt wie die Schüsse einer Gewehrsalve. Nur Cesare, der letzte in der Reihe, zögerte, bevor er sprach. Nach einem Blick auf Aldo sagte er schließlich: «Ich glaube, wir müßten vor allem dahin streben, daß sich die Menschen wieder interessieren. Wofür sie sich interessieren, ist nicht so wichtig. Ob für Fußball oder Malerei, für ihre Nachbarn oder für spektakuläre Affären. Die Hauptsache, sie interessieren sich, leidenschaftlich und notfalls so leidenschaftlich, daß sie ihr kostbares Leben ganz vergessen und – in die Schanze schlagen.»

Aldo sah mich an und zuckte die Achseln.

«Was habe ich dir gesagt? Sie haben alle eine und – ihre eigene Antwort parat, während im Stockwerk über uns Stefano Marelli nur eins im Sinne hat, nämlich wie er seine Haut retten kann.»

Das Schreien hatte wieder eingesetzt, und zugleich hörte man das Geräusch laufender Füße. Giorgio machte die Tür auf. Die blindlings stolpernden Schritte klangen jetzt von der Treppe her, trappelten die Galerie entlang, suchten nach einem Ausschlupf. Wir traten auf die Galerie hinaus und starrten ins Dunkel.

Eine Gestalt taumelte auf uns zu, die Hände auf dem Rücken gefesselt, auf dem Kopf einen schadhaften, durchlöcherten Eimer. Funken, produziert von Kinderknallfröschen, zischten aus den Löchern, stoben und spuckten um seinen Kopf, während er lief. Schluchzend taumelte er dahin und fiel Aldo zu Füßen.

Der Eimer rollte ihm vom Kopf. Die Knallfrösche sprühten noch einmal auf und erloschen. Aldo beugte sich vor und durchschnitt mit einem Messer, das ich vorher nicht an ihm bemerkt hatte, den Strick, mit dem die Hände des Studenten gebunden waren. Dann riß er den jungen Menschen auf die Füße.

«Da hast du deine glühenden Kohlen», sagte er und stieß den Eimer und die ausgebrannten Knallfrösche mit dem Fuß beiseite, «Spielkram für Kinder.»

Der Student, der immer noch schluchzte, starrte dem davonrollenden Eimer nach, während sich der ätzende Geruch der erloschenen Knallkörper ausbreitete.

«Ich habe Männer gesehen, die wie lebende Fackeln aus ihren brennenden Flugzeugen stürzten», sagte Aldo. «Sei froh, Stefano, daß du nicht einer von ihnen warst. Und jetzt mach, daß du hinauskommst.»

Der Student wandte sich ab und torkelte über die Galerie auf die Treppen zu. Der verzerrte Schatten der laufenden Gestalt wirkte ungestalt wie eine riesige Fledermaus. Die Wachen setzten sich auf seine Spur und dirigierten ihn, da er jeden Ortssinn verloren hatte, über den Hof. Dann ließen sie ihn – durch das Tor zwischen den beiden Türmen – laufen. Der Klang seiner eilenden, vom Entsetzen getriebenen Füße erstarb.

«Das wird er nie vergessen», sagte ich, «und auch nicht vergeben. Er wird Hunderte von seinesgleichen aufwiegeln und sein Erlebnis bis zur Unkenntlichkeit glorifizieren. Willst du dir wirklich die ganze Stadt zum Feind machen?»

Ich schaute Aldo an. Er war der einzige unter uns, der meine Frage von vorhin nicht beantwortet hatte.

«Das ist unvermeidlich», erklärte er, «ob Stefano seinen Freunden von diesem Abend nun erzählt oder nicht. Bilde dir nur nicht ein, daß ich dazu da sei, in der Stadt oder auf der Universität Frieden zu stiften. Ich bin dazu da, Unruhe und Streit in die Welt zu bringen, einen gegen den anderen aufzuhetzen, alle Lust an der Gewalt, alle Heuchelei, allen Neid und alle Begierde ans Licht zu bringen, wie den Schaum auf dem Brunnen des Domenico. Erst wenn der Schmutz Blasen wirft und gärt und stinkt, können wir ihn beseitigen.»

In jenem Augenblick ergriff ein Gedanke Besitz von mir, den ich bislang in Treue und Liebe zu meinem Bruder immer wieder verworfen hatte, nämlich, daß Aldo geisteskrank war. Die Saat des Wahnsinns mußte schon während seiner Kindheit und Jugend in ihm geschlummert haben. Dann war sie offenbar gereift unter dem Eindruck all der Dinge, die er während des Krieges und danach erlebt und durchlitten hatte, durch den Schock, den der Tod unseres Vaters bedeutete, durch den Schmerz um das Verschwinden und den vermeintlichen Tod unserer Mutter und meiner selbst.

Und jetzt überwucherte der Irrsinn seinen Geist wie ein Krebs. Der Schmutz, den er an die Oberfläche steigen sah, war seine eigene Wirrnis. Das Symbol für die Übel dieser Welt war seine eigene Krankheit. Und ich konnte nichts tun ... Es gab keinen Weg, ihn zu hindern, am Festivaltag eine Feuersbrunst zu entfesseln, der, bildlich gesprochen, vielleicht die ganze Stadt zum Opfer fallen würde, denn die Gruppe der Studenten um ihn herum war ihm mit Leib und Seele ergeben und würde nicht fragen.

Es gab nur einen Menschen, der ihn unter Umständen beeinflussen konnte, und das war Signora Butali. Signora Butali aber befand sich, soviel ich wußte, in Rom.

Aldo ging voran in den Audienzsaal, wo er weitere Details des Festivalprogramms durchsprach, Standorte, Termine und andere technische Details. Ich begnügte mich damit, einfach zuzuhören. Wichtig schien mir nur eins, und das zu erreichen lag jenseits meiner Macht: Dieses Festival abzusagen. Es gab nur einen Menschen, der das konnte: Das war der Präsident.

Irgendwann gegen zehn Uhr dreißig stand Aldo auf, kurz nachdem der Campanile die halbe Stunde geschlagen hatte.

«Einige von euch werden morgen wahrscheinlich ihr Diplom in Empfang nehmen», sagte er. «Ich gratuliere im voraus. Feiern werden wir später. Im Gegensatz zu anderen Kandidaten habt ihr keine Eltern, die auf eure Gesundheit trinken und euch auf die Schulter klopfen können. Dafür werde ich bei euch sein... Wenn du soweit bist, Beo, laß uns fahren! Ich setze dich in der Via San Michele ab. Bis morgen, Jungens!»

Er ging durch das herzogliche Schlafgemach in den herzoglichen Ankleideraum und tauschte Wams und Kniehosen gegen seinen Anzug ein.

«Weg mit dem Narrenzeug!» sagte er. «Los, tu auch du den Plunder ab. Wirf ihn in den Koffer. Giorgio kümmert sich darum.»

Ich hatte für eine Stunde vollkommen vergessen, daß ich die goldlockige Perücke trug und das safranfarbene Gewand. Er bemerkte meine Überraschung und lachte.

«Ist es nicht schrecklich einfach, fünf Jahrhunderte zurückzuwandern in die Vergangenheit?» fragte er. «Manchmal kommt mir überhaupt jeder Zeitbegriff abhanden, und das macht für mich die Hälfte des Vergnügens aus.»

In seinem eigenen Anzug, unverkleidet, sah er so normal aus wie jeder andere Mensch. Der Page erwartete uns und leuchtete mit seiner Fackel die Treppen hinab und über den Hof zum Seitenausgang. Jetzt war er es, der deplaciert wirkte, wie ein Komödiant, der für ein Schaugepränge kostümiert war, und auch die Mauern des Herzogspalastes, der schweigende Hof, hatten nichts Bedrohliches mehr, waren nur noch ein dunkles, totes Museum.

Der Ferrari war vor der Mitteltür geparkt und von zwei Carabinieri bewacht, die auf Nachtbummler zu warten schienen. Ich zögerte, aber Aldo ging unbekümmert weiter. Die Männer erkannten ihn und salutierten. Einer riß den Wagenschlag auf. Da erst wagte ich Aldo zu folgen.

«Alles ruhig?» erkundigte sich mein Bruder.

«Alles ruhig», antwortete der Mann, der den Schlag geöffnet hatte. «Zwar trieb sich eine Handvoll Studenten ohne Ausweise herum, aber wir haben ihnen heimgeleuchtet. Die meisten waren vernünftig. Sie wollen sich schließlich noch in den nächsten zwei Tagen amüsieren ...»

«Das werden sie sicher», lachte Aldo. «Gute Nacht und Weidmannsheil.»

«Gute Nacht, Professor.»

Ich setzte mich neben Aldo in den Wagen, und wir fuhren die Via Vittorio Emanuele hinunter. Die Straße lag so ruhig da wie am Abend meiner Ankunft in Ruffano, vor fast einer Woche, nur daß es nicht schneite, daß nichts mich an den überwundenen Winter erinnerte. Die Luft war milde, und es lag eine sanfte Feuchtigkeit darin, die von der Adria über die Hügel kam.

«Wie findest du meine Jungens?» fragte Aldo.

«Sie glauben an dich», sagte ich. «Schade, daß ich nicht soviel Glück hatte wie sie. Als ich in Turin studierte, paßte niemand auf mich auf, und niemand trimmte mich dazu, den Leibwächter für einen Fanatiker abzugeben.»

Er stoppte vor der Piazza Matrice und bog dann rechts, bei San Cipriano, ein.

«Einen Fanatiker?» wiederholte er. «Hältst du mich tatsächlich für einen Fanatiker?»

«Bist du das nicht?» fragte ich.

Die Innenstadt war ausgestorben. Das Kino hatte geschlossen. Die Bummler waren nach Hause gegangen, und die Angehörigen der Studenten schliefen oder lasen oder sahen fern hinter den geschlossenen Läden ihrer Miet- oder Pensionszimmer oder des Hotels dei Duchi, während sich die Reichen wahrscheinlich in der raffinierten Atmosphäre des Panoramica gefielen.

«Ja, ich war fanatisch», erwiderte Aldo, «damals, als ich diese Jungens heraussuchte und um ihrer Herkunft und ihrer Schicksale willen um mich versammelte. In jedem einzelnen sah ich dich, ein Kind, auf irgendeinem gleichgültigen Hügel ausgesetzt, von Kugeln getroffen oder von Bomben zerrissen.

Damals war das für mich die einzige Antwort auf den Tod. Heute ist es anders. Man härtet sich ab, ohne sich abzufinden. Im übrigen war mein Gefühlsaufwand ja völlig verschwendet, wie sich herausgestellt hat. Du lebst.»

Er schwenkte in die Via San Michele ein und hielt vor Nummer 24. «Gepäppelt von Teutonen, Yankees und Turinesen, um schließlich zum Reiseleiter für ‹Sonnenreisen› zu erblühen», sagte er. «Lange lebt, wen die Götter lieben.»

Wieder quälten mich Zweifel und Unbehagen. Der Zweifel, daß jemand, der so treffsicher zu spotten wußte, den Verstand verloren haben könnte. Schrecken darüber, daß alles, was er für jene elternlosen Knaben getan hatte, für mich war.

«Was geschieht jetzt?» fragte ich.

«Jetzt?» nahm er meine Frage auf. «Meinst du in diesem Augenblick oder in nächster Zukunft? Heute abend wirst du schlafen gehen und, wenn du Wert darauf legst, von der Signorina Raspa vis-à-vis träumen, die sich, aus der Anwesenheit von Giuseppe Fossis Wagen zu schließen, für die Abstinenz der letzten Nacht schadlos hält. Morgen kannst du dich nach Belieben in Ruffano herumtreiben und dich mit all den Burschen über ihre frisch eroberten Diplome freuen. Dann ißt du mit mir in der Via dei Sogni, und dann sehen wir weiter.»

Er schob mich aus dem Wagen, und ich war schon draußen, als mir plötzlich der Brief in meiner Tasche wieder einfiel. Ich zog ihn vor.

«Du mußt dies hier lesen», sagte ich. «Ich fand den Brief ganz zufällig heute nachmittag. Steckte in einem der Bücher, die wir in der neuen Bibliothek sortiert haben. Es geht ausschließlich um dich.»

«Um mich?» fragte er. «Wieso um mich?»

«Um die Heldentaten deiner Kinderzeit», erklärte ich. «Hör zu, ich lese dir vor, und dann darfst du das Dokument als Erinnerung an deine bewegte Vergangenheit behalten.»

Ich beugte mich durch das offene Wagenfenster und las den Brief vor. Als ich fertig war, schaute ich lächelnd auf und warf ihm das Blatt in den Schoß.

«Rührend, nicht wahr?» sagte ich. «Wie stolz sie auf dich waren!»

Er gab keine Antwort, sondern saß reglos da, die Hände auf dem Steuerrad, und starrte ins Leere. Sein Gesicht war ausdruckslos und sehr blaß.

«Gute Nacht», sagte er abrupt, und bevor ich etwas erwidern konnte, schoß der Wagen die Via San Michele hinauf und war außer Sicht.

Ich stand da und schaute ihm entgeistert nach.

17

Warum hatte der Brief so sonderbar auf Aldo gewirkt? Das fragte ich mich wieder und wieder, während ich schlafenging, und ich fragte es mich immer noch, als ich am nächsten Morgen erwachte. Ich konnte mich nicht Wort für Wort an den Inhalt des Briefes erinnern, aber ich wußte doch soviel, daß darin von der großartigen Entwicklung des kleinen Burschen die Rede war und daß dieser versprach, ein bildhübscher Junge zu werden und wieviel Dank Luigi Speca doch gebühre für die große Freundlichkeit, die er in glücklich überstandenen schweren Tagen bewiesen habe.

Da Luigi Speca im Taufregister mit unterschrieben hatte, nahm ich an, daß er beides war, Aldos Pate und zugleich der Arzt, den man bei der Geburt zugezogen hatte. Daß diese Geburt schwierig gewesen sein mußte und Aldo und vielleicht auch unserer Mutter fast das Leben gekostet hatte, ging aus der seltsamen Doppeleintragung hervor, und darauf zielte sicher die Anspielung auf die «schweren Tage» ab. Warum aber sollten diese Dinge Aldo so verstimmen oder erregen? Auch mich hatte der Brief bewegt, aber doch nicht aus der Fassung gebracht wie ihn. Ich hatte erwartet, daß er lachen und vielleicht einen Scherz darüber machen würde, daß man ihn zweimal für tot gehalten hatte. Statt dessen das harte, starre Gesicht, die abrupte Abfahrt ...

An diesem Morgen gab ich mir keine besondere Mühe, pünktlich in der Bibliothek zu erscheinen. Toni hatte mir gesagt, daß die normalen Regeln am Tag der Examensfeiern sämtlich über Bord zu gehen pflegten.

Die Studenten, die im Examen gestanden hatten, würden sich mit ihren Angehörigen, den Leitern der Fakultäten, den ordentlichen und den Gastprofessoren in der Aula der Universität versammeln, und auch die unteren Ränge der Universitätsverwaltung würden vertreten sein, inklusive unseres Chefs Giuseppe Fossi in seiner Eigenschaft als Leiter der Bibliothek. Später dann durften die Studenten nebst Verwandten die Räume der neuen Bücherei besichtigen, die offiziell gleich nach den Osterferien, übernächste Woche, eröffnet werden sollte.

Ich saß allein am Frühstückstisch. Meine Mitpensionäre waren früh aufgebrochen, um die Feierlichkeiten in der Universität mitzumachen. Ich war gerade fertig, als das Telefon läutete. Signora Silvana kam und sagte mir, daß der Anruf für mich sei. «Ein Mann namens Jacopo. Er wollte mir nicht verraten, worum es geht. Er meinte, Sie wüßten schon, wer er sei.»

Mein Herz klopfte zum Zerspringen, als ich in die Diele hinausging. Es mußte etwas mit Aldo geschehen sein, und das hing mit dem Brief von gestern abend zusammen! Ich griff nach dem Hörer. «Ja?» meldete ich mich.

«Signor Beo?»

Jacopos Stimme war ruhig. Es lag keine Angst darin.

«Ich habe eine Bestellung für Sie, vom Kommandanten», sagte er. «Das Programm für heute abend hat sich geändert. Der Präsident, Professor Butali, ist mit Signora Butali aus Rom zurückgekommen.»

«Ich verstehe», sagte ich.

«Der Kommandant möchte gern, daß Sie heute vormittag bei ihm vorbeikommen», fuhr Jacopo fort.

«Danke schön», sagte ich und fügte, bevor er auflegen konnte, rasch hinzu: «Jacopo ...»

«Signore?»

«Ist mit meinem Bruder alles in Ordnung? Oder wirkt er irgendwie bedrückt?»

Es folgte eine winzige Pause. Dann sagte der Exfeldwebel:

«Ich habe den Eindruck, daß der Kommandant den Präsidenten nicht so früh zurückerwartet hat. Sie sind abends gekommen. Das Gepäck wurde gerade ins Haus gebracht, als der Kommandant auf dem Heimweg vorbeikam. Es war kurz vor elf.»

«Danke, Jacopo.» Ich hängte ein. Unter diesen Umständen war ein vierzig Jahre alter Brief bestimmt die geringste Sorge meines Bruders. Das Gespräch mit Signora Butali in Rom, das er Dienstag abend nach meinem Aufbruch geführt haben mußte, war ein offenbar vergeblicher Versuch gewesen, den Präsidenten in der Klinik zurückzuhalten. Der Kranke hatte den Ärzten gegenüber seinen Willen durchgesetzt. Er war wieder da, vielleicht nicht, um sich aktiv einzuschalten, aber um wenigstens mit seinem Rat zur Verfügung zu stehen.

Als ich hörte, daß Signora Silvana sich auf das Eßzimmer zubewegte, stand ich schnell auf und verließ das Haus, bevor sie mich in ein Gespräch verwickeln konnte. Irgendwie mußte ich versuchen, noch vor Aldo mit Signora Butali zu sprechen, und sie dahin bringen, daß sie all ihren Einfluß aufbot, damit das Festival abgesagt wurde. Wie und unter welchem Vorwand freilich – das wußten die Götter ...

Es war neun Uhr dreißig, und um zehn sollten die Feierlichkeiten in der Universität beginnen, aber es schien mir nicht wahrscheinlich, daß die Signora oder der kranke Präsident nach der langen Reise daran teilnehmen würden. Zehn war vielleicht gerade die richtige Zeit für einen Besuch. So machte ich mich auf den Weg in die Via dei Sogni.

Die Sonne brannte bereits heiß vom wolkenlosen Himmel. Es kündigte sich einer jener Frühlingstage an, die mir aus meiner Kinderzeit noch in deutlicher Erinnerung waren – Tage, an denen die Hänge und Hügel bläulich in der Hitze flimmerten und die Stadt Ruffano, auf ihren beiden Hügeln thronend, die Welt zu ihren Füßen stolz zu beherrschen schien. Ich ging durch die Mauerpforte und klingelte an der Haustür. Das Mädchen, das ich bereits kannte, öffnete. Auch sie erinnerte sich an mich.

«Könnte ich wohl die Signora sprechen?» fragte ich.

Das Mädchen machte ein betretenes Gesicht und murmelte etwas davon, daß die Signora zu tun habe und daß sie und der Professor doch erst gestern abend spät aus Rom zurückgekehrt seien.

«Ich weiß», sagte ich, «aber es ist dringend.»

Sie verschwand die Treppe hinauf, und während ich wartete, wurde mir bewußt, daß sich die Atmosphäre des Hauses abermals gewandelt hatte. Von der traurigen Leere vom Montagmorgen war nichts mehr zu spüren. Die Hausherrin war wieder da. Das verrieten nicht nur die Handschuhe auf dem Tisch, der Mantel, den sie achtlos über einen Stuhl geworfen hatte, nein, ein undefinierbarer Duft schwebte in der Diele und erinnerte an ihre Gegenwart. Aber diesmal beherbergte das Haus nicht nur sie, wodurch es mir um so geheimnisvoller, um so verlockender erschienen war und – gleich mir bei meiner ersten Mission – jeden Besucher verwirrt und verstohlen angezogen hatte. In diesem Haus befand sich jetzt auch ihr Mann. Es war sein Heim. Er war hier der Herr. Der Stock, der aufrecht im Ständer stand, der Überzieher, der Hut, ein noch unausgepackter Koffer, Bücherpakete – ja, die Gegenwart eines Mannes lag plötzlich in der Luft.

Das Mädchen kam die Treppen heruntergelaufen und brachte das Geräusch von Stimmen und von klappenden Türen mit.

«Die Signora wird gleich kommen», sagte sie, «wenn Sie bitte solange hier Platz nehmen wollen.»

Sie führte mich in ein Zimmer, das links von der Diele lag: unser Eßzimmer, wo wir am Sonntagmorgen immer unseren Aperitif getrunken hatten. Jetzt war es als Arbeitsraum eingerichtet.

Ich hatte wohl zehn Minuten oder länger gewartet und mir vor Nervosität die Knöchel wund gebissen, ehe ich ihren Schritt auf der Treppe vernahm und von plötzlicher Panik erfaßt wurde. Ich hatte keine Ahnung, was ich sagen sollte.

Als sie hereinkam und mich sah, malten sich Überraschung und Enttäuschung auf ihrem Gesicht, das zwar müde, abgespannt, in diesen vier Tagen irgendwie gealtert wirkte, mir aber eben noch erwartungsvoll und lebendig erschienen war.

«Beo!» rief sie aus. «Ich dachte, Anna hätte gesagt, daß Aldo . . .» Dann aber faßte sie sich blitzschnell und gab mir die Hand. «Seien Sie mir nicht böse», bat sie, «ich bin ganz verwirrt. Das dumme Mädchen hat mir gesagt, ‹der Herr, der Sonntag zum Abendessen da war›, und vor lauter Hast und Unverstand ...»

Sie nahm sich nicht die Mühe, den Satz zu Ende zu sprechen, und schließlich begriff ich auch so. Vor lauter Hast und Unverstand konnte sie sich unter dem ‹Herrn, der Sonntag zum Abendessen da war› nur einen Mann vorstellen, und das war nicht ich.

«Da gibt es doch nichts zu entschuldigen, Signora», sagte ich. «Ich habe um Verzeihung zu bitten. Ich erfuhr durch Jacopo, daß Sie und der Präsident gestern abend zurückgekommen seien, aber ich hätte niemals gewagt, Sie so früh und noch dazu am Tag nach Ihrer Ankunft zu stören, wenn ich die Sache nicht für dringend hielte.»

«Dringend?» fragte sie.

In diesem Augenblick läutete das Telefon. Mit einem Ausruf des Unwillens und einer gemurmelten Entschuldigung wollte sie das Zimmer bereits verlassen, als wir Schritte hörten. Dann sprach eine männliche Stimme leise in den Apparat.

«Genau das wollte ich verhindern», sagte sie. «Wenn der Präsident erst anfängt zu telefonieren und mal mit dem einen, dann mit dem anderen redet ...», sie brach ab und versuchte zu horchen, doch die Stimme war zu undeutlich. «Aber nun ist halt nichts mehr zu machen», sagte sie achselzuckend, «da er einmal abgenommen hat, kann ich mich nicht einmischen.»

Ich war kreuzunglücklich in dem Bewußtsein, was ich ihr für Ungelegenheiten machte. Zu einem unpassenderen Zeitpunkt hätte ich gar nicht kommen können. Die tiefen Schatten unter ihren Augen verrieten, wie überanstrengt sie war. Am Sonntagabend hatte sie keine Schatten unter den Augen gehabt. Sonntagabend hätte die ganze Welt um sie versinken können.

«Wie geht es dem Präsidenten gesundheitlich?» fragte ich.

Sie seufzte. «So gut, wie es unter den gegebenen Umständen möglich ist», antwortete sie. «Was hier in den letzten Tagen passiert ist, hat ihm einen fürchterlichen Schock versetzt. Aber Sie wissen ja schon ...», sie errötete. Das Blut, das in ihr sonst so blasses Gesicht stieg, bildete zwei große rote Flecken.

«Sie waren es doch, mit dem ich Dienstagabend gesprochen habe... Aldo hat es mir gesagt. Er rief mich später noch an...»

«Auch dafür muß ich mich entschuldigen», sagte ich. «Ich meine, daß ich einfach aufgehängt habe. Ich wollte Sie nicht in Verlegenheit bringen.»

Sie schob Briefe auf dem Schreibtisch hin und her, wobei sie mir den Rücken zuwandte. Die Geste bedeutete, daß sie sich verschloß und daß es unklug sein würde, beim Thema zu bleiben. Das machte meine Aufgabe noch schwieriger.

«Sie sagten, daß Sie mir etwas Dringendes mitzuteilen hätten», erinnerte sie mich.

Während sie noch sprach, wurde die Stimme am Telefon lauter, aber wir konnten nach wie vor kein Wort verstehen. Offenbar war eine längere Diskussion in Gang gekommen.

«Vielleicht sollte ich doch hingehen», sagte sie beunruhigt, «in der letzten Zeit ist soviel schiefgegangen. Professor Elia...»

«Sie haben davon gehört?» fragte ich.

Sie hob nur verzweifelt die Hände und begann mit schnellen Schritten im Zimmer auf und ab zu gehen.

«Gleich der erste Anruf heute früh galt den Ereignissen von Dienstagabend, von denen man dem Präsidenten in übertriebener Form berichtete», erklärte sie schließlich. «Nicht etwa, daß Professor Elia selbst angerufen hätte oder Professor Rizzio... Der Anruf kam von einem dieser Wichtigtuer, von denen die Stadt wimmelt, und damit war das Malheur geschehen. Der Präsident ist sehr unglücklich. Später dann kam Ihr Bruder vorbei, um die Dinge ins rechte Licht zu rücken und ihn zu beruhigen. Als man mir eben den Besuch meldete, dachte ich, daß Aldo mir etwas zu sagen habe, was mein Mann vielleicht besser nicht erfährt.»

Wieder flutete helle Röte über ihre blassen Wangen, und sie vermied meinen Blick.

«Signora», sagte ich, «es ist Aldos wegen, daß ich gekommen bin.»

Ihre Schultern strafften sich abwehrend, und ihr Gesicht wurde starr.

«Was ist mit ihm?» fragte sie.

«Es geht um das Festival», begann ich, «ich war dabei, wie er zu den Studenten über das Festival sprach. Es ist in ihrer aller Vorstellung genauso eine Realität wie in seiner, und es wird deshalb zu einer Gefahr. Ich bin der Meinung, daß man es absagen sollte.»

Die Angst, die in ihren Augen gestanden hatte, verschwand. Sie lächelte plötzlich.

«Aber das ist doch der Sinn der Sache und war es immer», sagte sie. «Ihr Bruder bringt in die betreffende Szene – was auch gespielt wird – so viel Leben, so viel Wirklichkeit hinein, daß jeder der Darsteller oder Darstellerinnen in die Haut der jeweiligen historischen Person schlüpft. Wir alle taten das im vorigen Jahr. Und das Resultat war brillant. Das wird Ihnen jeder bestätigen.»

«Im letzten Jahr war ich nicht dabei», sagte ich. «Ich weiß nur soviel: In diesem Jahr wird es anders sein. Zum einen spielt sich das Festival nicht im Herzogspalast, sondern auf der Straße ab. Die Studenten werden auf der Straße kämpfen.»

Sie sah mich an. Sie lächelte noch immer. Ihre Erleichterung darüber, daß ich nicht an ihre Beziehung zu Aldo oder Aldos Beziehung zu ihr gerührt hatte, stand ihr auf dem Gesicht geschrieben.

«Im vergangenen Jahr sind wir auch durch die Straßen gezogen», erklärte sie, «oder vielmehr mein Mann in der Rolle des Papstes Clemens mit seinem Gefolge, das ungeheuer echt wirkte. Ich wartete mit den Damen und Herren des Hofes im Palast auf seine Ankunft. Ich versichere Ihnen, daß gar nichts passieren wird. Die Polizei ist an den Festivaltrubel gewöhnt. Es wird sich alles in bester Ordnung abspielen.»

«Wie kann sich ein Aufstand in bester Ordnung abspielen?» fragte ich. «Wie sollen Studenten, die man anstiftet, sich mit allen erdenklichen Waffen auszurüsten, Disziplin halten?»

Sie winkte ab. «Das letzte Mal waren sie auch bewaffnet», wandte sie ein, «und falls der eine oder der andere aus der Rolle fällt, wird man ihn schnell zur Räson bringen. Glauben Sie bitte nicht, daß ich Sie nicht verstehen will, Beo, aber wir veranstalten dieses Ruffano-Festival nun schon seit drei Jahren, oder richtiger, der Präsident veranstaltet es mit der Unterstützung Ihres Bruders. Die beiden wissen schon, wie man dergleichen handhabt.»

Es war zwecklos. Meine Mission war gescheitert. Was immer ich vorbringen konnte, nichts würde sie überzeugen, es sei denn, ich beginge Verrat an Aldo, erzählte ihr alles, was ich in der vergangenen Nacht aus seinem eigenen Mund gehört hatte. Das aber verbot mir die Fairneß.

«Ich finde Aldo gegen früher verändert», versuchte ich es noch einmal, auf einer anderen Weiche, «launenhafter, zynischer. Oft schlägt seine Stimmung mitten beim Lachen und Scherzen jählings um, und er fällt in düsteres Schweigen.»

«Sie haben ihn seit mehr als zwanzig Jahren nicht gesehen», erinnerte sie mich. «Da müssen Sie schon einige Zugeständnisse machen.»

«Wenn ich nur an gestern abend denke», fuhr ich unbeirrt fort, «ja, besonders an gestern abend. Ich zeigte ihm einen alten Brief meines Vaters, den ich zufällig in einem der Bibliotheksbände entdeckt hatte. Es war ein Brief an Aldos Patenonkel – einen Arzt glaube ich – und besagte nichts weiter, als was für ein fabelhafter kleiner Bursche das Kind doch sei. Ich dachte, Aldo würde das Spaß machen, und las ihm den Brief vor. Daraufhin fuhr er weg, ohne mir auch nur gute Nacht zu sagen.»

Ihr geduldiges, ja mitleidiges Lächeln brachte mich fast zum Wahnsinn.

«Vielleicht war er gerührt und wollte es Ihnen nicht zeigen», sagte sie. «Er hat doch euren Vater sehr geliebt. Und euer Vater war sehr stolz auf ihn, nicht wahr? Das war jedenfalls bisher mein Eindruck. Ich glaube, ich kann verstehen, daß er vergaß, gute Nacht zu sagen. Ihnen mag er als Zyniker erscheinen, Beo, aber das ist nur die Oberfläche. In Wahrheit ...»

Sie verstummte, plötzlich überwältigt von einem Gefühl, das all ihre Kälte, alle Reserviertheit Lügen strafte. So wie jetzt mußte sie Sonntag nacht ausgesehen haben, oben im Musikzimmer, als Aldo zurückkam, nachdem er mich verabschiedet hatte, und als dann die Vespas spuckend und brüllend die Stadt einkreisten und die maskierten Studenten ins Pensionat einbrachen, um über Signorina Rizzio herzufallen.

Der Ersten Dame der Stadt war man zu nahe getreten. Fragte sich nur, welcher? Für mich gab es an der Antwort keinen Zweifel mehr.

«Verzeihen Sie, daß ich Ihre Zeit so lange in Anspruch genommen habe», sagte ich, «und erzählen Sie Aldo nichts von meinem Besuch, wenn Sie ihn sehen. Aber bitten Sie ihn, sehr vorsichtig zu sein.»

«Das will ich gern tun», erwiderte sie. «Außerdem läßt mein Mann sich das Programm des Festivals bis ins Detail auseinandersetzen, obgleich es ihm vielleicht nicht gut genug gehen wird, um selbst daran teilzunehmen. Hören Sie ...»

Das Telefongespräch war beendet. Schritte näherten sich.

Sie lief zur Tür, wandte sich aber noch einmal um. «Er weiß nicht, wer Sie sind», sagte sie, während ihr die verräterische Röte wieder ins Gesicht stieg, «ich meine in Ihrer Beziehung zu Aldo. Ich habe ihm erzählt, daß jemand in irgendeiner geschäftlichen Angelegenheit gekommen sei und daß ich nicht genau wisse, um wen es sich handle.»

Ihr Schuldbewußtsein griff auf mich über, während ich ihr zur Tür folgte.

«Ich werde gehen», sagte ich.

«Nein», widersprach sie, «dazu ist es zu spät.»

Wir traten hinaus in die Diele. Der Präsident war ein Mann irgendwo zwischen fünfundfünfzig und fünfundsechzig, breitschultrig, mittelgroß, grauhaarig, mit schönen Augen und regelmäßigen Zügen, die darauf schließen ließen, daß er einmal sehr gut ausgesehen haben mußte. Er sah auch heute noch gut aus, obwohl sich die überstandene Krankheit in seiner grauen Hautfarbe verriet. Seine Erscheinung drückte die Autorität und die Vornehmheit eines Mannes aus, der einem jeden ganz spontan Sympathie und Respekt und sogar Zuneigung abnötigt. Mein Schuldbewußtsein wuchs.

«Dies ist Signor Fabbio», sagte die Signora, als ihr Mann bei meinem Anblick stehenblieb. «Er brachte eine Bestellung aus der Bibliothek, wo er als Assistent arbeitet, und wollte gerade gehen.»

Ich begriff, wie sehr ihr daran lag, daß ich verschwand, und verbeugte mich.

Der Präsident nickte mir zu: «Bitte lassen Sie sich durch mich nicht vertreiben, Signor Fabbio», sagte er, «ich würde mir gern von der neuen Bibliothek erzählen lassen, wenn Sie auch für mich ein paar Minuten erübrigen könnten.»

In einem instinktiven Rückfall in meine Reiseleitermanieren verbeugte ich mich zum zweitenmal.

Signora Butali schüttelte mit dem Kopf und sagte vorwurfsvoll: «Ich habe dich telefonieren hören. Das strengt dich zu sehr an. Du hättest mich rufen sollen!»

Er drückte mir die Hand und blickte mich aus seinen schönen Augen forschend an. Dann wandte er sich seiner Frau zu. «Ich hätte doch selbst an den Apparat kommen müssen», sagte er. «Leider handelte es sich um eine schlimme Nachricht.»

Ich versuchte, mich unauffällig zurückzuziehen. Aber er streckte die Hand aus und sagte: «Nein, gehen Sie nicht. Es geht um nichts Privates, sondern um einen ganz schrecklichen Unfall. Ein Student ist heute morgen tot unten an den Stufen der Scalette del Teatro gefunden worden.»

Signora Butali schrie leise auf.

«Der Polizeikommissar war am Apparat», fuhr der Präsident fort, «er hatte eben erst erfahren, daß ich wieder zurück bin, und berichtete mir pflichtgemäß, was vorgefallen war. Offenbar», er wandte sich an mich, «war ja wohl für letzte Nacht eine Ausgangssperre verhängt worden wegen gewisser Zwischenfälle, die es Anfang der Woche gegeben hat, so daß alle Studenten, die über keine Ausgeherlaubnis verfügten, um neun Uhr auf ihren Zimmern oder in ihren Heimen sein mußten. Dieser junge Mensch, wie vielleicht auch noch ein paar andere – widersetzte sich den Anordnungen. Als er dann eine Patrouille kommen hörte, muß er in Panik geraten und auf dem kürzesten Wege davongelaufen sein, welcher in ebendieser teuflischen Treppe bestand. Dabei stolperte er, stürzte die ganze Treppe hinunter und brach sich das Genick. Seine Leiche wurde, wie gesagt, heute morgen gefunden.»

Er verlangte nach seinem Stock, den Signora Butali ihm hinüberreichte, und ging langsam voran in das Zimmer, das wir gerade verlassen hatten.

«Das ist ganz schrecklich», sagte sie, «und ausgerechnet in

diesem Augenblick, wo alle anderen Studenten feiern wollen. Hat man die Sache offiziell bekanntgegeben?»

«Das soll noch im Laufe des Vormittags geschehen», erwiderte der Präsident. «Man kann so etwas nicht vertuschen. Der Kommissar wird gleich kommen, um den Fall mit mir durchzusprechen.»

Die Signora zog einen Stuhl heran, der am Schreibtisch stand, und er setzte sich. Sein Gesicht wirkte noch grauer als vorhin.

«Ich werde eine Sitzung des Universitätsrates einberufen müssen», sagte er. «Aber im Augenblick ist das sinnlos. Sie sind vermutlich alle bei der Festversammlung. Es tut mir leid, Livia, aber du wirst furchtbar viel telefonieren müssen.»

Er tätschelte ihre Hand, die auf seiner Schulter lag.

«Natürlich», sagte sie mit einer resignierten Geste in meine Richtung.

«Ich kann mir nicht vorstellen, daß dieses Ausgehverbot wirklich notwendig war», sagte der Präsident, «mir will es – leider – eher so scheinen, als habe der Rat aus einer Kurzschlußreaktion heraus gehandelt – mit dem unvermeidlichen Ergebnis, daß gewisse Studenten rebellierten, und so kam es denn zu diesem Unglücksfall. Hat es viel Unruhe gegeben wegen des Verbots?» Er schaute mich an.

Ich wußte nicht recht, was ich ihm antworten sollte, und sagte schließlich: «In den verschiedenen Cliquen ging es ziemlich hoch her. Sie schienen einander heftig zu befehden, wobei die Rivalität zwischen den WW-Studenten und den Philologen und Kunststudenten am schärfsten in Erscheinung trat. Die plötzliche Verhängung des Ausgehverbots löste dann zusätzliche Verärgerung aus. In der Mensa wurde gestern abend von nichts anderem gesprochen.»

«Das habe ich mir gedacht», sagte der Präsident, «und gerade die Stolzeren unter den Studenten waren natürlich entschlossen, die Behörde zum Teufel zu schicken. Ich hätte früher genauso reagiert.»

Er sah seine Frau an. «Der Junge, der zu Tode gekommen ist, war der Sohn Marellis», sagte er. «Erinnerst du dich noch an Marelli? Der Besitzer des Hotels, in dem wir in Rimini gewohnt haben. Von dem Jungen weiß ich nur, daß er im dritten Jahr studierte, aber Elia wird mir Näheres sagen können. Welch eine Tragödie für die Eltern! Der einzige Sohn!»

Meine Kehle war trocken, und mit heiserer Stimme plapperte ich nach, was Signora Butali an Mitfühlendem vorbrachte. Inzwischen war sie nicht mehr so sehr auf meinen Aufbruch bedacht. Vielleicht bedeutete meine Anwesenheit eine gewisse Ablenkung für ihren Mann.

«Wann kommt der Arzt?» fragte er.

«Er hat gesagt, um halb zehn», erwiderte sie. «Er kann jeden Moment hier sein.»

«Wenn der Polizeikommissar zuerst erscheint, muß der Arzt warten», entschied er. «Bitte, Liebling, versuch ihn doch zu Hause zu erreichen. Wenn er dort nicht ist, wird er wahrscheinlich im Krankenhaus sein und kann zu Fuß herkommen. Es sind nur zwei Minuten.»

Sie zögerte einen Augenblick, bevor sie das Zimmer verließ, und warf mir einen warnenden Blick zu. Der Blick konnte bedeuten, daß ich ihren Mann nicht zu sehr ermüden möchte. Er konnte auch bedeuten, daß ich nicht von Aldo sprechen sollte. Ich hatte indessen nur den einen Gedanken: Aus dem Hause zu kommen, bevor der Kommissar eintraf. Aber zuvor wollte ich noch sagen, was ich zu sagen hatte.

«Wird dieser Unfall zur Folge haben, daß man das Festival absagt, Herr Professor?» fragte ich.

Er hatte sich eine kleine Zigarre genommen und war damit beschäftigt, sie in Brand zu setzen. So kam seine Antwort erst nach ein oder zwei Sekunden.

«Das wohl kaum», sagte er. «An der Universität Ruffano studieren rund fünftausend junge Leute – ich spreche von denen, die hier tatsächlich hören. Ihnen einen der großen Tage des Jahres zu nehmen wegen eines bedauerlichen Unfalls, der einem einzelnen zugestoßen ist, wäre eine Maßnahme, die an Hysterie grenzt. Nein, das wäre nicht richtig. Sie können sicher sein, daß wir das nicht tun werden.»

Er zog an seiner Zigarre und runzelte die Stirn. «Nein», wiederholte er, «Sie können sicher sein, daß wir das Festival nicht absagen. Aber warum interessiert Sie das? Wirken Sie mit?»

Auf diese Frage war ich nicht gefaßt gewesen.

Sein scharfer Blick durchbohrte mich.

«Ich weiß es noch nicht», sagte ich. «Vielleicht braucht mich der Direktor des Kunstrats für eine kleinere Rolle.»

«Sehr schön», sagte er, «je mehr Teilnehmer, desto besser! Professor Donati kommt demnächst vorbei und wird über alles berichten. Die Wahl des diesjährigen Themas hat mich zwar ziemlich überrascht, aber er ist überzeugt, daß er die Sache großartig aufziehen wird, was er immer tut. Woher sind Sie?»

«Woher ich bin?» wiederholte ich lahm.

«Ja, aus welcher Stadt Sie kommen, von welcher Universität und so weiter? Ich denke, Sie arbeiten nur vorübergehend hier bei uns», sagte er.

«Ja», antwortete ich, und schon wieder schnürte sich mir die Kehle zu. «Ich komme aus Turin und brauchte eine Stellung, um eine gewisse Zeitspanne zu überbrücken. Ich habe ein Diplom in modernen Sprachen.»

«Sehr gut. Und was halten Sie von der neuen Bibliothek?»

«Ich war sehr beeindruckt.»

«Und seit wann arbeiten Sie hier?»

«Seit einer Woche.»

«Erst seit einer Woche?»

Er nahm die Zigarre aus dem Mund und sah mich verwundert an.

«Verzeihen Sie», sagte er, «aber ich hörte zufällig, wie das Mädchen oben zu meiner Frau sagte, der Herr, der am Sonntag zum Abendessen da gewesen sei, wünsche sie zu sprechen. Es war mir nicht bewußt, daß sie eine große Party für die Angestellten der Universität gegeben hat.»

Ich schluckte. «Es war nur eine kleine Party», sagte ich. «Ich hatte das Glück, Signora Butali ein paar Bücher aus der Bibliothek bringen zu dürfen, und sie war so freundlich, mir etwas vorzuspielen. Daraus ergab sich dann irgendwie die Einladung zum Abendessen.»

«Ah so», sagte er und schaute mich wieder an, aber sein Blick war anders als vorhin. Er versuchte mich zu taxieren. Es war der Blick eines Ehemannes, der sich plötzlich die Frage stellt, wieso seine schöne Frau es sich wohl habe einfallen lassen, einem Wildfremden etwas vorzuspielen und ihn dann zum Abendessen zu bitten. Offenbar gehörte dergleichen nicht zu den Gepflogenheiten der Signora.

«Lieben Sie Musik?» fragte er.

«Leidenschaftlich», versicherte ich, in der Hoffnung, ihn zu beschwichtigen.

«Sehr gut», sagte er wieder und schoß unvermittelt die nächste Frage ab.

«Wie viele Leute waren auf der Party?»

Ich saß in der Falle.

«Sie mißverstehen mich, Herr Professor», sagte ich hastig, «die Party fand am Sonntagmorgen statt.»

«Dann waren Sie also nicht zum Abendessen hier?»

«Doch», sagte ich. «Professor Donati brachte mich mit.»

«Ah», sagte er nur.

Mir begann der Schweiß auszubrechen. Was hätte ich anderes sagen sollen? Abgesehen von seiner Frau, konnte er jederzeit das Mädchen befragen.

«Es war ein musikalischer Abend», erläuterte ich. «Wir kamen, um dem Spiel der Signora zu lauschen. Sie spielte uns die ganze Zeit vor, bis wir gingen. Es war ein unvergeßlicher Abend.»

«Davon bin ich überzeugt», sagte er trocken.

Irgendwie mußte ich eine Ungeschicklichkeit begangen haben. Womöglich hatte Signora Butali, als sie am Tag darauf ins römische Krankenhaus kam, eine völlig andere Geschichte erzählt, vielleicht, daß sie am Sonntagabend allein gegessen habe, um dann, in plötzlicher Angst um ihren Mann, am nächsten Morgen in aller Frühe aufzubrechen und den weiten Weg nach Rom zu fahren, weil sie an seiner Seite sein wollte.

«In Rom habe ich den Kontakt mit Ruffano weitgehend verloren», sagte er.

«Ja», sagte ich, «das läßt sich denken.»

«Obwohl wohlmeinende Freunde ihr Möglichstes taten, um mich über alles zu unterrichten, was hier vor sich ging», fuhr er fort. «Manche waren vielleicht auch weniger wohlmeinend.»

Ich lächelte. Ein gezwungenes Lächeln. Die zupackenden Augen forschten wieder in meinem Gesicht.

«Sie sagen, Sie seien erst seit einer Woche hier?» fing er von neuem an.

«Ja, heute wird es genau eine Woche», sagte ich. «Ich bin letzten Donnerstag hier angekommen.»

«Aus Turin?»

«Nein, aus Rom.» Ich fühlte die ersten Schweißtropfen über meine Stirn rinnen.

«Haben Sie dort in einer der Bibliotheken gearbeitet?»

«Nein, Herr Professor. Ich war auf der Durchreise. Und zufällig kam ich auf den Gedanken, nach Ruffano zu fahren. Ich wollte ein wenig ausspannen.»

Selbst in meinen eigenen Ohren klang meine Geschichte unwahr. Ihm mußte sie doppelt verlogen erscheinen. Außerdem war meine Nervosität nur zu deutlich spürbar. Einen Augenblick sagte er nichts. Er horchte gespannt auf die Stimme der Signora, die telefonierte – so wie wir vor kurzem auf seine Stimme gehorcht hatten.

«Entschuldigen Sie, Signor Fabbio», sagte er nach einer Weile, «daß ich Ihnen Fragen am laufenden Band gestellt habe. Es ist so, daß man mich in den letzten vierzehn Tagen mit anonymen Anrufen belästigt hat, deren Herkunft ich nicht feststellen konnte und in denen gewisse Anspielungen auf Professor Donati gemacht wurden. Einer kam zweifellos aus Rom. Das sonderbare war, daß die Person am Apparat – es handelte sich um eine Frau, die ihre Mitteilungen im Flüsterton durchgab – die Verbindung immer durch eine zweite Person herstellen ließ, meistens durch einen Mann. Es hätte sogar der Telefonist in der Vermittlung sein können oder jemand in einem Café, der versuchte, ihr zu helfen, da sie offenbar nicht gern selbst sprach. Mir kam eben der Gedanke – und entschuldigen Sie bitte, wenn ich mich irre –, daß Sie dieser Mann gewesen sein und mir etwas über die fatalen Anrufe sagen könnten.»

Diesmal mußte ich so maßlos erstaunt ausgesehen haben, daß er beruhigt schien.

«Ich weiß nichts von irgendwelchen Anrufen, Herr Professor», sagte ich, «und ich glaube, es ist das beste, wenn ich Ihnen gleich sage, daß ich ein Reiseagent bin. Ich arbeite für eine

Genueser Firma und war für diese Firma mit einer Autobusgesellschaft von Genua nach Neapel unterwegs, über Rom. Ich habe Sie ganz bestimmt nicht im Auftrag irgendeines meiner Touristen angerufen, und ich habe Ihren Namen nie gehört, bevor ich nach Ruffano kam.»

Er streckte mir die Hand hin.

«Das genügt», sagte er. «Denken Sie bitte nicht mehr daran! Schlagen Sie sich die ganze Sache aus dem Kopf! Und sprechen Sie zu niemandem darüber, vor allem nicht zu meiner Frau! Diese Anrufe waren genauso unangenehm, wie es anonyme Briefe sind. Aber inzwischen haben sie aufgehört, seit mehr als einer Woche.»

In diesem Augenblick schrillte alarmierend die Türklingel.

«Das wird der Polizeikommissar sein oder der Arzt», sagte Butali. «Ich möchte mich noch einmal bei Ihnen entschuldigen, Signor Fabbio.»

«Ich bitte Sie, Herr Professor», murmelte ich. Damit verbeugte ich mich und wandte mich zur Tür. Ich hörte, wie das Mädchen öffnen ging.

Ich trat hinaus in die Halle und drückte mich, als die Haustür aufging, in eine Ecke. Beim Anblick des Kommissars zog ich mich noch weiter in Richtung auf die Küche zurück.

Signora Butali verstellte dem Kommissar die Sicht auf mich, während sie ihn begrüßte und ins Studio führte. Dann kam sie zurück, um mir auf Wiedersehen zu sagen. Das Mädchen, das die Tür aufgemacht hatte, befand sich noch in Hörweite, so konnte ich die Signora von dem Gespräch, das zwischen ihrem Mann und mir stattgefunden hatte, nicht verständigen.

«Ich hoffe, wir sehen uns bald einmal wieder», sagte sie, indem sie in den förmlichen Tonfall der Gastgeberin verfiel, die den aufbrechenden Besucher möglichst schnell los sein möchte.

«Das hoffe ich auch, Signora», erwiderte ich.

Ich ging über den gepflasterten Gartenpfad in die Via dei Sogni hinaus, wo der Wagen des Kommissars wartete. Ein Polizeibeamter in Uniform saß hinter dem Lenkrad. Ich wandte mich nach links, damit ich nicht an ihm vorbei mußte, und eilte den Hügel hinunter.

Es war mir egal, wohin ich lief, solange ich nur einige Entfernung zwischen mich und den Polizeiwagen brachte. Schließlich gelangte ich auf die Piazza Matrice und beschloß, erst einmal in die Pension zurückzukehren. Dort wollte ich eine Weile bleiben, ehe ich zu meinem Bruder ging.

Die Nachricht vom Tode Marellis hatte mir einen fürchterlichen Schock versetzt. Zugleich war ich ganz verstört über die anonymen Telefonanrufe, von denen der Präsident gesprochen hatte.

Als ich mich der Pension Silvana näherte, sah ich einen Mann vor der Tür stehen und mit der Signora sprechen. Ich erkannte ihn augenblicklich. Die Figur, der kahle Kopf, das Profil waren mir nur zu gut in Erinnerung. Es war der Polizeibeamte aus Rom, der Beamte in Zivil, den ich am Dienstag in der Kirche gesehen hatte.

Ich stand gerade vor dem Haus Nummer 5 und verzog mich instinktiv in den Flur. Dann kletterte ich zum ersten Stock hinauf und klopfte bei Carla Raspa. Als niemand antwortete, drückte ich die Klinke hinab. Die Tür war offen.

18

Ich dachte, die Wohnung sei leer, aber das Geräusch, mit dem sich die Tür schloß, störte jemanden im Badezimmer auf. Eine Frau mit Schürze und einem Scheuertuch in der Hand kam zum Vorschein. Sie musterte mich mißtrauisch.

«Was wünschen Sie?» fragte sie.

«Ich bin mit Signorina Raspa verabredet», log ich. «Sie sagte mir, daß sie sich wegen der Feier in der Universität vielleicht verspäten würde und daß ich hier auf sie warten möchte. Wir wollten dann zusammen essen gehen.»

«Na schön», sagte die Frau, «das Zimmer ist ja in Ordnung. Aber ich bin mit Küche und Bad noch nicht fertig. Machen Sie es sich bequem.»

Sie ging ins Badezimmer zurück, und ich hörte Wasser laufen, während ich mich ans Fenster stellte und zu Nummer 24 hinüberspähte. Der Mann stand noch immer da.

Signora Silvana bestritt in wachsender Mitteilsamkeit den Hauptteil der Unterhaltung. Ich sah sie gestikulieren. Offenbar sprach sie über mich und erzählte dem Beamten, daß ich jeden Tag in der Bibliothek arbeite, daß ich im Augenblick wahrscheinlich dort zu finden und daß ich seit genau einer Woche als Pensionsgast in ihrem Haus und fremd in Ruffano sei.

Wenn sich der Mann als das zu erkennen gegeben hatte, was er war, würde er bestimmt mein Zimmer zu sehen verlangen und die Schubladen aufziehen, die Schränke durchsuchen und meinen Koffer. Etwas für ihn Brauchbares würde er freilich nicht finden. Ich trug meine Papiere bei mir.

Bis jetzt hatte Signora Silvana noch keine Anstalten gemacht, den Mann hereinzubitten. Sie redeten immer noch.

Als die Reinmachefrau aus dem Bad ins Zimmer zurückkam, zog ich mich vom Fenster zurück.

«Möchten Sie einen Kaffee?» fragte sie.

«Bitte machen Sie sich keine Mühe!» erwiderte ich.

«Von Mühe ist gar keine Rede», sagte sie. «Die Signorina würde es so haben wollen.»

Irgend etwas im Gesicht der Frau kam mir vertraut vor. Sie war noch jung und sah nicht übel aus, bis auf das zerzauste Haar, das auf den mißlungenen Versuch schließen ließ, irgendeinem Filmplakat-Star nachzueifern.

«Ich habe Sie doch schon einmal gesehen, nein?» fragte sie.

«Ich hatte eben denselben Eindruck», antwortete ich, «aber Ruffano ist nicht groß. Vielleicht war es irgendwo auf der Straße.»

«Vielleicht», sagte sie und zuckte mit einem Lächeln die Schultern.

Während sie in die Küche ging, stellte ich mich wieder ans Fenster. Der Mann war verschwunden. Fragte sich nur, ob er ins Haus oder die Straße hinauf gegangen war, aber das war im Augenblick nicht festzustellen. So blieb ich auf meinem Posten und behielt das Haus im Auge, während ich gleichgültig in einer Zeitschrift herumblätterte. Kurz darauf kam die Frau mit dem Kaffee.

«Bitte schön, Signore», sagte sie. «Und jetzt ist mir auch eingefallen, wo ich Sie gesehen habe. Sie beobachteten den Menschenauflauf bei Ognissanti und fragten mich, was los sei und was das Polizeiauto da täte. Ich hatte meine Kleine auf dem Arm. Sie weinte. Erinnern Sie sich?»

Ja, ich erinnerte mich! Ruffano war wirklich sehr klein. Es gab kein Entkommen.

«Richtig», sagte ich, «jetzt fällt es mir auch wieder ein. In das Auto stiegen dann zwei Leute ein.»

«Ja, die Ghigis», bestätigte sie, «und es war so, wie ich Ihnen damals sagte. Sie mußten die Leiche der armen Marta Zampini identifizieren und auch die Kleider. Die Polizei brachte sie deswegen bis nach Rom. Stellen Sie sich vor, all die vielen Kilometer in einem Polizeiauto! Wenn der Anlaß nicht so traurig gewesen wäre, hätte ihnen die Reise sicher Spaß gemacht. Keiner von beiden ist jemals in Rom gewesen. Später wurde die Leiche hierher zurückgebracht und gestern begraben. Was für ein gräßliches Verbrechen! Und alles um zehntausend Lire! Der Lump, der es getan hat, will immer noch nicht gestehen. Den Diebstahl ja, den gibt er zu, nach dem, was mein Mann in der Zeitung gelesen hat, aber nicht den Mord. Ich nehme an, er lügt, um seine Haut zu retten.»

«Vermutlich», sagte ich.

Während ich meinen Kaffee trank, behielt ich die Pension weiter im Auge.

«Sie werden ihn schon noch dazu bringen, ein Geständnis abzulegen», sagte sie. «Die Polizei hat so ihre Methoden. Das weiß man doch.»

Sie sah mir beim Kaffeetrinken zu und genoß das Gespäch als willkommene Unterbrechung ihrer Vormittagsarbeit.

«Kannten Sie das Opfer?» fragte ich.

«Marta Zampini? Alle, die in der Nähe von Ognissanti wohnten, kannten Marta. Sie und Maria Ghigi haben früher, in alten Zeiten, bei Professor Donatis Vater gedient. Kennen Sie Professor Donati vom Kunstrat?»

«Ja.»

«Gestern wurde erzählt, er hätte dafür gesorgt, daß die Leiche zurückgebracht wurde, und er habe auch das Begräbnis bezahlt.»

«Warum ist sie weggegangen aus Ruffano?»

Die Frau zuckte die Achseln. «Zuviel hiervon.» Sie machte die Geste des Trinkens. «Während des letzten Jahres war sie völlig auf den Hund gekommen, haben die Ghigis erzählt. Sie saß und brütete ständig vor sich hin. Kein Mensch wußte, was sie zu brüten hatte, denn die Ghigis sorgten gut für sie. Maria Ghigi sagt allerdings, seit Kriegsende, seit es vorbei war mit ihrem Leben bei den Donatis, sei sie nie wieder die Alte geworden. Sie sehnte sich nach dem kleinen Jungen und redete dauernd von ihm. Der kleine Junge war der Bruder des Professors. Er verschwand mit den deutschen Truppen. Ja, so ist das Leben ... Irgend etwas geht immer schief.»

Ich trank meinen Kaffee aus und schob das Tablett beiseite.

«Vielen Dank», sagte ich. «Mehr möchte ich nicht.»

«Hoffentlich kommt Signorina Raspa bald», sagte die Frau und fügte mit einem schlauen Blick hinzu: «Sie ist hübsch, nicht wahr?»

«Sehr hübsch», pflichtete ich ihr bei.

«Die Signorina hat viele Verehrer», sagte die Frau. «Ich weiß das, weil ich morgens oft am Abwasch sehe, daß ein Herr zum Abendessen da war.»

Ich lächelte, sagte aber nichts.

«Jaja», machte sie, «und jetzt will ich lieber gehen. Muß noch einkaufen und kochen, bevor mein Mann zum Mittagessen nach Hause kommt. Zum Glück paßt meine Mutter auf das Kind auf, während ich bei der Signorina arbeite.»

Im Hause Nummer 24 rührte sich immer noch nichts. Inzwischen müßte der Beamte eigentlich mit der Durchsuchung meines Zimmers fertig sein und wieder herunterkommen. Aber vielleicht trank auch er einen Kaffee – mit Signora Silvana. Ich tat so, als vertiefte ich mich in die Zeitschrift. Nach etwa fünf Minuten kam die Frau aus der Küche zurück. Sie hatte sich eine Strickjacke übergezogen und trug ein Einkaufsnetz.

«Also, ich gehe», sagte sie. «Hoffentlich verleben Sie einen netten Tag mit der Signorina!»

«Vielen Dank», sagte ich.

Ich sah ihr nach, als sie die Via San Michele hinunterging, und blieb weiter am Fenster stehen, den Blick auf Nummer 24 geheftet. Aber niemand erschien. Der Beamte mochte schon vor einiger Zeit weggegangen sein, vorhin, als die Reinmachefrau mir den Kaffee anbot.

Inzwischen war er vielleicht längst in der Universität und machte Recherchen im Sekretariat oder auch in der Bibliothek. Damit war die Bibliothek für mich jetzt genauso tabu wie die Pension. Ich hatte keine Zuflucht mehr, außer der Wohnung, in der ich saß, und dem Haus meines Bruders in der Via dei Sogni natürlich. Wenn ich aber Carlas Wohnung verließ und zum Haus meines Bruders hinaufging, riskierte ich, den Beamten unterwegs zu treffen. Vielleicht hatte er sich sogar irgendwo in der Via San Michele versteckt und wartete darauf, daß ich in die Pension zurückkam.

Ich zog Zigaretten heraus und begann zu rauchen.

Ich mußte an den Studenten Marelli denken, der sich am Fuß der Theatertreppe das Genick gebrochen hatte. Auf derselben Treppe war ich letzten Freitag dem verstörten Jungen begegnet. Damals hatte kein Ausgehverbot bestanden, aber Aldos Wachen mußten ihn im Rahmen eines ihrer phantastischen historischen Spiele vernommen haben. Diesmal hatte das Spiel mit dem Tod eines Studenten geendet. Waren die Waagschalen der himmlischen Gerechtigkeit damit endlich ins Gleichgewicht gebracht? Konnte jetzt Schluß sein? War das Spiel aus?

In seiner Eigenschaft als Direktor des Kunstrats war Aldo Mitglied des Universitätsausschusses und würde also auch an der Sitzung teilnehmen, die der Präsident für den Nachmittag anberaumt hatte. Und wie alle anderen, würde er die Erklärung akzeptieren, die man für Marellis Tod gefunden zu haben glaubte, daß nämlich der Student Angst bekommen habe und vor einer Patrouille davongelaufen sei. Aber in seinem Herzen mußte er sich zugeben, welches der wirkliche Grund war.

Ich schaute auf meine Uhr. Es war fünfundzwanzig Minuten vor elf. Ich hatte keine Ahnung, wann die Zeremonien an der Universität zu Ende sein würden, nahm aber an, daß sie nicht länger als bis zum Mittag dauerten.

Ich begann im Zimmer auf und ab zu laufen und schaute dann wieder aus dem Fenster. Alles still vor Nummer 24.

Wie sollte ich nur Carla Raspa meine Anwesenheit plausibel machen, wenn sie zurückkam? Seit jenem Dienstagabend, als ich sie so ungalant und kaltschnäuzig hatte sitzenlassen, waren wir uns nicht mehr begegnet.

Die Wahl des Augenblickes, mich bei ihr zu entschuldigen, mußte ihr sonderbar erscheinen ...

Dann fiel mir plötzlich wieder ein, daß Giuseppe Fossi die letzte Nacht bei ihr verbracht hatte. Vielleicht kam er gleichzeitig mit ihr zurück. Ich stöberte im Zimmer herum, fand aber kein Anzeichen dafür, daß ein Mann darin kampierte. Die Schränke, die ich öffnete, waren angefüllt mit Carla Raspas Sachen, die zusammengeknäult dalagen oder irgendwie herumhingen und den Duft ihres Spezialparfüms ausstrahlten.

Ich ging ins Badezimmer. Flaschen, Cremetöpfe und nur ein Morgenrock. Keine Rasiercreme, kein Pinsel. Wahrscheinlich war Fossi fort, wieder ausgezogen. Über dem Bad hing ein hastig durchgespültes Nachthemd schlaff von einem Bügel herab. Das Bidet war voll von Seifenlauge, in der ein Bündel Strümpfe zum Weichen lag. Mir wurde übel bei dem Anblick.

Es würgte mich im Hals, als ich in die Küche zurückging. Diese Art von intimer Unordnung erinnerte mich an die Hotelschlafzimmer in Frankfurt und anderen Städten, in denen ich vor vielen Jahren gewohnt hatte und wo Seite an Seite mit den Dessous meiner Mutter, die auf ähnlich flüchtige Art gewaschen und gespült waren, Männersocken und Taschentücher hingen, Zahnbürsten und Haarwasser herumstanden. Und in der Badewanne lagen ausgekämmte Haare. Ich war damals ein Junge von elf oder zwölf. Mein Magen rebellierte. Der Geruch der Liebesnächte verfolgte mich über Deutschland hinaus bis nach Turin. Er verfolgte mich noch.

Wieder setzte ich mich ans offene Fenster und steckte mir eine neue Zigarette an. Ich überlegte, was für eine Frau es wohl gewesen war, die den Präsidenten der Universität in seinem Krankenbett in Rom aus Eifersucht mit anonymen Telefonanrufen behelligt hatte. Irgendeine verlassene Geliebte meines Bruders zweifellos oder eine Frau, die eine entsprechende Stellung gern erobert hätte und gescheitert war. Wie immer – die Betreffende mußte erraten haben, daß zwischen Aldo und Signora Butali eine Beziehung bestand.

Die Anrufe mochten aufgehört haben, aber Aldo mußte gewarnt werden, bevor er selbst mit dem Präsidenten sprach. Ich konnte versuchen, Jacopo zu erreichen, und ihn bitten, Aldo zu bestellen, daß er mich hier, in Carla Raspas Wohnung, anrufen möchte.

Ich blätterte im Telefonbuch und fand auch die Nummer. Aber es kam keine Antwort. Entweder war Jacopo weggegangen, oder er befand sich in seiner eigenen Klause. Ich legte den Hörer auf und ging wieder ans Fenster. Die Feier in der Aula mußte vorüber sein. Eine Gruppe von Studenten kam lärmend und pfeifend die Straße herunter.

Dann hörte ich Schritte die Treppe heraufkommen. Die Tür ging auf. Carla Raspa! Wie vom Donner gerührt stand sie da und sah mich an.

«Ich überlegte gerade», erklärte ich wahrheitsgemäß, «ob ich hier in Ihrer Wohnung bleiben oder lieber in einer Kirche Zuflucht suchen sollte.»

«Das hängt von dem Verbrechen ab, das Sie auf dem Kerbholz haben», sagte sie und schloß die Tür hinter sich, «zuallererst sollten Sie beichten.»

Sie legte ihre Tasche und ein Bücherpaket auf den Tisch und musterte mich dann von Kopf bis Fuß.

«Sie kommen zu unserem Rendezvous ungefähr 36 Stunden zu spät», sagte sie. «Es macht mir nichts aus, eine Stunde zu warten oder auch zwei, aber wenn es darüber hinausgeht, ziehe ich es vor, mich nach Ersatz umzutun.»

Sie kramte in ihrer Tasche nach Zigaretten und steckte sich eine an. Dann ging sie in die Küche und kam mit einem Tablett zurück, auf dem eine Flasche Cinzano und zwei Gläser standen.

«Ich vermute, Sie haben sich gedrückt, weil Sie Angst vor dem Ausgang der Sache hatten. Das ist schon größeren und stärkeren Burschen als Ihnen passiert. Aber normalerweise bin ich immer damit fertig geworden. Es gibt schließlich Mittel und Wege.»

Sie goß uns Cinzano ein.

«Nur Mut», sagte sie, «man weiß nie, wie gut etwas ist, bevor man es probiert hat.» Damit hob sie ihr Glas und lächelte. Wahrhaftig, eine großmütigere Frau war mir nie in meinem Leben vorgekommen.

Ich nahm das andere Glas, und während ich meinen Cinzano trank, kam ich zu einem Entschluß.

«Ich bin nicht hier, um mich für Dienstag abend zu entschuldigen oder um meinen beschädigten guten Ruf wiederherzustellen. Ich sitze in Ihrer Wohnung, weil ich glaube, daß die Polizei hinter mir her ist.»

«Die Polizei?» wiederholte sie und setzte ihr Glas ab. »Dann haben Sie also doch ein Verbrechen begangen, oder machen Sie Spaß?»

«Ich habe kein Verbrechen begangen», sagte ich, «aber ich bin vor zehn Tagen durch Zufall auf den Schauplatz einer Mordtat geraten, und ich habe den Verdacht, daß die Polizei mich zu vernehmen wünscht.»

Sie sah mir an, daß ich nicht scherzte, und gab mir eine von ihren Zigaretten.

«Sie meinen nicht etwa den Mord an jener alten Frau in Rom?» fragte sie.

«Doch», sagte ich. «Ich gab ihr in der Nacht, in der sie ermordet wurde, einen Zehntausend-Lire-Schein. Warum es dazu kam, tut im Augenblick nichts zur Sache. Am nächsten Morgen erfuhr ich, daß man sie umgebracht hatte. Ich brauche Ihnen nicht zu sagen, daß ich es nicht war. Aber ich hatte ihr das Geld gegeben, vielleicht nur wenige Minuten, bevor der Mord geschah. Meine Lage ist daher prekär.»

«Wieso?» fragte sie. «Sie haben den Mann doch erwischt, oder? Das stand jedenfalls in der Zeitung.»

«Sie haben ihn zwar erwischt», klärte ich sie auf, «und er gibt den Diebstahl der zehntausend Lire auch zu, aber er leugnet den Mord.»

Sie zuckte die Achseln. «Das würde ich auch tun», sagte sie. «Alles übrige ist Sache der Polizei. Warum machen Sie sich deswegen Sorgen?»

Ich sah ein, daß ich etwas deutlicher werden mußte, und erzählte ihr von den englischen Touristinnen und daß ich die Leiche in Augenschein genommen hatte, ohne der Polizei etwas von dem Geldgeschenk zu sagen, und daß ich am Tag darauf nach Ruffano abgereist war.

«Warum das?» fragte sie.

«Weil ich die Frau erkannt hatte», sagte ich, «und da ich ganz sicher gehen wollte, kam ich hierher, um die Sache zu klären.»

Sie trank ihr Glas aus und schenkte uns ein zweites ein. Sie gab sich immer noch ungezwungen, war aber doch schon ein wenig mehr auf ihrer Hut.

«In der Zeitung stand, daß die Frau aus Ruffano stammte», sagte sie, «wieso kannten Sie sie dann?»

«Ich bin aus Ruffano», sagte ich, «ich habe hier bis zu meinem elften Jahr gelebt.»

Über den Tisch hinweg warf sie mir einen überraschten Blick zu, dann füllte sie ihr Glas von neuem und zog sich auf die Couch zurück, wo sie sich Kissen in den Rücken stopfte.

«Sie haben sich in der Woche hier ganz hübsch durchgelogen, was?» bemerkte sie.

«Wenn Sie so wollen ...»

«Und jetzt sind Ihnen Ihre Lügen auf den Fersen, nicht wahr?»

«Weniger die Lügen als die Tatsache, daß ich der Polizei in Rom die Wahrheit vorenthalten habe», sagte ich. «Außerdem muß ich befürchten, am letzten Dienstag bei Martas Beerdigung von einem Beamten in Zivil wiedererkannt worden zu sein. Diese Begegnung war sicher kein Zufall. Vor einer Stunde nämlich stellte er Nachforschungen in Nummer 24 an. Ich sah ihn von der gegenüberliegenden Straßenseite aus und rettete mich hierher.»

Sie lehnte sich gegen ihren Kissenberg und blies Rauchringe in die Luft. «Zufall oder nicht», sagte sie, «jedenfalls ist die Sache verdächtig. Aber wenn sie den Mann in Rom gefaßt haben, was machen sie sich dann Ihretwegen hier in Ruffano zu schaffen?»

«Das habe ich Ihnen doch schon erklärt», sagte ich, «er leugnet den Mord. Womöglich glauben sie ihm und setzen deshalb die Suche nach dem Täter fort.»

Sie überlegte einen Augenblick, dann schaute sie zu mir herüber:

«Könnte sein, daß auch ich ihm glaube», sagte sie.

Ich zuckte die Achseln und zog mich in Richtung auf die Tür zurück. «In diesem Fall sollte ich mich wohl lieber verabschieden», sagte ich. «Sie könnten mich der Polizei per Telefon ausliefern . . .»

In diesem Augenblick klingelte der Apparat. Ich hatte das Gefühl, daß das Schicksal war, und Schicksal war es. Carla gab mir mit einem Wink zu verstehen, daß ich bleiben möchte, und nahm erst dann den Hörer ab.

«Ja», sagte sie, «ja, Giuseppe . . . zum Mittagessen?» Sie zögerte, indem sie zu mir herüberschaute, und schüttelte dann den Kopf. «Nein, das ist ganz unmöglich. Ich erwarte Besuch. Einen Studenten und seine Mutter. Sie müssen jeden Augenblick kommen. Nein, gestern abend wußte ich noch nichts davon. Sie riefen heute früh an, kurz nachdem du gegangen warst. Ich weiß nicht, Giuseppe, zur Zeit möchte ich mich nicht festlegen . . . Wenn ich es einrichten kann, rufe ich dich heute nachmittag in der Bibliothek an. Bis dann.»

Sie legte lächelnd auf. «Damit ist er für ein paar Stunden abgefunden», sagte sie. «Sie haben Glück, daß er angerufen hat, anstatt direkt hierher zu kommen. Wir waren halb und halb zum Mittagessen verabredet. Wie Sie sehen und hoffentlich zu schätzen wissen, habe ich ihm Ihretwegen abgesagt. Nein, nein, keine Angst, wir gehen nicht aus. Ich mache uns eine Omelette.»

Sie nahm die Beine mit Schwung von der Couch.

«Dann halten Sie mich am Ende doch nicht für einen Mörder?» fragte ich.

«Nein», gestand sie, «ehrlich gesagt – ich halte Sie nicht einmal für fähig, eine Wespe umzubringen, geschweige denn eine alte Frau!»

Ich folgte ihr in die Küche. Sie begann mit allerlei Pfannen zu hantieren und Geschirr von einem Gestell zu nehmen. Ich setzte mich auf einen Stuhl und sah ihr zu. Meine Beichte hatte befreiend gewirkt. Unsere seltsame Freundschaft funktionierte plötzlich viel besser.

«Ich vermute, Sie erwarten, daß ich Sie aus Ruffano hinausbringe», sagte sie, «und das dürfte auch nicht allzu schwierig sein. Ich kann den Wagen jederzeit wieder ausleihen.»

«Nein, nicht aus Ruffano hinaus», sagte ich. «Nur den Hügel hinauf zu einem Haus in der Via dei Sogni.»

«Sie haben demnach einen Freund, der alles von Ihnen weiß?»

«Ja», sagte ich.

Sie summte leise vor sich hin, während sie Eier in eine Schale schlug und eifrig zu rühren begann.

«Sie möchten mir nicht sagen, wer das ist?» fragte sie.

Ich zögerte. Ich hatte, jedenfalls für den Augenblick, bereits mein Schicksal in ihre Hände gelegt und sah nicht ein, wieso ich ihr obendrein meinen Bruder ausliefern sollte.

«Sie brauchen mir nichts zu sagen», unterbrach sie meine Überlegungen, «ich habe es schon erraten. Sie vergessen, daß Ruffano eine sehr kleine Stadt ist. Meine Zugehfrau wohnt in der Nähe von Ognissanti, und sie hat mir alles über die Vergangenheit der ermordeten Frau erzählt. Die alte Marta war viele Jahre lang bei den Donatis im Dienst und hat Aldo Donati betreut, als er noch ein kleiner Junge war. Vielleicht waren Sie als Kind bei ihm zu Hause und erinnern sich deshalb an Marta?»

Ihre Intuition war staunenswert. Zwar hatte sie die Wahrheit nicht ganz getroffen, aber das konnte mir nur recht sein.

«Ja», sagte ich, «so war es tatsächlich.»

Die Pfanne begann zu dampfen. Sie tat die Eier hinein.

«Und infolgedessen sind Sie hingegangen und haben Donati die ganze Geschichte erzählt», fuhr sie fort, «und anstatt daß er Ihnen den Rat gab, sofort das Weite zu suchen, schlug er vor, daß Sie erst einmal bleiben und abwarten sollten.»

«So ungefähr.»

«War das am letzten Sonntag?»

«Ja», sagte ich.

«Dann waren Sie es also, mit dem Donati den ganzen Nachmittag und auch noch den Abend verbracht hat?»

«Ja», sagte ich wieder.

Die Omelette war fertig. Sie ließ sie auf eine Platte gleiten.

«Essen Sie, solange es heiß ist», empfahl sie und zog sich einen Stuhl heran.

Ich gehorchte, während ich mich auf ihre nächste Frage gefaßt zu machen versuchte. Aber sie schwieg, während wir aßen, und stand nach einer Weile nur auf, um eine Schüssel mit Salat und eine Flasche Wein zu holen. Dabei trug sie ein rätselhaftes Lächeln zur Schau. Ich wurde neugierig.

«Weshalb lächeln Sie?» fragte ich.

«Mir dämmert's», sagte sie. «Ich hätte es mir schon vorher zusammenreimen sollen, als Ihr edler Freund sich nicht einmal die Mühe nahm, auf meinen Brief zu antworten. Er ist an Frauen nicht interessiert. Ein Spielgefährte von früher sagt ihm mehr, besonders einer mit einem Kindergesicht wie dem Ihren.»

Das war eine sonderbare Hypothese, die niemand mehr amüsieren würde als Aldo. Ich wußte nicht recht, ob ich sie bestreiten oder passieren lassen sollte.

«Meine Güte, ja», sinnierte sie, «die Welt ist voll von diesen Typen, obgleich ich nie vermutet hätte, daß er dazu gehört. Da sieht man wieder einmal, wie man sich irren kann. Immerhin, es bedeutet einen Ansporn. Jene Art von Abenteuern verlieren mitunter ganz plötzlich ihren Reiz.»

Sie spießte gedankenvoll ihre Salatblätter auf und schaute an mir vorbei ins Leere.

«Unter den Studenten hat es schon allerhand seltsames Gerede gegeben», sagte sie grüblerisch. «Wegen jener Proben hinter verschlossenen Türen. Dahinter konnte sich auch etwas anderes verbergen. Wenn ja, dann hat mich Donati am Sonnabend zum Narren gehalten. Ich wäre ihm gefolgt – bis in den Tod.»

Ich hütete mich, etwas zu bemerken. Jedweder Kommentar konnte auf eine Katastrophe hinauslaufen.

«Haben Sie gehört, daß sich gestern abend ein Student den Hals gebrochen hat?» fragte sie.

«Gerüchtweise.»

«Man hat es noch nicht öffentlich bekanntgegeben, aber das wird bald geschehen. Schlug das Ausgehverbot in den Wind und lief dann vor den Patrouillen davon. So wird jedenfalls behauptet. Ein WW-Junge im dritten Jahr. Ich bin neugierig, wie seine Kommilitonen darauf reagieren werden. Diese Affäre könnte den Ausschlag geben ...»

Sie stand noch einmal auf und kam mit Obst zurück. Für sich selbst suchte sie einen Pfirsich aus, den sie ungeschält aus der Hand aß. Der Saft lief ihr am Kinn hinunter.

«Was meinen Sie damit: den Ausschlag geben?» fragte ich.

«Für den endgültigen Bruch zwischen ihnen und unseren Leuten», sagte sie. «Sollte es dazu kommen, kann man nur sagen: Gott steh uns bei, wenn Donati morgen sein ‹Ensemble› auf die Straße schickt. Daß er den WW-Studenten die Konzession gemacht hat, sie zur Teilnahme am Festival zu animieren, wird die feindlichen Parteien nicht versöhnen, sondern genau den gegenteiligen Effekt haben.»

Sie lachte, lutschte den letzten Saft aus ihrem Pfirsichkern und warf ihn in den Abfalleimer neben dem Ausguß.

«Ihr Kunstdirektor wollte seine Weiber nicht bewaffnen», sagte sie, «aber eines kann ich Ihnen sagen: Die meisten der Mädchen, die in den letzten Tagen in meinen Vorlesungen waren, sind fest entschlossen, sich in den Kampf zu werfen, und wenn die WW-Meute ihre Jungens angreifen, wird die Hölle los sein. Mir tut die Polizei jetzt schon in der Seele leid.»

Sie ging zum Herd und machte Kaffee heiß.

«Auf alle Fälle werden die Herren keine Zeit haben, nach Ihnen Ausschau zu halten», setzte sie hinzu. «Und in seinem Bau sind Sie ohnehin sicher und geborgen. Wie ist seine Wohnung? Asketisch oder üppig? Kahl und schlicht oder mit Luxusteppichen ausgelegt?»

«Wenn Sie sich den Wagen ausleihen und mich hinfahren, können Sie vielleicht selbst einen Blick hineinwerfen», sagte ich. Aber ich hatte den Satz kaum ausgesprochen, als ich ihn schon bereute. Aldo würde mit genug Schwierigkeiten zu kämpfen haben, ohne daß auch noch Carla Raspa auf den Plan trat. Andererseits sah ich keine Möglichkeit, in die Via dei Sogni zu gelangen, wenn sie mir nicht half.

«Da haben Sie recht», erwiderte sie lächelnd. «Wenn ich seinen kleinen Spielgefährten in persona bei ihm abliefere, wird der Professor wohl nicht umhin können, mich wenigstens auf einen Augenblick hereinzubitten.»

Wieder klingelte das Telefon. Sie ging ins Wohnzimmer hinüber. Ich stand und horchte. In meiner Psychose hatte ich jeden Anruf in Verdacht, daß er sich auf mich bezog.

«Nein, nein, ich warte noch auf die beiden», sagte Carla ungeduldig und schüttelte den Kopf, «sie müssen irgendwie aufgehalten worden sein. Du weißt ja, welche Menschenmengen sich jetzt schon durch die Straßen wälzen.»

Ich war ihr gefolgt. Sie legte die Hand über die Muschel und flüsterte mir zu: «Es ist noch mal Giuseppe.» Dann gab sie die Muschel wieder frei. «Du hast einen Termin? Um zwei? Im Haus des Präsidenten? Ich verstehe. Ist er denn zurück?»

Aufgeregt schaute sie zu mir herüber. «Wegen des Unglücks? Natürlich. Ich bin neugierig, was er dazu sagen wird. Die Leute sind ja alle außer sich ... Das wundert mich nicht ... Hör mal, wird denn Professor Donati auch kommen? Aha ... Am besten, du rufst mich hier wieder an, wenn die Sache vorbei ist. Nein, komm auf gar keinen Fall selbst vorbei. Bis nachher.»

Sie holte tief Luft und lächelte. «Butali ist wieder da», verkündete sie, «er hat für zwei Uhr eine Sitzung bei sich zu Hause einberufen. Wenn er erfährt, was in dieser letzten Woche außer dem Unfall noch alles passiert ist, bekommt er seine zweite Thrombose.»

Sie ging in die Küche und holte den Kaffee. Ich schaute auf die Uhr. Es war kurz nach eins. Verstohlen ging ich zum Fenster und schaute hinaus. Der Wagen, den wir am Dienstag ausgeliehen hatten, war unten geparkt.

«Giuseppe wußte nicht, ob Donati zu der Sitzung kommen würde», sagte Carla Raspa, «und ich finde es wenig sinnvoll, Sie zu ihm zu fahren, wenn wir dem Hausherrn nicht unsere Aufwartung machen können.»

«Zum Teufel damit», explodierte ich. «Die Hauptsache ist, daß ich hinkomme. Ihre Aufgabe ist damit erschöpft.»

«Ich möchte aber nicht, daß sie damit erschöpft ist», sagte sie.

Während sie noch sprach, erschütterten schwere Schritte den Fußboden der Wohnung über unseren Köpfen.

«Das ist mein Nachbar, der Autobesitzer», sagte Carla. «Er pflegt sich eine volle Stunde fürs Mittagessen zu nehmen, manchmal auch länger. Ich frage mich, seit wann er zurück ist.»

Sie ging auf den Treppenflur hinaus und die Treppe halb hinauf.

«Walter!» rief sie. «Kann ich deinen Wagen für eine halbe Stunde bekommen? Ich habe etwas Dringendes zu erledigen und schaffe es zu Fuß einfach nicht.»

Der Obermieter antwortete etwas, was ich nicht verstand.

«Aber sicher», sagte Carla, «bis halb drei hast du das Auto wieder!»

Fröhlich kam sie ins Zimmer zurück. «Er ist sehr gefällig», stellte sie fest. «Aber natürlich tue ich das Meine dazu. Und Sie sehen, es zahlt sich aus! Lassen Sie uns eben unsern Kaffee trinken, und dann brechen wir auf. Vielleicht finden wir Ihren illustren Freund noch beim Lunch.»

«Soll ich ihn vorher anrufen?» fragte ich.

Sie zögerte, dann schüttelte sie den Kopf.

«Nein», sagte sie entschlossen, «er könnte versuchen, Sie abzuwimmeln, und ich habe keine Lust, mir die eine und einzige Gelegenheit zu verscherzen, meinen Fuß in sein Haus zu setzen.»

Mir blieb nichts anderes übrig, als mich zu fügen. Ich konnte nur hoffen, daß mein Bruder nicht zu Hause sein und Jacopo mir Zuflucht gewähren würde.

Wir tranken unseren Kaffee aus. Dann ging Carla ins Badezimmer. Als sie zurückkam, war die Duftwelle, die von ihr ausging, stärker geworden und das Make-up ihrer Lider schwärzer.

«Kriegsbemalung», sagte sie knapp, «nicht, daß ich mir Illusionen mache, aber man kann nie wissen.»

Ich schaute auf die Straße hinunter. Es war kein Mensch in der Nähe.

«Ich bin soweit», sagte ich und folgte Carla die Treppe hinunter ins Freie. Sie setzte sich ans Steuer.

«Ich werde chauffieren», sagte sie, «und Sie lehnen sich schön zurück. Falls die Straßen von Polizei und Zivilbeamten wimmeln sollten, wird trotzdem kein Mensch nach Ihnen schauen, solange ich als Blickfang am Steuer sitze.»

Ihr unverwüstlicher Humor steckte mich an. Zum erstenmal

seit Beginn dieses Tages war mir zum Lachen zumute. Sie ließ den Wagen an und steuerte auf die Via dei Sogni zu. Sie fuhr auf eine unberechenbare, höchst eigenwillige Art, aber schnell. Zweimal hätten wir um ein Haar Fußgänger unter die Räder gebracht, die versuchten, die Straße zu überqueren.

«Passen Sie auf!» mahnte ich, «oder die Polizei wird sich auch noch für Sie interessieren.»

Sie fuhr einen Umweg über die Via delle Mura, um nicht am Haus des Präsidenten vorbei zu kommen. So mußten wir den steilen Abhang von San Donato nehmen, den der Fiat, langsam, mit heftigen Hupfern, erklomm, bis er keuchend vor Aldos Haus hielt.

Vor dem Eingang – kein Ferrari, was mir einen Seufzer der Erleichterung entlockte.

Meine Gefährtin stieg aus und blickte sich um, während ich auf die Uhr sah. Es war fast ein Uhr dreißig.

«Gehen Sie voran», befahl Carla Raspa, «und bilden Sie sich ja nicht ein, daß Sie mich loswerden. Ich bleibe.»

Ich klingelte an Aldos Haustür und schickte Stoßgebete zum Himmel, daß Jacopo uns öffnen möge. Und Jacopo öffnete. Aber er wirkte betreten bei meinem Anblick und mehr noch, als er feststellte, daß ich nicht allein war.

«Der Professor ist nicht zu Hause», sagte er prompt.

«Das macht nichts», erwiderte ich. «Ich werde drinnen warten. Die Dame ist Signorina Raspa. Ich versprach, ihr das Porträt im Wohnzimmer zu zeigen – die Signorina interessiert sich für Malerei –, und dann geht sie wieder.»

Jacopos Verlegenheit steigerte sich: «Es wartet bereits Besuch auf Professor Donati», begann er, aber Carla Raspa, wild entschlossen, sich nicht aus dem Feld schlagen zu lassen, drängte sich lächelnd an ihm vorbei. «Dann sind wir eben unser drei», sagte sie munter.

Ich lief hinter ihr her, um sie daran zu hindern, ins Wohnzimmer einzudringen, aber es war zu spät. Sie hatte die Tür schon geöffnet. Eine Dame saß auf dem Sofa. Als sie uns erblickte, erhob sie sich in schweigendem Protest. Dann sah sie ein, daß es kein Entrinnen gab, und blieb stehen.

Es war Signora Butali.

19

Ich weiß nicht, welche der beiden Frauen überraschter war und welche das größere Unbehagen empfand! Jedenfalls fiel es mir zu, die Situation zu retten. Der Reiseleiter hatte das Wort.

«Verzeihen Sie, Signora», sagte ich, «aber Professor Donati sagte mir, ich möchte doch bei ihm hereinschauen. Leider bin ich wohl ein wenig früh gekommen. Darf ich Ihnen Signorina Raspa vorstellen, die so liebenswürdig war, mich hier abzusetzen?»

Das kühle Lächeln, das über ihr Gesicht huschte, erlosch gleich wieder. Ihre Augen waren abwesend und suchten nur sekundenlang in stummem Vorwurf Jacopos Blick.

«Guten Tag, Signorina», sagte sie.

Da Carla Raspa die Neugierigere der beiden war, faßte sie sich schneller. In einer Art ungestümer Selbstsicherheit ging sie auf Signora Butali zu und streckte ihr die Hand hin.

«Wir haben uns nie persönlich kennengelernt, Signora», sagte sie, «und wie sollten wir auch! Zwar haben wir beide teil am Leben der Universität, aber wir gehören dennoch verschiedenen Welten an. Ich bin schließlich nur ein bescheidenes Mitglied der Fakultät der schönen Künste und verbringe den Hauptteil meiner Zeit damit, alle möglichen Studenten durch den herzoglichen Palast zu führen. Hoffentlich geht es dem Präsidenten besser. Ich habe eben erst gehört, daß er wieder da ist.»

«Vielen Dank», sagte Signora Butali, «es geht ihm besser, aber er ist noch sehr erschöpft. Wir sind gestern abend angekommen.»

«... um ganz Ruffano in Aufruhr zu finden und obendrein auch noch von dem tödlichen Unfall jenes Studenten zu erfahren. Was für eine traurige Heimkehr! Es tut mir so schrecklich leid für Sie beide.»

Der Augenblick, um sich auf das Thema des Tages zu stürzen, war nicht gut gewählt. Signora Butali gefror. «Der Unfall war in der Tat tragisch», sagte sie, «aber von einem Aufruhr ist mir nichts bekannt und meinem Mann auch nicht.»

Carla Raspa wandte sich mit einem Lächeln zu mir. «Professor Butali und die Signora sind glücklich daran», bemerkte sie, «wir jedenfalls haben gestern abend eine höchst turbulente Szene mitansehen müssen. Aber vielleicht wird man den Fall auf der Sitzung ja noch zur Sprache bringen.» Damit schaute sie wieder Signora Butali an: «Der Bibliothekar Fossi, ein guter Freund von mir, erzählte mir, daß man sich um Viertel vor zwei in Ihrem Haus versammelt.»

Die Signora neigte den Kopf. Offenbar hielt sie jeden Kommentar für überflüssig. Verlegenes Schweigen machte sich breit. Jacopo, der noch eine Weile an der Tür herumgestanden hatte, verschwand und überließ mich meinem Schicksal und der Pflicht, die Initiative zu ergreifen. Ich schaute auf die Uhr.

«Vergessen Sie nicht, daß Ihr Nachbar auf den Wagen wartet!» erinnerte ich Carla Raspa.

«Es ist noch Zeit», erklärte sie, «ich habe versprochen, das Auto um halb drei zurückzubringen. Was für ein bezauberndes Zimmer!»

Sie verschlang Mobiliar und Dekor mit gierigen Augen und baute sich schließlich vor dem Porträt unseres Vaters auf.

«Ich vermute, dies ist Donati der Ältere», sagte sie. «So gut wie der Sohn sieht er nicht aus. Der verheerende Charme des Professors geht ihm ab. Diese Dinge müssen doch alle noch aus dem alten Haus stammen ... War die Adresse nicht Via dei Sogni Nummer 8? War es nicht dasselbe Haus, in dem Sie heute wohnen, Signora?»

Sie warf Signora Butali einen herausfordernden Blick zu.

Diese glich mehr denn je der «adeligen Dame» auf dem Gemälde im Palazzo Ducale, als sie wiederum, mit dem ganzen Hochmut der vornehmen Florentinerin, den Kopf neigte.

«Das ist richtig», antwortete sie, «wir fühlen uns dort sehr wohl.»

«Ich frage mich, ob Professor Donati das nicht stört», lächelte Carla Raspa.

«Er hat dergleichen nie zu verstehen gegeben», kam gelassen die Antwort.

Die Atmosphäre, die bereits denkbar kühl war, drohte vollends zu vereisen. Da sich die Signora, die vor uns gekommen und älter war als wir beide, nicht wieder setzte, standen wir alle. Aber auf die Dauer dachte meine Gefährtin nicht daran, die Regeln der Etikette zu respektieren. Sie hockte sich auf eine der Seitenlehnen des Sofas.

«Und wenn doch, hätte er es gewiß nicht direkt zu verstehen gegeben», sagte sie, während sie sich eine Zigarette ansteckte und das Päckchen Signora Butali hinhielt, die den Kopf schüttelte, «er hätte Sie mit magischen Tricks aus dem Haus herauszuzaubern versucht. Er hat hypnotisierende Augen. Finden Sie nicht, Armino?»

Das Lächeln, das sie mir schenkte, war genau kalkuliert, die Art, wie sie den Rauch ausstieß, provozierend. Vor dem Hintergrund der Beziehungen, die sie zwischen mir und Aldo vermutete, empfand sie die augenblickliche Situation zweifellos als höchst aufregend. Wahrscheinlich genoß sie sie sogar.

«Ich weiß, daß er dunkle Augen hat», sagte ich, «ob sie hypnotisierend sind, weiß ich nicht.»

«Seine Schauspieler finden das alle, Männlein wie Weiblein», fuhr Carla fort, indem sie aus einem Augenwinkel Signora Butali beobachtete, «sie sind ihm blindlings ergeben, ohne Ausnahme. Ich nehme an, daß sich jeder einzelne genau wie wir, die bescheideneren Angestellten der Universität, der Hoffnung hingibt, der Professor werde sich eines Tages ganz speziell für seine Person interessieren.»

Wieder entstand eine Pause. Dann sprach Carla entschlossen direkt die Signora an: «Wie schade, daß Sie sich in diesem Jahr nicht beteiligen! Unter der wundervollen Regie Professor Donatis haben Sie im letzten Jahr eine bildschöne Herzogin von Ruffano abgegeben.»

Die Signora begnügte sich damit, die Bemerkung zur Kenntnis zu nehmen, während ich zu spüren begann, daß sich der Ausdruck liebenswürdiger Aufmerksamkeit auf meinem Gesicht zur Maske verhärtete.

«Diesmal sind die Proben in einer Heimlichkeit vonstatten gegangen, wie nie zuvor», fuhr Carla Raspa fort, die die Lage inzwischen völlig beherrschte, «mit nächtelangen Konferenzen hinter verschlossenen Türen, zu denen keine Frau zugelassen wurde. Und selbst die öffentlichen Sitzungen konnte man nur auf Grund besonderer Eintrittskarten besuchen. Ich hatte das

Glück, daß mir der Direktor persönlich zwei zur Verfügung stellte, und nahm Armino mit. Glauben Sie mir, es war eine Offenbarung! Aber Sie selbst haben doch sicherlich wenigstens ein oder zwei Proben miterlebt?»

Signora Butali, die sich als Gastgeberin unter ihrem eigenen Dach so distanziert und selbstsicher gab, wirkte in diesem Haus, das nicht ihr gehörte, verletzlich und hilflos. Das verriet sich bis in ihre Haltung hinein. Sie mußte die Via dei Sogni in einem plötzlichen Impuls hinaufgelaufen sein, um meinen Bruder abzufangen, bevor er mit ihrem Mann zusammentraf. Sie hatte weder Handschuhe noch Handtasche bei sich. So stand sie mit ineinander verkrampften Händen da – abweisend, fluchtbereit, in Notwehr.

«Leider nein», antwortete sie, «es ließ sich nicht einrichten. Und in letzter Zeit war ich ja auch so viel in Rom», fügte sie sicherheitshalber hinzu.

Ich beobachtete, daß sie unauffällig auf ihre Uhr schaute. Dann sah sie bekümmert zu mir herüber, als wolle sie mich um Hilfe anflehen. Aber ich konnte nichts tun, ich konnte nur hoffen, daß Aldo bald zurückkam und die Dinge selbst in die Hand nahm. Ich hatte kein Recht, Carla Raspa hinauszuwerfen, und Signora Butali hatte es auch nicht.

Der Eindringling war sich seiner Macht bewußt. Es kümmerte Carla nicht einen Deut, daß sie in einen offenbar sehr privaten Besuch hineingeplatzt war.

Als sie den Blick auffing, den Signora Butali mir zuwarf, mißdeutete sie ihn als Feindseligkeit mir gegenüber.

«Professor Donati muß aufgehalten worden sein», sagte sie, «aber das macht Armino nichts aus. Er kann schließlich den ganzen Nachmittag hier warten, wenn er Lust dazu hat. Nicht wahr, Armino?»

«Ich stehe dem Professor zur Verfügung», sagte ich kurz.

«Dies hier ist eine der hübschesten Ecken von Ruffano», fuhr Carla fort und zündete sich eine zweite Zigarette an dem Rest der ersten an. «Kein Verkehr, keine Studentenhorden, keine Nachbarn, die auf der Lauer liegen, um darüber klatschen zu können, wer kommt und geht. Sie wohnen doch nur ein Stückchen weiter herunter, nicht wahr, Signora?»

«Ja.»

«Wie angenehm für Professor Donati, wenn er mit dem Präsidenten etwas zu besprechen hat. Aber natürlich. Sie sagten es ja, Sie waren in letzter Zeit so viel in Rom.» Carlas Tonfall hatte inzwischen einen ironischen Beigeschmack angenommen. Noch eine Anspielung auf die enge Nachbarschaft der beiden, und sie verstieg sich womöglich zu regelrechten Beleidigungen. Ich fragte mich, was in diesem Fall geschehen würde. Ob Signora Butali es wohl fertigbrachte, mit einer vernichtenden Replik zurückzuschlagen oder ob sie die andere Wange hinhielt?

«Wie schön für Ihre Musikschüler, daß Sie wenigstens zu den Wochenenden nach Ruffano zurückkehren konnten», redete Carla weiter, «ich habe zwei oder drei von ihnen in meinen Vorlesungen sitzen, und sie sprechen mit großer Dankbarkeit von Ihnen. Sie werden trotz Ihrer häufigen Abwesenheit sicher nicht allzu viele Klavierstunden versäumt haben.»

Es wurde Zeit, daß ich eingriff.

«Signora Butali pflegt ihre eigenen Wünsche stets vor denen anderer zurückzustellen», erklärte ich. «Letzte Woche nahm sie sich sogar die Zeit, mir ein Weilchen vorzuspielen.» Der Einwurf wirkte sich nicht günstig aus. Er steigerte nur Carlas Kampfeslust.

«Die Psychologen behaupten, daß Klavierspielen therapeutische Wirkungen hat», stellte sie fest. «So ein wilder Akkord setzt die Emotionen frei. Sind Sie auch dieser Meinung, Signora?»

Die Züge des Opfers strafften sich. «Es entspannt», antwortete sie.

«Ich fürchte, auf mich würde es kaum diese Wirkung haben», seufzte Carla, «obwohl ich mir zum Beispiel den Reiz eines Duetts durchaus vorstellen kann. Das muß sehr aufregend sein. Haben Sie je vierhändig gespielt, Signora?» Diesmal war der Ton unmißverständlich.

Wäre die gleiche Bemerkung Sonntag abend gefallen, als wir, Aldo, Livia und ich selbst, bei Kerzenlicht zu Abend aßen, hätte die Signora sie hingenommen als einen Verstoß im Rahmen des verliebten Geplänkels, an dem wir alle drei beteiligt waren. Damals hätte sie gelächelt und die Frage mit einer ebenso munteren Gegenfrage pariert. Heute lagen die Dinge anders. Heute handelte es sich um einen Ausfall Carlas, der die Stellung der Gegnerin in all ihrer Schwäche offenbaren sollte.

«Nein, Signorina», erwiderte sie, «das ist etwas für Kinder. Meine Schüler bereiten sich auf schwierige Examen vor, um sich eines Tages als Musiklehrer niederlassen zu können.»

Carla Raspa lächelte: Die Signora war ihr ausgeliefert. «Ich hätte gedacht», sagte sie unschuldsvoll, «daß die rein körperliche Nähe bei einem Duett, die Tatsache, daß man auf ein und demselben Instrument spielt, der Technik beider zugute kommen müßte, der des Lehrers wie der des Schülers. Aber da wissen Sie natürlich besser Bescheid.»

Schweigen – und diesmal zog sich die Pause bis zur Unerträglichkeit hin.

Ich versuchte es mit einer neuen Positur, indem ich mein Gewicht auf das linke Bein verlagerte und, Hände in den Taschen, leicht hin und her zu wippen begann.

«Wenn Sie wollen, Signora», sagte Carla Raspa plötzlich, «fahre ich Sie gern nach Hause. Vielleicht ist der Professor, in der Hoffnung, den Präsidenten vor den anderen sprechen zu können, direkt zu Ihnen gegangen.»

«Danke», erwiderte die Signora, «aber ich glaube kaum, daß der Professor das vorgehabt hat. Sonst hätte er angerufen.»

Was die Signora sagte, war einleuchtend; aber indem sie es sagte, gab sie sich preis. Sie war aus eigenem Antrieb und in eigener Sache zu Aldo gegangen – und hatte es zugegeben.

«Wie Sie wünschen», sagte Carla, «Sie kennen die Gepflogenheiten natürlich besser als unsereiner. Was meinen Sie, Armino?»

«Ich meine, daß Ihr Freund Walter inzwischen mit dem Essen fertig sein wird und sicher gern seinen Wagen zurückhätte», sagte ich.

In diesem Augenblick klappte die Haustür. Es war jemand gekommen. In der Diele hörte man Jacopo hastig flüstern. Dann folgte eine tadelnde Bemerkung, darauf unheilverkündende Stille. Signora Butali wurde blaß, und Carla Raspa drückte instinktiv ihre Zigarette aus. Die Tür öffnete sich. «Welch eine Ehre», sagte Aldo, und in seiner Stimme schwang etwas Drohendes mit, das seine Besucher daran erinnerte, daß er keinen von ihnen erwartet hatte. «Ich hoffe, Jacopo hat sich um Sie gekümmert. Oder haben Sie schon gegessen?»

Er wartete eine etwaige Antwort nicht ab, sondern ging auf die Signora zu und küßte ihr die Hand.

«Ich war gerade zu Ihnen unterwegs, Signora», sagte er, «aber da ich vor meinem Haus einen Wagen stehen sah, den ich nicht kannte, wollte ich schnell hineinschauen, um festzustellen, was los war.»

«Es ist mein Wagen», sagte Carla, «oder vielmehr – ich habe ihn für diese Fahrt ausgeborgt. Armino ist zum Mittagessen bei mir gewesen, und anschließend habe ich ihn hergebracht.»

«Wie rührend, Signorina», sagte Aldo, «die Hügel von Ruffano scheinen an die Beine eines Reiseleiters doch zu große Anforderungen zu stellen ...»

Dann wandte er sich mit der gleichen Lässigkeit an die Frau des Präsidenten.

«Was kann ich für Sie tun, Signora?» fragte er. «Das Treffen beim Präsidenten ist doch nicht abgesagt worden?»

Das lange Warten und das Gespräch zu dritt schienen Signora Butali alle Energie und auch jede Geistesgegenwart gekostet zu haben. Mir wurde plötzlich klar, daß sie Aldo seit ihrer Heimkehr nicht hatte anrufen können, oder nur in Gegenwart ihres Mannes, und daß dies seit Sonntag abend die erste Begegnung der beiden war. Ihre Augen suchten ihm eine Botschaft zu vermitteln. Man sah ihr an, wie verängstigt und gequält sie war.

«Nein», sagte sie, «das Treffen ist nicht abgesagt ...»

Tapfer suchte sie nach Worten, die die aufmerksam lauschende Carla Raspa nicht späterhin zu Universitätsklatsch würde ausmünzen können.

«Ich wollte Sie nur in einer ganz unwesentlichen Angelegenheit sprechen, Professor, wirklich ganz unwesentlich. Vielleicht paßt es ein anderes Mal besser.»

Sie log mitleiderregend schlecht. Wegen einer dermaßen unwesentlichen Angelegenheit würde sie nie und nimmer gewartet haben, sie wäre gegangen, sobald Carla Raspa und ich aufgetaucht waren. Aldo sah mich an. Er mußte sich fragen, warum ich denn nicht den Takt aufgebracht hatte, mich diskret zu verabschieden und Carla mitzunehmen, nachdem ich wußte, daß Signora Butali im Haus war.

«Sie werden sicher entschuldigen, Signorina ...», sagte er, indem er an mir vorbei die Ursache der ganzen Peinlichkeit ins Auge faßte. «Beo, bitte, bring doch etwas zu trinken und Zigaretten, ja? Signora, ich bin untröstlich, dürfte ich Sie bitten ...»

Er wies auf die Diele und das dahinter liegende Eßzimmer. Signora Butali murmelte ein abwesendes «Signorina» – ein bescheidener Tribut an die Höflichkeit.

Ich goß Carla einen Drink ein, den sie nicht verdient hatte.

«Sie haben sich schandbar benommen», erklärte ich ihr, «jetzt werden Sie ganz bestimmt nicht ins Haus Nummer 8 eingeladen werden.»

Sie stürzte ihren Drink hinunter und hielt mir ihr Glas wieder hin.

«Wie hat Donati Sie angeredet?» fragte sie mit runden Augen.

«Beo», sagte ich. «Das ist die Abkürzung für Il Beato, was, wie Sie wissen, soviel wie ‹der Glückliche› oder ‹der Gesegnete› heißt.»

Ihre Augen wurden noch größer. «Wie herzergreifend», murmelte sie. Dann fragte sie: «Weiß die edle Dame Bescheid?»

«Worüber?» fragte ich.

«Über Sie und Donati.»

Plötzlich ritt mich der Teufel. Der Lauf der Dinge hatte einen so kritischen Punkt erreicht, daß mir alles egal war.

«O ja», sagte ich. «Wir machen gar kein Hehl daraus, freilich nur ihr gegenüber nicht.»

«Sie setzen mich in Erstaunen», bekannte Carla Raspa.

Sie war so außer sich, daß sie aufsprang und ihren Drink verschüttete. Ich wischte den Fußboden auf.

«Aber sie ist doch verrückt nach ihm», erklärte sie. «Das sieht doch jedes Kind. Das liegt doch auf der Hand. Macht ihr diese Affäre denn gar nichts aus?»

«Nein», sagte ich, «warum auch?»

«Eine Frau wie sie! Die immer und überall die erste und einzige sein muß? Mein lieber Armino! Außer wenn ...» Immer neue Theorien schossen ihr durch den Kopf, immer neue Bilder bedrängten sie. «Livia Butali, Donati und Sie. Das ist doch nicht möglich ...» Ihr schien zu schwindeln. Ich nahm ihr das Glas ab und stellte es aufs Tablett.

«Nein», sagte sie, «ich gehe nicht, nachdem ich das weiß! Donati müßte mich schon mit Gewalt hinauswerfen. Wo sind sie? In seinem Schlafzimmer?»

Ich schaute auf die Uhr. «Wohl kaum», sagte ich, «es ist zehn vor zwei. Er kommt ohnehin zu spät.»

«Jetzt werden Sie mir gleich noch erzählen, daß der Präsident auch mit von der Partie ist», sagte sie.

Ich zuckte die Achseln. «Das dürfte, soviel ich weiß, nicht ausgeschlossen sein», antwortete ich.

Aus der Diele kam der Klang von Stimmen. Kurz darauf betrat Aldo das Zimmer.

«So, wer ist jetzt an der Reihe?» fragte er. «Ich ziehe es vor, meine Klienten einzeln abzufertigen.»

Bevor Carla den Mund aufmachen konnte, sagte ich schnell: «Die Polizei war in meiner Pension, und ich hielt es für das Klügste, mich in Carlas Wohnung zu flüchten ... Ich habe ihr schon erzählt, wieso und warum.»

«In der Bibliothek sind sie auch gewesen», sagte Aldo, «Fossi rief mich an. Das hat mich so lange aufgehalten.» Dann fügte er, an Carlas Adresse, hinzu: «Vielen Dank für das, was Sie getan haben. Dieser Junge hier könnte einige Schwierigkeiten bekommen. Für den Augenblick habe ich die Herren allerdings mattgesetzt, und hier bei mir ist er in Sicherheit.»

«Ich war froh, daß ich ihm helfen konnte», gab sie freimütig zu, «besonders als ich eine Chance darin sah, Sie endlich einmal zu Hause aufzusuchen. Ich habe es oft genug probiert. Ich war schon mindestens dreimal hier.»

«Was für ein Pech!» murmelte Aldo. «Ich muß wohl beschäftigt gewesen sein.»

«Ja, Sie waren beschäftigt», sagte sie und schaute mich an, «mit ihm.»

Sie griff nach ihrer Tasche und schickte sich an zu gehen. Dabei verkündete sie in dem Bestreben, sich als Mitwisserin unserer vermeintlichen Beziehungen wichtig zu machen, mit Nachdruck: «Ich hatte ja keine Ahnung, daß Sie mit Armino so eng befreundet sind, Professor.» Aber ihr letztes Geschoß, mit dem sie uns gründlich in Verlegenheit zu bringen gedachte, landete weit vom Ziel.

«Das ist nur natürlich», sagte Aldo kurz, «er ist mein Bruder. Wir hatten uns wechselseitig für tot gehalten und uns mehr als zwanzig Jahre nicht mehr gesehen, bis zum letzten Sonntag.»

Die Wirkung seiner Worte war verblüffend. Carla Raspa, die die Möglichkeit, daß ich ein Mörder sein könnte, ohne Wimpernzucken zur Kenntnis genommen hatte, wurde dunkelrot. Es war, als hätte Aldo sie ins Gesicht geschlagen.

«Das wußte ich nicht», sagte sie. «Das habe ich nicht begriffen. Armino hat auch nie etwas davon gesagt.» Sie schaute fassungslos von einem zum andern.

Dann brach sie zu meinem maßlosen Erstaunen in Tränen aus.

«Meine beiden Brüder sind gefallen», sagte sie. «Sie waren viel älter als ich. Aber ich hing sehr an ihnen. Verzeihen Sie mir.»

Sie stolperte auf die Tür zu, aber Aldo faßte sie beim Arm, schwenkte sie herum und schaute ihr ins Gesicht.

«Wie einsam sind Sie eigentlich?» fragte er.

«Einsam?» wiederholte sie hilflos. Die Tränen hatten ihre Wimperntusche zum Zerlaufen gebracht, und nachdem die Röte aus ihren Wangen gewichen war, sah man die Blässe unter ihrem Make-up. «Habe ich je behauptet, daß ich einsam bin?»

«Das brauchen Sie nicht erst zu behaupten», antwortete er grob. «Das proklamieren Sie, sooft Sie sich mit einem anderen Mann einlassen.»

Ich war völlig perplex über die Roheit meines Bruders. In ihrem Zusammenbruch hatte sich Carla auf ihre Art als genauso schwach und verletzlich erwiesen, wie es Signora Butali war. Warum ließ Aldo sie nicht in Frieden ihrer Wege gehen?

Als sie seinen Blick erwiderte, fiel auf wunderbare Weise alles von ihr ab, was sonst ihr Wesen auszumachen schien: die ganze Fassade von Angeberei und Frechheit.

«Mein Körper ist alles, was ich zu geben habe», sagte sie, «sonst habe ich nichts.»

«Und was ist mit Ihrem Leben?» fragte er. «Haben Sie nicht das noch zu verlieren?» Er ließ ihren Arm fallen, während sie fortfuhr, ihn anzustarren. Inzwischen hatte die verlaufende Wimperntusche beide Augen völlig verschmiert.

«Für Sie würde ich es mit Freuden geben, wenn Sie es von mir verlangten», sagte sie.

Aldo lächelte und bückte sich nach der Handtasche, die ihren zitternden Händen entglitten war.

«Das ist das einzige, was zählt», sagte er.

Er gab ihr die Tasche zurück und klopfte ihr auf die Schulter. Dann wischte er mit dem Finger über ihre Wange und zeigte ihr lächelnd die schwarzen Spuren. Sie lächelte zurück und begann, mit ihrem Taschentuch an der Schminke herumzutupfen.

«Vielleicht werde ich morgen, während des Festivals, Ihr Leben von Ihnen fordern», sagte er. «Vergessen Sie nicht, daß Sie es mir versprochen haben. Es könnte sein, daß ich Sie im Palazzo Ducale brauche. Man wird Sie noch heute abend übers Telefon informieren.»

«Ich werde alles tun, was Sie wollen, jetzt und immer», sagte sie.

Er dirigierte sie zur Tür. «Eines ist sicher», sagte er, «wenn Sie den Wunsch haben zu sterben, werden Sie nicht allein zu sterben brauchen.»

Während sie schon aus der Tür ging, schaute sie über die Schulter noch einmal zu mir zurück.

«Sehen wir uns wieder, Armino?» fragte sie.

«Ich weiß es nicht», erwiderte ich, «einstweilen vielen Dank für die Zuflucht.»

Sie blickte fragend zu Aldo auf. Aber er gab ihr keine Aufklärung über meine Zukunftsaussichten. Während sie das Haus durch den Doppeleingang verließ, schlug die Glocke von San Donato mit ihrem hohen, dünnen Klang die zweite Stunde.

«Ich muß gehen», sagte Aldo. «Vorhin habe ich übrigens Cesare angerufen und ihm gesagt, daß du hier bist. Er und Giorgio haben dich den ganzen Morgen gesucht.»

Aldo war plötzlich nicht mehr ansprechbar. Ob das an dem Ärger lag, den ich ihm gemacht hatte, oder an etwas anderem, wußte ich nicht zu sagen. Es war, als wollte er um keinen Preis mit mir allein sein.

«Wenn Cesare kommt, tu bitte alles, was er anordnet. Ich wünsche das», sagte er. «Verstanden?»

«Nein», erwiderte ich, «noch nicht. Aber vielleicht werde ich verstehen, wenn Cesare kommt.» Dann fügte ich zögernd hinzu: «Ich weiß nicht, ob dir die Signora erzählt hat, daß ich heute morgen bei ihr war.»

«Nein», sagte er, «davon hat sie nichts gesagt.»

«Ich habe auch den Präsidenten kennengelernt», fuhr ich fort, «und als die Signora für eine Weile aus dem Zimmer ging, unterhielten wir uns ein paar Minuten unter vier Augen. Bei dieser Gelegenheit erwähnte er – ich will dich mit den Einzelheiten jetzt nicht behelligen –, daß er im Krankenhaus in Rom mehrfach anonym angerufen worden ist. Von einer Frau. Und es ging um dich.»

«Ich danke dir», sagte Aldo. Seine Stimme war ruhig, sein Gesichtsausdruck unverändert.

«Ich dachte mir», sagte ich beklommen, «daß ich dich darauf aufmerksam machen müßte.»

«Ich danke dir», sagte er noch einmal.

Während er sich zur Tür wandte, fügte ich hinzu: «Entschuldige bitte die Szene von eben, Aldo, dieses unglückselige Zusammentreffen zwischen Carla Raspa und der Signora.»

«Warum unglückselig?» fragte er, die Hand auf der Klinke. Ich machte eine vage Handbewegung. «Die beiden sind so verschieden», sagte ich, «es gibt gar keine Verständigungsmöglichkeiten ...»

Er schaute mich an. Sein Blick war hart und undeutbar.

«Da irrst du», sagte er. «Sie wollten beide nur ein und dasselbe. Nur daß Carla Raspa ehrlicher war.»

Die Haustür fiel ins Schloß, und nun, da Aldo nicht mehr bei mir war, packte mich die Angst.

20

Ich wollte nicht allein sein und fahndete nach Jacopo, der im Begriff war, sich in seine Klause zurückzuziehen.

«Kann ich mit zu Ihnen kommen?» fragte ich beklommen.

Er sah mich überrascht an, machte dann aber sichtlich erfreut eine einladende Handbewegung. «Aber selbstverständlich, Signor Beo», sagte er. «Ich wollte gerade Silber putzen. Wenn Sie Lust haben, mir Gesellschaft zu leisten . . .»

Wir gingen in seine Wohnung hinüber, und er führte mich in seine Küche, eine Wohnküche, deren Fenster auf die Via dei Sogni blickten. Es war ein freundlicher, behaglicher Raum. Ein Kanarienvogel sang in seinem Käfig unermüdlich zu den Melodien, die ein Transistor produzierte. Jacopo schaltete das Gerät ab, offenbar aus Ehrerbietung dem Besucher gegenüber. An den Wänden hingen Flugzeugbilder, die aus Zeitschriften ausgeschnitten und gerahmt worden waren. Alles mögliche Silberzeug – Messer, Gabeln, Löffel, Platten, Schüsseln – stand auf dem Küchentisch, teils noch mit einer rosa Paste bedeckt.

Die meisten der Stücke waren mir wohlbekannt. Ich nahm einen kleinen runden Suppennapf zur Hand und lächelte. «Das ist meiner», sagte ich, «es war ein Weihnachtsgeschenk, und Marta wollte nie erlauben, daß ich ihn benutzte. Sie sagte, er sei zu schade für ‹pasta›.»

«Der Kommandant benutzt ihn beim Frühstück immer als Zuckerschale», sagte Jacopo. «Seine eigene ist zu groß.» Er zeigte mir eine Dose, die noch nicht geputzt war.

«Die kenne ich auch», sagte ich, «sie stand im Eßzimmer. Meine Mutter pflegte Blumen hineinzustellen.»

Beide Gefäße, Aldos und meins, waren mit den gleichen Initialen geschmückt: A. D.

«Der Kommandant ist sehr eigen mit all diesen Sachen von früher», sagte Jacopo. «Wenn etwas abhanden kommt oder entzweigeht, was nicht oft passiert, wird er ärgerlich. Er würde sich nie von etwas trennen, das aus den alten Tagen stammt, aus seinem Vaterhaus.»

Ich stellte den Napf wieder auf den Tisch, und Jacopo machte sich daran, das Gefäß zu säubern.

«Merkwürdig, daß er so geworden ist», sagte ich, «daß er so auf Tradition hält.»

«Merkwürdig?» wiederholte Jacopo erstaunt. «Das ist doch nicht merkwürdig, Signor Beo! So war er immer, solange ich ihn kenne.»

«Mag sein», erwiderte ich. «Aber als Junge gab er sich sehr rebellisch.»

«Ach, Jungens ...» Jacopo zuckte die Achseln. «Als Jungens waren wir alle anders als heute. Der Kommandant wird im November vierzig.»

«Ja», sagte ich.

Der Kanarienvogel begann wieder zu singen, kunstlos und selig.

«Ich mache mir Sorgen um meinen Bruder», sagte ich.

«Das brauchen Sie nicht», antwortete er kurz. «Der Kommandant weiß immer, woran er ist.»

Ich nahm einen der Lederlappen und begann meinen kleinen Napf zu polieren. «Hat er sich in den letzten Jahren nicht irgendwie verändert?» fragte ich.

Der Exfeldwebel runzelte, in seine Arbeit vertieft, die Stirn. Er überlegte.

«Er ist vielleicht nachdenklicher geworden», sagte er nach einer Weile, «und er hat seine Stimmungen, genau wie ich meine habe. Man stört ihn besser nicht, wenn er da drüben sitzt und grübelt.»

«Worüber grübelt er denn?» fragte ich.

«Wenn ich das wüßte, würde ich nicht hier in der Küche stehen und Silber putzen», antwortete Jacopo. «Dann würde ich wie er im Kunstrat sitzen und andere kommandieren.»

Ich lachte und ließ es dabei. Jacopo hatte sich eine gewisse grobgestrickte Weisheit zugelegt.

«Wir passen gut zusammen, der Kommandant und ich», sagte er. «Wir verstehen uns, und ich habe nie versucht, meine Nase in seine Angelegenheiten zu stecken, so wie Marta ...»

«Marta?» fragte ich überrascht.

«Es war ja nicht nur das Trinken, Signor Beo. Sie wurde mit der Zeit immer aufdringlicher. Das hing sicher mit ihrem Alter zusammen. Sie wollte alles wissen. Was der Kommandant gerade machte, wohin er ging, mit wem er befreundet war, was er für Pläne hatte. Ja, so war das, und es kam noch manches andere hinzu. Ich habe später zu Ihrem Bruder gesagt: ‹Wenn ich einmal ähnlich werden sollte, werfen Sie mich auf der Stelle hinaus. Ich werde dann schon wissen, warum Sie das tun.› Er hat es mir versprochen. Aber er braucht sich keine Gedanken zu machen. Ich werde mich hüten ...»

Mein Schüsselchen war geputzt. Die Initialen A. D. blitzten nur so. Jacopo gab mir Aldos Napf, und ich begann auch diesen zu polieren.

«Und was ist geschehen?» fragte ich. «Hat er sie einfach vor die Tür gesetzt?»

«Ja», antwortete Jacopo. «Im letzten November, kurz nach seinem Geburtstag.»

Ich sah ihn verblüfft an. Erst vor fünf Monaten? Ich war der Meinung gewesen, das alles läge viel länger zurück.

«Der Kommandant hatte zu einer kleinen Feier eingeladen», sagte Jacopo, «ich nehme an, er wäre nicht böse, wenn er wüßte, daß ich Ihnen das erzähle. Es waren ein paar Studenten da und eine Dame, um die Hausfrau zu spielen, Signora Butali», er zögerte einen Augenblick und fügte dann hinzu, wohl in der Annahme, daß seine Bemerkung die Anwesenheit der Dame schicklicher erscheinen ließ: «Der Präsident war damals gerade auf einem Kongreß in Padua ... Marta kochte, ich servierte, und der Abend war ein großer Erfolg. Die Studenten hatten ihre Gitarren mitgebracht, und sie sangen auch. Die Signora blieb noch ein wenig, nachdem sie gegangen waren, und später brachte der Kommandant sie nach Hause. Marta hatte zuviel getrunken. Sie wollte nicht zu Bett gehen, sondern bestand darauf, die Rückkehr des Kommandanten abzuwarten. Was dann geschah, weiß ich nicht. Ich hatte mich schlafen gelegt. Es kam wohl zu einem heftigen Streit zwischen Marta und dem Kommandanten, und am nächsten Morgen packte sie ihre Sachen und zog zu den Ghigis.»

«Und Aldo?» fragte ich.

«Es hat ihn schrecklich aufgeregt», gab Jacopo zu. «Er nahm den Wagen und blieb ungefähr fünf Tage weg. Er sagte, er führe ans Meer, aber was weiß ich ... Als er zurückkam, erklärte er kurz und bündig, daß er über die Sache mit Marta nicht zu sprechen wünsche. Und damit war der Fall erledigt. Aber die Ghigis haben mir erzählt, daß er weiter für sie sorgte und Kost und Miete bezahlte. Marta hat den beiden nie Einzelheiten erzählt; auch nicht, wenn sie betrunken war, und das war sie seit ihrem Weggehen die meiste Zeit. Sie schwieg sich aus über das, was geschehen war, und sie erwähnte nicht einmal den Namen des Kommandanten. Aber wissen Sie, was es war, Signor Beo? Ich weiß: Es war die Eifersucht, nicht mehr und nicht weniger als ganz gewöhnliche Eifersucht. So sind die Frauen nun einmal ...»

Ich hielt Aldos Napf ans Licht. Hinter den verschnörkelten Initialen erblickte ich mein Spiegelbild.

Was sie wohl in Nummer 8 bereden mochten? Ob der Präsident, falls er nach der Verabschiedung der Fakultätsleiter noch mit meinem Bruder unter vier Augen sprach, wohl – zufällig oder bewußt – das Thema der anonymen Telefonanrufe anschneiden würde? Und dann, mit einemmal, war mir alles klar. Die Frau, die angerufen hatte, war Marta gewesen. Deshalb hatte sie sich nach Rom aufgemacht. Marta hatte Wochen und Monate vor sich hin gebrütet, nachdem Aldo sie in der Nacht des Geburtstagsdinners entlassen hatte. Und sie hatte vielleicht geahnt, daß Aldos Beziehungen zur Signora noch enger geworden waren, daß sich die beiden noch öfter sahen, daß Aldo womöglich Livias Geliebter geworden war, seit der Präsident in Rom im Krankenhaus lag.

Marta fühlte sich zurückgestoßen mit all ihrer Liebe und Treue. Marta hatte durch ihr übermäßiges Trinken jeden Halt verloren. Marta wollte sich an Aldo rächen, indem sie ihn an den Präsidenten verriet.

Ich setzte den Silbernapf auf den Tisch und stellte mich, unter dem Vogelbauer, vors Fenster. Die Anrufe waren seit mehr als einer Woche ausgeblieben, hatte mir der Präsident gesagt. Sie hatten aus gutem Grunde aufgehört. Die Anruferin war tot, und, zum erstenmal war ich froh, daß sie tot war.

Die Marta, die in Rom gestorben war, hatte nichts mit der Marta zu tun, die in meiner Erinnerung lebte. Durch den Alkohol war ihr warmes, gesundes Blut vergiftet worden. Und wie ein krankes Tier hatte sie, kurz vor ihrem Ende, ihren Herrn in die Hand gebissen. Jene letzte Reise nach Rom war eine Reise in einen Tod gewesen, der schon auf sie gewartet hatte.

In gewissem Sinn war ihr Tod eine Sühne. Die Verleumderin war zum Schweigen gebracht worden, die Schlange war gestorben an ihrem eigenen Gift... Warum mußte ich plötzlich an die verrückten Maximen des Falken denken, die der deutsche Gelehrte in seinem Buch über die «Geschichte der Herzöge von Ruffano» zitierte?

Die Stolzen sollten nackt dastehen, die Hochmütigen vergewaltigt, die Verleumder zum Schweigen gebracht werden...

Mit einem letzten leidenschaftlichen Triller brach der Kanarienvogel seine Arie ab.

«Jacopo», sagte ich langsam, «wann war mein Bruder das letztemal in Rom?»

Jacopo stellte das frisch geputzte Silber gerade auf ein Tablett, um es in Aldos Wohnung herüberzutragen.

«In Rom, Signor Beo?» Er überlegte. «Lassen Sie mich nachrechnen... Ja, vorletzten Sonntag. Kommenden Sonntag, also Palmsonntag, ist es genau zwei Wochen her. Er fuhr am Freitag los. Er wollte sich irgendwelche Manuskripte in der Vatikanischen Bibliothek ansehen. Dienstag nacht fuhr er zurück. Er fährt gern die Nacht durch. Mittwoch früh war er genau zum Frühstück wieder hier.»

Damit machte sich Jacopo mit seinem Tablett auf den Weg zu Aldos Wohnung. Die Türen ließ er offen.

Ich setzte mich auf einen Küchenstuhl und starrte vor mich hin. Es war denkbar, daß Aldo Marta getötet hatte. Er konnte genauso wie wir in unserem Autobus an der Kirche vorbeigekommen sein und die zusammengekauerte Gestalt unter dem Portal erkannt haben. Er konnte ausgestiegen sein und sie angesprochen haben. Sie mochte ihm vielleicht, betrunken und verzweifelt, wie sie war, gestanden haben, was sie versucht hatte, ihm anzutun. Er konnte sie getötet haben. Das Messer fiel mir ein, das gestern abend im Palazzo Ducale unversehens aus seinem Ärmel geglitten war und mit dem er die Fesseln des Studenten Marelli durchschnitten hatte. Ja, Aldo konnte Martas Mörder sein.

Unter dem Küchenfenster hörte ich Schritte. Sie zögerten vor dem Doppeleingang und strebten auf Jacopos Tür zu.

«Armino?» fragte eine junge Stimme von der Schwelle her. Es war der Student Cesare. Er trug meinen hellen Mantel und hatte meinen Koffer in der Hand.

«Ich bringe Ihre Sachen aus der Pension», erklärte er. «Giorgio und Domenico haben Signora Silvana im Wohnzimmer festgehalten und sie zum Schein um einen Beitrag für den Universitätsfonds angebettelt. Sie hatte keine Ahnung, daß ich inzwischen nach oben ging und Ihr Zeug zusammenpackte, was keine fünf Minuten dauerte. Ich bin gekommen, um Sie aus der Stadt herauszubringen.»

Ich sah ihn stumpfsinnig an. Ich begriff den Sinn seiner Worte nicht. Warum sollte ich aus Ruffano heraus? Ich war völlig benommen von den Überlegungen, die ich in den letzten Minuten angestellt hatte.

«Tut mir leid», sagte Cesare, «aber Aldo will es so. Er hat heute morgen alles arrangiert. Wenn wir Sie eher gefunden hätten, wären Sie schon weg.»

«Ich denke, ich sollte die Rolle des Falken übernehmen?» sagte ich.

«Davon ist jetzt nicht mehr die Rede», antwortete er. «Ich habe Order, Sie nach Fano zu fahren und Sie dort an Bord eines Fischerbootes zu bringen. Die Sache ist fest abgesprochen. Irgendwelche Gründe hat Aldo nicht genannt.»

Mein Bruder hatte schnell gearbeitet. Ob er schon gestern abend, nach unserem abrupten Abschied, zu seinem Entschluß gekommen war oder erst später, ahnte ich nicht, und Cesare offenbar auch nicht. Vielleicht war das auch nicht wichtig. Vielleicht war gar nichts mehr wichtig. Außer der Erkenntnis, daß Aldo mich los sein wollte.

«Gut», sagte ich, «ich bin fertig.»

Ich stand auf, und er reichte mir Hut und Mantel. Während ich ihm nach draußen folgte, kam Jacopo mit dem leeren Tablett durch den Doppeleingang. Er nickte Cesare zu.

«Ich muß weg, Jacopo», sagte ich. «Habe eben Befehl bekommen.»

Jacopos Gesicht war undurchdringlich.

«Sie werden uns fehlen, Signor Beo», sagte er.

Ich schüttelte ihm die Hand, und er verschwand in seinem Bau.

Der Ferrari war in der Via dei Sogni geparkt. Cesare öffnete den Schlag und warf den Koffer in den Fond. Dann schob ich mich auf den Beifahrersitz, während Cesare das Lenkrad übernahm. An der Kirche San Donati vorbei fuhr er über die Via delle Mura aus der Stadt hinaus in Richtung Fano.

Zum zweitenmal in zwanzig Jahren mußte ich meine Heimatstadt verlassen. Zwar schwenkte ich nicht wie damals eine feindliche Flagge, zwar fütterte meine Mutter ihren Eroberer diesmal nicht mit Trauben, während ich aus dem Fenster starrte – aber ein Flüchtling war ich wie damals. Ich lief davon vor einem Verbrechen, das ich nicht begangen hatte, und vielleicht lief ich – das wußte nur der Himmel – in Stellvertretung meines Bruders Aldo davon.

Je mehr wir uns Fano näherten, um so stärker überkamen mich Mutlosigkeit, Empörung und das Gefühl, ganz und gar verlassen zu sein.

«Cesare», fragte ich, «warum folgen Sie Aldo? Warum glauben Sie an ihn?»

«Es gibt sonst niemanden, dem wir folgen könnten», sagte Cesare, «Giorgio, Romano, Domenico, ich und die anderen. Er spricht eine Sprache, die wir verstehen. Das hat vor ihm niemand geschafft. Wir waren Waisen, und er hat uns gesucht und gefunden.»

«Wie hat er euch gefunden?»

«Er hat mit Hilfe seiner alten Kameraden, die Partisanen waren, überall Erkundigungen eingezogen. Dann sorgte er dafür, daß wir durch den Universitätsrat Stipendien bekamen. Nicht nur wir, auch andere, die vor uns da waren und inzwischen Examen gemacht haben. Auch sie haben ihm alles zu verdanken.»

Ich wußte: Mein Bruder hatte es für mich getan. Er hatte es getan, weil er mich tot glaubte. Nun, da er erfahren hatte, daß ich am Leben war, schickte er mich fort.

»Aber wenn er so viele Jahre lang für die Universität gearbeitet und sich für Studenten eingesetzt hat wie euch, die ihr

Studium allein nicht finanzieren konnten», fragte ich weiter, «warum will er jetzt alles wieder zerstören, indem er eine Fakultät gegen die andere aufhetzt und diese raffinierten Streiche inszeniert, deren letzter, gestern nacht, mit Marellis Tod endete?»

«Streiche nennen Sie das?» sagte Cesare. «Wir sprechen nicht von Streichen, und Professor Elia oder Professor Rizzio würden das auch nicht tun. Sie haben Bescheidenheit gelernt. Und was Marelli betrifft, so ist er nur daran gestorben, daß er den Kopf verloren hat. Wer versucht, sein Leben zu gewinnen, der wird es verlieren.»

«Ja», sagte ich, «so ähnlich steht es in der Bibel, aber damit ist etwas anderes gemeint.»

«Tatsächlich?» sagte Cesare. «Wir finden das nicht und Aldo auch nicht.»

Wir näherten uns dem Stadtrand von Fano. Gleichgültige Häuser, trist und unpersönlich wie Keksbüchsen, machten sich in der Landschaft breit. Ich war erfüllt von Verzweiflung.

«Wo bringen Sie mich hin?» fragte ich.

«Zum Hafen», antwortete er, «zu einem Fischer, einem früheren Partisanen. Er heißt Marco. Sie gehen an Bord seines Bootes, und er wird Sie, in einem Tag oder so, weiter oben an der Küste an Land setzen, vielleicht in Venedig. Sie brauchen sich den Kopf nicht zu zerbrechen. Er wartet noch auf nähere Instruktionen von Aldo.»

Diese Instruktionen, sagte ich mir, hingen sicher davon ab, was bei der Polizei durchsickerte. Ob sich eine gewisse Fährte verwischt hatte ... Ob ein Reiseleiter namens Armino Fabbio erfolgreich spurlos verschwunden war ...

Die runde Bucht lag blau und ruhig da, und der große Strand, weiß wie das Innere einer Austernmuschel, war schon mit den Silhouetten früher Touristen gesprenkelt. Die Badehütten wurden, Reihe um Reihe, neu gestrichen für die Saison. Es war nur noch eine Woche bis Ostern. Die weiche, feuchte Luft roch penetrant nach Meer.

Rechts war der Kanal. «Wir sind da», sagte Cesare.

Er fuhr bei einem Café am Wasser vor, nahe der Stelle, wo die Fischerboote verankert lagen. An einem Tisch saß ein Mann in verschossenen Jeans, dunkelbraun gebrannt von Sonne und See. Er hatte einen Drink vor sich stehen und rauchte eine Zigarette. Als er den Ferrari erblickte, sprang er auf und kam zu uns herüber. Wir stiegen aus, und Cesare reichte mir Mantel, Hut und Koffer.

«Dies ist Armino», stellte er vor, «der Kommandant läßt schön grüßen.»

Der Fischer Marco streckte mir eine riesige Hand entgegen und schüttelte die meine.

«Sehr herzlich willkommen», sagte er, «ich freue mich, daß Sie zu mir aufs Boot kommen. Würden Sie mir bitte Ihren Mantel und Ihren Koffer geben. Wir wollen gleich los. Ich habe nur auf Sie und auf meinen Maschinisten gewartet. Lassen Sie uns inzwischen noch einen trinken!»

Nie zuvor, nicht einmal als Kind, hatte ich mich so vollkommen einem Schicksal ausgeliefert gefühlt, auf das ich selbst ohne jeden Einfluß war. Ich kam mir vor wie ein Gepäckstück, das auf den Kai geworfen wird, bis es ein Kran in den Laderaum eines Schiffes schleudert. Ich glaube, ich tat Cesare leid.

«Sie werden sich besser fühlen, sobald Sie erst auf See sind», sagte er. «Möchten Sie Aldo noch etwas bestellen?»

Was sollte ich Aldo bestellen, außer dem, was er ohnehin wußte, daß ich nämlich das, was ich tat, für ihn tat.

«Bestellen Sie ihm», sagte ich, «daß, noch bevor die Stolzen nackt dastanden und die Hochmütigen vergewaltigt waren, die Verleumderin zum Schweigen gebracht wurde und starb an ihrem eigenen Gift.»

Meine Worte sagten Cesare nichts. Es war sein Gefährte gewesen, Frederico, der sich mit der Geschichte des deutschen Gelehrten befaßt hatte.

«Auf Wiedersehen», sagte Cesare, «und alles Gute!»

Er kletterte wieder in den Wagen und war im nächsten Augenblick verschwunden.

Der Fischer Marco musterte mich neugierig.

«Sie sind also der jüngere Bruder des Kommandanten?» fragte er. «Sie ähneln ihm kein bißchen.»

«Leider nicht», erwiderte ich.

«Er ist ein großartiger Mann», fuhr Marco fort. «Wir kämpften zusammen in den Hügeln gegen den gleichen Feind, und wir kamen beide davon. Und wenn er heute von seinem Kunstrummel genug hat und Abwechslung braucht, setzt er sich mit mir in Verbindung und kommt mit auf See.» Er lächelte und bot mir eine Zigarette an.

«Der Seewind bläst allen Staub weg», sagte er, «und alle Sorgen und allen Ärger des Lebens in der Stadt. Sie werden das auch noch feststellen. Als Ihr Bruder im letzten November herkam, sah er aus wie ein schwerkranker Mann. Fünf Tage draußen – und er war wieder auf Deck.»

Der Kellner brachte mein Bier, und ich prostete Marco zu.

«War das kurz nach seinem Geburtstag?» fragte ich.

«Geburtstag? Von Geburtstag hat er nichts gesagt. Es muß etwa in der dritten Novemberwoche gewesen sein. ‹Ich habe einen Schock bekommen, Marco›, sagte er zu mir. ‹Stell mir bitte keine Fragen. Ich bin gekommen, weil ich die Geschichte vergessen will.› Rein gesundheitlich fehlte ihm übrigens gar nichts. Er war genauso in Form wie früher und arbeitete mit der Mannschaft um die Wette. Ihm muß irgend etwas auf der Seele gelegen haben. Vielleicht war eine Frau im Spiel.» Er hob sein Glas und prostete zurück. «Auf Ihre Gesundheit», sagte er, «und daß auch Sie Ihren Kummer auf See vergessen!»

Ich trank einen Schluck Bier und dachte über Marcos Worte nach. Es war klar, daß Aldo ihn gleich nach der Geburtstagsfeier und dem Streit mit Marta aufgesucht hatte. Sie mußte ihn, betrunken wie sie laut Jacopo gewesen war, fürchterlich beschimpft und beleidigt haben. Wahrscheinlich hatte sie ihm, da sie wie die meisten Menschen bäuerlicher Herkunft tief religiös war und sich an einen festen Moralkodex gebunden fühlte, vorgeworfen, daß er eine Affäre mit einer verheirateten Frau angefangen hatte, und noch dazu mit der Frau des Präsidenten. Die Auseinandersetzung mußte meinen Bruder so aufgebracht haben, daß er Marta aus dem Hause wies. Aber warum hatte er daraufhin einen «Schock» erlitten?

Ich hörte Schritte, und dann stand ein Mann vor mir. Er war untersetzt, grauhaarig und tiefer gebräunt als Marco.

«Dies ist Franco», erklärte Marco, «mein Kumpel und zugleich mein Maschinist.»

Franco streckte mir eine Hand hin, die behaart war wie eine Affenklaue und ganz beschmiert mit Maschinenöl.

«Wir haben noch zwei Stunden zu tun», teilte er dem Schiffer mit. «Ich hielt es für besser, dir Bescheid zu sagen, daß wir erst entsprechend später segeln können.»

Marco fluchte und spuckte aus. Dann wendete er sich mit einem Achselzucken zu mir: «Ich habe Ihrem Bruder zugesagt, daß wir am frühen Nachmittag auf See sein würden. Aber das war heute morgen, als er mich anrief. Anschließend konnte man Sie dann wohl zunächst nicht finden. Und jetzt muß uns der Motor Schwierigkeiten machen! Jetzt können wir von Glück sagen, wenn wir gegen fünf hier wegkommen.»

Er stand auf und zeigte auf die Boote, die im Kanal vor Anker lagen.

«Sehen Sie das blaue Boot dort drüben, das mit dem gelben Mast und der Achterkajüte?» fragte er. «Das ist unser Kahn, die ‹Garibaldi›. Franco und ich nehmen Ihren Mantel und den Koffer mit an Bord. Sie können dann später nachkommen. So ungefähr in einer Stunde. Ist Ihnen das recht, oder wollen Sie lieber gleich mit?»

«Nein», sagte ich, «nein. Ich bleibe hier sitzen.»

Sie gingen das Kanalufer hinunter, und ich wartete im Café, bis sie an Bord geklettert waren. Das Quartier, das man mir für die nächsten Tage zugedacht hatte, lockte mich ganz und gar nicht. Marco hatte schon recht, wenn er sagte, daß ich mit meinem Bruder keine Ähnlichkeit hatte. Ich war ein routinierter Reisender zu Lande, aber nicht zur See. Ich hatte mich einmal vor all meinen Touristen blamiert, indem ich im Golf von Neapel seekrank wurde, und die flache ölige Dünung der Adria wirkte nicht weniger abstoßend auf mich als der tückische Golf. Langsam trank ich mein Bier aus. Der Tag hatte den toten Punkt erreicht. Ob die Sitzung in der Via dei Sogni inzwischen wohl vorüber war?

Schließlich stand ich auf und schlenderte ziellos am Kanal entlang. Aber anstatt direkt auf das Boot zuzusteuern, bog ich links ab und wanderte zum Strand hinunter.

Die Sonnenanbeter hatten sich trotz der frühen Jahreszeit bereits weitgehend entkleidet und lagen mit nacktem Oberkörper im Sand. Vornan im Wasser paddelten kreischende Kinder herum. Die Badehütten standen, frisch gestrichen und klebrig, in Reih und Glied, und davor spreizten sich, grellrot und orangefarben, die Sonnenschirme und überdachten den blendendweißen Strand. Ich war völlig verzagt und außerstande, meiner Niedergeschlagenheit Herr zu werden. Indessen trottete eine Schar von Kindern in grauen Uniformen und mit kurzgeschorenen Köpfen – beaufsichtigt von einer Nonne – den Strand hinunter aufs Meer zu. Sie zeigten auf die Wasserfläche, und ihre kleinen Gesichter leuchteten auf in entzücktem Staunen. Dann liefen sie zu der Nonne hin und bettelten um die Erlaubnis, die Schuhe auszuziehen. Sie gab die Erlaubnis. Sie schaute freundlich durch ihre goldrandigen Brillengläser.

«Langsam, Kinderchen ... langsam», sagte sie, und während sie sich bückte, um die kleinen Schuhe um sich zu versammeln, blähten sich ihre Röcke wie ein Ballon. Die Kinder liefen erlöst mit erhobenen Armen ans Meer.

«Die sind wenigstens glücklich», sagte ich.

«Ihre erste Fahrt ans Meer», antwortete die Nonne. «Sie kommen alle aus Waisenhäusern im Binnenland und bleiben über Ostern in einem Lager hier in Fano. Wir haben noch ein zweites Lager in Ancona.»

Die Kinder waren bis über die Knie im Wasser, jubelnd und sich gegenseitig bespritzend. «Eigentlich dürfte ich es ihnen gar nicht erlauben», sagte die Nonne, «aber warum eigentlich nicht? Sie haben so wenig Freude.»

Ein kleiner Junge, der sich an einer Zehe verletzt hatte, brach in Tränen aus und kam den Strand zu ihr heraufgelaufen, und sie nahm das Kind in die Arme, tröstete es, kramte ein Pflaster irgendwo aus ihrer geräumigen Garderobe, klebte es auf die Zehe und schickte den Kleinen zurück zu den anderen.

«Dies ist mir das liebste bei meiner Arbeit», gestand sie, «die Kinder ans Meer zu bringen. Die Schwestern der verschiedenen Organisationen wechseln dabei ab. Ich habe es nicht weit bis hierher. Ich bin aus Ruffano.»

Wie klein war die Welt! Mir stand das düstere Gebäude neben dem im Glanz seiner Neuheit erstrahlenden Hotel Panoramica deutlich vor Augen.

«Vom Waisenhaus?» fragte ich. «Ich kenne es. Ich habe auch in Ruffano gelebt, aber das ist schon lange her. Von innen habe ich das Haus nie gesehen.»

«Das Haus muß umgebaut werden», sagte sie, «und vielleicht müssen wir ganz und gar hinaus. Es ist die Rede davon, uns eine neue Bleibe in Ancona einzurichten, wo unser letzter Vorsteher gestorben ist.»

Wir standen friedlich beisammen und schauten zu, wie die Kinder sich fröhlich bespritzten.

«Sind sie alle Vollwaisen?» fragte ich und dachte an Cesare.

«Ja, alle», sagte die Nonne. «Entweder elternlos oder ein paar Stunden nach der Geburt auf den Treppen des Heims ausgesetzt. Mitunter auch sind die Mütter zu schwach, um sich weiter fortzuschleppen, und wir finden sie und kümmern uns um beide, Mutter und Kind. Eines Tages geht die Frau dann wieder zur Arbeit, und das Baby bleibt in unserer Obhut. Und manchmal, aber das kommt selten vor, gelingt es auch, eine Bleibe für beide zu finden, eine Familie, die das Kind adoptiert.»

Sie hob die Hand und bedeutete den Kleinen, sich nicht zu weit hinauszuwagen.

«Das ist natürlich die beste Lösung für Mutter und Kind», fuhr sie fort. «Aber heutzutage finden sich die Leute nur sehr selten bereit, einen Findling aufzunehmen. Gelegentlich allerdings meldet sich ein junges Paar, das das erste Kind bei der Geburt verloren hat und ein anderes an seiner Stelle annehmen und wie sein eigenes aufziehen möchte.»

Durch ihre Brillengläser schaute sie mich lächelnd an.

«Aber das setzt natürlich ein Vertrauensverhältnis zwischen den Eltern, die das Kind verloren haben, und dem jeweiligen Leiter des Waisenhauses voraus. Die Akte wird übrigens streng geheimgehalten, im Interesse der Eltern wie des Adoptivkindes.»

«Ja», sagte ich, «ja, das leuchtet mir ein.»

Sie holte eine Trillerpfeife aus irgendeiner der unergründlichen Taschen ihres Kleides hervor und pfiff zweimal. Die Kinder wandten die Köpfe, schauten und stürzten aus dem Wasser den Strand herauf auf sie zu.

Sie lachte. «Sehen Sie, wie ich sie an der Strippe habe», sagte sie.

Ich blickte auf die Uhr. Ich war auch an der Strippe. Die Uhr zeigte kurz vor vier. Ich machte mich wohl besser auf den Weg zur «Garibaldi» und bezog dort meinen Posten.

«Wenn Sie auch aus Ruffano stammen», sagte die Nonne, «sollten Sie wirklich einmal vorbeischauen und sich die Kinder im Heim ansehen. Nicht diese hier, natürlich, sondern die, die ich in Ruffano versorge.»

«Vielen Dank, das werde ich vielleicht einmal tun», log ich höflich und fragte, wiederum eher aus Höflichkeit als aus Neugier: «Werden Sie mit nach Ancona gehen, falls man sich entschließt, dort zu bauen?»

«O ja», sagte sie, «ich lebe nur für die Kinder. Vor fünfzig Jahren oder so war ich auch ein Findling.»

Mich überkam eine Art Mitleid. Diese einfache, zufriedene Frau hatte nie ein anderes Leben gekannt, nie eine andere Welt gesehen. Sie und Hunderte von anderen Kindern waren eines Tages, vor fünfzig Jahren, auf eine Türschwelle gelegt und dem Erbarmen fremder Menschen überantwortet worden.

«In Ruffano?» fragte ich.

«Ja», sagte sie, «und damals hatte unsereins es schwerer als heute. Die Vorschriften waren sehr streng, das Leben war spartanisch. Damals gab es keine Ferien am Meer für Waisenkinder, obwohl der Vorsteher, Luigi Speca, ein Mann von großer Güte war.»

Die Kinder kamen heran, und sie versammelte sie in einem Halbkreis um sich herum, indem sie aus einer Reisetasche Apfelsinen und Äpfel hervorzauberte.

«Luigi Speca?» wiederholte ich.

«Ja», sagte sie, «aber er ist schon lange tot. Er wurde, wie gesagt, in Ancona begraben.»

Ich verabschiedete mich und bedankte mich bei ihr. Wofür ich mich eigentlich bedankte, war mir nicht ganz klar. Vielleicht für eine Erleuchtung ...

Vielleicht glich der Sonnenstrahl, der auf mein Gesicht fiel, als ich mich nach Westen wandte und an den Badehütten vorbei den Strand hinaufwanderte, dem Blitz, der Saul auf seinem

Weg nach Damaskus traf. Mit einemmal begriff ich. Plötzlich war mir klar, was der Brief meines Vaters zu bedeuten hatte und die doppelte Eintragung im Taufregister von Ruffano. Auch Aldo war ein Findling gewesen. Der Sohn meiner Eltern war gestorben, und Luigi Speca hatte ihnen Aldo geschenkt. Marta hatte letzten November das Geheimnis preisgegeben, das fast vierzig Jahre lang bewahrt worden war.

Aldo, stolz auf seine Herkunft, stolz auf sein Erbe, stolz auf tausend Dinge, die er mehr liebte als alles auf der Welt, mußte die Wahrheit erfahren und hatte sie diese letzten fünf Monate mit sich herumgetragen.

Es war Aldo gewesen, der bloßgestellt und vergewaltigt worden war, Aldo, der das Gesicht verloren hatte, nicht vor seinen Freunden, die nichts ahnten, sondern vor sich selbst. Ihm, der den andern Streiche spielte, ihm war der schlimmste Streich gespielt worden. Er, der die Heuchler demaskieren wollte, war selber demaskiert worden.

Ich ging am Kanal entlang, aber nicht zum Boot, sondern in entgegengesetzter Richtung, in die Stadt. Meine paar Habseligkeiten befanden sich an Bord der «Garibaldi», aber das war mir gleichgültig. Ich wollte nur eines. Ich wollte zu Aldo zurück. Irgendwo in Fano mußte es schließlich einen Zug oder einen Autobus geben, der mich nach Ruffano zurückbringen würde. Morgen war das Festival, und ich mußte bei Aldo sein, wenn der Falke zu Fall kam.

21

An der Autobushaltestelle auf der Piazza 20 Settembre stellte ich fest, daß sich in meiner Brieftasche nur 2000 Lire befanden. Ich hätte heute morgen zum Sekretariat der Universität gehen und mir den Lohn für meine Arbeit in der Bibliothek auszahlen lassen müssen. Statt dessen hatte ich Signora Butali einen Besuch abgestattet und mich dann in Carla Raspas Wohnung versteckt. Dabei schuldete ich Signora Silvana das ganze Pensionsgeld. Aber vielleicht hatte Aldo daran gedacht.

Ein Taxi nach Ruffano würde mehr als 2000 Lire kosten. So erkundigte ich mich an der Bushaltestelle und ließ mir sagen, der letzte Autobus nach Ruffano sei um fünfzehn Uhr dreißig abgefahren. Allerdings gebe es einen Bus, der gleich nach Pesaro starte, und da Pesaro diverse Kilometer näher bei Ruffano lag als Fano, löste ich ein Billett.

Von der Brücke, die über den Kanal führte, schaute ich rechts zum Bootshafen hinunter und dachte an Marco, den Partisanen, und seinen Kumpel Franco, die den Motor in Ordnung zu bringen versuchten und darauf warteten, daß ich zu ihnen stieß. Wenn ich nicht auftauchte, würden sie in der Stadt nach mir suchen, in Bars und Cafés herumfragen, und dann würde Marco telefonieren und Aldo mitteilen, daß ich verschwunden war.

Ich versuchte, mir einen Plan zurechtzulegen. Ich war mir klar darüber, daß Marco, wenn er Aldo tatsächlich anrief, Befehl erhalten würde, seine Nachforschungen über Fano hinaus auszudehnen.

Und Cesare würde Aldo auf Befragen meine Botschaft übermitteln ...

Inzwischen war mir der Sinn des Zitats aus dem deutschen Buch noch deutlicher geworden als während meiner Überlegungen in Jacopos Küche. Wenn Aldo Martas Mörder war, so nicht deshalb, weil sie seine mutmaßliche Beziehung zu Signora Butali zu verraten, sondern weil sie das Geheimnis seiner Geburt preiszugeben drohte: Der Direktor des Kunstrats war nicht ein Sohn des Hauses Donati, sondern ein Findling, der Letzte der Bürger Ruffanos. Das bedeutete in Aldos Augen Demütigung und Schande.

Ich wollte Aldo sagen, daß ich ihn verstand und daß das alles für mich keinen Unterschied machte. Daß er mein Bruder war, nach wie vor und immerdar, daß ihm gehörte, was mir gehörte. Als Kind hatte er mich bald mit Zärtlichkeiten überhäuft und bald gequält. Als Mann tat er dasselbe. Aber heute wußte ich etwas, das ich früher nicht gewußt hatte, daß er verletzlich war. Und darum würden wir uns endlich auf der gleichen Ebene begegnen.

Die zwölf Kilometer bis Pesaro waren schnell bewältigt. Ich kletterte aus dem Bus und studierte die Verbindungen nach Ruffano. Es gab einen Bus um halb sechs. Das bedeutete, daß ich genau eine Stunde zu warten hatte. Ich begann die Straße hinunterzuwandern, die von Fußgängern wimmelte. Die meisten waren Touristen, die genauso ziellos dahinschlenderten wie ich, sich die Schaufenster besahen und zu den Vergnügungen des Strandlebens vor der Stadt pilgerten.

Plötzlich vernahm ich anhaltendes Gehupe. Zwei Vespas hielten dicht neben mir am Bürgersteig, und eine Mädchenstimme rief: «Armino!» Ich drehte mich um, erblickte Caterina und Paolo Pasquale, sie auf dem Soziussitz. Hinter ihnen kamen Gino und Mario, zwei der Studenten aus der Pension Silvana.

«Jetzt haben wir Sie!» rief Caterina. «Und diesmal kommen Sie uns nicht wieder davon. Wir wissen alles über Sie, wie Sie sich nach oben auf Ihr Zimmer geschlichen und Ihre Sachen geholt haben und auf und davon gegangen sind, ohne Signora Silvana zu bezahlen, was Sie Ihr schuldig sind.»

Sie stiegen alle vier ab und umringten mich.

«Hören Sie», sagte ich, «ich kann Ihnen alles erklären ...»

«Sie täten gut daran!» unterbrach mich Paolo. «Das ist keine Art, mit den Silvanas umzugehen. Wir lassen es nicht zu! Geben Sie sofort das Geld, oder wir bringen Sie auf die Polizei!»

«Ich habe das Geld nicht», sagte ich. «Ich habe nicht einmal zweitausend Lire in der Tasche, nur ein bißchen Kleingeld.»

Wir blockierten die Straße. Ein Autofahrer schrie die Studenten aus dem Wagen an.

Paolo wandte sich an Caterina. «Komm uns nach ins Café Rossini», sagte er. «Armino kann hinter mir auf die Vespa steigen. Im Rossini werden wir die Wahrheit aus ihm herausbringen. Gino und Mario, ihr fahrt hinterher und paßt auf, daß er keinen Unsinn macht.»

Mir blieb nichts anderes übrig, als zu gehorchen. Irgendwelche Proteste hätten die Sache nur noch schlimmer gemacht. So kletterte ich achselzuckend auf den Soziussitz.

Wir rasten quer durch den dicksten Verkehr zur Piazza del Popolo und stoppten neben den Kolonnaden unterhalb des herzoglichen Palastes von Pesaro.

Nachdem die Vespas geparkt waren, wurde ich unter Anführung Paolos und von Gino und Mario eskortiert, in eine kleine Café-Bar ein paar Meter weiter dirigiert.

Paolo deutete auf einen Fenstertisch. «Hier sitzen wir gut», sagte er. «Caterina wird auch gleich da sein.»

Er bestellte für alle Bier, auch für mich.

Als der Kellner weg war, drehte er sich zu mir um und sah mich an, die Arme auf dem Tisch gekreuzt. «Also, was haben Sie vorzubringen?» fragte er.

«Ich werde von der Polizei gesucht», sagte ich. «Ich mußte flüchten.»

Die drei Studenten tauschten Blicke aus.

«Genau das hat sich Signora Silvana gedacht!» platzte Gino los. «Heute morgen hat jemand Auskünfte über Sie eingeholt, ohne irgendwelche Gründe anzugeben. Er sah aus wie ein Polizeimensch in Zivil.»

«Ich weiß. Ich habe ihn erkannt», sagte ich. «Darum bin ich davongelaufen, und darum konnte ich das Geld nicht vom Sekretariat holen und auch Signora Silvana nicht bezahlen. An meiner Stelle hätten Sie genau dasselbe getan.»

Die drei starrten mich an, während der Kellner uns das Bier servierte.

«Was haben Sie angestellt?» fragte Paolo schließlich.

«Nichts», antwortete ich, «aber der Augenschein spricht gegen mich. Es sieht mir ganz so aus, als ob ich die Prügel für jemand anders einstecke, und wenn das zutrifft, werde ich sie weiter einstecken. Der andere ist nämlich zufällig mein Bruder.»

Indessen stürmte atemlos und mit zerzausten Haaren Caterina ins Café, zog sich einen Stuhl heran und setzte sich zwischen mich und Paolo.

«Was ist passiert?» fragte sie.

Paolo erklärte, und nun war es Caterina, die mich anstarrte.

«Ich glaube ihm», sagte sie nach kurzem Zögern. «Wir kennen ihn immerhin seit einer Woche. Er ist nicht der Typ, der davonläuft, wenn er keine guten Gründe hat. Hängt die Sache vielleicht mit der Reiseagentur zusammen, für die Sie gearbeitet haben, bevor Sie nach Ruffano kamen?»

«Ja», sagte ich, was, um drei Ecken herum, nicht einmal gelogen war.

Mario, der bis jetzt geschwiegen hatte, beugte sich vor. «Warum sind Sie mit nur zweitausend Lire in der Tasche nach Pesaro gefahren?» fragte er. «Wie gedenken Sie von hier wieder wegzukommen?»

Sie waren nicht mehr unfreundlich oder mißtrauisch. Gino gab mir eine Zigarette. Ich schaute sie an und dachte, wie sichtlich sie doch zur gleichen Generation gehörten wie Cesare, Giorgio oder Domenico. Alle waren sie jung, unbeschriebene Blätter, und sosehr sie sich auch in ihren Ansichten und Zielen unterscheiden mochten, alle waren sie begierig auf Abenteuer.

«In den letzten paar Stunden bin ich gar nicht zum Nachdenken gekommen», sagte ich. «Aber inzwischen ist mir klargeworden, daß es ein Fehler war, Ruffano zu verlassen. Ich möchte zurück. Ich wollte den Bus um halb sechs nehmen.»

Sie blickten mich forschend an, während sie schweigend von ihrem Bier tranken. Sie waren offenbar verwirrt.

«Warum zurück?» fragte Paolo. «Werden Sie dann nicht von der Polizei geschnappt?»

«Vielleicht», sagte ich. «Aber ich habe keine Angst mehr. Fragen Sie bitte nicht, warum das so ist.»

Sie lachten nicht. Sie machten sich nicht über mich lustig. Sie nahmen mein Bekenntnis genauso ernst, wie Cesare oder Domenico es getan hätten.

«Ich kann Ihnen diese Geschichte im einzelnen nicht auseinandersetzen», sagte ich. «Aber mein Bruder lebt, unter einem anderen Namen, in Ruffano. Wenn er getan hat, was ich glaube, dann ist es um der Familienehre willen geschehen. Ich muß das wieder in Ordnung bringen, ich muß ihn sprechen.»

Sie verstanden und stellten keine Fragen. In ihren Gesichtern war Anteilnahme zu lesen.

Impulsiv legte Caterina die Hand auf meinen Arm. «Das leuchtet ein», sagte sie, «jedenfalls mir. Wenn ich einer Tat verdächtigt würde, von der ich glaube, daß Paolo sie begangen hat, würde ich, selbst wenn ich die Schuld auf mich nehmen sollte, seine Beweggründe wissen wollen. Unter Menschen des gleichen Blutes muß völlige Offenheit herrschen. Paolo und ich sind Zwillinge. Vielleicht stehen wir uns deshalb so besonders nahe.»

«Man ist nicht nur durch das Blut verbunden», sagte Gino, «auch Freundschaft bindet. Ich könnte etwas auf mich nehmen, was Mario getan hat, aber auch ich würde wissen wollen, warum er es getan hat.»

«Geht es Ihnen mit Ihrem Bruder genauso?» fragte Caterina.

«Ja», sagte ich, «genauso.»

Sie tranken ihr Bier und steckten sich Zigaretten an. Dann sagte Paolo: «Wir werden sehen, daß Signora Silvana zu ihrem Geld kommt. Das alles ist jetzt nicht mehr so wichtig. Vor allem müssen wir nach Ruffano kommen und der Polizei dabei ein Schnippchen schlagen. Wir werden Ihnen helfen. Aber zuvor müssen wir einen Plan machen.»

Ihre Hilfsbereitschaft rührte mich. Warum schenkten sie mir Glauben? Es gab eigentlich keinen Grund dafür, so wenig wie Carla Raspa einen Grund gehabt hatte, mir zu erlauben, daß ich mich in ihrer Wohnung versteckte. Ich hätte ein Mörder sein können. Doch sie glaubte mir. Ich hätte ein ganz gemeiner Betrüger sein können, aber diese Studenten vertrauten mir.

«Ich hab's», sagte Caterina plötzlich, «das Festival! Wir verkleiden Armino als einen der Aufständischen, und ich wette, daß kein Polizist ihn aus einer Menge von zweitausend Studenten heraus kennt.»

«Wie denn verkleiden?» fragte Gino. «Ihr wißt doch, daß Donati gesagt hat, wir sollten einfach so kommen, wie wir sind.»

«Eben!» sagte Caterina, «in Hemden, in Jeans, in Pullovern, aber seht euch Armino doch an! Solider Anzug, weißes Hemd, die Schuhe. Er ist ganz und gar wie ein Reiseleiter aufgemacht. Mit einem anderen Haarschnitt und einem bunten Hemd und Jeans wird er sich nicht einmal selbst erkennen.»

«Caterina hat recht», entschied Paolo. «Erst wollen wir ihn mal zum nächsten Friseur schleppen und ihm einen Bürstenhaarschnitt verpassen lassen. Und dann suchen wir ihm auf dem Markt etwas zum Anziehen. Die Kosten teilen wir. Nein, lassen Sie, Armino, behalten Sie Ihre zweitausend Lire! Die werden Sie vielleicht noch dringend brauchen.»

Ich wurde zur Marionette in ihren Händen. Paolo bezahlte das Bier, und sie schleppten mich zu einem Barbier in der Via Rossini, der mich aus dem, was ich bisher vorzustellen glaubte, nämlich einen eleganten Vertreter der «Sonnenreisen, Genua», in einen schäbigen Jazzfan verwandelte. Die Verwandlung vollendete sich, als sie mich in einen Minipreisladen führten, wo ich mich hinter einem Warenständer meines guten Anzugs entledigte – der andere war im Koffer an Bord der «Garibaldi» – und ein Paar schwarze Jeans mit Ledergürtel, ein jadegrünes Hemd, eine Kunstlederjacke und ein Paar Turnschuhe anzog. Meine eigenen Sachen wurden zu einem Paket verschnürt und Caterina ausgehändigt, die erklärte, das ganze Zeug sei schrecklich, und sie werde ihr Bestes tun, um es zu verlieren.

Dann wurde ich vor einen Spiegel gestellt und begann – es lag hauptsächlich wohl am Haarschnitt – ernstlich zu bezweifeln, daß mich selbst Aldo in diesem Aufzug erkennen würde. Ich sah aus wie ein Emigrant, der gerade an Amerikas Küsten gelandet und schon zum Halbbarbaren geworden war. Fehlte nur das Schnappmesser.

«Sie sehen fabelhaft aus», sagte Caterina und drückte meine Hand. «Viel besser als vorher.»

«Jetzt sind Sie ein Typ», stimmte Gino zu, «vorher waren Sie gar nichts.»

Ihr Applaus verwirrte und entmutigte mich. Wenn das Subjekt, in das ich mich verwandelt hatte, ihrem Geschmack entsprach, was in aller Welt hatten wir dann gemeinsam? Oder wollten sie nur nett zu mir sein?

«Wir werden das Unternehmen hier noch etwas ausdehnen», sagte Paolo. «Es besteht keine Veranlassung, vor Einbruch der Dunkelheit nach Ruffano zurückzufahren. Caterina kann einen späteren Bus nehmen, und Armino kommt mit auf meine Vespa. Wir werden neben dem Bus her fahren. Laßt uns sehen, ob der Sportpalast offen ist. Wir treffen uns dort, Caterina!»

Wieder stieg ich hinter Paolo auf die Vespa und hatte während der nächsten Stunden, vom Sonnenuntergang bis zum Dunkelwerden, das zweifelhafte Vergnügen, meine Freizeit auf studentische Art zu genießen. Wir rasten den Strand hinauf und hinunter, ebenso die Via Trieste, bald Seite an Seite mit Gino und Mario, bald Touristenautos jagend. Wir beehrten die Cafés mit der lautesten Radiomusik und die überfülltesten Bars, bis wir in einem Restaurant landeten, wo wir uns kübelweise «brodetto» zu Gemüte führten, eine mit Safran und Knoblauch gewürzte Fischsuppe, die Marta in meiner Kinderzeit oft für mich gekocht hatte.

Als es auf neun ging, brachten wir Caterina, die immer noch meine Kleider mit sich herumschleppte, zu ihrem Autobus und fuhren – indem wir uns, sehr zum Ärger des Fahrers wie des Schaffners, beiderseits des Busses hielten – nach Ruffano zurück.

Was mich dort erwartete, war mir mittlerweile gleichgültig. Seit fünf Stunden, seit meinem Spaziergang am Strande von Fano, machte ich mir keine Gedanken mehr. Ich hielt mich an Paolos Gürtel fest, und wie Vorreiter sausten und kurvten wir, dem Bus voran, durch die Hügel hindurch. Dann stieg, gleich einer Himmelsstadt, Ruffano vor uns auf, mit tausend blinkenden Lichtern. Dom und Campanile, die beide angestrahlt waren, schienen – auf der Mitte zwischen den beiden Hügeln – einen weißen Glanz auszustrahlen.

Von hier aus, von Osten gesehen, verbarg sich der Palazzo Ducale hinter anderen Gebäuden, aber ein blasser Widerschein am Himmel verriet seine Existenz und auch die der Universität, während das Licht auf dem Abhang direkt gegenüber von unserem alten Haus kommen mußte, wo die Butalis und vielleicht auch Aldo gerade zu Abend essen mochten.

Von einem jener Fenster, das ich im Augenblick nicht von seinen Nachbarn unterscheiden konnte, hatten Aldo und ich oft über das Tal geblickt und uns denen, die drunten in den Bauernhäusern wohnten, turmhoch überlegen gefühlt.

Als mir das einfiel – wir näherten uns schon der Porta di Malebranche –, schaute ich instinktiv zu der geraden, monotonen Lampenreihe hinüber, die zum Waisenhaus auf dem nördlichen Hügel gehörte. In jenem kalten Gebäude hätte Aldo, verlassen und unerwünscht, seine Kindheit verbracht, wenn nicht mein Vater und Luigi Speca gewesen wären. Dort hätte er in grauem Kittel, mit kurzgeschorenem Haar als Findelkind gelebt. Dort wäre er – unter einem anderen Namen – herangewachsen. Und ich, der einzige Sohn meiner Eltern, ein Nachkömmling, wäre auf den Namen Aldo getauft worden.

Auch ich hätte mich anders entwickelt. Ich wäre nicht in Aldos Schatten groß geworden, furchtsam, völlig verschüchtert, ihm aufs Wort gehorchend. Mein ganzes Leben hätte einen anderen Verlauf genommen. Wir fuhren unter der Porta di Malebranche hindurch, und ich wußte plötzlich, daß ich es gar nicht anders haben wollte. Er mochte nicht mein Bruder, nicht der Sohn meiner Eltern sein, aber er hatte mich von Anbeginn beherrscht, Seele, Geist und Leib, und er beherrschte mich noch. Er war mein Gott, und er war mein Teufel. In all den Jahren, da ich ihn tot geglaubt hatte, war meine Welt leer und ohne Sinn gewesen.

Kurz hinter dem Tor hielt der Bus mit kreischenden Bremsen. Dann rumpelte er den Hügel zur Piazza Matrice hinauf. Paolo und ich sausten auf unserer Vespa vorbei zur Piazza Carlo. Auf dem Schauplatz des Dramas vom Dienstag stand Herzog Carlo, immer noch angestrahlt, auf seinem Piedestal und schaute wohlwollend auf die Menschenmenge zu seinen Füßen hinab. Studenten und Ruffanesen machten ihren Bummel, wie es laut Paolo am Abend vor dem Festival Tradition war. Die diplomierten Helden und Heldinnen des Tages paradierten mit Medaillen, die an Ketten getragen wurden, gefolgt von bewundernden Kommilitonen.

Überall erklang improvisierte Musik von Mundharmonikas, Pfeifen und Gitarren. Stolze Eltern beobachteten das Getümmel nachsichtigen Auges. Dazu rasselten die unvermeidlichen Sammelbüchsen, platzten die Knallfrösche, flüchteten Hunde mit Geheul. Diejenigen, die im Besitz von Autos waren, fuhren unter lautem Hupen langsam um den Platz herum, während die Vespas immer weitere Kreise zogen.

«Was habe ich Ihnen gesagt?» bemerkte Paolo, als zwei Carabinieri, in makellosen Uniformen, gemessenen Schrittes an uns vorbeikamen. «Keiner schaut Sie an, weder diese Burschen hier noch die anderen im Zivil. Heute abend sind Sie einer von uns.»

«Elia ... Elia ...!» riefen die Studenten im Chor und brachen, als sich der Direktor der Fakultät für Wirtschaftswissenschaften für eine Minute an der Haustür blicken ließ und winkte, in donnernde Hochrufe aus. Hinter Elia sah man Lehrbeauftragte und Angestellte seiner Fakultät, und als er so dastand und lächelte und winkte, hatte man den Eindruck, daß er etwas von seinem Selbstvertrauen und der alten Bravour zurückgewonnen hatte.

Doch als, in der Menge versteckt, ein Student aus dem Hintergrund brüllte: «Wo ist denn Ihre Badehose?», was wahre Knallfroschsalven und eine Welle unfreiwilligen Gelächters auslöste, zögerte er unmerklich, ehe er noch einmal winkte und sich ins Haus zurückzog. Was dafür sprach, daß er sich nur zu gut an den Dienstagabend erinnerte.

«Wer war das?» schrie Gino wütend und drängte mit den anderen nach den hinteren Reihen, von wo der Unruhestifter gerufen hatte. Im Nu hieß es ringsum: Es ist einer der Kunststudenten vom anderen Hügel gewesen. Es ist einer aus diesem Abschaum von Paukerlehrlingen. Faßt ihn, bringt ihn um ... Und dann war der Krawall da, die Menge kam in Bewegung, die Leute begannen zu laufen.

«Ein Vorgeschmack von dem, was kommt», flüsterte Paolo mir zu. «Aber warum sollen wir uns jetzt über den einen Mann aufregen. Morgen machen wir sie fertig, allesamt.»

Er begann die Vespa zu starten, als Caterina mitten aus dem Gewühl hervorschoß und sich zwischen Paolos Armen auf die Lenkstange zwängte.

«Fahr zu!» rief sie atemlos. «Die Vespa schafft uns schon alle drei. Laß uns sehen, was auf der anderen Seite los ist.» Wir kurvten, gefolgt von Gino und Mario, aus der Piazza Carlo hinaus und rasten über die Ringstraße im Osten unterhalb der Stadtmauern dahin. Dann leuchtete in all ihrem Glanz die Fassade des Palazzo Ducale vor uns auf, überragt von den Zwillingstürmen. Es sah aus, als ob das ganze große Gebäude zwischen Himmel und Erde schwebte, eine scharfgeschnittene Silhouette vor einer Folie von Sternen.

Wir donnerten ins Tal hinunter und dann, durch die Porta San Supplice, den südlichen Hügel hinauf. Aber als wir auf der Höhe zwischen dem Studentenheim und den neuen Universitätsbauten ankamen, stellten wir fest, daß die Verbindungsstraße blockiert war.

Ein Riesenaufgebot von Studenten war zur Stelle, von bewaffneten Studenten!

«Was ist hier los? Sind die Kunststudenten beim Proben?» schrie Gino, als wir Messer blitzen sahen. Keine Antwort. Schweigend liefen sie den Abhang herunter auf uns zu, und als Gino, mit dem Fuß bremsend, wendete, kam ein Speer durch die Luft gewirbelt, der ihn nur um wenige Zentimeter verfehlte.

«Du lieber Himmel», schrie Paolo. «Das ist keine Probe mehr!» und wendete wie Gino, als schon ein zweiter Speer heranflog und neben unsern Rädern auf den Boden schlug. Wir rasten den Weg zurück, den wir gekommen waren, durchs Tal unterhalb der Wälle und hielten erst auf der anderen Seite. Dort stiegen wir ab und sahen uns wortlos an, während der erleuchtete Palazzo heiter und gleichgültig in der Ferne schimmerte. Die vier Studenten waren kreidebleich. Caterina zitterte, aber nicht vor Angst, sondern vor Aufregung.

«Jetzt wissen wir Bescheid», sagte Gino mit fliegendem Atem.

«Das also haben sie für morgen in petto.»

«Man hat uns gewarnt», sagte Paolo ruhig. «Donati hat uns Montag abend im Theater gewarnt ... Es wird darum gehen, wer zuerst zum Zuge kommt, das ist alles. Wenn wir ihre vorderen Linien mit Steinen bombardieren und stürmen, können wir sie überrollen und im Nahkampf stellen, bevor sie Zeit haben, mit Speeren zu werfen oder ihre Degen zu ziehen.»

«Trotzdem müßten wir unsere Anführer darüber informieren, was wir gesehen haben. Wollten sie sich nicht heute abend im Heim in der Via dei Martiri treffen?»

«Ja», sagte Gino.

Paolo wandte sich zu mir. «Diese Sache mag Sie im Grunde nichts angehn, aber jetzt sind Sie drin», sagte er. «Was ist mit Ihrem Bruder? Hat er mit der Universität zu tun?»

«Indirekt», antwortete ich.

«Dann sollten Sie ihm sagen, was ihn erwartet, falls er morgen auf die Straße geht.»

«Ich denke, er weiß Bescheid», sagte ich.

«Warum vertrödeln wir eigentlich die Zeit mit Reden?» fragte Caterina und stampfte ungeduldig mit dem Fuß auf, «sollten wir nicht lieber die Runde machen und unseren Leuten den Tip geben, sich sämtliche Taschen nicht nur mit Steinen, sondern mit Küchenmessern, Schraubenschlüsseln, Scheren zu füllen?»

Ihr schmales Gesicht, das weiß war vor Leidenschaft, sah plötzlich verzerrt aus unter der Wolke dunkler Haare. «Heute abend sollte keiner von uns zu Bett gehen», fuhr sie fort. «Wir sollten die anderen mit auf die Felder schleppen und nach Steinen graben. Innerhalb der Stadt finden wir doch keine. Sie müßten gezackt sein und so groß», sie beschrieb mit den Händen eine Kugel, «und wir müßten Stricke herumbinden. Wenn man erst den Strick schwingen läßt, fliegen sie mit mehr Kraft.»

«Caterina hat recht», sagte Gino, «laßt uns fahren! Erst zur Via dei Martiri, um die Anführer vorzuwarnen. Vielleicht erteilen sie daraufhin neue Instruktionen. Komm, Mario.»

Er schwang sich auf seine Maschine, und Mario setzte sich hinter ihn. Dann fuhren sie die Straße hinunter, die durch das Tal auf die Porta dei Martiri zuführte.

Paolo schaute mich an. «Also?» fragte er, «was nun? Möchten Sie, daß wir Sie zu Ihrem Bruder bringen?»

«Nein», sagte ich.

Mein Entschluß war gefaßt. Es hatte keinen Sinn, in die Via dei Sogni zurückzukehren. Womöglich würde Aldo mich sogar seinen Studenten überantworten, mit der Order, mich in seinem Ferrari auf dem kürzesten Wege nach Fano und auf das Fischerboot zurückzubringen. Morgen hingegen ...

Morgen sollte der Zug, der Festzug des Falken, um zehn Uhr vormittags von der Piazza Carlo aufbrechen. Wie dieser Zug aussehen würde, wußte ich nicht. Niemand schien das zu wissen. Aber daß Aldo dabei sein würde, schien mir außer Zweifel zu stehen.

Es war ein milder Abend. Die Lederjacke, die wir in Pesaro gekauft hatten, würde warm genug sein. Ich wollte die Nacht im Freien auf einer der Bänke in den Anlagen hinter der Piazza Carlo verbringen.

Paolo zuckte die Achseln, als ich ihm das sagte.

«Wenn Sie es so halten möchten, werden wir Sie nicht hindern», sagte er, «aber am Morgen stoßen Sie zu uns! Denken Sie daran! Wir versammeln uns auf der Treppe von San Cipriano ... Wenn Sie um neun nicht an Ort und Stelle sind, greift man Sie womöglich auf. Hier, nehmen Sie dies.» Er gab mir ein Messer.

«Ich werde Gino ein anderes abschwatzen», sagte er. «Nach dem, was wir heute abend gesehen haben, ist anzunehmen, daß Sie dies hier brauchen werden.»

Caterina und ich kletterten abermals auf die Vespa, und wir fuhren wieder zur Piazza Carlo zurück.

Die Menge hatte sich weitgehend verlaufen. Bürger und Studenten, Verwandtenbesuch und Touristen bewegten sich hügelabwärts auf die Stadtmitte zu. Ich würde die Anlagen für mich allein haben.

«Vergessen Sie nicht, Ihre Jackentaschen mit Steinen zu füllen», mahnte Caterina. «Im Park finden Sie genug davon. Und hier, nehmen Sie Ihr Paket! Das gibt ein Kopfkissen her. Wir halten morgen nach Ihnen Ausschau, und inzwischen viel Glück.»

Ich schaute ihnen nach, während sie den Hügel wieder hinunterfuhren. Sie waren schnell außer Sicht, und im gleichen Augenblick erloschen schlagartig sämtliche Scheinwerfer. Auch die Statue des Herzogs Carlo war nur noch ein undeutlicher Schatten.

Vom Campanile, den man nicht mehr weiß und schlank in den Sternenhimmel steigen sah, schlug es elf. Dann läuteten, eine nach der anderen, die Glocken der übrigen Kirchen. Als der letzte Ton verklungen war, streckte ich mich auf einer der Parkbänke aus, schob mir das Paket unter den Kopf und schaute, die Arme auf der Brust verschränkt, zum nächtlichen Himmel auf.

22

Ich kann mich nicht erinnern, ob ich in jener Nacht geschlafen habe. Ich erinnere mich nur, daß die Zeit, abgesehen von Stunden, in denen ich entsetzlich fror, lauter Löcher hatte.

Es ging wohl auf sieben Uhr, als ich die Pferde hörte. Das stete klappernde Geräusch tönte von der Piazza Carlo, hinter mir, herüber. Ich drehte mich um und ging zur Statue hinüber, und dann sah ich die Spitzenpferde den Hügel erklimmen. Die Pferde kamen paarweise im Gespann. Jeder Reiterknecht führte am Handzügel ein zweites Pferd. Sie kamen von Nordwesten über die lange Zufahrtsstraße, die aus dem Tal nach Ruffano heraufführt.

Mir fiel ein, daß ich am letzten Abend, als wir auf unseren Vespas um die Stadt herumfuhren, rechts im Sportstadion Lichter gesehen hatte, was mir in der Aufregung der Fahrt bald wieder aus dem Sinn gekommen war. Die Pferde und die Reitknechte mußten sich dort vor Sonnenuntergang gelagert haben und sammelten sich jetzt offenbar für ihren Auftritt auf der Piazza Carlo. Dies war der Festzug, von dem Aldo Mittwoch abend im Palazzo Ducale gesprochen hatte.

Die Reiter saßen ab und führten ihre Tiere in den Schatten.

Ich zählte die Pferde. Es waren achtzehn, gestriegelt und wunderschön mit ihren stolzen Köpfen, die sie, um sich schauend, neugierig emporreckten. Keines der Tiere trug einen Sattel. Ihre Flanken glänzten, als seien sie poliert, und die Schwänze, mit denen sie nach den ersten frühen Fliegen schlugen, sahen Federbüschen gleich.

Ich trat näher und sprach einen der Männer an.

«Woher kommen Sie?» fragte ich.

«Aus Senigallia», erwiderte er, «aus den Rennställen.»

Ich starrte ihn ungläubig an. «Sind dies etwa Rennpferde?» fragte ich.

«Ja», antwortete er lächelnd. «Stück um Stück. Man hat sie für das Festival ausgeliehen und den Winter über einzeln trainiert für das Schauspiel heute. Natürlich nicht auf der Rennbahn, sondern draußen in den Hügeln.»

«Wofür trainiert?» fragte ich.

Diesmal war er es, der mich staunend ansah. «Für das Rennen heute vormittag, wofür denn sonst!» sagte er. «Haben Sie denn nicht gehört, was sich hier in Ihrer Stadt tun wird?»

«Nein», sagte ich, «nein. Ich habe nur gehört, daß um zehn Uhr ein Festzug zum Palazzo Ducale aufbricht.»

«Ein Festzug?» wiederholte er, «nun ja, so kann man es auch nennen, aber das ist ein unzulänglicher Ausdruck für das, was Sie geboten bekommen werden.»

Er lachte und rief einem seiner Gefährten belustigt zu: «Hier ist ein Student, der wissen möchte, was passiert. Bring's ihm schonend bei!»

«Halten Sie sich im Hintergrund», sagte der andere, «das ist alles, was ich Ihnen raten kann. Die Pferde sind versichert, etwas anderes interessiert die Besitzer nicht. Das Experiment, hat man uns gesagt», fügte er hinzu, «ist bisher nur einmal durchgeführt worden, vor fünfhundert Jahren oder so. Bei euch in Ruffano scheint man Verrückte zu züchten. Aber wenn der Betreffende sich das Genick bricht, ist das seine Sache und nicht die unsere. Hier, sehen Sie sich das an!»

Ein Lastwagen war an der einen Seite der Piazza vorgefahren. Der Beifahrer sprang heraus und öffnete die hinteren Türen. Dann wurde eine Rampe heruntergelassen, und vier Männer, zwei an der Deichsel und zwei an den Rädern zufassend, ließen behutsam ein kleines, in Rot und Gold gehaltenes Gefährt auf die Straße rollen. Der Wagen war eine Nachbildung der altrömischen Rennwagen und trug an der Vorderseite und über jedem Rad das Emblem der Malebranche, den Falken mit den ausgebreiteten Schwingen.

So war es also doch wahr! Das wahnwitzige Unterfangen des Herzogs Claudio vor fünfhundert Jahren sollte wiederholt werden. Das rasende Rennen, das der deutsche Historiker in seinem Buch geschildert und auf das ich Aldo gegenüber am letzten Sonntag im Scherz angespielt hatte, sollte noch einmal Wirklichkeit werden. Dabei hatte er selbst am Mittwoch einfach von einem Festzug gesprochen, und ich selbst hatte gedacht, daß ein entsprechender Auftritt allenfalls zum Spaß mit vielleicht zwei Pferden stattfinden würde. Herzog Claudio hatte achtzehn Pferde vom nördlichen zum südlichen Hügel gelenkt, und achtzehn Pferde standen vor mir. Es war doch nicht möglich! Es konnte nicht sein! Ich versuchte mir die Passage aus dem Geschichtsbuch ins Gedächtnis zu rufen: «Nachdem zahllose Bürger von den Hufen der Pferde zu Tode getrampelt worden waren, nahm die gesamte Bevölkerung die Verfolgung des Herzogs auf ...»

Inzwischen kam ein zweiter, kleinerer Lastwagen auf die Piazza gefahren, aus dem Geschirr, Stränge, Kummets mit Buckeln, die den Kopf des Falken zeigten, ausgeladen und unter die Bäume getragen wurden, wo die Pferde standen. Und der Geruch des polierten Leders, bittersüß wie das Aroma von Gewürzen, mischte sich mit dem der Pferdeleiber und dem Duft der Bäume. Die Pferdeknechte begannen das Geschirr und das übrige Zubehör ruhig und methodisch zu sortieren, wobei sie leise miteinander schwatzten.

Inzwischen schickte die Polizei sich an, einen Kordon rund um die Piazza zu ziehen, um den Verkehr und die ersten Neugierigen fernzuhalten. Die Polizisten lächelten und scherzten. Sie waren gut aufgelegt an diesem Festivaltag und riefen den geschäftigen Pferdeburschen, die dabei waren, die Tiere aufzuschirren, unter lautem Gelächter Instruktionen hinüber.

Der Alptraum gewann Leben und wurde dadurch noch furchterregender. Keiner von ihnen wußte, keiner begriff! Ich trat zu einem der Männer heran und berührte seine Schulter.

«Kann man die Sache nicht stoppen?» sagte ich. «Kann man sie denn nicht verhindern? Es ist noch nicht zu spät, auch jetzt noch nicht.»

Er schaute auf mich herunter, ein strammer, fröhlicher Kerl, und wischte sich den Schweiß von der Stirn. «Falls Sie sich unten in der Via Carlo einen Fensterplatz reserviert haben, sollten Sie sich auf die Strümpfe machen», sagte er. «Nach neun Uhr darf sich niemand mehr auf der Straße blicken lassen, außer den Mitwirkenden.»

Er hatte gar nicht zugehört. Was ich gesagt hatte, kümmerte ihn nicht. Seine Aufgabe erschöpfte sich darin, die Piazza für die Pferde und den Wagen freizuhalten. Er wandte sich ab. Panisches Entsetzen überfiel mich. Ich wußte nicht, wohin ich gehen, was ich tun sollte. So ähnlich mußte die Furcht sein, die Männer vor der Schlacht ergriff und der sie sich nur durch Disziplin und Haltung erwehren konnten. Ich hatte keine solche Disziplin, ich hatte keine Haltung. Der kindliche Instinkt, einfach wegzulaufen, mich zu verkriechen, mir Augen und Ohren zuzuhalten, war stärker als alles andere. Ich rannte auf die Bäume der Anlagen zu, in dem Gedanken, die Welt würde ausgelöscht sein, wenn ich mich nur erst zwischen Gräsern und Gebüsch zu Boden geworfen hätte. Doch als ich schon auf das verschwenderische Farbengetümmel zustolperte, das die Pferde und das klimpernde Geschirr, der buntbemalte Wagen und die sorglosen Burschen bildeten, sah ich plötzlich den Ferrari aus der Via delle Mura in die Piazza einbiegen. Der Mann am Lenkrad mußte mich erkannt haben, denn er bremste plötzlich und hielt. Ich ließ ab von meiner sinnlosen, panischen Flucht und lief auf den Wagen zu. Der Schlag öffnete sich, Aldo sprang heraus und fing meinen Fall ab. Er riß mich auf die Beine, und ich klammerte mich unter unzusammenhängendem Gestammel an ihn.

«Laß es nicht zu!» hörte ich mich wieder und wieder sagen. «Laß es nicht zu. Um des Himmels willen, nein . . .» Er schlug mich ins Gesicht, und mit einemmal war das Vergessen da, das ich gesucht hatte. Der Schmerz brachte Dunkelheit und Erlösung.

Als ich die Augen öffnete, war mir schwindlig. Mein Kopf dröhnte. Man hatte mich gegen einen Baum gelehnt. Aldo hockte neben mir und goß Kaffee aus einer Thermosflasche.

«Trink das», sagte er, «und dann iß.»

Er gab mir die Tasse, und ich trank. Dann brach er ein Brötchen auseinander und stopfte mir die eine Hälfte in den Mund. Ich kaute mechanisch.

«Du hast den Gehorsam verweigert», sagte er. «Wenn ein Partisan das tat, wurde er auf der Stelle erschossen, das heißt, falls wir ihn fanden. Wenn nicht, überließen wir ihn seinem Schicksal oben in den Hügeln.»

Der Kaffee wärmte mich auf, und das trockene Brötchen hatte einen guten, frischen Geschmack.

«Den Befehl verweigern heißt andere Menschen in Ungelegenheiten bringen», fuhr Aldo fort. «Zeit wird vergeudet.

Pläne werden über den Haufen geworfen. Los, trink noch etwas Kaffee!»

Indessen nahmen die Vorbereitungen um uns herum ihren Fortgang. Die Pferde stampften, das Geschirr klingelte.

«Cesare hat mir deine Botschaft überbracht», sagte Aldo. «Daraufhin rief ich das Café in Fano an und bat, mir Marco an den Apparat zu holen. Als er mir sagte, daß du nicht an Bord des Bootes gekommen seist, ahnte ich schon, daß etwas dieser Art geschehen könnte. Aber ich dachte nicht, daß du ausgerechnet hierher kommen würdest.»

Die Panikstimmung war verflogen. Ob das an dem Schlag lag, den Aldo mir versetzt hatte, oder an dem Essen und Trinken, wußte ich nicht zu sagen.

«Wohin hätte ich sonst gehen sollen?» fragte ich.

«Vielleicht zur Polizei», sagte er mit einem Achselzucken, «in der Hoffnung, dich reinzuwaschen, indem du mich anklagtest. Aber das hätte nicht funktioniert. Man hätte dir nicht geglaubt.»

Er stand auf und holte sich von einem der Pferdeknechte einen Lederlappen, den er in einem Wassereimer naß machte und mir brachte.

«Wasch dir das Gesicht damit ab», befahl er. «Dein Mund ist blutig.»

Ich säuberte mich. Dann aß ich ein zweites Brötchen und trank noch eine Tasse Kaffee.

«Ich weiß, warum du Marta getötet hast», sagte ich. «Aber als ich zurückkam, hatte ich nicht die Absicht, zur Polizei zu gehen – von mir aus sollen sie mich verhaften! Ich kam, um dir zu sagen, daß ich endlich verstanden habe.»

Ich stand auf, warf ihm den nassen Lederlappen zu und klopfte die Erde von meinen Kleidern.

Bis dahin war mir gar nicht zum Bewußtsein gekommen, wie schäbig ich aussehen mußte, struppig und unrasiert wie ich war, mit meinen schwarzen Jeans, dem jadegrünen Hemd und der Zuchthäuslerfrisur.

Aldo war so gekleidet, wie ich ihn Mittwoch abend gesehen hatte, in Kniehosen und Wams, mit einem knappen Cape, das ihm von der Schulter fiel, und er sah herrlich aus. Er paßte genauso in die Szenerie wie die Pferde, die soeben an der Statue des Herzogs Carlo vorübertänzelten.

«Im Taufregister in San Cipriano», sagte ich, «gibt es zwei Eintragungen. Eine bezieht sich auf einen Sohn, der gestorben ist. Die zweite betrifft dich. Als ich die doppelte Eintragung vor einer Woche zum erstenmal sah, begriff ich nicht, was sie bedeutete. Ich begriff auch nicht, was der Name deines Paten Luigi Speca besagte und nicht einmal den Sinn des Briefes, den ich dir am Mittwoch abend gab. Erst gestern am Strand von Fano dämmerte mir die Wahrheit. Dort begegnete ich einer Nonne mit einer kleinen Gruppe von Waisenkindern. Von ihr erfuhr ich, daß der Leiter des Waisenhauses von Ruffano damals, vor etwa vierzig Jahren, Luigi Speca hieß.»

Aldo starrte mich an. Er lächelte nicht. Dann drehte er sich plötzlich auf dem Absatz um und ließ mich stehen. Er ging zu den Pferden hinüber und begann den Burschen Befehle zu erteilen. Ich sah zu und wartete.

Die langwierige Prozedur des Anschirrens begann. Jedem Pferd wurde ein prachtvolles Zaumzeug, rot mit goldenen Scharnieren, angelegt. Die Zügel, die die Tiere bis dahin getragen hatten, wurden gegen andere vertauscht, prunkvoll wie die Kummets, und auf dem Stirnbehang war ein Medaillon mit dem Falkenkopf angebracht. Zweien der Pferde wurden dicht hinter den Kummets zwei kleine Sättel aufgelegt und mit breiten scharlachroten Bändern über der Brust befestigt. Dann wurde die Deichsel des Wagens durch goldene Ketten mit den Sätteln verbunden. Diese beiden Pferde bildeten das mittlere Gespann, das rechts und links neben dem Wagen lief. Dann sah ich, daß einem jeden vier weitere Pferde zugeordnet wurden, so daß insgesamt zehn an den Wagen geschirrt waren. In einiger Entfernung von den Transportarbeitern und ihren Gefährten wurden die übrigen acht Pferde in zwei Viererreihen so angespannt, daß ihre Zügel vorn am Wagen zusammenliefen. Der Wagen selbst, federleicht auf seinen Gummirädern, war mit einer halbkreisförmigen Brüstung versehen und einer Plattform für den stehenden Fahrer.

Auf der Plattform hatten zwei Leute Platz, nicht mehr. Nach hinten zu war das Gefährt offen, ohne Geländer und Stufe.

Vorn und seitlich waren Gurte angebracht, die den Sicherheitsgürteln in Flugzeugen ähnelten und die Wagenlenker an die Brüstung fesselten. Waren sie einmal angebunden und in voller Fahrt, konnten sie nicht fallen, außer wenn sich der Wagen überschlug, wenn die galoppierenden Pferde Gefährt und Fahrer mit sich und in den Tod rissen.

Nachdem die Pferde angeschirrt und der Wagen auf seinen Platz gebracht worden war, hörte alles Hin und Her mit einem Schlage auf. Schweigend standen die Pferdeknechte neben den Gespannen. Die Polizisten, die den Platz abriegelten, schauten aus großen Augen, und auch die Menge, die sich hinter dem Kordon aufgestaut hatte, verhielt sich merkwürdig still.

Dann kam Aldo auf mich zu. Sein Gesicht war blaß und undurchdringlich, so wie am Mittwochabend.

«Ich habe dich nach Fano geschickt, weil ich glaubte, daß das für uns beide das beste sei», sagte er. «Aber da du nun einmal hier bist, kannst du schließlich auch deine Rolle spielen. Die Rolle des Falken. Sie steht dir nach wie vor zur Verfügung. Das heißt, wenn du den Mut hast, sie zu übernehmen.»

Der Klang seiner Stimme versetzte mich zurück in meine Kindertage. Er forderte mich mit der gleichen verächtlichen Anmut in die Schranken wie ehedem, setzte genauso stillschweigend wie einst meine Minderwertigkeit voraus. Nur traf mich der spöttische Unterton seltsamerweise nicht mehr.

«Hättest du die Rolle des Falken gespielt, wenn ich mit Marco gegangen wäre?» fragte ich.

«Ich hatte die Absicht, allein zu fahren», sagte er. «Vor fünfhundert Jahren gab es keine Reiseleiter. Der Falke war sein eigener Kutscher.»

«In Ordnung», sagte ich, «dann kannst du heute mein Kutscher sein.»

Meine Replik, die mich ebensosehr überraschte wie ihn, machte ihn für einen Augenblick wehrlos. Er mußte erwartet haben, daß ich mich, genau wie als Junge, beglückt zeigen würde, an seinen Abenteuern teilhaben zu dürfen. Dann aber lächelte er. «Du findest das Gewand des Falken und die Flachsperücke im Ferrari», sagte er. «Jacopo ist da. Er wird dir die Sachen geben.»

Ich wußte nichts mehr von Angstgefühlen. Ich war erwählt für etwas, das seinen Gang nun gehen mußte. Die Entscheidung war gefallen. Ich lief zum Wagen hinüber, und tatsächlich war Jacopo zur Stelle. Ich hatte ihn nicht bemerkt, als der Ferrari auf den Platz gebraust kam.

«Ich fahre mit ihm», sagte ich.

«Ja, Signor Beo», sagte er, und in seinem Blick lag ein Ausdruck, den ich nie zuvor an ihm gesehen hatte. Erstaunen, sicherlich, aber auch Respekt und sogar Bewunderung.

«Ich bin Herzog Claudio», sagte ich, «und Aldo ist mein Wagenlenker.»

Er sagte nichts, sondern öffnete stillschweigend den Schlag, reichte mir das Gewand, half mir, es anzuziehen, und legte mir den Gürtel um. Dann gab er mir die Perücke, die ich über mein gestutztes Haar zog.

Als ich in den Spiegel schaute, sah ich den Riß an meinem Mund, der von Aldos Schlag herrührte. Das Blut war inzwischen getrocknet.

Die blonde Perücke umrahmte mein bleiches, unrasiertes Gesicht, und meine Augen starrten mich aus dem Spiegel mit dem gleichen Ausdruck an, mit dem Claudio aus dem Gemälde im Palazzo Ducale blickte. Aber zugleich waren es auch die Augen des Lazarus in der Kirche San Cipriano.

Ich drehte mich zu Jacopo um. «Wie sehe ich aus?» fragte ich. Er zögerte, vermutlich aus Höflichkeit. Daß er je eines der beiden Bilder gesehen hatte, schien mir zweifelhaft. Er wollte wohl vermeiden, daß ich mir lächerlich vorkam. So betrachtete er mich mit ernster Miene, wobei er den Kopf ein wenig schief legte. «Sie sehen genau wie Ihre Mutter, Signora Donati, aus», erwiderte er schließlich.

Er meinte es nett, aber es war die schlimmste Beleidigung für mich. Die Demütigungen all der vielen Jahre wurden wieder wach. Die alberne Figur, die jetzt zum Wagen zurücktrappelte, war nicht Herzog Claudio, war nicht der Falke, den sie darstellen sollte, sondern das vogelscheuchenhafte Abbild der Frau, die ich zwanzig Jahre lang verurteilt und verachtet hatte.

Ohne mich zu rühren, ließ ich mich von Aldo mit den Sicherheitsgurten an den Wagen fesseln.

Dann band er sich selbst fest. Die Pferdeknechte reichten ihm die Hauptzügel des Mittelgespanns und die der beiden Spitzenpferde. Dann gaben sie die Kandaren frei, während Aldo das Gewirr der übrigen Zügel ergriff. Die Pferde fühlten die Spannung und sprangen an. In der Ferne schlug es zehn vom Campanile, und dann kam von allen Kirchen in Ruffano das Echo. Die Flucht des Falken hatte begonnen.

23

In stolzer Gemessenheit umkreisten wir zunächst den Platz – feierlich, als handelte es sich um des Kaisers Trajan triumphalen Einzug ins alte Rom. Die acht Spitzenpferde schwenkten in Vierergruppen, dem Zügel gehorchend, rechts ein, und dann schwenkten auch die übrigen; ein Manöver, das der langsamen Entfaltung eines riesigen Fächers glich.

Die Straßen, die in die Piazza mündeten und von der Polizei abgesperrt waren, standen voller Menschen, und während wir langsam an ihnen vorüberfuhren, schwoll der anfängliche Seufzer aus Staunen und Verblüffung an zu einem einzigen Schrei aus ungezählten Kehlen, und dann setzte der Beifall ein. Das Klatschen der erhobenen Hände klang wie das Rauschen von Tausenden von Schwingen.

Die achtzehn Pferde blieben ruhig unter dem donnernden Applaus. Gelassen bewegten sie sich weiter. Der blankpolierte Metallschmuck auf den Geschirren glitzerte in der Morgensonne, und das klingelnde Zaumzeug produzierte eine herausfordernde Begleitmusik zum Tumult der Menge. Es war kein Pferdegetrappel zu hören, denn sämtliche Hufe waren mit Gummiüberzügen versehen, die ihr Klappern zu einem merkwürdig erstickten Geräusch herabdämpften.

Zweimal fuhren wir um die Piazza herum. Zweimal schwenkten die achtzehn Pferde und richteten sich wieder aus.

Dann kamen die Knechte heran, nahmen die Pferde beim Zügel und führten sie dorthin, wo die Piazza am breitesten war.

Wir wendeten noch einmal und hielten damit direkt vor der Via Carlo, die hügelabwärts in die Innenstadt führte. Die Zügel und Stränge wurden ein letztes Mal überprüft.

Die Pferdeknechte nahmen sich Tier um Tier einzeln vor und erstatteten Aldo jeweils Bericht. Die Prozedur dauerte ungefähr vier Minuten, und in dem kurzen Augenblick, bevor Aldo die Zügel packte und die Pferdeknechte auf beiden Seiten zurücksprangen, glaubte ich auf dem Gipfel meiner Angst angelangt zu sein. Nichts, weder der drohende Straßenkampf noch der große Sturz, konnte schlimmer sein als diese Sekunde auf dem Punkt Null.

Ich schaute Aldo an. Er war blaß. Er war immer blaß, aber diesmal stand hinter seiner Blässe eine Erregung, wie ich sie noch nie an ihm beobachtet hatte. Er lachte und trieb die Pferde durch einen Zuruf an. Sie verfielen in Trab, dann in einen Galopp, der immer schneller wurde. Die umhüllten Hufe klopften dumpf auf den harten Grund.

Die Menge um uns herum brach beim Anblick des galoppierenden Zuges erneut in einen Beifallssturm aus. Die Häuser der Via Carlo hatten die Fenster weit offen. Ein jedes war schwarz von Zuschauern. Der Schrei von der Piazza, die nun hinter uns lag, wurde durch die Menschen aufgenommen, die an den Fenstern warteten.

Für einen kurzen Augenblick sah ich vom höchsten Punkt des nördlichen Hügels das ganze Panorama der Stadt vor mir ausgebreitet, Dachfirste, Kirchen, Türme und in der Ferne, die südliche Höhe krönend, den Dom und den Palazzo Ducale. Dann tat sich die Via Carlo unter uns auf wie der Weg zur Hölle. Und während sich die Straße verengte und zu winden begann, während die Spitzenpferde die Kurven nahmen, schienen sich die Häuser, zerbrechlich wie Pappfiguren an ihren Hügeln klebend, über uns zu neigen, mit aufgerissenen Fenstern, und aus jedem Fenster schossen Gesichter, klangen Schreie, überall wurde Lärm zum Aufruhr.

Hier gab es keine Polizeikordons, keine Uniformen. Die Straße gehörte uns ganz allein, und als sie sich noch weiter verengte, bevor sie im Zentrum der Stadt in die Piazza Matrice auslief, rasten die Außenpferde der seitlichen Fünfergespanne haarscharf an den Häusern entlang. Ein Hindernis, eins der acht Spitzenpferde, das zu scheuen begann, und es würde alle anderen mitreißen! Die Tiere würden übereinander stürzen in einem gräßlichen Knäuel des Verderbens, und wir würden uns mitsamt unserem Wagen überschlagen und in diesem Knäuel begraben sein.

Wieder bildete die Straße eine Kurve und verengte sich noch weiter. Und während wir immer weiter in die Tiefe tauchten, dem Herzen der Stadt entgegen, war ich mir des rasenden Tempos plötzlich gar nicht mehr bewußt, noch der Stimme von Aldo, der die Pferde anfeuerte, noch des schlingernden, schwankenden Wagens, auf dem ich stand. Ich wurde nur die Gesichter gewahr, die dicht an dicht und voller Entsetzen aus allen Fenstern starrten, die aufgellenden Schreie, als unser halsbrecherisches Tempo sich noch steigerte, den Geruch der Pferde in meiner Nase und meine brennenden Hände, die sich an das Geländer des Wagens klammerten.

Von links schwamm die Kirche San Cipriano in meinen Gesichtskreis hinein. Auf der Treppe schreiende Studenten und weitere Studentenmassen in den Seitenstraßen. Dann donnerten wir zur Piazza Matrice hinunter, vorbei an den Kolonnaden, die dick mit Zuschauern bestückt waren, vorbei an Fenstern, aus denen gestikulierende Arme züngelten, aufgerissene Münder kreischten. Die Pferde, wieder auf ebenem Gelände, zogen erneut an, rasten auf die Via Vittorio Emanuele am anderen Ende der Piazza zu und weiter den Hang hinauf zum Palazzo Ducale, angespornt von ihrem eigenen Impetus, ihrem Willen zur Schnelligkeit und inzwischen außer Rand und Band, auch durch das Crescendo des Beifalls.

Ich blickte zurück und sah die Studenten aus den Seitenstraßen auf die Piazza stürzen, sich aus den Fenstern schwingen, aus den Türen brechen, sich auf den Platz ergießen und ihn, wie eine riesige Flutwelle, im Nu in Besitz nehmen. Und statt des empörten Gebrülls, auf das ich wartete, statt Steinhagel und Stahlgeklirr, statt des Ausbruchs aufgestauter Haßgefühle, des Zusammenstoßes der feindlichen Parteien, begannen sie hinter uns den Hang hinaufzuschwärmen, rufend, winkend, und im Laufen schrien sie immer wieder: «Donati... Donati... Evviva Donati...»

Während wir den südlichen Hügel emporrasten in unserem buntbemalten Wägelchen, das, fortgerissen von den galoppierenden Pferden, schwankte und zitterte, strömten die Studenten auch beiderseits der Via Vittorio Emanuele aus den Häusern, um sich ihren Kommilitonen anzuschließen, und keine Spur von Schrecken und Terror. Die Leidenschaft, die da zutage trat, war einzig die Leidenschaft der Begeisterung. In ganz Ruffano gab es nur einen Ruf: «Donati... Donati...»

Aldo schrie mir ins Ohr: «Kämpfen sie schon?», und ich schrie zurück: «Sie werden nicht kämpfen! Sie kommen uns nach! Hörst du nicht, daß sie deinen Namen rufen?»

Er war vollauf mit den Pferden beschäftigt und lächelte nur. Die Straße verengte sich wiederum und wurde noch steiler. So versuchten die Spitzenpferde, die die Steigung zu spüren begannen, die Höhe zu nehmen, bevor sie an Tempo verloren und bevor die scharfe Rechtskurve, die sie gleich meistern mußten, ihren Angriff auf die Schwerkraft zum Scheitern brachte.

«Arri! Arri!» schrie Aldo. Sein Schrei spornte die Spitzenpferde noch an und peitschte sie, die zehn anderen donnernd in ihrem Gefolge, auf die Piazza Maggiore und vor den Palazzo Ducale. Mit Elan bewältigten sie die letzte Steigung.

Immer noch tönten die unzähligen Zurufe fort, während ich wie betäubt um mich blickte, die Hand um das Geländer gekrampft, als sei sie für ewig daran festgeschmiedet. Auch die Fenster des Palazzo waren dicht mit Zuschauern besetzt und ebenso die der Häuser gegenüber. Die Leute standen auf der Treppe des Domes, kletterten auf den Brunnen, und jetzt brach die Masse der Studenten, die uns gefolgt waren, über den Platz herein. Im Augenblick waren wir umringt, wären überwältigt worden, hätten die bewaffneten Studenten, die an den Palasttoren postiert waren, nicht sofort einen Kreis um uns gebildet, während jedes einzelne der achtzehn Pferde von je zwei Mann gehalten wurde. Die ganze Kavalkade, und wir mitten darin, wurde von einer Garde bewacht, die mit Degen ausgerüstet war und deren Mitglieder wie Aldo Wams und Kniehose trugen. Ich erkannte Aldos Freunde, Cesare, Giorgio, Frederico, Domenico, Sergio und andere aus seiner Leibwache.

Das bunte Bild, das die Gruppe neben dem Wagen und den achtzehn Pferden abgab, die immer noch keuchten nach ihrem siegreichen Lauf, hielt die Studentenmenge im Augenblick in Schach, die unter lautem Geschrei auf uns zustürmte. Wieder ertönte der Ruf: «Donati ... Donati ... Evviva Donati ...», und er hallte wider von den Fenstern des Palazzo und von den Häusern gegenüber und von der Treppe des Domes. Ich sah Aldo an. Er hielt die Zügel noch in der Hand und blickte auf die achtzehn Pferde, ohne auf die Hochrufe zu achten. Dann wandte er sich mir zu.

«Wir haben es geschafft», sagte er, «wir haben es geschafft ...» Und er lachte. Er warf den Kopf in den Nacken und lachte, und die wartende Menge nahm sein Gelächter mit Zurufen auf. Dann wickelte er mich aus den Gurten heraus, die mich an den Wagen banden, und machte dann auch sich selbst los, indem er den Studenten jenseits des Kordons seiner Leibgarde zurief: «Hier steht der Falke. Hier ist euer Herzog.»

Ich sah nichts als winkende Arme und nickende Köpfe, und die Zurufe wollten nicht aufhören, sondern wurden im Gegenteil immer frenetischer. Auch die Studenten, die den Wagen abschirmten, stimmten mit ein, und ich stand dabei, stumm und hilflos, eine lächerliche Figur in meiner goldlockigen Perücke und meinem safranfarbenen Gewand. Benommen nahm ich die Huldigungen entgegen, die mir nicht gebührten.

Plötzlich traf mich etwas auf die Wange und fiel auf den Boden des Wagens! Nicht ein Stein, wie ich es erwartet hatte, sondern eine Blume, und das Mädchen, das die Blume geworfen hatte, war Caterina.

«Armino!» rief sie, «Armino!» Im Lachen waren ihre riesengroßen Augen noch größer geworden. Ich sah, daß mein safrangelbes Kleid einen Riß bekommen hatte und daß darunter das jadegrüne Hemd und die schwarzen Jeans zum Vorschein gekommen waren.

Welle auf Welle brandete das Gelächter heran, und die Hochrufe tanzten wie Schaumkämme darauf.

«Du bist es, nach dem sie rufen. Mich meinen sie nicht», sagte ich zu Aldo, aber er antwortete nicht, und als ich mich umdrehte, sah ich, daß er vom Wagen heruntergesprungen war und, unter dem Kordon hinwegtauchend, auf das Seitenportal des Palazzo Ducale zulief.

«Haltet ihn fest! Haltet ihn fest!» schrie ich. Aber Giorgio schüttelte nur lachend den Kopf.

«Das gehört zum Programm», sagte er, «es steht alles im Buch. Er wird vom Palazzo aus zu der Menge auf der Piazza del Mercato sprechen.»

Ich riß Kostüm und Perücke herunter und warf sie fort. Dann sprang ich aus dem Wagen und lief hinter Aldo her. Der Klang des Gelächters und der Zurufe war mir auf den Fersen.

Domenico versuchte, mich zu stoppen; aber ich schüttelte seine Hand ab und lief durch das Seitenportal, dann die Passage entlang und durch den Innenhof.

Ich hörte Aldo die Treppe zur Galerie hinaufrasen und raste hinterher. Dann stürzte er durch die große Tür in den Thronsaal hinein. Er lachte, während er lief. Ich hatte ihn fast eingeholt, aber er schlug die schwere Tür hinter sich zu, und als ich sie wieder aufgestoßen hatte, war er schon durch den Thronsaal ins Zimmer der Cherubim und weiter geflüchtet.

«Aldo . . .», rief ich, «Aldo . . .»

Aber das Zimmer der Cherubim war leer. Auch das Schlafgemach und der Ankleideraum des Herzogs waren leer und die kleine Kapelle unter dem rechten Turm. Plötzlich hörte ich Stimmen und lief zum Balkon zwischen den Türmen hinüber. Dort stand Signora Butali mit dem Präsidenten und schaute auf die Piazza del Mercato hinab, die tief unter ihnen lag. Die beiden starrten mich mit unverhohlenem Erstaunen an, als ich sie so plötzlich überfiel, und die Signora sah ängstlich aus.

«Was ist geschehen?» fragte sie. «Wir hörten die Hochrufe in der Stadt. Ist alles vorüber?»

«Wie sollte es vorüber sein?» fragte der Präsident. «Donati hat uns selbst gesagt, daß auf die Flucht des Falken das Finale folgen würde. Wir haben bisher noch kein Finale gesehen.»

Er sagte es verwirrt und enttäuscht, als habe man ihn um ein großes Schauspiel betrogen.

Ich ließ ihn und die Signora einfach stehen und lief vom Balkon durch das Studierzimmer zum Audienzraum, der gleichfalls leer war.

Als ich wiederum nach Aldo rief, kam plötzlich Carla Raspa von der Galerie draußen herein. Sie streckte die Hände nach mir aus und lachte und weinte zugleich.

«Ich habe euch vom Fenster aus gesehen», sagte sie, «es war grandios, es war wunderbar. Ich habe euch beide zur Piazza Maggiore fahren sehen. Wo ist er?»

Heute waren weder Museumswärter noch Führer zu erblikken. Unbewacht stand das «Porträt einer adeligen Dame» auf seiner Staffelei.

Der Wandteppich hing an seinem üblichen Platz. Ich zerrte ihn beiseite und riß die dahinter verborgene Tür auf. Dann begann ich, mich mit Hilfe beider Hände die enge Wendeltreppe emporzutasten. Während ich kletterte, rief ich verzweifelt nach Aldo.

Das gleiche Schwindelgefühl, die gleiche Übelkeit, unter denen ich als Kind gelitten hatte, überkamen mich. Ich konnte die Augen nicht aufmachen. Ich konnte nur die Spirale der Stufen über mir abfühlen. Hinauf, hinauf, immer höher hinauf, mit zerspringendem Herzen und rebellierendem Magen und dem klebrigen Staub der Jahrhunderte auf den Händen. Ich hörte mich selbst schluchzen, während ich weiterkroch. Und ewig würde der Turm unerreichbar für mich sein.

Die Zeit stand still, und ich konnte nichts mehr denken. Ich bestand nur noch aus dem Zwang weiterzuklettern, gleitend und stolpernd zwischen Himmel und Hölle. Dann hob ich den Kopf und fühlte den Luftzug auf meinem Gesicht. Die Tür zur Balustrade über mir stand offen. Wieder schrie ich «Aldo!» und machte zum erstenmal die Augen auf, seitdem ich begonnen hatte, die Wendeltreppe zu erklimmen. Das sonnendurchglänzte Stück Himmel über mir blendete mich. Ich glaubte die ausgebreiteten Flügel eines Vogels zu sehen, dessen Körper die Türöffnung verdunkelte. Mir war taumelig vor Übelkeit, und ich klammerte mich blindlings an die oberste Stufe.

Ich blickte mich um, ohne etwas zu sehen.

Die Tür war nur halb so groß wie die, an die ich mich aus

Kindertagen dunkel erinnerte, und das schmale Sims davor, das ins Leere ragte, war nicht die Balustrade, auf die wir zu klettern pflegten. Es war nicht rund, sondern achteckig. Und plötzlich begriff ich. Ich hatte die Balustrade hinter mir gelassen. Dies war die kleinere Brüstung unter der Fiale.

Ich fühlte seine Hände. Er zog mich von der Treppe auf die Brüstung.

«Bleib ganz still liegen», sagte Aldo. «Wenn du in die Tiefe schaust, wirst du fallen.»

Ich hatte den Eindruck, daß das ganze Türmchen schwankte oder auch der Himmel. Meine Hände klammerten sich um seine. Meine waren feucht von Schweiß, seine waren kühl.

«Wie hast du den Weg hier herauf gefunden?» fragte er.

«Die Tür», sagte ich. «Die verborgene Tür hinter dem Wandbehang. Ich erinnerte mich an sie.»

Seine Augen, eben noch forschend und voller Staunen, lachten. «Eins zu null für dich», sagte er. «Damit habe ich nicht gerechnet. Armer Beato . . .»

Dann fügte er stirnrunzelnd hinzu, indem er mich mit dem Arm zu stützen suchte: «Du hättest besser daran getan, dich auf Marcos Boot abzusetzen. Darum habe ich dich zu ihm geschickt. Dies ist nicht deine Sache. Das wurde mir am Mittwoch plötzlich klar.»

Unten vor dem Eingang zum Palazzo Ducale jubelten sie immer noch, und inzwischen hatte sich der Jubel bis zur Piazza del Mercato unterhalb der Türme fortgepflanzt. An Aldo gepreßt, sah ich nichts als den Himmel. Der Stimmenlärm stieg von allen Seiten zu uns herauf. Offenbar strömten die Studenten von der Piazza Maggiore zur Piazza del Mercato hinunter, die beträchtlich tiefer lag.

«Es hat keinen Kampf gegeben», sagte ich. «Du hast dich verrechnet. Deine Brandreden waren in den Wind gesprochen. Hör dir diesen Jubel an.»

«So habe ich es mir auch gedacht», sagte er. «Aber es hätte anders ausgehen können. Wenn wir mit den Pferden kaputtgegangen, wenn die Dinge schiefgelaufen wären, würden sie sich jetzt wechselweise umbringen und einander der Sabotage bezichtigen. Es war ein Lotteriespiel.»

Ich starrte ihn verständnislos an.

«Du hast das alles in voller Überlegung getan?» fragte ich. «Du hast sie bis zur Weißglut aufgehetzt und mit Hunderten von Leben gespielt, auch mit deinem eigenen, nur um der fragwürdigen Chance willen, daß Claudios Tat sie vorübergehend versöhnen könnte?»

Er sah mich lächelnd an. «Nicht gar so vorübergehend», sagte er, «du wirst es noch erleben. Sie haben Blut gerochen. Das ist es, was sie wollten. Und die ganze Stadt auch. Jeder, der uns heute fahren sah, war mit Leib und Seele bei der Sache. Das ist das Abc jeder Regie: Sein Publikum zu einer Einheit zu verschmelzen.»

Indem er mich festhielt, dirigierte er mich etwas näher an die schmale Brüstung heran. Ich klammerte mich an seinen Arm und schaute auf die Piazza del Mercato unter den Stadtmauern hinunter. Der große Marktplatz war schwarz von Leuten und auch die Straßen, die auf ihm zusammenliefen. Aber auch unmittelbar unter uns, auf dem sanft abfallenden Glacis des Palazzo, standen in dichten Trauben die Studenten, die Köpfe emporgereckt.

«Sollte meine zweite Unternehmung aus irgendeinem Grunde scheitern, was nicht anzunehmen ist», sagte Aldo, «mußt du wissen, daß du mein Erbe bist. Es steht dir zu. Ich habe am Mittwochabend, nachdem du mir den Brief gabst, mein Testament gemacht und es von Livia Butali und dem Präsidenten beglaubigen lassen. Das Testament besagt, daß wir Brüder sind. Ich war zu eitel, um etwas anderes zuzugeben.»

Jetzt, da die Studenten, die sich bisher am Palast aufgehalten hatten, zu den Massen weiter unterhalb gestoßen waren, kam der Schrei «Donati» von der Piazza del Mercato herauf. Sie mußten uns auf unserem Sims unter dem Türmchen entdeckt haben, denn das Rufen und Jubeln schwoll noch an.

«Du hattest recht in der Vermutung, daß ich das Gesicht verloren hatte», sagte Aldo, «aber du warst im Irrtum, als du mich anklagtest, die böse Zunge zum Schweigen gebracht zu haben. Der Dieb in Rom hat gestanden. Er hat gestohlen und auch getötet. Der Kommissar rief mich gestern abend an. Die Polizei war gar nicht ernstlich hinter dir her.»

«Du hast Marta nicht getötet?» stammelte ich, überrascht und beschämt.

«Ja, ich habe sie getötet», sagte er, «aber nicht mit einem Messer. Das Messer war barmherzig. Ich tötete sie, indem ich sie verachtete, weil ich mich in meinem Hochmut nicht mit der Tatsache abfinden wollte, daß ich ihr Sohn war. Würdest du nicht auch sagen, daß das in die Rubrik Mord fällt?»

Aldo war Martas Sohn? Damit wurde alles klar. Die Mosaiksteine fügten sich zum Muster zusammen. Der Findling war – mit seiner Mutter als Kindermädchen – ins Haus meiner Eltern gekommen. Der Findling hatte den Platz des Kindes eingenommen, das meinen Eltern gestorben war. Die Mutter blieb, nahm erst Aldo in ihre Obhut und später mich. Und sie behielt ihr Geheimnis für sich, bis zu Aldos Geburtstag im letzten November, als sie – einsam, wie sie sich fühlte – in einem jähen Impuls die Wahrheit preisgab.

«Nun? War das Mord?» fragte Aldo. «Oder etwa nicht?»

Aber ich dachte gar nicht mehr an seine Verbindung mit Marta. Ich dachte an meine eigene Mutter, die in Turin an Krebs gestorben war. Als sie mir ein paar gekritzelte Zeilen aus dem Krankenhaus schickte, hatte ich nicht geantwortet.

«Ja», sagte ich, «es war Mord. Wir sind beide schuldig, du und ich, und aus dem gleichen Grund.»

Wir blickten hinunter auf die begeisterte Menge. Der Ruf «Donati ... Evviva Donati» galt keinem von uns beiden. Er galt einer legendären Gestalt, die die Studenten und die Bürger von Ruffano in ihrer Phantasie erschaffen hatten und die geboren war aus dem Wunsch aller Menschen, etwas zu verehren, das größer ist als sie selbst.

«Die Flucht oder vielmehr der Flug des Falken ist vorüber», sagte ich. «Mach ihnen das klar.»

«Bisher ist gar nichts vorüber», sagte er. «Der Flug steht noch aus. In den Hügeln geprobt wie die Wagenfahrt.»

Er kroch um die schmale Balustrade herum und langte nach etwas Langem, Schmalem, Silbrigem aus ungezählten Federn, die im Winde vibrierten. Die Federn waren auf Seide genäht, auf Fallschirmseide. Unter der Seide verbarg sich ein vielfach verzahntes Fibergerüst. Von der Mitte des Ganzen hingen

Schnüre herab, die eine Art Harnisch bildeten. Aldo faltete den Apparat aus Federn auseinander, und ich sah, daß es sich um Flügel handelte.

«Es ist kein Trick dabei», sagte Aldo. «Wir haben fast den ganzen Winter daran gearbeitet. Und wenn ich sage wir, meine ich ehemalige Partisanenfreunde, die heute Segelflieger sind. Diese Flügel sind auf Grund einer bestimmten Formel entworfen, die der Konstruktion richtiger Falkenflügel entspricht. Wir haben die Flügel, wie gesagt, draußen in den Hügeln ausprobiert, und ich kann nur sagen, daß die Flügel mir weniger Angst machen.»

Er stand da und lachte mich an. Nun da die Flügel ausgebreitet waren, konnte ich die Vorrichtung für die Unterbringung von Armen und Händen sehen und auch, daß der Brustpanzer aus gewirkten Riemen bestand und einem Vogelkörper genau nachgebildet war und daß es besondere Riemen für die Füße gab.

«Während des letzten Fluges», sagte Aldo, «fühlte ich mich zehn Minuten lang wirklich wie ein Geschöpf der Luft. Das war an den westlichen Hügeln des Monte Pavallo. Beo, ich sage dir, es gibt nichts Schöneres! Und der Mechanismus kann gar nicht versagen. Versagen kann lediglich der Mensch. Und nach dem, was ich gerade hinter mich gebracht habe, ist das in meinem Fall nicht wahrscheinlich.»

Er war nicht mehr blaß und wirkte nicht mehr bis zum Äußersten angespannt wie vor Beginn unserer Fahrt. Das Lächeln, das auf seinem Gesicht lag, hatte nichts mehr von einer Grimasse. Es war fröhlich. Er hob die Hand, um die Menge unten zu grüßen.

«Die Landung wird vielleicht unangenehm sein», sagte Aldo, «aber nicht der Flug. Ich möchte über die Piazza hinwegfliegen und auf dem sehr viel weicheren Boden am Talhang aufsetzen. Wenn ich die Reißleinen löse, öffnet sich der Fallschirm hinter den Flügeln und tritt als Bremse in Aktion. Als ich in den Hügeln übte, hat man mir gesagt, daß die Landung selbst der eines zerknitterten Papierdrachens ähnlich sähe. Aber man kann nie wissen. Vielleicht komme ich diesmal weiter.»

Aus seinen Worten sprach ein großartiger Hochmut. Er

schaute zu den Hügeln in der Ferne hinüber und lächelte.

«Aldo, tu es nicht», sagte ich. «Es ist Wahnsinn. Es ist Selbstmord.»

Er hörte mich gar nicht. Es kümmerte ihn nicht, was ich sagte. Er hatte den Glauben aller Fanatiker, die – die Jahrhunderte haben es bewiesen – durch eben diesen Glauben zu Fall kommen. Nur der Tod konnte sein Schicksal sein, wie er das Schicksal Herzog Claudios geworden war. Er begann sich den Harnisch um die Taille zu schnallen, die Bindungen an seinen Schultern zu befestigen und in die Fußhüllen zu schlüpfen. Dann steckte er die Arme durch das Netzwerk unterhalb der Flügel und breitete sie weit aus. Und plötzlich erschien er mir hilflos, sogar grotesk in seinen geöffneten Schwingen. Er würde sich nie aus den Fesseln lösen können, die ihn banden. Das Fibernetz hob sich schwarz von dem silbernen Überzug ab.

Die Menge, die tief unter uns auf der Piazza del Mercato stand, wurde plötzlich still. Aus den unzähligen emporgereckten Hälsen quoll nicht mehr der Schrei «Donati». Sie schauten und warteten, während die einsame Gestalt, von eigener Hand gefesselt und scharf abgehoben vom Himmel, reglos am Rande der Brüstung verharrte.

Ich kroch zu Aldo hin und schlang die Arme um seine Beine. «Nein», sagte ich, «nein!»

In Wahrheit muß ich geschrien haben, denn meine Stimme klang wie ein spöttisches Echo in meinen Ohren wider und fiel in die Menge unmittelbar unter uns hinein, die sich zu fürchten begann. Ein Seufzer stieg empor und schwoll zu erregtem Protest.

«Hör doch», rief ich, «sie wollen es nicht! Sie haben Angst! Du hast die eine Probe bestanden. Warum, um Himmels willen, noch diese zweite?»

Er blickte lächelnd zu mir herab. «Weil es genau darauf ankommt: Einmal ist nie genug», sagte er. «Das sollen sie lernen da unten. Man muß es immer wieder wagen, ein zweites, drittes, viertes Mal, gleichgültig, in welcher Form. Mach Platz!»

Er stieß mich mit dem Fuß rückwärts gegen die Tür. Ich fiel zur Seite und schlug mit der Brust gegen die Treppe. Benommen blieb ich einen Augenblick auf den Knien liegen, mit geschlossenen Augen und nach Atem ringend.

Als ich die Augen wieder öffnete, stand er mit ausgebreiteten Schwingen fertig zum Abflug da. Er wirkte nicht mehr grotesk. Er war schön. Als er sich abstieß und in die Luft schwang, griff der Aufwind augenblicklich unter die Flügel, die sich blähten und prall wurden. Sein Körper lag horizontal zwischen den Schwingen, und seine Arme und Beine in ihren Schlingen waren mit dem Mechanismus verschmolzen. Immer höher steigend, mühelos, selbstverständlich, schwebte er über die Menge hinweg, vom Wind getragen, wie er vorausgesagt hatte. Die Federn, eben noch silbern im Sonnenlicht, schimmerten jetzt wie Gold.

Westwärts gleitend, würde er jenseits des vorgesehenen Zielpunktes im Tal aufsetzen. Ich wartete, daß er die Reißleinen löste und den bremsenden Fallschirm in Aktion setzte, von dem er gesprochen hatte. Er tat es nicht.

Statt dessen mußte er sich aus den Bindungen befreit haben, so daß der Apparat, den er hatte konstruieren helfen, ohne ihn weiterschwebte. Er machte sich los und breitete die Arme aus wie die Flügel, die er abgestreift hatte. Dann ließ er sich fallen: Ein feiner dunkler Strich vor dem hellen Hintergrund des Himmels.

Auszüge aus dem «Wochenkurier», Ruffano

Professor Aldo Donati, Direktor des Kunstrates und einer der führenden Männer unserer geliebten Vaterstadt, ist am Tag des Festivals durch einen tragischen Unfall ums Leben gekommen. Nicht nur sein Bruder und seine Freunde werden ihn betrauern, sondern jeder Student unserer Universität, jeder seiner Kollegen und Mitarbeiter und alle Einwohner der Stadt, die er so sehr geliebt hat. Der älteste Sohn des Aldo Donati, der viele Jahre lang Museumsdirektor im Palazzo Ducale war, und seiner Ehefrau Francesca wurde hierselbst am 17. November 1925 geboren und ist auch in Ruffano aufgewachsen. Beim Ausbruch des Krieges ging er zur Luftwaffe und wurde bald als Pilot eingesetzt. 1943 hinter den alliierten Linien abgeschossen, fand er die Möglichkeit zu fliehen. Während der deutschen Besetzung stellte er in den Bergen eine Partisanengruppe zusammen und kämpfte an der Seite seiner Kameraden bis zur Befreiung. Nach Ruffano zurückgekehrt, erfuhr er, daß sein Vater einige Zeit zuvor in einem alliierten Gefangenenlager gestorben und seine Mutter sowie sein jüngerer Bruder vermutlich einem Bombenangriff zum Opfer gefallen waren. Trotz dieses Verlustes gab Aldo Donati nicht auf, sondern begann an der Universität von Ruffano Kunstgeschichte zu studieren und machte sein Doktorexamen. Er wurde Mitglied, dann Direktor des Kunstrates und weihte den Rest seines Lebens seiner Arbeit, vor allem der Erhaltung des Palazzo Ducale und seiner Schätze, aber – nicht zuletzt – auch der Betreuung elternloser Studenten.

Als Präsident der Universität hatte ich den Vorzug, bei den Inszenierungen unserer Festivals mit ihm zusammenzuarbeiten, und ich kann nur sagen, ohne mir damit ein Urteil als Fachmann anmaßen zu wollen, daß die Fähigkeiten, die er auf diesem Gebiet an den Tag legte, alles übertrafen, was ich bisher gesehen hatte. Er war ein brillanter Regisseur. Seine Begeisterungsfähigkeit inspirierte seine Darsteller im engeren Sinne, aber auch alle anderen, die am Festival teilhatten, in einem Maße, daß sie glaubten, in einer wirklichen, nicht in einer Scheinwelt zu agieren. Ich spreche aus Erfahrung, da meine Frau und ich bis zum vergangenen Jahr stets unter den Mitwirkenden waren.

Ob er in der Themenwahl dieses Jahres gut beraten war, braucht an dieser Stelle nicht erörtert zu werden. Ich lag leider krank in Rom und bin nicht befragt worden. Wäre er zu mir gekommen, hätte ich mich gegen seinen Plan ausgesprochen. Der unselige Herzog Claudio gehört nicht zu den historischen

Gestalten, deren wir uns gern erinnern. Die Menschen von Ruffano, die von gestern wie die von heute, ziehen es vor, ihn zu vergessen. Er war kein guter Mann und hatte keine guten Ziele. Er stand mit dem gesamten Volk auf schlechtem Fuß und wurde bewundert nur von einem kleinen Kreis von Freunden, die genauso böswillig auf Unheil sannen wie er selbst. Sein Vermächtnis war Haß. Doch wie dies immer sein mag – Aldo Donati vertrat die Meinung, daß er Anspruch auf Nachruhm hatte, und sei es nur um der Bravourleistung willen, mit der er einen Zug von achtzehn Pferden durch die Stadt Ruffano von einem Hügel zum anderen lenkte. Ob Herzog Claudio diese Leistung tatsächlich vollbracht hat, ist bis heute ungeklärt. Aldo Donati hat sie vollbracht, und die Menschen, die am Freitagmorgen dabei gewesen sind, werden dieses Erlebnis nie vergessen.

Hätte er es doch dabei bewenden lassen! Etwas Phantastisches, ja Erhabenes war ihm gelungen. Aber er hatte sein Ziel noch höher gesteckt, und das kostete ihn das Leben. Am Mechanismus lag es nicht. Das Fluggerät war in Ordnung. Es ist inzwischen von Sachverständigen geprüft worden. Aldo Donati hat eine Grundregel unbeachtet gelassen, die jedem Fallschirmspringer von Anbeginn beigebracht wird. Er hat versäumt, die Reißleine zu ziehen. Warum er dies versäumte, werden wir nie erfahren.

Sein Bruder, Armino Donati, der letzte Woche, nach einer Abwesenheit von mehr als zwanzig Jahren, nach Ruffano zurückkehrte und, wie ich hoffe, bei uns bleiben wird, um die Betreuung elternloser Studenten weiterzuführen, sagte mir, er glaube, daß sein Bruder mitten im Flug eine Vision gehabt hat, daß ihn eine Art Ekstase ergriff und blind machte für die Gefahr.

Das mag so gewesen sein. Wie Ikarus kam er der Sonne zu nah. Und fiel wie Luzifer. Wir, die wir weiterleben werden in dieser Stadt, grüßen in ihm einen Mann, der alles wagte.

Ruffano. In der Osterwoche.

Gaspari Butali, Präsident.
Universität Ruffano